道泉记

张生全 ——— 著

SPM 南方传媒 | 广东人民出版社

·广州·

图书在版编目（CIP）数据

道泉记 / 张生全著. —广州：广东人民出版社，2024.4
ISBN 978-7-218-17450-1

Ⅰ.①道…　Ⅱ.①张…　Ⅲ.①长篇小说—中国—当代　Ⅳ.①I247.5

中国国家版本馆CIP数据核字（2024）第058748号

DAOQUANJI
道 泉 记

张生全　著

版权所有　翻印必究

出 版 人：肖风华

策　　划：李　敏
责任编辑：李　敏　罗　丹
装帧设计：仙　壝　刘焕文
责任技编：吴彦斌　马　健

出版发行：广东人民出版社
地　　址：广州市越秀区大沙头四马路10号（邮政编码：510199）
电　　话：（020）85716809（总编室）
传　　真：（020）83289585
网　　址：http://www.gdpph.com
印　　刷：广州豪威彩色印务有限公司
开　　本：889毫米×1240毫米　1/32
印　　张：11.25　　字　　数：298千
版　　次：2024年4月第1版
印　　次：2024年4月第1次印刷
定　　价：58.00元

目录

楔子

　　道泉村二组在一片山坡上，山坡上没有河流，连小溪也少有。

　　山坡上却有一大片梯田，层层叠叠，堆云叠雾般，从坡底一直堆到坡顶。

　　坡顶拱起两座大山包，一座叫和尚包，一座叫荒茶岭。两座大山包的夹缝处，有一眼泉，名叫道泉。道泉水涌出来后，花开两朵，各表一枝，一枝明艳左边的木槿坡，另一枝妖娆右边的桤木坡。这两坡，就是道泉村最肥沃的梯田。但肥沃也就到此而止，往下就没有花，只剩瘦弱的叶了。那叶隙处想要开点花，结点籽，就只能靠天吃饭了。

　　究其原因，还是因为道泉水量不足。

　　但这是后来。

　　原先，道泉水量是很充足的。水涌出来，像一朵洁白的莲花，哗啦哗啦，四处漫卷，满坡都在跳白鱼，从坡顶欢快跳到坡底。也正是水量充足，整片山坡都开掘成梯田。因了这一片梯田，道泉村二组虽然还是山，却被称作"下阙山"。

　　山分"上阙山"和"下阙山"，像一首词的上半部分和下半部分。"上阙山"产玉麦，"下阙山"产稻米。玉麦难吃，稻米香甜。一年四季有稻米吃，道泉村二组的人，面色红润，气定神闲。

后来，道泉村二组出了一个叫箧村哲的人，情况就变了。

当然了，所谓"后来"，那是从古往今说的。如果从现在往前说，那也就是很多年前的事。那时候，箧村哲在坡上也有几块田。田不多，但道泉水量足，一家老小起早贪黑，精耕细作，也能填饱肚子。

箧村哲当家后，就烦了。他讨厌这种生活，日复一日，年复一年，啥时是个头！真到头时，也就栽倒在地上没气了。

恰好这时，村里来了个姓庄的道士。

说是道士，却满身破破烂烂，臭气熏天，像个叫花子。村里人都嫌弃他，他到哪家门口，哪家就拿鞭子撵他。箧村哲有眼光，看出这个邋遢道士非同凡响，把他请到家，摆上酒肉招待他。

席间，箧村哲问："能算命么？"

庄道士答："命里有时终须有，命里无时莫强求。"

箧村哲又问："能发财么？"

庄道士依然还是那一句："命里有时终须有，命里无时莫强求。"

箧村哲晓得，还没到位。于是不再问，拿出家里所有积蓄，好酒好肉，殷勤服侍。如此大半年，箧村哲的积蓄花得差不多了，忍不住又想开口。没等箧村哲开口，庄道士竟然说要走。箧村哲慌了，真走了，大半年的辛苦和全部积蓄，都白瞎了！一着急，箧村哲就跪在庄道士面前，拼命磕头，磕得脑门流血。

庄道士叹口气，说："今晚子时，道泉里会长出一朵金莲花，吸天地之灵气。"

"这朵金莲花，一般人是看不见的。你拿这面镜子照，就能照见了。"庄道士拿出一面镜子，递给箧村哲，"金莲花开得最盛时，就会有一些金鱼儿从岩缝里游出来，你就伸手捞一条。"

庄道士最后特别强调："记住啊，你只能捞一条，决不能贪心！"

篦村哲高兴坏了，立刻拿了庄道士的镜子去道泉边候着。候到半夜子时，拿镜子一照，果然发现泉水中颤巍巍长出一粒金灿灿的花骨朵。花骨朵慢慢展开，露出亮晶晶的花蕊。花蕊往外一吐，叮叮当当一阵响，就在花瓣上跳舞。篦村哲呆了一会儿，回过神来，赶紧拿镜子往水里照，果然发现好些金鱼儿从岩缝钻出来，小火苗一样，闪闪烁烁，滑来滑去。

篦村哲伸手捧了一条。

那金鱼儿在水中轻灵得像一片火，一离水，立刻成了沉甸甸的金条子。篦村哲乐开了花，把庄道士的话忘了，又伸手去捞。金鱼儿受到惊吓，都争着往缝隙里钻，倏忽之间，一朵朵火苗都熄了。

篦村哲不甘心，候着，想等金鱼儿再钻出来。等了半天，金鱼儿没出来，金莲花却慢慢收拢花瓣，往回缩了。金莲花缩回去，那可就啥也没了。篦村哲慌忙出手，揪住金莲花往外拔。但他还是慢了半拍，只扯得几片花瓣。

残破的金莲花摇晃一阵，面色惨白，猛一缩，缩得只剩一道白光，最后白光也消失了。

虽然有遗憾，篦村哲还是挺高兴的，毕竟得了一根金条子几片金叶子。这些财富，足够篦村哲一家过上富足生活了。

篦村哲回家，把镜子还给庄道士。庄道士却脸色大变："坏了坏了，你闯大祸了！"

"啥大祸？"

篦村哲低头看，手里哪还有金子，全成了煤块一样的黑石头。金条子成了黑条子，金叶子成了黑叶子，金光成了油光。

篦村哲急得哭起来："咋办呢？咋办呢？"

篦村哲抓庄道士衣袖："照回来吧！照回来吧！"

篦村哲从庄道士手中夺过镜子，照黑石头。还好，镜子里的黑石头还是金子。但离了镜子，黑石头就是黑石头。更让篦村哲抓狂的是，镜子也在逐渐萎缩，像一片秋天的莲叶，变干了，皱缩了，变黑了，发脆了，篾村哲稍一用力，镜子就碎成了黑灰飞向空中。篾村哲拼命抓，但无论他咋抓，都是两手空空。

黑灰散尽后，篾村哲看到的，只有庄道士远去的背影。篾村哲急得大喊，让庄道士停一停。庄道士没有停。

"金莲花被扯坏了，道泉已经不叫道泉，叫盗泉了，盗泉了……"

远处传来庄道士的声音，又不像庄道士的声音，这个声音中，有一股浓浓的灰尘味。篾村哲一吸溜，就呛得直咳嗽。

"道泉坏了，限粮关就来了，十年一个限粮关，哪个都跑不脱……"

篾村哲朝庄道士拼命追去，但无论他如何追，道士似乎都在前面，永远保持着一段遥不可及的距离。

"我泄露了道泉的秘密，我的眼睛瞎了，瞎了……"

庄道士本来就很单薄的身影，忽然出现很多虫斑，黄的白的黑的不规则的虫斑，大虫斑叠小虫斑，大虫斑吞噬小虫斑。渐渐地，光线从虫斑里透过来，庄道士成了空洞，腹空了，胸空了，脑壳空了，庄道士消失了，条格状的光线，刀锋一样锐利，刀锋中有灰尘在跳跃……

那天晚上，道泉村二组所有的人，都做了一个同样的梦。庄道士出现在每个人的梦里。庄道士是不完整的，长满虫斑的，有空洞的。庄道士只出现了一会儿就消失了，条格状的光线，刀锋一样闪烁，带起满天灰尘。

"道泉不叫道泉，叫盗泉了，限粮关来了，十年一个限粮关，都跑不脱了……"

那天晚上，唯一没有做梦的，是篾村哲。

篾村哲没做梦，是因为他几乎一夜没睡。他拿着那几块黑石头翻来覆去看，摸得满手油黑。又擦眼睛，擦得满脸油黑。

直到窗户发白，篾村哲才想到一句话：真金不怕火炼。

篾村哲重新兴奋起来，把黑石头扔进灶里，想烧成金子。黑石头哗哗剥剥燃起来，红彤彤的，透亮。篾村哲把红亮透明的石头掏出来，等它冷却。然而冷却后的石头，却成了白渣，一捏，就碎成粉末。粉末在从窗缝透进来的条格状的光线中，欢快地跳跃飞旋。

那天清晨，村人刚睁开眼，就听到一阵阵撕心裂肺的嚎叫。篾村哲满脸乌黑，满手土灰，在村里四处乱跑，嘴里不停地嚎着两个音。但咋听，都听不明白他嘴里嚎出的是啥音。

篾村哲疯了。

篾村哲一发疯，他就不去田里种稻米了。他饿了，就到各家各户偷东西。

抓篾村哲很容易，打他也很容易，但是抓了打了都没用，篾村哲要偷还是偷。村人没法，只得想办法努力锁好自己的吃食。

锁得了家里，锁不了庄稼地。玉麦刚灌浆，篾村哲就掰玉麦。掰了玉麦棒子，还折玉麦秆子，一夜工夫就摆一大山。赶出玉麦地，又去了红苕地。一地红苕，像拔了半脖背毛的鸡。

就有人跟着偷了。

一问，都说是篾村哲干的。一晚上摆十多块玉麦地，篾村哲就是在玉麦地打滚，也滚不了这么多呢！

村里出了撬杆儿（方言，指贼），这也不算啥。更严重的是，道泉干了，再也不冒水了。

道泉不冒水，那一大坡梯田，只能靠天吃饭。

那一年，老天几个月没下过一滴雨。坡上的梯田，都张着嘴，大口喘气，嘶声喊叫。田里的秧苗，刚冒出芽口就蔫黄了，坐兜了，着火了一样，从一窝烧到另一窝，都烧成了灰。

那一年，篾村哲饿死了。

篾村哲死了，村里的撬杆儿却有增无减。也不需要赖在篾村哲身上了，也不需要躲着别人了，直接就翻窗了。饿得没有力气，翻进去的，在屋里摔死了，翻不进去的，在外面摔死了。

村里偷光了，就往村外跑。道泉村二组原本是"下阕山"，一首词的下半部，韵味饱足，十里八乡的姑娘都争着往这里嫁。道泉不出水了，"下阕山"就成了"上阕山"，甚至连"上阕山"都不如了。"上阕山"吃不到稻米可以吃玉麦，道泉村二组都是田，长不了玉麦。村人没路，逃荒去了，"下阕山"成了"大荒山"。

村里有个姓孔的读书人，叫孔老三。孔老三年近五十了，连个秀才都没考中，但这不影响他"忧国忧民"。他去找村里的两个富户——廉者和志士。"唯一的办法，就是到圣人石那里去求水。只要够虔诚，感动了天地，道泉就会重新出水的。"

放在平时，没人听孔老三的。孔老三想和志士、廉者说话，大老远就被狗就撵出来了。但这会儿，狗饿得皮包骨，没力气追咬孔老三，孔老三就进去了。"你们两家有余粮，但能撑多久呢？再说了，村里都逃了荒，也没人干活了。"

"圣人石在哪里？"

"荒茶岭山顶，大荒茶树旁边那块大石头，就是圣人石。"

"那是飞来石。"

"不是飞来石，是圣人石。"

一直以来，村人确实把那块巨石叫"飞来石"。那块巨石和周边石头不同。周边石头，都是红土的泥岩；那块石头，却是青白的砂岩。巨石上面又宽又平，可以摆桌子，吃九大碗。一边压在山包上，一边悬空，石下又阴又潮，和石面形成鲜明对比，仿佛一个人的两张面孔。

村人传说，这块巨石是从蜀山飞来掉到这里的，所以叫"飞来石"。孔老三说："我晓得，终有这么一天，我会为这块圣人石正名的。"

孔老三讲，这块巨石，其实是一个叫孔老大的圣人化育的。远古时期，这片山坡上面，是没有泉眼的，也是靠天吃饭，庄稼经常歉收，老百姓饥寒交迫。圣人很忧心，就到荒茶岭山顶上的那棵大荒茶树下，苦想办法。

"那棵大荒茶树有那么老吗？"

"那棵大荒茶树老得活不下去时，躯干和枝叶就自动死了。不过又从根上冒出颗芽头，渐渐又长大了。如此死了长，长了死，早就不晓得经历多少代了。"

圣人在大荒茶树下想了很多年，一直想不出帮助百姓的办法。后来累了，跪趴到地上休息。哪知一跪趴下去，就再也没有站起来了。他的身体慢慢化成了这块石头，所以这块石头，其实叫"圣人石"。

"圣人变成圣人石后，山坳处就有了一眼泉，这就是道泉。道泉其实就是圣人的眼睛变的。圣人跪趴下来闭上眼，又在道泉那里把眼睛睁开了。"

孔老三说，篾村哲扯坏了金莲花，圣人生气，就把眼睛又闭上了。

"圣人也太小气了吧，就扯来几片花瓣，他就闭眼！"

"不是圣人小气，圣人眼中之泉，来自于天地灵气。扯坏了金莲花，吸不到天地灵气，就是想往外喷泉，也没得喷了。"

"那咋办？"

"把全村人召集起来，到圣人石上求水吧。圣人用脊背承载我们，带我们一起向天地跪拜，天地一定会被感动，水一定会重新冒出来。"

志士和廉者对孔老三讲的这个故事，有点半信半疑。尽管孔老三说的像那么回事，但孔老三说圣人叫"孔老大"，而他叫"孔老三"，仿佛那个圣人就是他家大哥一样，让人不得不怀疑他夹带私心。

当然了，志士和廉者最终还是把村里仅有的那些人召集起来，爬到圣人石上，焚香跪拜呼喊。

跪拜了整整七天，道泉依然没有出水。

志士和廉者不相信，不想跪了。孔老三说："一个七哪能求来水，得七个七！"

又跪拜了两个七天，凑足三个七天了，但道泉还是一滴水也没出。志士和廉者冒火了，全村人都冒火了。

"都三个七了，还一滴水都不出，你就是个骗子。"

"你孔老三是骗子，你们孔老大也是骗子。"

"好在没有孔老二，有孔老二的话，肯定孔老二也是骗子。"

"有孔老二，他是个圣人。"

"我看也是个假圣人，是孔家编出来的。"

"孔家祖祖辈辈子子孙孙都是骗子。"

孔老三被轮番嘲笑辱骂，虽然心中委屈，但一想到身体化为石头，永生永世替村里人向天地跪拜、为百姓祈求的孔老大，孔老三就觉得，这点委屈不算啥。于是他四处作揖磕头，求那些放弃的人，重新回到圣人石。他说："你们晓得为啥求了三个七，还不出水吗？因为不虔诚呢……"

"啥叫不虔诚？天天跪拜，还不虔诚？"

"脑壳都磕起包了，还不虔诚？"

"不是说跪几膝盖磕几脑壳就叫虔诚，"孔老三说，"庄道士走的那天晚上，我们都做过一个梦，你们还记得吗？庄道士为啥说道泉不叫道泉，以后叫盗泉了，为啥？因为偷盗的事情发生了，因为偷盗的事情盛行了。咱们村人，现在天天去偷别人的东西吃。天天偷，却又来跪，又来磕，想道泉出水，可能吗？如果想道泉出水，咱们不但要跪满七个七，还得从现在起，全村人都绝不能再去偷别人一点东西！"

孔老三说得义正辞严，志士和廉者不得不信。于是向全村人下了死命令，求水期间，绝对不准拿别人一点东西！哪个要不听，被抓到了，绑到桤木树上，戴尖尖帽，吐口水，游街，打！

就这样，又开始跪，一直跪到第三十六天时，道泉忽然咕噜咕噜往外冒水了。

道泉出水，全村人都疯了，垮山一样从荒茶岭冲下来，挤在道泉边，又唱又跳，舀起水就喝，洗手，沐足，又拎来水桶挑水倒进水缸。一个人挑水，其他人都慌了，都争着拎来水桶挑水。很快道泉边就展开了抢水大战，你舀多了，我舀少了，接着就开骂，接着就开打，水桶摔破了，衣服扯坏了，脸面抓花了……

孔老三很着急，跑过来劝这个，又跑过去劝那个："道泉只出了一半的水，还有一半没出来呢，回去啊，赶紧回去啊，继续求啊，只有求满七个七，道泉才能稳定，大家赶紧回去啊，回去啊……"

没有一个人听孔老三的。

不幸被孔老三言中。道泉确实出水了，而且也没再断，但是只出了一半的量。流进山坡里的梯田，就只够灌溉桤木坡和木槿坡两片梯田。所以，道泉村二组从此也就只有桤木坡和木槿坡两片肥田，其他的梯田，因为水量不足，都成瘠土了。

两片肥田与一坡瘠土，道泉村二组就有故事了。

第一章　知北堂

1

廉背晓得他的肚子在咕咕叫，但他把这咕咕叫的声音想象成蜂鸣。虽然蜂鸣和肚子叫有一定区别，但在这个枝繁叶茂、瓜果飘香的初秋，饱满甜润的蜂鸣，显然更恰当一些。

廉背想象那只蜜蜂就在自己耳边飞。廉背背一个稀眼背篼，在扬花吐蕊的玉麦林里钻来钻去割猪草。玉麦浓情蜜意的顶花，把很多花香的甜言蜜语，洒在廉背惹是生非的发梢。不辨真伪的蜜蜂，绕着廉背一头"玉麦花子"飞来飞去，也是可能的。

想象肚子叫是蜂鸣的好处在于，廉背挥挥手，就能潇洒自如地把声音赶开。只要赶开声音，肚子就不叫了。多好。

但廉背挥挥手，又挥挥手，那只让他羞愧的蜜蜂没赶开，另一个让他更加羞愧的屁，却冲了出来。那个屁还一副屁样，没脸没皮，长声幺幺收剎不住，玉麦叶子都给震得笑了起来。

"冷尿，饿屁，热瞌睡。"村人们说这种粗鄙的话，随意得像吐一泡口水。廉背不爱听这种粗鄙话。不爱听粗鄙话的廉背，自己竟然做出更粗鄙的事。廉背觉得太没脸了。

廉背从荷包里掏出一本《庄子》，把脸埋进书页里。

这是廉背屡试不爽的经验，丢脸的时候，只要把脸埋进书页，脸就保住了。

廉背读过高中，家里有一些教材，但那些教材有啥用呢？廉背不读。廉背常年揣在荷包里的，就是这本《庄子》，这也是廉背家里唯一的课外书。

廉背读高中那会儿，老师坚决反对读课外书，读课外书就是不务正业。老师若是发现哪个手里有，上手就撕。辍学离开学校那天，在校外的围墙边，廉背看到一本书扔在墙根下，不知是不是被老师从墙里扔出来的。廉背捡起来一看，原来是一本《庄子》。廉背擦去表面的尘泥和青苔，装进荷包里。

从此，廉背就拥有了一本课外书，也是他辍学后唯一读的书。

本来以为拍掉尘泥的《庄子》，可以让尘埃落定，但是没用，肚子里飞舞的已经不只是一只蜜蜂，而是满天风云。一时间大风飞扬，闷雷滚滚，半边屁股都给震麻了。

"好臭！"志富扁嘴斜眼，拿手扇鼻子。

"好臭！"志贵也扁嘴斜眼，拿手扇鼻子。

志贵和志富是双胞胎，志富极聪明，志贵却是个瓜娃子。志贵出来得晚，脑壳给门夹了一下。本来志富出来后，大家以为完事了，正准备关门打烊。哪晓得志贵还跟在后面跑，脑壳就夹在正要关闭的门上，痛得哭。大家这才晓得，后面还跟着一个娃儿。

从小，志贵就被说成是瓜娃子，他也晓得自己是瓜娃子，所以生活中的一切，他都跟着聪明的志富学。志富说啥，他就说啥。志富做啥，他就做啥。志富扁嘴斜眼，他就扁嘴斜眼。当然了，既然是瓜娃子，因此就算跟着学也会学走样。比如他跟着志富扁嘴斜眼后，还做了一个吞咽的动作。

这个动作，莫名其妙地显得一针见血。

富贵于我如浮云，何况还不是真的富贵。

廉背不吭声，不抬头，他看到了一句话——

圣人不死，大盗不止。

这句话让廉背疑惑不已，但又觉得别有滋味，忍不住嘴里就出了声，低低沉吟起来。

志富想把廉背手中的《庄子》夺过去扔掉，但试了几次，终究不敢。

志富给志贵歪嘴，志贵把手伸进廉背的猪草背篼，抓出来的，却是一把猪草。

志富踢了志贵一脚，这是恨铁不成钢的一脚。志富亲自走过去，干净利落，从廉背篼里掏出一个裸露的玉麦棒子。

"书大呢，还是脸大呢？"

志富把玉麦棒子扬起来，玉麦棒子把阳光敲得钢花炸裂。尽管廉背还埋着头，但阳光的碎屑，依然扎伤了他的眼睛。

"书是干净的，脸也是干净的！"廉背依然把脸埋在书页里。他这个动作，使得他说的那句话，有着金属般干净的声音。

"又有一坨屎，还说干净？"志富又从廉背的背篼里掏出一个玉麦棒子，依然是一个裸露的玉麦棒子。

"屁股上有屎，还说干净！"志富抓住廉背的胳膊，把廉背扯起来，"走，去公房！"

"请把手拿开，别打扰我看书。"廉背轻轻翻动书页。

志富再也忍不住，夺过书，往远处抛去。书页开成一朵花，一刀一刀切得空气刺啦啦响。

廉背暴怒了。伤他啥都可以，不能伤他的书！

廉背猛扑过去，把志富按倒在地，让志富的脸与污脏的泥土混在一起。

"瓜娃子，你真是瓜娃子，你还笑得起来……"志富骂志贵，他的声音闷浊而破碎，仿佛从沼泽里偶尔冒出的几个泥泡。

志贵只得闭住笑，走过来。但他却尖起两根手指头去碰廉背，仿佛廉背是一只发怒的刺猬，碰着哪儿，哪儿就痛。

"瓜娃子，你真是……"志富的声音已经散了架，连泥泡也不再冒了。

廉背爬起来，走过去捡他的书，拍净书上的泥土，拉直揉皱的边角，小心塞进上衣荷包里，还在外面按了一按。

却在这时，廉背被志华粗壮的身影遮盖了。志华是志富志贵的二哥，壮得像一头小牯牛。一头小牯牛的身影盖在廉背身上，自然非同一般。

廉背已经撑不起志华的身影，却是志富的身影又盖了过来。志富的身影刚从泥土中拖起来，又湿又浊，让廉背有种窒息的感觉。

志华和志富提起廉背的手，志贵背起廉背的猪草背篼，三人仿佛咬着一条菜青虫的蚂蚁，拉拉扯扯，吹吹打打，浩浩荡荡，往生产队的公房挺进。

2

生产队的公房修在一块高地上。一个房间，一道门，四扇窗，剩下的都是刷石灰粉的墙。

房子一般很少修在高地上，招风，遭晒。修公房的时候，村里的记分员孔老九说，这里是孤绝之地，不宜修房。怎样的地方适合修房？左青龙，右白虎，后靠山，前临水。生产队长廉诸觉得有理，准备采纳。还是大队书记志干有觉悟，志干说，这都是封建迷信，就修在这里!

廉诸拍手叫好,表示坚决拥护!其实呢,心里委屈着⋯⋯

廉诸开生产队大会,统一思想。廉诸开会,是因为他以为有人会反对,只要有人反对,他就义正辞严说,谁反对都不行,大队书记的讲话,必须坚决贯彻执行!但结果谁也不反对,还一片声拍掌叫好。廉诸心里就更加委屈。

好在还有孔老九理解他。孔老九说:"显白处无人敢窃!"

孔老九又摇摇头说:"固然显白,从此绝矣⋯⋯"

孔老九说话经常之乎者也,大家听不懂,追问:"啥子绝了?绝啥子了?"

"绝粮矣⋯⋯绝人矣⋯⋯"

"偷一根玉麦,半斤。偷两根玉麦,一斤。廉队长,给我们一斤玉麦!"志富高擎两颗玉麦棒子,像高举两柱火炬。

"志富娃儿,你乱球说胡球扯,偷一根两根,都是偷一次。"

志富把左手往上一举:"一次!"又把右手往上一举,"两次!"

"你举手,是你偷的么?"

志富生气了,拿着玉麦棒子在人群中乱砸,砸出了狼牙棒的声威。

"志富,你别闹了,你们是不是整拐(方言,弄错之意)了?"

说话的是志荣。志荣是志华志富志贵的大哥,有了他,"荣华富贵"就全了。志荣国字脸,方平头,风纪扣。至于其他,由于太穷,就省略了吧。

"哪里整拐了?抓撬杆儿整得拐么?整得拐么?"志富又把玉麦棒子举起来,又像两柱火炬了。

"整不拐!抓撬杆儿要是整拐了,全生产队的玉麦,就遭偷光了!"

现在说话的,是生产队长廉诸。

廉诸出场做派头,背手,走八字步。可惜的是,廉诸撑不起这个派头。他脸白,瘦,走起路来,上身荡来荡去,总让人担心他要摔倒。但事实上，廉诸当了二三十年生产队长，一直没倒。

没人给廉诸让路，廉诸就往里挤。好在他瘦，有点空隙就钻过去了。"整不拐，咱们嘛，就是要鼓励抓撬杆儿！"

廉诸的脑壳刚伸进去，两根狼牙棒就迎面而来，差点砸在他脸上。

"两根玉麦，一斤玉麦！"

"一斤就一斤！"

抓到一次撬杆儿，奖励半斤玉麦，这是廉诸定的规矩。现在有人执行他的规矩，他当然得意了，所以话说得又高又尖。

"廉队长，我看算了吧……"志荣赶紧拼命把廉诸往外推。

"啥子算了？"廉诸荡开志荣的手，"丁是丁，卯是卯，没有规矩，不成方圆……"

廉诸终于看见，被志华与志贵压得弯腰驼背的"撬杆儿"，原来是他的侄儿廉背。廉诸这才明白，志荣为啥要拼命把他往外推。

但已经迟了，脚跨出来，缩不回去了。

"廉队长，你咋不说话了？你表态的一斤玉麦呢？"

"一斤就一斤……"

圈子里有个破靠椅，那是廉诸坐着讲话的地方。廉诸仄着屁股坐到破靠椅上，仿佛那破靠椅上有一堆刺。廉诸从荷包里掏出一个薄膜包包，翻开薄膜包包，扒出一片烟叶，掐成几段，撕掉烟骨，拉开，绷直，把不成形的烟叶放在成形的烟皮里，捏紧了往怀里裹。十根指头，六根裹烟叶，四根扯烟皮……

廉诸其实并不喜欢抽烟，一抽就咳嗽，一咳嗽喉咙就痒。廉诸这点和别人是反的，别人喉咙痒才咳嗽，廉诸咳嗽了因而喉咙痒。廉诸不喜欢抽烟，但喜欢裹烟，久而久之，他裹烟的技术就很高超了。

但就算裹烟技术很高超了，也讲究精益求精，所以裹得又慢又细致，半天也裹不好一支。廉诸一直在向大队书记志干学习如何用烟杆抽烟和慢条斯理裹烟。但廉诸抽烟的水平永远赶不上志干，裹烟的水平更赶不上。志干用长烟杆抽烟，廉诸只能用短烟杆抽烟；志干裹烟慢条斯理，廉诸裹烟慢条斯理又漫不经心。

公房静得出奇，没了人声，蝉声乘虚而入，填满每个人缝缝。

众人的目光都落在廉诸手上，目光中带着火，带着油，火与油碰到一起，廉诸一支烟没裹好，就哗哗剥剥燃起来。

"完了没？廉队长，你想包庇嗦？"

别人的目光是火，是油，志富的目光是火上浇油。

"一斤就一斤。"廉诸再次表态。

"绑树上呢？吐口水呢？割面花（方言，伤脸面的意思）呢？"

"只要是撬杆儿，只要偷了生产队的东西，就必须接受惩罚。"

廉诸这话像在对廉背说。

"还是散了吧。廉队长，还是散了吧。"志荣又求情。

"必须严惩！必须严惩！"

廉诸的话在火中通红透亮，一句一句出来都是钉，都是铁，烫手，烫耳朵。

也就在这时，人潮往两边分开，一根长烟杆伸了进来，一个印着"农业学大寨"的搪瓷茶缸伸了进来，一件军大衣伸了进来，一张肉鼓鼓的脸伸了进来。

廉诸立刻跳起来，把志干引到破靠椅上坐下来。才裹了一半的烟，很快就成了光洁完整的一支，装在志干的长烟杆上。廉诸又敏捷地掏出煤油打火机，嚓嚓嚓滚燃。廉诸点烟的动作，与志干吸烟的动作，是一对完美的组合。

廉诸把大拇指推出来，他的大拇指上带着光点和泪点："志书记，'荣华富贵'四兄弟真是少年英雄，我提议给他们戴大红花！"廉诸两手往上扬，鼓动大家鼓掌，鼓掌！

也有人鼓掌，但稀稀拉拉。

众人都明白，廉诸这话有全套。不错，"荣华富贵"四兄弟是志干的娃儿，但廉背是廉诸的侄儿，"荣华富贵"抓了廉背，这鼓掌是叫好呢，还是叫倒好呢？

"撬杆儿是哪个？"

志富为了让他老汉儿看清楚，扯着廉背头发，把他的脸拉得竖起来。

志干只瞧了一眼，立刻把烟杆从嘴里拔出来，往"荣华富贵"身上敲："你们几个浑球、糊涂蛋，廉背娃儿咋可能是撬杆儿？赶紧给老子放了！"

志贵哇哇叫着，跳到人群中去了。志荣委屈挨打，但他不辩解，低头承受。真正抓住廉背的志富与志华反而没挨打。

廉诸赶紧冲上前，搂住志干整条手臂："志书记，'荣华富贵'是少年英雄，不能打！不能打啊！"

志干把长烟杆儿一收，背转身就走："廉队长，既然你嫌我处置不当，好呀，你生产队的事，你来处理，我不管了。"

廉诸急得跳脚："啊哟哟，志书记，你是太阳，照到哪里，哪里亮。你要走了，天就黑了。"

人潮又往两边分，志干没入人潮中。廉诸看见志干把搪瓷茶缸忘了，赶紧大喊着，捧起茶缸朝志干追去。志干是太阳，廉诸永远是夸父。

"绑树上！吐口水！割面花！"

志干和廉诸都溜了，没了太阳也没了月亮。天黑了，就是志富的天下。

"我不是撬杆儿。"廉背仰起头，望着天空，他的心中自有一面太阳。

"你不是撬杆儿，玉麦自个儿长了脚，跑进你背篼里了？"

"我不是撬杆儿。"

廉背的眼中居然还有光，这让习惯天黑的志富很不适应。很快，他就和志华把廉背绑在公房旁边的那棵桤木树上。

那棵桤木树，是经常绑撬杆儿的地方，连绑撬杆儿的那根绳子都还在。

干裂的桤木果核簌簌往下掉，树上安闲啄食的麻雀吓得惊惶飞逃，还遗下几粒白白的粪便，有一粒恰好掉在志富的头上。

志富太兴奋，没有发现，顶着鸟粪四处乱跳。终于，他找到一张踩在泥地里的废报纸，剥了泥巴，拉直了，卷成一顶尖尖帽，卡到廉背头上。

那张报纸，是廉诸组织生产队学习时用过的。廉诸念报纸时，大家都垂着脑壳困瞌睡，报纸没能发挥作用。没想到被踩进泥土了，还有东山再起、发挥余热的机会。

志富一手摁廉背脑壳，一手举过头顶，喊口号。

志贵对志富羡慕不已，他也想按个脑壳喊口号。可惜找了半天，哪个脑壳他都不敢往下按。两只手臂空荡荡地挥来挥去，怪诞而滑稽。

志富恨铁不成钢，他必须好好教一教志贵。他熟练地做着示范，廉背脑壳在他手里，像玩面团，想瘪就瘪，想圆就圆。

只有廉背明白，他的脑壳是脑壳，不是面团。他拼命把脑壳硬起来，眼中发出刺人的光："我不是撬杆儿！"

志富一巴掌朝廉背扇去，想把廉背的话打变形。

但廉背的话太硬，志富没打变形，反倒把自己的手打痛了。志富把巴掌改成拳头，排山倒海，暴风骤雨。

好在，他的拳头终于被人托住了。

这个人是志富的姐姐志慧。

事实上，志慧是家里不受欢迎的人。她的不受欢迎，从出生之时就开始了。志干有了志荣以后，就想一口气再生三个娃儿，合成"荣华富贵"。哪晓得，接下来却生了个女娃儿。这让志干很不高兴，认定是志慧断了他的气脉。后来，好歹凑足了"荣华富贵"，可惜志贵是个瓜娃子。在志干看来，原本他该有四个好娃儿，只是由于志慧抢了道，使得志贵没了路，拼命往外挤，才把脑壳挤坏。这一想，志干就更加不喜欢志慧了。

爹不疼妈不爱，志慧就自己爱自己。志慧读书，一直很努力，一直就是班上第一名，全校第一名。但志干依然多次把她从学校叫回来，不让她读。志慧越慧，志贵的瓜，就越让志干难受。

学校老师舍不得志慧，想了个办法，每次拿成绩单的时候，老师就给志慧戴大红花，敲锣打鼓把志慧送回家。锣鼓的声音很响，四邻八境听到了，都晓得志慧是个能读书的娃儿。志干好歹是大队书记，好这个面子，自然就不好意思再把志慧喊回来了。

依靠这个办法，志慧奇迹般地读到高中。可惜高中在城里读，高中老师不知这个法子。志慧被志干喊回来，也就喊回来了。

那天，志慧正在庄稼地里割猪草。公房里的热闹，志慧本来不关心。但隐约中听到有人提廉背的名字，她才背着背篼跑过来看。于是就看见志富对廉背实施无情打击。志慧一看就来火，抓住志富吼他："你们想干啥？廉背是读书人，咋会是撬杆儿！"

"读书人有啥了不起？读书人就不可能是撬杆儿？"

志富对志慧的逻辑表示不屑，而且恨恨不平。毕竟志富小学没读完，就因为厌学退学。那时候，志干拿着荨麻草打他的脚杆，都没把他打到学校去。

"读书人，有高贵的灵魂。有高贵灵魂的人，不可能做偷窃的事情。"

志富笑得身体直晃："慧姑儿，你确定读书人就肯定不是撬杆儿？"

"读书人肯定不是撬杆儿！"

"你是读书人对不对？"

"我是读书人。"志慧毫不迟疑。

"那你为啥却是撬杆儿？"

"你凭啥说我是撬杆儿？"

"你需要我提醒吗？"志富冷笑一声，"那天，你和廉把钻玉麦地，你们不是偷玉麦，你们去偷啥？"

"志富，你疯了！"志慧的脸红了。

志富更加得意了："说呀，你给全生产队的人解释解释。"

"志慧姐，谢谢你，你走吧……"廉背的声音一直硬得像生铁，此刻生铁化成了铁水。

人群中忽然传出"嗤"的一声冷笑。

这是一个极为细微的声音，原本只该是一粒灰尘，掉进风中，一晃就没了。但它却又细得像一根针，扎得人耳鼓刺痒难受。

不用寻，大家就找到了廉把。

廉把是廉背的大哥。此刻的廉把，大背头，喇叭裤，敞胸衫，双手插裤袋，双眼望青天。

廉把的旁边，还有一个廉口，廉口趴在志慧的猪草背筐上。廉把、廉背、廉口是三兄弟，仿佛一把镰刀分成了三部分。三兄弟的父亲叫廉都，廉都是廉诸的弟弟。廉都和廉诸名字都很大气，廉都的娃儿们却只剩下一把"镰刀"，一把"镰刀"还分成了三部分。

廉把不敢看，廉口才好看。廉口脸上黄一块黑一块，黑一块是往天糊在脸上的鼻涕，黄一块是近期糊在脸上的鼻涕。最好看的还不是这个，而是那直溜溜垂下来的黄鼻涕。廉口的本事在于，就算黄鼻涕差不多垂到地上了，他也能把长达三尺的黄鼻涕，一滴不剩全吸进鼻腔里。

"你笑啥？"

志富不在乎志慧，不在乎廉口和他鼻涕的霜刃。但面对廉把低得几乎听不见的冷笑，他却心里一阵阵发慌。

"我没笑。"廉把继续望天。

"那你解释一下，你们不是偷东西，钻玉麦地干啥？"

"没干啥，说出来你听不懂。"

"你敢瞧不起我！"

"不是瞧不起你，大人的事，你小娃儿懂啥……"廉把又一声轻笑。

"把哥！"志慧一跺脚，走到猪草背篼前。但廉口趴在背篼上，不让志慧走，连鼻涕都急得扭来扭去。

志慧柔声说："廉口弟弟，姐姐没事，你让姐姐走。"

志慧掏出手绢，蹲下来给廉口擦鼻涕。廉口不好意思，躲闪着鼻子，却把手伸进志慧猪草背篼里，准确无误掏出两根玉麦棒子。

廉口太得意，把鼻涕往脸上一抹，瞬间满脸金光闪闪。

廉把一甩长发，走到志富面前："志富娃儿，撬杆儿是不是都应该绑在这棵树上，吐口水，戴尖尖帽？"廉把微笑着，志富觉得廉把的微笑太吓人了，忍不住往后退了两步。

志荣赶紧拦住廉把："算了算了，到此为止吧，大家都散了吧……"

"散了？"廉把表情很严肃，"你们搞到两根玉麦棒子，就得一斤玉麦。轮到我们搞到两根玉麦棒子时，就散了？"

"各自回家吧，大家都不要了。"志荣小声求着廉把。

廉把接过玉麦棒子，向众人挥舞："没抓到慧姑儿这个撬杆儿时，就要一斤玉麦。抓到了，就算了。大家评评理，这叫啥？"

"把哥！"志慧有些发呆，眼珠都转不过来。

"一视同仁！我们也把慧姑儿绑起来，吐口水，戴尖尖帽！"志富抢在志荣前面插话，又骂志贵："志贵你真是个瓜娃子，为啥还稳起不动？"

志贵是个瓜娃子，肯定稳起不动。他还嘿嘿笑，似乎为自己的瓜感到得意。

这时候，廉背忽然抬起脑壳，冲场上大声喊："你们不准抓志慧姐！志慧姐背篼里的玉麦棒子，是我塞进去的！"

太阳从云层里钻了出来，场上一片寂静。

志慧的眼珠终于活了。志慧眼珠子一活，表情也生动了："廉背弟娃儿，你胡说啥呢？你啥时往我背篼里塞过玉麦棒子？你也不可能偷玉麦棒子！"

廉背继续吼："要吐口水，要戴尖尖帽，冲我来，跟志慧姐没关系！"

志富怪笑："不对哦，慧姑儿，你和廉把钻了玉麦地后，难道接着又和廉背钻玉麦地……"

"志富，你！"志慧提起背篼，挤出人群走了。

志富大惑不解："咋了？我说错了吗？她跑啥？"

"志富你真无耻，连你姐姐都要侮辱！"

志富大惑不解，还满脸委屈："我不过就说了句真话，哎呀喂……"

"冲我来！要打要骂，冲我来！别侮辱你姐，侮辱你姐你是畜生！"

一个撬杆儿，凭啥如此嚣张！志富不客气了，上前就打耳光，吐口水，踢脚。

志荣把志富抱住，往人群外拖，又喊志华志贵："走了，跟我回家！"

志富在志荣怀里，手脚发挥不了作用，但他还有一张嘴："回啥子家，去找廉队长，让他称一斤玉麦给我们……不对，两斤，廉背还塞了两根玉麦棒子在慧姑儿背篼里呢。两个一斤，四个两斤……"

第二章　大木斋

1

壁头下面是一截桤木树干。桤木树干放得久了，就干裂出一道一道的竖纹，还给虫子钻出许多洞洞眼眼。壁头是泥巴壁，下半截泥巴已磨掉，露出里面的稻草，露出里面的竹片，最后连竹片都磨得黝黑发亮了。

现在，廉家三兄弟就坐在桤木树干上，背靠壁头，晒太阳。

廉把长伸了脚杆，双手抱在脑壳后，眯了眼，一声声叹气。

廉背弓了背，埋了脑壳专心看半截报纸。

廉口滑下桤木树干，蹲在泥地里，剥一截草茎嚼嚼，呸呸吐两口，又扒一颗野果嚼嚼，呸呸吐两口。

实在没啥可以再呸的了，廉口偷偷瞧了廉把一眼，用背贴着墙，壁虎一样，往外挪。他已挪到转角处，即将滑过去的瞬间，廉把喝住他："廉口，是不是又想去偷玉麦？过来！"

廉口只得垂下脑壳，慢慢往回移，害怕踩死蚂蚁一样。

廉把拿眼睛瞟廉背，嘴里说的是廉口："你不怕被打死？"

廉把瞟廉背，瞟得理直气壮。廉背满脸的伤痕清晰可见，有些地方还冒着血丝，提示着伤痕的存在。

"打死也比饿死好。"廉口小声嘟囔。

廉把拐廉背："你还真看得进去？书中自有玉麦粑？书中自有香米饭？"

"有。"

"在哪里？在哪里？"廉口听不得这个，夺过报纸，拿鼻子闻，还伸舌头舔，"嗨哟，咸的，包过挂面的！"

"包过啥挂面，那是廉背脑壳上的汗！"廉把嘲笑廉口。

这张报纸，就是廉背戴过的那个尖尖帽。廉背从公房回来，小心取下来，理平，折叠好，细细看。从第一版到第四版，又从第四版到第一版，连中缝都没放过。他已经看了好多天了，还一直看得津津有味。

廉背夺过报纸，扯地上的草，擦廉口留在上面的口水鼻涕。

廉把嘲笑："未必然你要把报纸留下来，当传家宝？"

"哥，这张报纸真的就是宝！"廉背递给廉把看，"报纸上说，有个地方，把生产队的地分了，各家各户自己种，就有吃的了。"

风在树叶上横冲直撞，银波翻滚，碧浪滔滔。呼一声飞下来，撞在廉家三兄弟脚下；却又腾起来，仿佛从田里惊慌飞起的斑鸠，湿淋淋的翅膀拍到三兄弟脸上。廉背眯了眼，廉把瞪了眼，廉口左转眼右转眼。

"我把报纸给大爷看过了，大爷扯起报纸就往灶里塞，幸亏我手快，才没给毁了。我跑出来，大爷还在后面追，喊我千万别给志书记看。志书记晓得了，要送我去坐牢……"

"志干这个老东西，早晚我要把他送去坐牢！"廉把恨恨地骂。

"我晓得大爷胆小，害怕志书记晓得了。我偏偏要给志书记看，我就拿给他看了。"

"那老东西咋说？"

"志书记说，好了伤疤忘了疼，你伤疤好了？"

廉把挥起拳头往下砸。

下面是廉口脑壳，廉口赶紧往旁边躲，廉把就结结实实砸在桤木树干上。桤木树干有个刺口，那刺就扎进廉把手里，一块白皮翘起来，还出了血。

廉口怕挨打，赶紧抓住廉把的手吮吸。

廉把还是甩了廉口两巴掌，却又拍到了廉口的鼻涕，气得用手在廉口身上擦。擦完，长发往后一甩，摇摇摆摆往远处走去。

廉口问廉把："哥，你要去干啥？是不是想背着我们偷玉麦？"

廉背望着远方，眼睛眯成了一条线。

2

一场新雨过后，阳光在草叶上闪烁着牙齿一样细密的白光，晃得人睁不开眼。热腾腾湿漉漉的青草香气，有一种让人窒息的激动。

远远地，廉把就看见蹲在坎边割猪草的志慧。

那件碎蓝花衣服，洗了一水又一水，志慧蹲下来，衣服就往上缩，露出腰上一线白亮亮的光。青草的香气太浓烈，熏得廉把头重脚轻。

一阵风从玉麦叶上推过来，玉麦叶子挤挤挨挨，乱摇小手，伸长脖子，一脸的兴高采烈。风把廉把半幅衣襟掀起来，廉把扯下去，拉直，风又给他掀起来。

廉把喜欢敞怀，喜欢挺腰，喜欢昂头。风鼓过来，衣襟往后甩，像一面旗帜。廉把干瘦的身体成了一根旗杆，长长的头发像是旗杆上的红缨。

廉把很喜欢把自己变成一面旗帜的那种感觉。

但廉把现在得把衣襟拉下来，把自己藏起来，不能是旗帜，只能是围腰帕。人在屋檐下，不得不低头嘛。

"慧姑儿，割猪草么？"

风在玉麦叶上打滚，青草在镰刀下发出清脆的呐喊。

"慧姑儿，我来帮你割。"

风是风，青草是青草，玉麦叶子太密，风如何翻滚，都不可能跌到草叶上。廉把本来是旗帜的品性，这样藏着，让他憋屈。他忽然把衣服往外一甩，把头发往外一甩，又恢复到旗帜的样子："慧姑儿，你和廉背钻的是哪块玉麦地？"

旗帜飘飞起来，有裂帛的声响。

"慧姑儿，亏得我对你那样好，你竟背叛我，脚踏两只船！"

"把哥，无聊不？"志慧不看廉把，提起猪草背篼，往远处走。

"志富是你亲弟娃儿，他说的还有假？"

"廉口还是你亲弟娃儿呢，你相信他会去地里偷玉麦棒子？"

"廉背自己承认的，他说你背篼的玉麦棒子，是他塞进去的。"

"廉背是帮我受过！亏你还是他哥，这点你都看不出来？"

"哎哟喂，还帮你受过，这可真是情深意长……"

"无聊不，把哥！"

志慧面前有一大片青草，志慧放下背篼，蹲下来割。

廉把有些急了，绕了半天弯子，见没把志慧绕进去，只得直奔主题："慧姑儿，你想证明自己一心一意，就帮我做件事。"

青草太茂密，挤挤挨挨，朝志慧喊叫。志慧眼里暖暖的，心里暖暖的，向青草张开怀抱。

"慧姑儿，你去把你老汉儿的公章拿出来，你拿来给我，就证明了你的清白，我就原谅你了。"

"你想让我当撬杆儿？"

"我要干一件大事情！我要干一件拯救全生产队人的大事情！"廉把情绪激动，不停地挥动旗帜。

"你这是在求我？"

"好吧，算我求你了……"

志慧笑了。

3

屋里有一张大方桌，桌上有一盏小油灯，小油灯散发着朦胧的光。

大方桌的周围，密密匝匝挤了一圈人，面孔都很模糊，眼睛却很清晰，仿佛眼睛都被点燃了，也散发着朦胧的光。

廉背心里一阵慌乱。

廉背拿起桌上那份《分地通知》，靠近灯光看。纸上那个印章，像一簇跳动的火焰，哔哔剥剥，似乎要从纸上跳下来。

廉背捧着那张纸，换来换去。要不换手，那火焰就要烧着手呢。"这真是志书记盖的章？志书记不是对我说，没接到通知，不能分地吗？"

廉把一把夺过来，拍在桌上。

廉把拍在桌上后，那簇火焰就死了，就老老实实变回一个印章了。

"廉背，你想干啥？"

"哥，你不是大队书记，不是生产队长，咋由你来主持分地？"

"你敢瞧不起我？"廉把两眼发出万支利箭。

"不是。哥，你误会我了。"廉背架不住廉把万箭穿心，赶紧打躬作揖，"如果这个章不是志书记盖的，那就是偷窃……"

"不是志书记盖的，是哪个盖的？"廉把一刀逼过来。

廉背避开刀锋："哥，我的意思是，要分地，我们就搞一个纸约，大家在上面按红手印，就像报纸上写的那样。以后上头查到了，大家一起担责。好汉做事好汉当，不能连累志书记。"

"志书记都盖章了，你还脱裤子打屁，多此一举！"

廉把不想再和廉背多废话，他鼓动群众："志书记都盖章了，他还脱裤子打屁。你们说，这是不是多此一举？"

"脱裤子打屁，多此一举。"

"这也就是读书，读迂了吧……"

黑暗的洪流荡漾开来，向四周蔓延，把廉背卷到角落里。

没有人再理会廉背，廉背此刻属于黑暗的一部分。所有人都往桌子中间挤，争夺那一缕油黑的暗光。

一股焦臭传过来，谁的头发被点燃了？

4

这个秋收比往年来得迅捷。

玉麦棒子很快被掰下，蜕皮，交叉扎一个领结，挂在壁头外面的架子上。一排紧跟一排，齐齐整整，干干净净。

玉麦棒子没想过，它们也有成为绅士的一天。

玉麦枝干也有了尊严，不再被胡乱揉成一堆，当了柴禾，它们还有了体面的去处。青绿的玉麦叶，割下晒干，当牛羊越冬的食草。多汁的玉麦秆，洗干净，砍成段，蒸在锅里熬糖。结实的玉麦根，挖出来，晒干了，背回去当柴禾。干脆的玉麦叶，连同地里的杂草，都拨到一堆，埋进泥土里，沤烂当肥料。

这个秋天的玉麦地，各种事物都被一一记录下来，装订成档案。

庄稼地洗了个澡，立刻开始换装了。

泥土翻挖出来，捣碎了，刨松了，铲平了，开始播种油菜籽和冬小麦。青翠的冬小麦地，明黄的油菜花地，作为美丽乡村的两幅画卷，还没展开，它们已经在村人的脑海里灿烂。

气象也截然不同。

集体生产那会儿，是一番热火朝天的景象。全生产队的人，都挤在一块地，排成一排，喊着号子往前铲地。为了保持号子节奏不乱，哪怕好些地方没铲到，也不能回铲。节奏是火线，火线往前推进时，撼天动地，吞吐八荒。

土地包产到户后，这个热闹忽然就不见了。大家都小心翼翼，胆战心惊，怕惊扰了田野的安静。看不见火线，也没有节律分明的号子声。布谷鸟在河湾叫，麦枯鸟在山冈叫，李贵阳（一种灰毛白肚的鸟，叫声像是在唤人名"李贵阳"）在枝头叫。

不过，安静忽然在公房被打破了。

往年，秋收以后，公房是最热闹的地方。土地下户，各家各户把粮食收回自己屋里。公房就像分家后的祖屋，敞着门，斜着窗，娘老汉儿倚门眺望。蛛网在门窗上拉出长长的丝线，黄昏的屋檐，暮色低垂。

公房忽然就热闹了，热闹得让人猝不及防，仿佛梦回四世同堂。

几个公安来到了公房。

和公安一同来的，还有公社书记田成。

田成是蜀山公社的老书记，但他其实刚上任不久。前一段时间，他还戴着一顶"帽子"，在外地一个农场养猪。后来，上面把他的"帽子"摘了，他因此"新任"了蜀山公社的老书记。

新任的第二天，田成就随公安来到道泉大队，处理道泉大队书记志干私自组织道泉二队分地的问题。

公安一来，二话没说，就取出手铐搭在志干手腕上。

志干当了二三十年大队书记，多次看过手铐搭在别人手腕上。手铐搭在自己手腕上，这还是头一遭。他的身体很丢脸地抖起来，肩膀上的军大衣，垮山一样崩塌着萎到地上。

"公章，不是，我盖的……"

志干好不容易把一句抖动的话按平。

"你是大队书记，公章在你那里，你不拿出来，咋盖在纸上？"

"我的公章，是被，是被人偷出来盖上的……"

"公章被偷，你为啥不报警？"

公安很厉害，逻辑清楚明白，点中志干七寸。

志干找不到公章，确实应该报警。那么，志干为啥不报警呢？

事实上，道泉二队把地一分，志干就明白是廉把偷了他的公章。道理很简单，生产队的田地，是在廉把的主持下分的。这个假的《分地通知》，也是廉把拿出来的。公章不是廉把偷的，又是哪个偷的！

志干当时就找过廉把。廉把拿出《分地通知》亮给志干看："你都发通知给我们了，我们能不分？"

"这个通知是假的。"

廉把又指着印章，亮给志干看："盖了印章，却说通知是假的？难道这个印章是假的？"

"印章不是假的。"

"印章不是假的，通知却不作数！难道你这个大队书记是假的？"

廉把把《分地通知》拍得山响，拍出一种理直气壮的霸道。

志干讲不过廉把，还吸了一肚子气回去。

志干怀疑公章是他某个娃儿偷出去给廉把的。回去后，把四个娃儿叫到桌边，烟杆在桌上梆梆敲。

志荣拿目光扫视三个弟弟，表情比他老汉儿还严肃："你们哪个拿公章出去给廉把盖的，赶紧告诉老汉儿！"

志富不服，率先吼起来："志荣，凭啥说是我们偷公章，不是你？"

志华一向维护志荣，吼志富："哥是哪个，他咋可能偷公章！"

有了志华帮助，志富就晓得没胜算了，于是转头吼志贵："肯定是你偷的！"

"不是我偷的。"志贵睁大眼。

"不是你偷的是哪个偷的？只有你瓜，只有你可能偷。"

"对呀，只有志贵这样的瓜娃子才可能偷。"志华觉得好有道理。

志干也觉得好有道理，拿眼睛瞪志贵。

志贵看看这个，又看看那个。看看那个，又看看这个。看来看去，还就是看来看去。

志慧恰好割猪草回来，赶紧说："公章是我拿给廉把的。"

志富眼珠骨碌碌一转："慧姑儿，你不用为志贵遮掩。你骗不了我们，关上门，我们就不说假话，你是哪个，咋会偷？公章肯定是志贵偷出去的！"

"就是，姐，你就喜欢为别人打抱不平。"志华觉得好有道理。

志干志荣都觉得好有道理。

志慧继续争辩，但没人听她的。兄妹几个吵成一团。独有志贵看看这个，又看看那个。看看那个，又看看这个。看来看去，还就是看来看去。

志富再一次展示他聪明的一面："老汉儿，志贵瓜，但我们不瓜。我看嘛，地分了就分了，不追究了。廉把还算有良心呢，把桤木坡分给咱们了。生产队只有桤木坡和木槿坡两块好田。要是廉把不主持分田，由你来主持，你好意思把桤木坡分给咱们么？"

"不会。"志干嘭嘭嘭吸烟，书记的气质立马回来了。

"对呀，我们不妨装聋作哑默认了。"

"上头要是查下来，咋办？"志华还是有点担心。

"上头查下来，我们就说是志贵偷的。"

"我再说一遍，不是志贵，是我。"

"慧姑儿你就别添乱了。志贵是瓜娃子，上头听说是个瓜娃子干的，肯定就不会追究。说是你干的，一索子就捆你去坐牢。"

"捆去坐牢也不能冤枉弟娃儿！"

"好了好了，都不说了，这事就这样。"志干取出烟杆，在桌上梆梆梆敲了敲，这是志干书记一向拍板的姿势。

哪晓得，公安直接就把手铐搭在志干手腕上。志干脑壳里好像飞着一窝牛角蜂，闹腾得脑浆成了一锅粥。先前找好的借口，也都被搅得支离破碎，吐不出来了。

志富赶紧跑过来，帮他老汉儿把理由翻出来："公章是志贵偷的！"

"志贵是哪个？"

"志贵是个瓜娃子。"

志贵果然是瓜娃子。这时候，他居然还对着公安嘿嘿笑。

"既然是个瓜娃子干的，我看嘛，教育教育就算了，不抓人了嘛……"

这话是田成说的。田成刚刚"官复原职"，屁股还没落到那把椅子上，公安已经到他办公室，让他协助处理志干私自组织分地的案子。田成当时就觉得这件事有点蹊跷。田成在蜀山乡干了很多年，志干这个人，田成还是比较了解的。他觉得志干虽然名"干"，但他"干"不出这样的事来。志干这个大队书记，作风霸道，在道泉大队像个土皇帝似的。但是霸道归霸道，私自分田地这样的事，肯定与他无关。

实际上，根据田成的了解，私自分田地这样的事，在全国已经不是首例。很多地方都自发地分了，还起到了很好的效果。不过在蜀山这样偏僻的山乡，大家似乎都还没听说过。真要干出这样的事，那绝对是有超前眼光的人。显然志干不属于这样的人。

所以，当时田成就给公安说，希望这件事暂缓一下，让他把情况了解清楚了再说。但是公安的态度很强硬，公安说，他们是在执法，通知田成，也就是让他配合执法。公安把话说到这了，田成自然无话可说，就跟着来了。

到了现场后，田成一直一语不发，他想利用这有限的时间，迅速搞清楚事情的来龙去脉。他肯定其中另有隐情，只是不知这个隐情是啥。当大家说到是一个瓜娃子偷了公章后，他立刻插话，希望公安能就此打住。

但是事情的发展出乎他的意料。就仿佛他面对一部他驾驭不了的新机器，这部机器用让他陌生的方式，自动快速运转起来了。

但见志富抬手就给志贵一巴掌。"好呀，不打不成才，棍棒下出好人！"

志慧却把手伸向公安："公章不是志贵偷的，是我偷的，你们抓我吧。"

志富恨得跳脚："公安，你们别听她的，志贵是她弟娃儿，她包庇弟娃儿。"

尽管田成无法驾驭这部机器，但他也不能让这部机器成为一匹脱缰的野马。作为骑手，他得设法坐到马背上，把方向和节奏控制到自己手里。因此他对志慧道："你一个女娃子，咋可能偷东西？你别……"

他的话没说完，廉背却又挤了进来，把志慧挤到一边，向公安伸出双手："公安，你们铐我吧，公章是我偷的。"

公安已经把手铐从志干腕上取下来，本来想搭在志贵腕上，面前却有六只手。一副手铐，这咋分配？

廉背见公安犹豫，就找理由说服公安。他转身问志干："志书记，先前我是不是和你说过分地的事，当时你不同意，对不对？"

廉背说："你不同意，所以，我就把公章偷出来盖上，再把《分地通知》交给我哥。我还对我哥说，是志书记让他分的。"

廉背说："志富，你不是说我和志慧姐好吗？我今天承认，我确实和志慧姐好上了。我正是利用和志慧姐好的机会，到你们家里，偷出志书记的公章，盖在《分地通知》上，交给我哥，我哥就把地分了。"

廉背的逻辑清楚明白，在场的人不得不信，连公安也被说服了。

手铐发出一声脆响，像金属折断的声音，惊得志慧浑身一震，也惊得田成浑身一震。

廉背随公安远去了，看不见了，但是他的背影却依然像一块烧得通红透亮的金属薄片，立在原地。众人从那金属薄片旁边走过，身影就被烧得嗞嗞作响，化成气雾飘散到空中。

志干把军大衣往肩上一提，不怒而威，双手像赶鸭子："没事了，没事了，都散了吧，散了吧。"

志干的满不在乎轻松自在，一瞬间就激怒了田成。这样的人当大队书记，简直就是道泉大队的灾难。田成原本就对志干很不满，只是他一个公社书记，时时被揪斗，不满志干，却也无可奈何。现在他"官复原职"，就有这个权力了。于是他喊住志干，严肃地批评道："志书记，你等等，别人没事，你不能没事。你是大队书记，公章在你那里。出了这么大的事，你能没事？"

田成毫不客气免了志干的职务，让道泉二队队长廉诸代理大队书记。

志干愣在那里，军大衣像垮山一样崩塌在地上。没有了军大衣的志干，如同一只烤焦脱毛的垂头公鸡，骨架支棱，毛桩长短不一。

志干那个样子，烤焦他的，似乎并不是田成对他的免职，而是廉背留下的空气中的那块通红透亮的金属薄片。

田成走后，廉诸捡起地上的军大衣，在后面追着喊"志书记"，喊得长声幺幺，底气十足。

只是任凭廉诸喊声震破天，志干都垂着头，慢条斯理地往前挪去，渐渐成了山水间一个被烧焦的黑点。

军大衣送不出去，廉诸拍拍灰土，干脆甩一个圈，披在自己身上。他还把肩膀抖几抖，把衣领提一提，龇出大黑牙，笑问："你们给瞅瞅，我披这件军大衣，像不像志书记？"

"不像志书记。"众人笑。

廉诸有点尴尬了。

"不像志书记，但是像廉书记。"

"啥子像廉书记，人家本来就是廉书记。"

廉诸快活无比，把军大衣扯下来，朝志荣扔过去："志荣，给你老汉儿拿回去吧。告诉他，天变冷了，军大衣脱不得。"

志荣接过军大衣，面无表情走了。

廉诸又对众人威严地大喊："还愣着干啥？都回去准备好，明天去和尚包挖地。晓得不，该种油菜籽了！"

廉诸嘭嘭嘭吸叶子烟，脚下是云，头上是雾。

5

田地分到各家各户，仅仅过了一个秋天，又恢复了原样。

尽管仅仅过了一个秋天，人心却像过了一个世纪，拉不回来了。

天刚蒙蒙亮，廉诸就在高音喇叭里安排工作。廉诸的声音像一口蒸锅，大老远，就能感觉到那种热腾腾臭烘烘的滋味。这种滋味，和廉诸以前的滋味是不一样的。以前的廉诸，也在高音喇叭里安排工作，但温吞吞，像上不来气的甑。当上代理大队书记后，廉诸的声音就像加了一包炸药，那甑不但气冲牛斗，连锅都要掀翻了。

刚好相反的是，廉诸的喊声响彻云霄，生产队的人却像奔耳的老牛，任随鞭子横着竖着往身上落，老牛就是不往前走。都半晌了，雾开云散，太阳爬几竹竿高了，生产队的人，还拖拖沓沓没到齐。到齐的也在磨洋工。挖几锄，就把锄把支在胸口上，闲摆。甚至干脆把锄头塞到屁股底下，吐痰，抽烟。

以前铲地都是喊号子，节奏分明，火线推进。生产队长不说歇，哪个敢放锄把！那时候大家也不愿坐下来，哪怕磨洋工，也要站着。嘴里摆着龙门阵，手上还得胡乱挥动。记分员孔老九在那儿盯着呢，要扣工分呢。工分就是口粮，少一分就少一碗粮，少一碗粮就要饿死人。只要不坐下来，孔老九你敢扣分，老子就跟你拼命！但坐下来，屁股落地了，那就是证据，百口莫辩。

那时候，廉背的娘徐桃背着廉背干活。廉背饿了，在徐桃背上哇哇大哭。徐桃得奶娃儿，刚坐下来，坐在树荫下的孔老九就说："坐一次兮扣一分。"

徐桃大怒："你为啥一直坐？"

孔老九眯着眼睛摸胡子。孔老九厉害，把几根鼠须摸出一大把胡子的感觉。

"我记分兮！"又补一句，"你能乎？"

徐桃怔了半天才叹口气："我徐桃今后就是穷得没裤儿穿，也要供我儿多读点书，多认几个字，长大了也好当个记分员！"

大约廉背在婴儿时期，就把这话记住了。所以长大后，廉背就一门心思读书，昼夜不停。最后读得徐桃都受不住了，劝廉背："儿啊，差不多就行了，当个记分员，已经绰绰有余了……"

徐桃被扣工分后，就吸取了教训。以后哪怕喂奶，也不坐，一手托着娃儿，一手摇晃锄头。

土地重新收回，最高兴的除了廉诸，还有孔老九，因为他又可以去树荫下坐了。廉诸看到没人认真干活，孔老九竟然还在树荫下满不在乎，一时怒火中烧，上前踢了孔老九一脚："你还能稳得起！你是记分员，没看见那些人塌着吗？扣分呀，坐一次扣一分！一杆烟了还在坐的扣五分！"

有大队书记撑腰，孔老九底气就足了，雄赳赳气昂昂跨过和尚包。可惜的是，去时走的"龙岗"，雄赳赳气昂昂；回时走的"蔫岗"，疲沓沓软绵绵。去时阳光灿烂，回时雨雪霏霏。

"你咋了？哪个打你？"

"众怒难犯，众怒难犯……"

孔老九就像脑壳被打蒙了，一句话说得莫名其妙。

打狗看主人！廉诸忽然想到这句话。这是决定性时刻，这时要不站出来立个规矩，他这大队书记，就白代理了。

从"龙岗"走过去，就不能从"蔫岗"爬回来！

只可惜，刚翻过"龙岗"，廉诸立刻发现不妙。志富和志华，已经站到他面前，后面还有一大群人。志富、志华从两侧向他包抄过来，四只青春的拳头，雨点一般洒落在廉诸苍老的头皮上。廉诸蹲了下去，他的眼睛看不见了，耳朵听不见了。廉诸晓得这是真正的暴风骤雨，只有真正的暴风骤雨，才能让世界上的一些声音都消失。

廉诸不可避免地从"莺岗"爬了回来，最后爬回自己床上。

趴在床上的廉诸，一时间焦躁无比。以前受了气，就直接去找志干，让志干出面为他讨公道。现在自己成了大队书记，找哪个呢？找田成？不成呢，刚代理了一天，就干不下去了，白白地被人嘲笑。

趴了半天，翻了半天，廉诸忽然想到一个法子。廉诸的法子就是继续这么趴着、翻着。趴着翻着是法子？还真是法子。只要他廉诸趴着翻着，就没人安排生产队的工作。廉诸代理大队书记，但并没有卸任生产队长，生产队每天的活，还得他去喊高音喇叭来安排。他不去，生产队的活就一盘散沙。一盘散沙大家就会饿肚皮，饿肚皮就会着急，着急就会来求他。求他一次不行，求他两次不行，最后就让肇事者志富、志华来给他道歉。廉诸大人有大量，饶恕了他们，重新站起来安排工作。众人识得廉诸的厉害，从此后没人再敢违逆他的命令。

但是廉诸失望了。

好多天了，都没人来求他。别说求他，哪怕来一个人看他都没有。好歹是书记，好歹廉书记受了伤，难道不该来看么？别人不来看，徐桃母子也不来看么？那些年，要不是他廉诸当生产队长，徐桃母子孤儿寡母，早就饿死了！

廉诸趴不住了，让他婆娘杨柳出去打探一下。

很快，杨柳就带回消息："大家都在使劲铲地呢……塌在地上磨洋工的一个都没有呢……奶娃儿的一个都没有呢……"

"不是没人安排吗？"

"有呢，志荣和廉把在安排呢。"

"志荣和廉把？他们是哪个？他们有啥权力安排？"

"他们就安排了呢。"

廉诸呆了半晌："都听他们安排？"

"都听他们安排呢。"

廉诸又趴回床上，这次是真的爬不起来了。

6

却在这时，上面又下了政策，田地可以分到各家各户了。

政策像一个打气筒，本来满村蔫不拉几的身影，忽然就蹦起来，站直了。那些涣散的眼神，也像鼓荡的翅膀，扬起了风帆。

廉诸精神又来了，翻身下床。村人认为，这是第二次土地下户，但在廉诸看来这必须是第一次。既然是第一次，就得重新分田地。廉把私自搞的那次不能算，他主持分的才算。

可惜生产队没人在乎廉诸的想法，大家早已迫不及待冲进原先分好的田地里，抢锄的抢锄，挑粪的挑粪。廉诸招呼大家到公房开会，在高音喇叭里吼得嗓子都哑了，把喇叭膜都震破了，竟然没一个人来。包括孔老九——以前一直屁颠屁颠跟在身后的，也不来了。

不能就这么算了。不分地，他这个大队书记当着还有啥意思！就算不兜底重新分，也得搞点微调。

廉诸的微调就是，让廉把拿出和尚包，换志荣家的荒茶岭。

两个地方都是荒山，不出庄稼，只有一些杂树，换不换似乎都一样。但其实大不一样。"荣华富贵"兄弟在和尚包打过廉诸，廉诸把这个荒地给他们，就是有意恶心他们。

荒茶岭上有棵数百年的老茶树，名叫大荒茶树。生产队时期，大荒茶树上每年的新茶，基本上只有大队书记志干有资格去采摘。现在让他们拿出来，换给廉把一家，这样，志干就摘不成了——这又是对志家的另一种恶心。

廉诸确实想恶心志家，但廉诸是哪个？人家是大队书记，大队书记的觉悟是很高的。因此，在田地微调的时候，他首先就做出了牺牲，把原先廉把主持分给他的木槿坡肥田，拿了一部分出来，换给了廉把一家。

一颗石头丢进水里，必然会激起浪花，哪怕只是一颗小石头。

所以，志富带着志华来找他闹，就再正常不过了。闹有啥用，他廉诸是大队书记，大队书记拍了板的事，就要作数。这是廉诸当大队书记以来第一次拍板。不作数，他还算啥子大队书记！

志富不同意好理解，奇怪的是，廉把也不同意。

廉把是廉诸侄儿，连解释都不需要，一顿烟杆子挥下来，廉把自然就走了。

石头丢在水里荡起的浪花，并没有完全平息，浪花从水中滑过了，水面涌动一下就停歇了，连停留在水面的那片干玉麦叶子，都会一直停在那里。但是浪花涌到岸边，拍击岸边的泥土，浪花就被撕碎了，还会搅起一阵浊浪。

这阵浊浪，就是廉诸婆娘杨柳的吼闹。

杨柳长得很好看，但是她却很闷，平常几乎不说话。杨柳之所以闷，与她作为生产队长廉诸的婆娘，却不生育有很大关系。一个连崽都不下的女人，还有啥资格叽叽喳喳？

杨柳闷，除了不下崽，还因为志干总会定期到廉诸家喝酒。说也奇怪，千杯不醉的志干，每次到廉诸家喝酒，都会喝醉。一喝醉，就走不动路，会在廉诸家留宿一晚。而每次志干到廉诸家留宿后，杨柳往往就更加闷。

廉诸代替志干当大队书记的时候，杨柳的话就变得有点多了，干活路时，也爱和别人聊一聊。当然了，自从志干不担任大队书记后，他也就没再到廉诸家喝过酒，更不可能醉得需要留宿在廉诸家。不晓得这是不是杨柳变得话多的一个原因。

土地下户，就意味着各家种、各家吃，种得好也就吃得好，没种的就没吃的。廉诸尽管是大队书记，但既不能安排别人种庄稼，别人也不会来帮他种庄稼。能不能种庄稼，全靠家里有没有好地，全靠是不是在土地上花了工夫。要说种庄稼的本领的话，杨柳绝对是比廉诸更有发言权的。不晓得这是不是杨柳变得话多的另一个原因。

原先廉把分地，廉诸家分到了木槿坡，杨柳本来暗自高兴。没想到廉诸竟然把木槿坡给了徐桃。分到手的田地，又送出去了，而且还送给徐桃，杨柳就不仅仅是话多，她的话就变成了风暴。

但是尽管杨柳掀起了一场话的风暴，但是廉诸依然没有把她当回事。杨柳的话语风暴，在廉诸看来，顶多算一个屁。以前杨柳不说话，放的是哑屁。后来能细声细气说一些了，放的是暗屁。接着咋咋呼呼，放的变成了明屁。现在嚷叫，放的就是响屁。无论是哑屁、暗屁，还是明屁乃至响屁，在廉诸看来都是屁。既然是屁，放了就算了。

7

田地再次回到各家各户后，农活就像一根点燃的引线，刺啦啦直往前蹿。硝烟的味道，很快就弥漫了整个村庄。这是静悄悄的硝烟，没有喊杀声，没有枪炮声，但是那种呛鼻的味道，浓得让人窒息。

也就在这种窒息中，传来一个消息：廉背回村了。

廉背能回村，得益于公社书记田成的极力说情。

事实上，当公安把廉背带走的那一刻起，田成就在为廉背奔走呼号。他看出来了，廉背在为别人顶缸。究竟为哪个顶缸，现场成了"罗生门"，一时分辨不出来。但有一点是肯定的，公章绝对不是廉背偷出来的。不是廉背偷的，廉背却甘愿为别人背锅，也就是那一瞬间，田成就喜欢上了廉背。小小年纪，就这么有担当，田成不能让这个娃儿受委屈。

田成跑到公安局局长的办公室里，坐着不走。田成说："我是快退休的人了，几十年来，我从来不说假话。我用信誉向你担保，这个娃儿绝对不会偷公章。他只是代人受过，虽说有点糊涂，但咱们不得不承认，这娃儿有一副侠义情怀。这样的好娃儿，咱们不能冤枉他！"

公安局局长笑道："田书记，你的心情我理解，我也觉得这娃儿不坏。但是，你要明白，这件事性质是很严重的。这不只是一个偷盗问题，而是一个政治问题，是公有制还是私有制的问题，是社会主义还是资本主义的问题……"

田成急了："你别上纲上线，你不是不晓得，全国已经有好多地方都把田地分了，只不过咱们这里偏僻，很多人不晓得罢了。"

公安局局长清楚田成是一根筋，他要不是一根筋，就不会几度起落。是一根筋，就没法和他谈。公安局局长赶紧往外推："不是我上纲上线，这事是庄书记点了名的。庄书记说了，要抓一个典型。不处理，全市人都跟着学，蜀山就变天了！"

庄书记是市委书记，田成只得去求他。

这是田成复职后，第一次走进庄书记办公室。田成复职，靠的就是庄书记帮他说好话。田成复职后第一次走进庄书记办公室，不是去感谢他，不是向他汇报工作，不是向他表决心，而是为一个娃娃偷盗的事着急忙慌，庄书记一听就来气！

"田成，你是不是又想去养猪？"

"庄书记，我养了几十年猪，我养猪的技术不错呢。"

"那你就回去考虑考虑，是继续养猪，还是继续当书记！"

庄书记给田成出了一道选择题，然后就把田成轰出办公室。田成不想做选择题，要是按照以往的性格，他就直接去了养猪场。但是现在田成仅有几年就要退休了，再去养几年猪，可能就永远回不来了。而且田成已经感觉到，气象已经有很大不同。这个时候，他不能虚度光阴。

田成回到乡上办公室，坐到那把书记椅子上。这还是他复职以来，第一次坐到那把椅子上。田成太累了，这时候城里到乡上还不通客车，田成赶一截农用车，又走一截。当他坐到那把公社书记的椅子上时，已经累得不想起来了。

事实上，田成已经放弃了选择。他刚回来，工作千头万绪，他顾不上廉背的事了。甚至在白天，他几乎把廉背忘了。不过一到晚上，廉背那个灼热的背影，又会浮现出来，灼烤他的心，让他整夜整夜睡不着。

好在，上面很快就下了通知，允许田地下户了。

田成赶紧再次去城里找庄书记，田成说，就算廉背偷了公章，那也不过是提早几天让土地下户嘛。既然土地都下户了，就把廉背放了吧。

这是田成复职后，第二次去找庄书记。第二次找庄书记，依然只是为了廉背的事。庄书记心里的愤怒，可想而知。所以，尽管田成说得振振有词，但是庄书记就是那么严谨端庄，坚决不松口。

好在不久后，庄书记调离了东坡市，廉背终于被放回村里。不过尽管廉背回来了，但是田成心里却一直有些不安。他数次问自己，如果不是上面政策改变了，如果不是庄书记调走了，自己会不会继续营救廉背呢？为了廉背，是不是有决心重新去养猪呢？

田成没法回答这个问题。

廉背即将回村的消息，很快传遍道泉二队。田边地角，村人碰到一块儿，都热烈讨论，竖大拇指。农活的导火线尽管还在屁股后面冒烟，但大家都不急，回身一脚就踩熄了。大家说，廉背回来，必须给他戴大红花，放鞭炮，敲锣打鼓，夹道欢迎。

大家还说，这样的人，就应该当生产队长。只要这样的人当生产队长，田地就不会再次被收回去，大家就肯定能够把肚皮整饱。

于是就去找廉诸，让他把生产队长让出来。

"你已经是大队书记了！"

"田书记说过，让你快点物色生产队长人选。田地下户，一个时代都过去了，你难道还没物色到人？"

廉诸无话可说。但是无话可说他就输了，他必须说："廉背还是个娃儿呢，还没满十八岁呢……"

"甘罗十二为上卿，廉背今十七矣，当一里正，有何不可？"

这话是孔老九说的。孔老九一贯是廉诸跟屁虫，竟然帮廉背说话，廉诸惊得目瞪口呆。

平常大家都把孔老九当成一个廉诸的跟屁虫，跟屁虫自然满身屁味。不过现在却都觉得孔老九的话很香，都争着去分析孔老九话中的"微言大义"。"里正"嘛，自然是生产队长。那么"上卿"又是啥子？

"上卿者，总理也。"

"哇，那可比生产队长高好多级！"

村人就愈发坚定了要让廉背当生产队长的决心。不管廉诸同不同意，反正大家一致同意，道泉二队的生产队长，非廉背莫属！

8

廉背回村那天，道泉二队上上下下，齐齐聚在公房，捧红花，提响炮，架锣鼓，扭秧歌。总指挥就是孔老九。孔老九当了半生记分员，一直没人服他，全生产队的人都和他有仇。但这会儿，因为他把廉背与"总理"相提并论，大家觉得他变亲切了，都听他的指挥。

不过，左等右等，一大晌午过去了，还不见廉背回村的身影。生产队里的娃儿，一次次从高坡上冲下来，向大家传递信息。可是兴高采烈的娃儿们，每次告诉大家的，都是还没看见人。

廉背咋了？难道被无罪放回的消息是假的？难道田地又要收回去？大家就有些焦躁，怕惹火烧身，有些就悄悄走了。

其实，廉背并不是没回来，而是半道上被人截住了。

截住廉背的不是别人，是他的哥哥廉把。

廉把截住廉背，正常，又不正常。廉把是廉背的哥哥，截住廉背当然正常。但廉把截住廉背之前，去了一趟志家，让志慧和他一起去，这就不正常了。

廉把去找志慧，志慧也觉得不正常。

廉把为了让他见志慧这件事变得正常，一开始就承认错误。

"我让廉口把玉麦棒子藏在你背篼里，是想救廉背。志富是你弟娃儿，他不会斗争自己的姐姐。哪晓得……"

"我冤枉你和廉背钻玉麦地，是因为吃醋，不想让你和廉背好。廉背为了撇清关系，他就应该否认。哪晓得……"

"我让你帮我把你老汉儿的公章偷出来，是为了全村人能够吃饱肚子。村人为了吃饱肚子，是绝对不会告给上头听的。哪晓得……"

"公安来抓你老汉儿的时候，我确实没有及时站出来，代你老汉儿接住手铐。我不接手铐，是因为毕竟公章不是你老汉盖的，公安不会为难他。这件事是我干的，只要我不说，公安就不晓得。哪晓得……"

志慧实在忍不住了，把镰把猛插到泥土里，冲廉把吼："哪晓得！哪晓得！你的意思是，错误都是别人犯的，你被冤枉了？"

"错误确实是别人犯的。但我要为别人犯的错误负责。"

"你好高大上呀！"

"我就是这样高大上的人，你应该正确认识我。"

廉把长发往后一甩，双手插进裤袋，嘴里吹着口哨——就这个"三件套"的动作，已经无数次让志慧没法生廉把的气了。尽管廉把明显是巧言令色，但是志慧总在这时，无原则地选择原谅他。

"你要为别人犯的错误担责，你说吧，你要咋担责？"

"咱们一起去把廉背接回来。然后咱们当着全生产队人的面，承认公章是咱们偷的，不是廉背偷的，不能让廉背背黑锅。"

"现在承认还有啥用？"

"不是有用没用的问题，承认错误，关乎诚实道德！"

9

廉背终于回来了，左边站着廉把，右边站着志慧。

村人很激动，觉得廉背配得上这个派头。

鞭炮点燃了，锣鼓敲响了，巴掌声巴巴，欢呼声呼呼，整个公房成了蜂房，到处都是带着尖刺的嗡嗡之声。

廉背也激动了，他双颊绯红，两眼放光，嘴里喘粗气。

廉把猛咳了几声，廉背没听见。

廉把又猛咳了几声，廉背还是没听见。

廉把给廉口使个眼色，廉口冲上前，在廉背脚上猛踩一脚。廉口下脚太重，廉背受不住，惊叫起来。

"廉背，晓得痛哇？"

廉背醒悟过来，想起廉把说过的话，赶紧把大红花摘下来，给廉把戴在身上。

锣鼓停了，巴掌熄了，硝烟渐渐散尽。

廉背笑一笑，双手合十："叔爷老辈们，把公章偷出来帮大家分地的，不是我，是我哥廉把和志慧姐。这朵大红花，我没资格戴，应该戴在廉把哥和志慧姐身上，他们才是英雄！"

志慧满脸涨红，低声忏悔："偷公章这件事，像一块沉重的石头，一直压在我心头……"

廉把忽地摘下大红花，扔在地上，大喊："我不是啥子英雄，当撬杆儿是可耻的，能叫英雄么？不过，如果当撬杆儿能给大家谋福利，让大家过好日子，我宁愿当一辈子撬杆儿！"

廉把头发飘着，衣服鼓着，又恢复了旗帜的本色。

"好，巴巴掌！"廉口大喊鼓动。

鼓掌是有传染性的，哪怕是由满脸鼻涕的廉口带头鼓掌，大家也会跟着拍。

"牺牲我一个，幸福全村人。这就是我廉把的人生目标。叔爷老辈们，今天我把话撂在这里，你们都做个见证，监督我一生。我廉把哪怕一辈子被人当成撬杆儿，也要让全村人过上好日子！"

"好，猛烈的巴巴掌！"廉口再大喊一声。

廉把与廉口如同两块云，在公房上空缠来缠去。很快，暴雨就下来了。瓦面响，树叶响，池塘响，哪儿都响，哪儿都不响，天地间就只剩下水了。

廉口澎湃了！平常遭人厌弃的他，竟能掀起一场风暴。他跳来跳去，抓起鼻涕，豪横地四处甩。

廉把最怕的，就是廉口把握不住自己。一个满脸抹鼻涕的，豪横个啥呀，别把正事给忘了呢。廉把悄悄把脚伸过去，挡在廉口面前。廉口跌了一跤，跌得满脸泥巴，他这才想起来，挥手大喊："生产队长呢？你们说好的生产队长呢？生产队长应该给我哥呢，应该给我哥呢！"

"究竟是哪个哥？廉把还是廉背？"

廉把还是廉背，看起来像是廉家的问题，其实是全生产队的问题。

廉背忙解释："我不当生产队长，让我哥当吧，我还小呢。"

"甘罗十二当……当总理。"那人不确定，又问孔老九，"总理，对不对？"

"甘罗十二为上卿，惜乎几年后就死矣！"

孔老九眼珠骨碌碌转，做了这一番解释。

"为啥就死矣了？"

"天厌之矣！天厌之矣！"

"说人话！"众人冒火了，在孔老九脑壳上拍一下。

"年龄太小了，压不住大官。"

这人话果然好懂多了。但是听懂了，大家反而不信，都拿眼看廉背，希望廉背应承下来。

廉背再推："我说过呢，我还小，我有重要的事做呢。"

"你有啥子重要事？"

廉背说完就走了，也不回答。他的脚步轻盈，像雨后水面跳荡的阳光。

志慧望着廉背远去的背影，有些发呆。

廉口又甩鼻涕豪横了："我哥当生产队长了，巴巴掌，猛烈的巴巴掌！"

"巴巴掌，猛烈的巴巴掌！"

第三章　梦蝶室

1

一冬，一春，又一夏。

到第二年秋天，粮食真的大丰收了。

黄澄澄的玉麦棒子，在房梁下摆开一排排整齐的方阵，沙场秋点兵的样子。仰头一望，心潮就涨起来。稻米收回，晒干，装进圆形粮囤。有人还特地用红纸写了一个"丰"字，贴在粮囤上。以前只在画中看过，现在稻米实实在在装满粮囤，写个"丰"贴上去，感觉自己也上画了。红辣椒摘下来，用线穿成串，挂在门两边的窗格上，像挂红鞭炮。坯房外面的架子上，豆荚劈开两腿骑上去。骑着马儿唱着歌，丰收的喜悦满山坡……

当然了，也不全是丰收的景象。比如廉把家就不是。

那时候，不集体生产了，名字也就变了。大队变成村了，大队书记变成村支书了；生产队变成组了，生产队长变成村民小组长了。

不晓得是不是因为组长不像生产队长，不需要每天派工，因此廉把尽管当上了组长，却有点懒懒的。大部分时间，他都坐在那根老桤木树干上，靠着壁头，眼神发呆。

廉背倒是跟着他娘去地里干活，但不能歇。一歇，他就拿出书本看，一看就把时间忘了。只要没人提醒，可能一下午，他的脑壳都埋在书里。他娘徐桃想提醒他，却又不忍心，就任由他。

白天看了，晚上还看，煤油灯把他两个鼻孔熏成了两根黑烟囱。廉口看见就笑："二哥，你昨晚去偷锅了？"

廉背不理廉口。

廉背没时间理廉口。

那天从公房回来的时候，廉背就说了，他有重要的事情做。他所说的重要事情，就是考大学。他费了很大劲，终于把高中教材全部搞回来，从此他荷包里，就不只一本《庄子》了。

廉口说廉背偷锅。事实上，"偷"是廉口的老本行。

廉口不爱干活，但爱吃。爱吃的廉口，时钟就和村里人不一样。白天村里人忙碌的时候，廉口无所事事，把一根狗尾草衔在嘴里，嚼一嚼，吐出来。寻一颗苦酸的地果子儿丢进嘴里，嚼一嚼，吐出来。实在无啥可嚼的时候，就拱进一个草窝，把草盖在脸上，猪一样困觉。

晚上村里人困觉的时候，廉口却清醒得很，四处乱窜。

廉口有一个很特别的地方，在漆黑的夜晚，他的眼会发绿光。别人看不见的东西，他看得一清二楚。廉口走夜路，从来不用点亮。

廉口还懂得走夜路的诀窍。廉口读书不行，老师讲课，他左边耳朵进，右边耳朵出。但有一句话，别人只说一次，他就记住了——

月出倚山走，云遮翻拗口，狗咬倚柱头，风吹就动手。

这句话是从哪里听来的？廉口自己也说不清了。好像篾歪嘴的老汉儿讲过，又好像村里每个人都在说。廉口忘了说话的人，但记住了这话。这使得他晚上出去活动时，从来没失过手。

不过现在，廉口都不屑于晚上出去了。粮食丰收了，晚上能搞到的，白天也全部能搞到。玉麦熟了掰玉麦，洋芋熟了挖洋芋。不论洋芋还是玉麦，都不需要拿回家。找个背风的地方，生一堆火，丢进火里，烧得半生不熟，拍拍灰，就塞进嘴里吃了。

廉口甚至懒得躲了。生产队的时候，他像飘荡在村庄夜空的幽灵，来无影去无踪，没人能抓到他。现在，他满不在乎地生火，甚至在大路上都能生个火。烟雾直溜溜窜到天空，或者铺天盖地往坡下蔓延。村里人不用看，只需一抬头，或者抽一抽鼻子，就晓得廉口在哪里偷庄稼，偷了谁家的庄稼。

一开始，村人还打他。后来打也懒得打了。打了又有啥用，这次打了，下次还会偷。当然了，也不能不管。就算粮食丰收了，毕竟饿过，心里发虚。所以一旦看到冒烟，还会拿着棍子去赶，赶偷吃的鸡那样的心态。鸡被赶得跳脚，扇翅膀，毛羽乱飞。廉背没翅膀，但他有脚，就扑跑，扑得满脸是灰，是泥，是血。

2

徐桃一开始打豆荚，心里就窝火。

别人的豆荚都骑在梁坊上，骑着马儿唱着歌。徐桃的豆荚骑不上去，就堆在屋角。有太阳的时候，就拿出来铺在簸子上晒。但有太阳的时候不多，豆荚堆在屋角，就发霉变黑了。抓一把，滑拉一手。再加上徐桃的豆荚，大都是"青锋豆"，也就是豆叶多豆荚少的豆。豆叶烂得快，正好成了豆荚的肥料。没两天，芽脚就弯弯曲曲钻出来，黄黄的芽脚，风一吹，太阳一燎，就成了绿森森一大片。

正好这天有太阳，徐桃把豆荚拖出来晒。

还没扯开，她的泪就下来了。这么绿森森一片，就算晒干了，也打不出豆来。徐桃把镰盖扔一边，坐下来剥豆子。

剥豆子，一颗一颗剥豆子，一天也剥不了一升。但不剥，一颗都没有。

剥豆子是安静活，没声音，也看不到移动。波澜都被咽了回去，压在了心底。

这时候，廉口满脸油彩回来了，一副唱戏的样子。

徐桃心底的火气再也按不住，呼啦啦从眼里冲出来。安静的徐桃，此刻忽然成了火药桶，往哪里瞧，哪里就被点燃，燃成一片哔哔剥剥的火海。

"种草不好！种草不好！"

徐桃嘴里的"种草"，说的是廉口的老汉儿廉都。

这是徐桃的一个习惯，娃儿们不成器，她骂廉都；生活不如意，她骂廉都。廉都死了十多年，早就听不见了，她还一直在骂。

那些年，廉都是生产队保管，负责守公房。

保管是一个肥缺。一般来说，就算保管的手脚很干净，也会夹带一些粮食回家。那时候大家都很饿，把一个饥饿的人放在粮食堆里，就相当于把一只猫放在一盆鱼旁边。

由于保管是肥缺，因此作为地主娃儿的廉都，显然是不可能得到这肥缺的。但不管哪个当保管，干不了几天，就被抓现行。公房旁边那根桄木树上，上一个保管留在上面的血迹还没干，下一个保管又开始往上面洒血。

最后，生产队长廉诸提议，要不让他的兄弟廉都去试一试？

众人想，试一试就试一试，反正过不了几天，又能抓一个现行。那时候，不但可以把廉都痛打一顿，还可以让廉诸滚蛋。

廉诸是地主的娃儿，凭啥当生产队长？

但是社员们说了不算，大队书记志干说他有资格，他就有资格。志干说廉诸有资格，廉诸就一直当生产队长。十年了还在当。二十年了还在当。

大家想抓廉都的现行，但是他们失望了。一月过了两月，半载过了一年，好几年过去了，仓库里的粮食一粒都不少，就是霉烂了也摆在那里，更没见过廉都往家里拿东西。

　　廉都真的是道泉二队唯一不偷的人？

　　不仅村人大惑不解，廉都的婆娘徐桃也大惑不解。明明家里有几张大嘴，等着廉都投食。可廉都每次回来，身上都干干净净的，啥也没有，甚至连粮食的气味也没带一点回家！廉都是铁的心石的肠？

　　廉都说，生产队的粮食就是生产队的粮食。

　　徐桃抱怨，廉都还是说，生产队的粮食就是生产队的粮食。

　　"你不拿，你以为别人就认为你是清白的吗？"

　　徐桃说得确实很有道理。生产队几乎没人认为廉都是清白的。饿死的厨子有两百斤，饿死的保管得有三百斤。生产队的人不但不相信廉都是清白的，还经常偷偷躲在廉都回家的路旁，试图找到廉都偷东西的蛛丝马迹。他们固执地认为，并不是廉都不偷东西，而是他偷窃技术太高明！但是，再狡猾的兔子，也逃不过勤奋的鹰眼。只要坚持，就一定能找到廉都偷东西的破绽。

　　日复一日。月复一月。年复一年。

　　终于有一天，埋伏在路旁的勤奋的鹰，有了突破性的进展，也解开了生产队保管廉都始终"两袖清风"的秘密。

　　这是一老一少两个伏击者，老者叫志十，少者叫志一。

　　志十志一都是志家人，都坚决反对廉都当保管，也多次给大队书记志干提出来，让他撤换廉诸，踢开廉都。但志干把长烟杆在檐坎石上一拍，他们就只得闭嘴。对于他们来说，要想触动志干，唯一的办法，就是抓到廉都偷粮食的证据。

　　其实，志十没有注意到从路上走过的箥歪嘴的婆娘鲍苗，但志一注意到了。志一说："箥歪嘴这个婆娘，向来是胸鼓屁股翘，腰细肚皮扁。今天胸依然鼓，屁股依然翘，可为啥她腰粗肚皮圆？难道她怀孕了？"

"她咋可能怀孕？她生的叫篾幺姑儿，要能再生，篾幺姑儿就得改名字！"

"为啥叫篾幺姑儿？为啥不能再生？"

"她那块地太贫瘠，又水土流失严重，医生给她判了，不能生了。"

"不是怀孕，为啥她腰粗肚皮圆？"

两人忽然就明白了，立刻冲出来。结果，他们就发现了鲍苗藏在腰腹里的玉麦棒子。

鲍苗被抓，还没等人审讯，她就主动交代：都是廉都从公房拿给她的！

"胡说！大家都晓得，廉都从来不往家里拿东西。他连自个儿家都不拿，会拿给你？"

"他不往家里拿，但他拿给我。"鲍苗得意地说。

"他为啥拿给你？"

"因为我也拿给他了。"

"你拿啥子给他？"

"你们是不是也想要？你们想要，我也拿给你们。"

志一就想马上要。还是志十沉稳，把志一揪了一爪："你不想当保管了？"

志一老二很饿，但他也明白，老大比老二更饿，所以严词拒绝鲍苗，把他推到公房。

很快，公房就挤满了人。

大家都很兴奋，被称为全队唯一不偷的人，原来是偷的手段太高明！

廉都脸涨得通红："鲍苗，你翻进公房，被我抓住，你说你家幺姑儿要饿死了，我才让你拿几根回去，咋变成我拿给你的了？"

鲍苗不开腔，埋头。

志十问廉都："你往你家里拿过粮食没有？"

"没有。"

"你的娃儿饿不饿？"

"饿。"

"为啥你的娃儿饿，你都不往家拿粮食。鲍苗的娃儿饿，你却允许她拿？"

廉都答不上来。

志一嘻嘻笑："道理很简单吗，他拿玉麦棒子给鲍苗，能得到好处。拿玉麦棒子回家，得不到好处。"

廉都被众人绑在桤木树上，喊来廉诸，让廉诸表态。

廉都眼巴巴望着廉诸："哥，我没偷过鲍苗，我不是撬杆儿！"

众人立刻吼起来，声音太大，压得廉诸的脑壳垂了下来。

廉都绝望地嘶声喊："哥，你要相信我，我真不是撬杆儿，我没偷过鲍苗！"

廉把那时还小，他从人群中挤出来，冲上前，扯住廉诸的裤管求情："大爷，你放了我老汉儿吧，我老汉儿没偷过鲍苗……"

众人轰一声笑："廉把，你晓得啥子叫'偷鲍苗'哇？"

"他晓得个球，廉把的那根把，比筷子尖尖还小！"

廉把觉得他的脑壳周围飞了一群牛角蜂，都拿了针从四面八方扎他。廉把使劲往廉诸身上蹭，他觉得只有廉诸能够帮他把那些牛角蜂撵开。但是廉诸不理他，廉诸扯脱廉把的手，埋着脑壳往人群外面钻。

廉诸一走，众人立刻一拥而上。

血！廉把看见血从他老汉儿廉都脸上飞出来！

廉把发出撕心裂肺的哭喊……

事后，志十神秘地对志一说，其实众人不逼廉诸，廉诸也会同意批斗廉都的，因为批斗了廉都，廉诸才方便偷人呢……

志一听不懂："廉诸偷哪个？"

志十警告志一："你最好管住你老二，你要是也偷人，就是下一个廉都!"

志十却又说:"你要兑现你的承诺。"

志一笑:"我也不能偷你呀,你老皮皱肉,也没啥好偷的!"

志十一巴掌拍在志一的脑壳上:"你他妈还想偷老子!"

廉都被人割面花后,那天,他带着满脸的伤痕回家。

本来,家是避风的港湾。但当廉都回家时,却发现家成了风暴的中心。掀起这场风暴的,正是徐桃。

那天晚上,廉都来到公房旁边的那棵桤木树旁,把留在桤木树上的绳子解下来,搭在桤木树枝上,把自己吊死了。

廉都吊死在这棵经常用来绑撬杆儿的桤木树上,似乎是想用自己的行动向生产队的人表明,他没有偷,他是干净的。就像吊死的时候,两腿是离开地面,干干净净地悬垂在空中一样。

不过尽管如此,村人还是把他放了下来。由于没有棺材也买不起棺材,几乎就是把他塞进泥坑里的。廉都想保持身体的干净,终归没有办到。

廉都走后,鲍苗没过多久也死了。廉都当保管,还能同情她,让她把玉麦棒子拿回家。志一当保管,只肯占她便宜,却坚决不允许她拿玉麦棒子回去。鲍苗吃了亏,却找不到人申冤,最后就死了。

有人说鲍苗是饿死的,有人说鲍苗是为廉都殉情死的。还有人说得更具体,鲍苗想为廉都殉情,篾歪嘴气不过,抢先把她打死了。原先篾歪嘴的嘴巴并不是歪的,他把鲍苗打死后,嘴巴就变歪了。

廉都吊死了,徐桃本来还痛悔不已,但后来听说鲍苗为他殉情死了,而且还有篾歪嘴的歪嘴做证明,心里忽然就放松了,还理直气壮地对廉都怒火中烧。此后,只要看到廉家三兄弟做了让她不如意的事情,怒火就凝结成了名言警句:"种草不好!种草不好!"

只是这名言警句,由于多次在怒火中煅烧,最终没有炼成金子,而是烧成渣了。这渣太呛人,每次廉背听到就有种窒息的感觉。他就拿着书，来到屋旁，攀到一棵白蜡树上。白蜡树有个大丫杈，廉背爬上去，骑在丫杈上，摊开书看。丫杈把廉背举起来，举向天空。廉背双脚离地，不沾尘土，满眼都是天空的纯净。

廉口不会走。廉口是在廉都死后第二年才出生的，他从来没见过廉都的样子，因此对他来说，"种草"是啥都不清楚，自然不可能评判其好坏。

廉把不会走。每每这时候，倚在壁头上的廉把，嘴里就会发出一声冷笑。每每廉把发出这种冷笑，徐桃就不再开腔了。廉口发现，这成了他哥制服他娘的一件法宝。

这天，廉把又再次冷笑。不过徐桃并没有立刻闭嘴，反而反常地骂廉把："你是当哥的，又是组长，你就应该带头！你看看你，整天懒在屋头，像个啥样子！"

廉把不屑："磨骨头，养肠子，没意思……"

"啥子才叫有意思？填不饱肚子，像廉口那样去当撬杆儿才叫有意思？"

"廉口那也叫当撬杆儿？"廉把哼一声，很是不屑。

"你懒在屋头，还不如廉口呢！"徐桃反倒帮廉口说话了。

"不如廉口！"这话明显激怒了廉把，"娘，我告诉你，我要干，就是惊天动地！翻天覆地！你等着吧，很快你就会明白，你今天说的话，有多么可笑！"

廉把头发往后一甩，摇晃身子，吹着尖利的口哨出去了。

树上的廉背无声无息，轻轻翻动了一张书页。

3

傍晚，廉把拎着几把挂面、一瓶白酒、一条叶子烟，出现在志家屋旁。

那时，志慧刚好也背着猪草回家。看到廉把大而化之往她家走，一时大为诧异，连忙喊住廉把。

廉把嬉皮笑脸，说："向你爹提亲呢！"

志慧在廉把胸脯上敲了一记："你说话能不能正经点？"

"我都带礼物来了，咋可能是开玩笑。"

志慧竟然信了："你还是走吧，我老汉儿正在气头上，他不会理你的。"

廉把头发往后一甩，鼻子一哼："我廉把是哪个？这世上还没有我廉把搞不定的事情。"

屋檐口下有一张大逍遥椅，逍遥椅上垫着一些烂棉絮。志干斜躺在逍遥椅上，旁边的小方桌上放着他的搪瓷茶缸。长烟杆捏在志干手里，志干时不时吸一口，烟气往身后飞扑。军大衣靠在他肩膀上，时不时，志干往上提一提。

志干还是志干，坐在逍遥椅上的志干，还保持着威风不倒的姿势。

不过廉把看到的不是这些。廉把看到的是满地白霜一样的烟灰，看到的是死尸一样横七竖八的烟头，看到的是茶缸冷得像枯井。廉把甚至都没看见志干，他只看见那根自个儿冒烟的烟杆，看见逍遥椅上那件姿势怪异的军大衣。

廉把对着军大衣喊一声："志书记！"

廉把在空空的军大衣里没有听到回响。他不管，他把挂面和白酒直接堆在桌上，又把那捆叶子烟轻轻一落。尽管廉把动作很轻，但那捆方方正正、四棱四现、黄金灿灿的叶子烟，依然砸得灰尘腾空而起。浓香的气息从烟砖上飞腾起来，熏得人直想打喷嚏。

志干赶紧深吸一口烟，从鼻孔喷涌出如注的烟雾。水一样的烟雾，冲洗着志干的鼻腔，努力把钻进志干鼻腔的叶子烟浓香冲洗干净。

廉把继续保持着他的小心和谦卑。他从烟砖里剥出一条烟叶，掐成几段。"志书记，我咋掐不齐整呢？"廉把细细展开烟叶，叠在一起往里裹。"志书记，我咋裹不紧裹不圆呢？"廉把鼓捣了半天，终于捏出一支皱巴巴炮筒一样的烟。廉把双手举着炮筒，恭恭敬敬递给志干。"志书记，侄儿就只有这点能耐了，还要请你老人家多指教！"

志干把长烟杆从嘴里取出，在檐坎石上敲了敲，吱一口痰："廉组长敬烟，我老汉儿咋受得起！还是抽我这烟吧……"一边伸手摸大衣口袋。

志慧急了，埋怨他老汉儿："老汉儿，都一年多了，你咋还在生气？"

志富逮住志慧的话尾巴："慧姑儿，你还没嫁到廉家呢，胳膊肘就往外拐！"

志慧不理志富，连脸都没红一下。

志华把廉把往外推："你害我老汉儿丢了书记，又仗着你有个书记大爷，把和尚包那块瘦石骨换给了我们，你还好意思到我家来？滚，滚远点！"

廉把屁股上像钉了钉子，纹丝不动，脸色也平静，还在说裹烟的事："志书记，你是老革命，我这个组长，还嫩得很。你看嘛，连一根烟都裹不好。我今天来，就是要从基础学起，先向你老人家讨教咋裹烟……"

"嫩得很，你就把组长让出来，给志荣当！"

志荣脸色大变："志富，你胡说啥，我几时说过要当组长？"

"这个不用你说，大家公认。"

志荣接过廉把手里的烟炮，重新打散，掐成整齐的段，撕掉烟骨，把烟叶全部团在掌心，两手兜住，放在嘴前呵几口热气，呵得烟叶润了，再把叶子一片片扯开，每个角落都理平顺，又把掐下来的碎烟丝包在叶子里，拇指和小指绷住烟叶，另三根指头用力往里裹，又在烟两头挽一个纽，捏一下，成一根漂亮的小辫子。

整个过程，一气呵成。

廉把惊得张大嘴："哇呀，本来我以为志书记裹烟的水平，已经超凡脱俗，功力一流，没想到志荣哥也这么厉害！这真是将门出虎子，虎父无犬子啊！"

志荣把裹好的烟递回给廉把，温和地笑笑："我也就会裹烟。"

廉把接过来，衔进嘴里，打火点上。廉把平常不抽叶子烟，刚吸一口，烟雾就呛得他直咳嗽。廉把把咳嗽憋回去，咳嗽化成泪水，滴溜滴溜在眼眶里滚。

志慧心疼，想掏手绢递给廉把，瞧见志富在一旁坏坏地笑，志慧只得放开捏在手里的手绢。

志荣又温和微笑："廉组长，你今天来找我老汉儿，有事吧？"

廉把赶紧说道："志书记呀，侄儿今天不为别的，就是来向你道歉！一年多了，侄儿夜夜不眠，觉得当初把你老人家的公章偷出去，实在愚蠢至极，还给你老人家造成了巨大困扰，让你老人家受罚！侄儿一直试图向你老人家道歉，但一直没胆……今天终于麻起胆子来了，你老人家大人有大量，一定要原谅侄儿的愚昧粗浅啊……"

"要道歉，就拿出诚意来。"志富打断廉把的絮叨，"让出组长给志荣，就是你的诚意。"

"志富，你别插话，让把哥把话说完。"

"志富，别无理取闹，我没想过要当组长。"

志贵觉得要是不跟着批一句，就真是瓜娃子："一个不给，一个不要……"

"你懂锤子，闭嘴！"志富一锤子砸过来，砸得志贵的话只剩半截。

"哈哈，"廉把大笑起来，"志富说对了，我今天来，就是要把组长给志荣！"

"你说要的？"

"他说要的。"

"我说真的。"廉把的笑容依然迷人，"我不但要让出组长，我还要把荒茶岭还给你们，把和尚包收回来。另外，我还要把我大爷分给我的木槿坡那块肥田，一并送给你们！"

所有人都不开腔了，空气嗞嗞作响。

连说话一向利落的志富，那话也卷在舌头上，推不出来："为，为啥，你这是为啥？"

廉把长叹一声："两个原因。第一是道歉。第二，我为啥要把荒茶岭还给你们，还把木槿坡送给你们？道理很简单，我不想要我大爷的任何照顾。他想给我的，我一分一厘都不要！"

"不要你大爷给你的……"志富怪笑起来，也长舒一口气，终于明白了。

志干也明白了，但他不像志富那样浅薄，他把身子往后靠，两脚长伸起来。

廉把拿出两份纸约放在桌上，一份是关于换地的，一份是关于转让组长的。

志富激动起来："笔呢？笔呢？志贵你咋还塌着，赶紧去拿笔！"

他把纸约抱在怀里，对廉把说："吐出来的口水，是舔不回去的哦！"

"吐出来的口水，绝不舔回去。"廉把拍胸脯。

志荣把纸约夺过来，递给廉把："廉把，你收回去，我们不换。组长还是你的，我们也不要。"

"志荣你疯了？"志富惊呼。

"没疯。不是我们的东西，我们不能要。我们要了，就是偷，就是抢。"

"志荣你是瓜娃子！"志富惊怒。

屋里炸了锅。志贵高兴地欢呼起来："原来我不是瓜的，大哥才是瓜的……"

廉把拿起纸约，在掌里拍一拍："志荣说得对，不是自己的东西，拿了，就是偷，就是抢……"

"廉把，吐出来的口水，是舔不回去的哦！"志富急了。

"我不是要舔回去。荒茶岭和木槿坡，解放前本来就是你们志家的嘛，对不对？我是把属于你们的东西，还给你们呢。"

廉把把纸约又推到志荣面前。

志荣还要说。志干把长烟杆从嘴里拔出来，开口了："志荣，你有点肚量好不好？咱们两家祖上确实因为田地闹过不少矛盾。但这是历史问题，既然是历史问题，现在就不能再点火，只能灭火。廉把这件事做得相当有风度，主动伸手与咱们和解，咱们就该紧紧握住。冤家宜解不宜结，你要是再推三阻四，咋对得起廉把的一片好心？"

志干说完，端起大茶缸，提着长烟杆，把衣领往上一提，往屋里走去。这"三件套"动作，是志干当大队书记时拍板的标准动作。既然志干已经拍板了，别人还有啥可说的呢。

廉把签完协议，才想起志慧，志慧已经不在屋里了。

廉把忙问："志慧呢？"

4

志干讲的，确实是一个历史问题。这个历史问题往上追，要追到篌村哲扯坏道泉里的金莲花，造成道泉水量少了一半的时候。

道泉水少了一半，就不能完全满足下面那坡梯田的用水，因此那坡梯田就变成了两片肥田和一坡瘠土。既然只有两片肥田，就有了争夺。道泉村的志家和廉家这两家富户的矛盾，就是从争夺这两片肥田展开的。

这种争夺也不知经历了多少代，到廉把祖爷廉锗那一代的时候，志家拥有桤木坡的肥田，廉家拥有木槿坡的肥田。说起来，志家和廉家各拥有一片肥田，大小也差不多，本来是比较平衡的。但恰好是这种平衡让人不安，因为谁都想当村里的老大，把对方压下去。要当村里的老大，就得同时拥有桤木坡和木槿坡两片肥田。

这时候，志家有个叫志眸的姑娘站了出来。她说，为了家族的利益，她愿意牺牲一切。志眸长得花容月貌，两只眼睛睁着就像闭上，闭上又像睁着。在她眼眸一睁一闭之间，廉锗就跟着她钻了玉麦地。

正当志眸像蛇一样绞缠着廉锗的时候，志家几十个青壮汉子把那片玉麦地包围了起来。廉锗从玉麦地出来，发现志家青壮们每人屁股后面都悬垂着一根木棍。木棍晃晃荡荡，叮叮当当，敲得廉锗脑壳嗡嗡作响。

廉锗偷了志家的女人，他毫无悬念地被抓去绑在老桤木树上。那时候还没有公房，但是那棵老桤木树已长在那里，树上也是常年留了绳索的。

偷粮食是小偷，偷人是大偷。廉锗作为廉家族长，竟然偷了志家女娃儿，这不仅仅是大偷，还是割了志家的面花。

既然廉家割了志家面花，志家就得把面花割回去。

志家给了廉锗两条路，要么在他的脸上划一刀，要么把木槿坡的肥田赔给志家。廉锗被绑在老桤木树上，手不是他的手，脚不是他的脚，脸自然不可能是他的脸。最终，廉锗选择了把木槿坡肥田赔给志家。

如此一来，志家就成了道泉村唯一的富户。

许多年后，廉锗咽气了。廉锗在咽气之前，艰难地举起手，对着木槿坡的方向指了指，又对着他的脸指了指。

廉锗的娃儿廉堵用一口薄棺埋了他老汉儿后，就去志家当长工。

廉堵是个好孩子，吃得苦，晒得阳，淋得雨，披星戴月，还不计较，很快就获得了志家的族长志土的喜爱，廉堵也就成了志土的心腹。

成了志土心腹后，志土有啥隐蔽的事，就让廉堵去干。

那时候道泉村有点钱的青勾子娃儿，都爱去城里抽鸦片嫖女人。

志家有规矩，不许家里的青勾子娃儿干这种事。

志土心里发痒，但他不敢去。

廉堵就把他听来的故事讲给志土听。廉堵说，他的故事是从邻村富户家大少爷的跟班儿那里听来的。廉堵最后叹气说，唉，其他大少爷的跟班儿就是有福呢，跟着能开洋荤。志土听了受不了："啥意思？你的意思是跟着我没意思？"

"不是这个意思。"廉堵垂下脑壳。

"你瞧不起老子！"

志土一冒火，就让廉堵偷偷带着他去城里抽鸦片嫖女人。哪晓得志土一尝到那个滋味就丢不下，每天都得去，不去就不是滋味。

起先还偷偷去，后来就堂而皇之去。家里管来管去管不住了，就随了他。

慢慢地，志土的钱就花光了，没办法，廉堵就帮他找到邻村富户家的那位大少爷，也就是廉堵那个好朋友跟班家里的大少爷，让大少爷借给他。借得多了，人家就催他还。他没啥拿出来还的，最终把桤木坡的肥田拿出来抵债，接着又把木槿坡的肥田拿出来抵债。

到了后来，志土就成了穷光蛋，被城里的烟馆和妓院打出来了。

志土一身破衣满脸伤痕回到道泉村时，发现廉堵竟然成了木槿坡那一大片梯田的田主。这片梯田不是抵债给邻村的那个富户了吗？咋到了廉堵手里？

志土心里来气，提了烟枪，想去抽廉堵。但是廉堵现如今也已经有了跟班儿。那些跟班儿把志土架住，志土根本近前不得。

志土破口大骂，骂廉堵是撬杆儿，偷木槿坡的撬杆儿。廉堵也不生气，就问了一句："老大，你忘了木槿坡本来就是我们廉家的吗？要说撬杆儿，恐怕你们志家才是撬杆儿吧……"

志土这时才恍然大悟，原来廉堵去给志家当长工，又对自己极力讨好言听计从，原来就是为了把木槿坡拿回去。但后知后觉有啥用，等志土知觉的时候，他已经成了沿街乞讨的叫花儿，后来死在街边。

志土是叫花儿，他的儿子志干自己更是叫花儿了。

不过志干的运气好，很快就遇到解放。一解放，志干就翻身了。他当上了道泉大队的书记，而且一当就是几十年。

廉堵运气就没那么好了。他想尽办法，把木槿坡拿回来。又省吃俭用，赚了些钱，再把桤木坡买回来。终于，他同时拥有桤木坡和木槿坡。然而一遇到解放，他就被划为地主，挨批斗。廉堵不服，觉得有点冤枉，想来想去想不通，最终一索子把自己吊死在了公房旁边的那棵老桤木树上。

一直以来，那根老桤木树就是用来绑撬杆儿的。廉堵把自己吊死在上面，不晓得是不是因为，他也认为自己是个撬杆儿。

5

这天，徐桃正在家里呼天抢地时，廉诸怒容满面闯了进来。

其实，廉诸除了满脸怒容外，他脸上还有几道伤痕，这几道伤痕是杨柳给他留下的。尽管廉诸一向把杨柳当成一个屁，认为放了就放了，不足为虑。但廉诸没有料到，在志干不当大队书记并且土地下户后，杨柳这个屁居然有了杀伤力，以至于把他的脸都冲出了伤痕。

廉诸脸上有了伤痕，他心里自然来气。

思来想去，这气就是廉把给他带来的。好心好意把木槿坡送给廉把，廉把竟然把这块肥田拱手让给志家！

廉诸肚皮鼓得高高的，到廉把家来寻一个出气口。

尽管廉诸在家里被杨柳的屁冲伤了脸，但好歹廉诸是村支书。村支书就得有村支书的派头。对于廉诸来说，他的模板就是当大队书记的志干。志干有的东西，他也得有；志干摆的姿势，他也得摆。

但廉诸穷，没有志干那种军大衣。于是把一件补丁叠补丁的外套横披在肩上。由于补丁多，这件外套就显得厚实，有了大衣的效果。原先他只敢用短烟杆，现在既然是村支书，自然也要用长烟杆了。

志干的三件套中，还有一个搪瓷茶缸。搪瓷茶缸倒也找得到，印着"农业学大寨"字样的搪瓷茶缸也找得到，不过志干喝的那种茶叶找不到。

志干喝的那种茶叶，是从荒茶岭上的大荒茶树上采摘的。廉诸本来把大荒茶树拿回来，分给廉把，实际上也是想着自己可以随时去摘。有得摘的，就可以端搪瓷茶缸了。哪晓得廉把又把荒茶岭给了志干，因而就算端搪瓷茶缸，也没用了。如此一来，志干当书记的三件套，到他那里，就减成两件套了。

徐桃在家里呼天抢地。但因为只有徐桃一个人的声音，因此那呼天抢地，未免又尖又干。就像天边炸响的雷，尽管电闪雷鸣很热闹，但是头顶上一滴雨也没有。只是乌云堆在头顶，浓得化不开。

廉诸闯进来时，情况发生了变化。

廉诸横披外衣，倒提烟杆，如同天风吹卷过来，搅动头顶的乌云，空气中就有了湿润的味道。与之匹配的，徐桃的哭嚎就有了内容，已经不再是呼天抢地，而成了凄风苦雨。

廉诸明白，他需要在头顶正空打一个响雷。只有雷霆一击，大雨才能滂沱而下。于是横批衣服的他，横着步子，横着脸肉赶来，拔出长烟杆，呼一声就朝廉把砸去。

可惜廉诸对长烟杆的操作，明显不够熟练。没砸着廉把，砸在檐坎石上，把长烟杆砸成了两截。只剩下一片篾丝连着，有了一种藕断丝连的味道。

廉口哈哈大笑起来。

不过廉口立刻明白，此时发笑，有些不合时宜，赶紧用袖子堵住嘴。但堵住嘴，笑声却从鼻中冒出。只是廉口的鼻腔给黄鼻涕堵着，那笑声就成了吹泡泡。一个泡泡还没破裂，另一个泡泡又鼓了出来，和前面的泡泡黏糊糊挤在一起，看热闹一样。

打断了烟杆，让廉诸觉得十分丢脸。但廉诸不能丢脸，他换了一种方式，泼出了语言的狂风暴雨："你这败家子！你把生产队长送给志家，又把木槿坡这块肥田送给志家！生产队长本来在咱们廉家的，我干了二三十年，也守了二三十年，它一直就在咱们廉家，从没挪过窝。我现在传给你，我前脚刚走，后脚你就丢了。你说你对得起我不？对得起廉家的列祖列宗不？还有木槿坡这块肥田，咱们道泉就两块肥田。咱们祖上为了这两块肥田，曾经和志家经历过好多厮杀才到手，这些你难道不晓得？我把木槿坡给你，好家伙，你转手就送给志家了！你老爷丢了木槿坡，还吊死在桍木树上呢。你咋不去吊死，还一副吊儿郎当的样子！"

廉诸的吼叫是高腔，徐桃的低泣就是胡琴琵琶与羌笛。这场大戏在此刻配搭得天衣无缝，让廉把只感觉一阵阵恶心。

但是廉把明白，就算大风在他心中扬起铺天灰尘，他也必须把姿态低到尘埃之下。廉诸的暴风骤雨，他当成一次洗澡，脱光衣服，配合廉诸的冲刷。一旦廉诸冲刷完，他穿上衣服，面对晴空，他的衣服上依然滴水不沾，他是啥子样子，还是啥子样子。

"大爷，我错了。但是有啥办法？纸约都写了，没法挽回来了……"

"把纸约撕了。"

"把纸约偷出来。"这是廉口的声音。

廉把狠狠瞪了廉口一眼："你去偷嘛，看人家不打断你的狗腿！"

"大爷，现在不叫生产队长，叫组长了。这个组长已经要不回来了，我已经向田书记辞职，田书记也同意了……"

"田书记不可能同意，他还没征求过我的意见呢，咋会同意你辞职。"

"我给田书记说，村支书和组长都在我们廉家，不合适。田书记一想，对呀，不适合，他就同意了。"

"你完全疯了！要不你咋会做这样的事！你说，是不是有人逼你？是不是？没人逼你，你咋会这样！咋会这样！"

廉诸的惊雷打不下雨，徐桃又恢复了干嚎干叫。不过，徐桃的话漏风，廉把一下找到了出风口，赶紧接话："就是就是，就是有人逼我。要是没人逼我，我也不会这样……"

"哪个逼你？是不是慧姑儿？"

"就是就是，就是慧姑儿！"竟然又有一个出风口。

"慧姑儿咋逼你？"

"你们晓得的嘛，慧姑儿喜欢我，她就缠着我，强迫我换地。我说慧姑儿，不得行啊，我要是换地，我娘要打死我，我大爷要打死我。慧姑儿威胁我说，如果不换，就告我偷她，告我和她滚玉麦地，让人把我绑在桤木树上，戴高帽子，吐我口水，割我面花。如果我不在桤木树上吊死，就把我送进班房……"

"美女蛇！又是一条美女蛇！"

徐桃撒腿往外冲去。

"廉把娘，你要去干啥？"

6

志慧正在山上割猪草。

志慧那天割猪草，与平日里不一样。平日里割猪草，镰刀是一枚灵巧的绣花针。镰刀在草丛上下翻飞，如同绣花针在大地上轻拢慢捻。志慧手臂挥动之处，一匹绿毯在前面徐徐展开。

那天的志慧，手中的镰刀，忽然就成了大砍刀，横三刀，竖三刀，气势汹汹，杀气腾腾，这不是绣花，是出征将士在战场上砍瓜切菜。

志慧不知，此时正有人趴在树上，静静地看她。

那人是廉背。

本来廉背并不想惊动志慧，他怕耽误了看书。但割猪草的志慧，砍出一波又一波冷森森的杀气。杀气冲涌上来，就在廉背脸上掠起一阵阵寒意。廉背从来没见过志慧这样子，他有种大气不敢出的感觉。

但恰恰是大气不敢出，反而惊动了志慧。志慧抬起头，廉背在志慧眼里，看见一整片荡漾的天光。

"志慧姐，你怎么了？"

"我在割猪草呀。哈，你还是那样喜欢趴在树上看书。"

"是的。"

"好啊，我到别的地方去割，不打扰你。"

志慧蹦蹦跳跳地走，山路不平，她也是歪歪扭扭地走。

廉背把目光重新收拢到书上，但此刻他看不见书上的字，满书都是志慧的影子晃来晃去。志慧的影子，以及志慧眼中那一片荡漾的天光。

廉背从树上滑下来，顺着志慧远去的方向，小心往前追去。

转过一个山嘴，廉背就看见了志慧。

志慧的猪草背篼和镰刀都丢在一边，她坐在地上，双手抱住两腿，下巴搁在膝上。她微眯着眼，廉背看见她眼皮上有一层迷雾，就像薄薄的冰花挡住了她的视线。

"志慧姐，恢复高考了，你和我一起去参加高考吧。"

志慧似乎并没有看见廉背，也没有听到廉背说话，她还一直保持着那种姿势。似乎那两片冰花，不仅冻住了她的视线，还冻住了她的思想。

"志慧姐，咱们一起去参加高考吧，你一定能考上的。"

志慧一激灵，思维才解冻了。

"廉背弟娃儿，你不是在看书吗？咋到这里来了？"

"志慧姐，我来请你和我一起去参加高考。"

"高考？"志慧笑了笑，"都丢了好几年了，我哪行……"

"你咋不行？"廉背热情地说，"你读书时，成绩一直是一二名。我都有信心，你为啥没信心。"

志慧呆了一会儿，叹口气："没用的，我家没钱，他们不会让我读的。"

"我们不到学校去读，我们在家里自学。乡上田书记给了我一套高中教材和复习资料，我借给你，我们一起看。"

廉背是一盆火，志慧眼前的冰花轻易被烤化。志慧的视野又清晰了，身上也暖和了，志慧又恢复到了她那春天的模样。

廉背惊呼："志慧姐，你又变成以前的你了！"

志慧笑起来："廉背弟娃儿，是你把我拉回来了。"

两人一路说说笑笑，到了廉背家。

廉背进房间，把志慧需要的教材整理好，交给志慧。又给志慧讲学习心得和学习重点。志慧好几年没摸教材了，但她似乎并没有忘记，对于廉背讲的学习重点，她点头，却又摇头。她有不同的看法，两人不免争论起来。声音很吵，惊得院坝的鸡抬起脑壳，惊抓抓叫。

廉背很兴奋，以前他是一个人孤独前行，在暗夜里，看不到一丝光亮。现在志慧来到他身边，像点亮了一盏灯。眼前的视野，一下就开阔了很多。

恰好在这时，徐桃从外面回来。

廉口对廉背和志慧在房间里叽叽咕咕争论，本来就不满。看见徐桃回来，赶紧对他娘说："娘，廉背和慧姑儿钻房间偷人呢。他们都偷了一个多小时了，还没偷完，瘾头真大呢……"

徐桃刚从志家回来，正有一肚子气。

徐桃去志家，是想把木槿坡和组长拿回来。当时正遇到志富在家，徐桃一开口，志富就一口否定："不可能还！"

徐桃问："为啥子不可能还？"

志富信口胡扯："因为廉把和慧姑儿钻玉麦地呢，廉把偷人呢。

木槿坡和组长，都是廉把赔给我们的。你一定要把木槿坡和组长再要回去，也可以，我们就把这事公布出去，让村里人把廉把抓起来，绑在桲木树上，戴尖尖帽，游街，吐口水，割面花。你看看，这样要得不？"

徐桃一下子想到她死去的男人廉都，又想到了廉都的老汉儿廉堵。廉堵吊死在桲木树上，廉都吊死在桲木树上，要是廉把想不开吊死在桲木树上，桲木树可就吊死三代人了。徐桃想到她经常说的"种草不好"，难道果然"种草不好"？一代偷人吊死，二代三代也偷人吊死？

徐桃怕了，不敢再和志富理论，赶紧跑回来。

一回来，却又听廉口说廉背正在偷人，而且又是志慧，那烈焰顿时在头顶上哔哔剥剥呼啸而起。

"美女蛇！美女蛇竟然到家里来了！"

廉背从屋里出来，生气地责备他娘："娘，你在胡说啥！"

徐桃抓住志慧，劈手就打："美女蛇，害人精，你缠我大娃儿也就罢了，现在又来缠我二娃儿。你们祖祖辈辈都是美女蛇，害死我们廉家上一代，又再害死下一代。我打死你这条美女蛇！打死你这条美女蛇！"

廉背吓傻了，他本能地冲上去，趴在志慧身上，像一把雨伞，挡住风刀霜剑的飞扑。

廉背的姿势，让徐桃更生气。她完全乱了，骂的是志慧，砸的是廉背。她讨厌志慧和廉背扯上关系，但是她的语言和动作，却又强行把两人捏合在一起。

志慧闭着眼，默默承受着这一切，把廉背借给她的书紧紧搂在怀里。这书像一盆火，烤得她心里暖烘烘的；又像一块坚硬的岩石，趴在岩石上，似乎任何风浪，都不能把她吹走了。

7

稻草都捆扎起来，劈开腿，哨兵一样，一个挨一个站在田埂上。一群群麻雀飞过来，小脑壳扎进稻花间，唧唧喳喳啄剥残余的稻粒。秋风吹来，从稻草劈开的两腿间透过，揉乱了麻雀的毛羽。

又过几天，志荣再次领着志华志富志贵三兄弟来到田间，把田埂上的稻草捆搬到架子上。那架子支在田边山坡上，仿佛一面张开的大帆，鼓荡着乡间田野这艘大船，向幸福的港湾远航。

接下来就是翻田。翻田是需要牛的，牛有好劳力，哗啦哗啦，一块田一块田就底儿朝天翻了个面。可惜，志荣家没有牛。志荣去向有牛的人家借，人家要么说正在翻田没空，要么说有人借去了没还回来。就算志荣是组长，也没人给他面子。跑了一天，依然两手空空。

志荣回家，在屋檐口下垂着脑壳发了一会儿呆，说："明天一起去耕田！"

"牛都没有，咋耕？"志富嘲笑他。

志荣拿起三根绳子，朝三兄弟一人扔一根："你们三人就是牛！"

"我们三人是牛，你是啥？"

"我是耕田人。"志荣拿起一条鞭子，"啪"一声打在地上，尘土飞腾起来。

志富想反驳，志荣又"啪"一声打在地上。接着志荣又打出第三鞭，前面飞腾的尘土还没有落地，后面的尘土又飞腾起来。志富陷入尘土的迷雾中，睁不开眼，也张不开嘴了。

志富不敢说，志华不愿说，志贵不能说，这事就这么定了。

三兄弟一人一根绳子挎在肩膀上，倾斜着身子，拉纤一样，劈波斩浪往前走。志荣在后面稳稳掌舵，表情专注，目光坚定。四个人扶着一头犁，志家的这一队组合，成了道泉村最别致的风景。

尽管当"牛"的三兄弟内心有不满；尽管他们的手脚，被泥水

"啃咬"得沟壑纵横，用熨斗都熨不平；尽管他们身上每个毛孔，都散发着泥水的土腥气；尽管他们连眼珠表面都蒙了一层泥，如何揉也揉不掉，但是经过半个月的奋战，"荣华富贵"四兄弟，确确实实用沾着泥水的双脚，在秋天的田野里画出了一幅"最新最美的图画"。

志家兄弟花了半个月时间翻田，实际上只是完成了水田休整的第一步。翻田的目的，是为了沤烂杂草和虫卵，让泥土在水中保持松软，便于第二年稻种播下去后能顺利长根，吸收营养，避免受到杂草和虫子的欺负。

第二步是"包田坎"。

包田坎，就是把田里湿润软和干净的泥土捧起来，包在田坎上，抹平顺，压结实。泥土阴干后，就变成了一条新田坎。这条新田坎严丝合缝，像田边的一道长城，能保滴水不漏。

包田坎有两种方式，一种用锄挖，一种是用手捧。用锄挖，站在田坎上就可以了。用手捧，则必须赤脚踩进泥水里，像翻田一样。如果想让田坎结实、均匀好看，不漏水，不长草，不生虫，就得用手捧。双手拿泥巴，捏陶器一样。

翻完田，志荣立刻带着三兄弟包田坎。

志富干累了，要休息。其他两兄弟也累了，要休息。志荣的鞭子还在身边，提起来在水田里抽，打得浊浪腾空，泥雨如注。

三兄弟只得再次回到稻田，包田坎，包田坎。

还没完，还有第三步，搭崩缺。

准确地说，这是第一步。或者说，这是"不确定步"。

由于道泉村二组在一片山坡上，田坎都比较陡，只要来一场大雨，哪怕田坎包得再结实，都容易垮塌。只要垮塌了一方，整块田的水都漏光了。因此必须及时把崩缺的田坎搭起来，这就是"搭崩缺"。

得先"搭崩缺"，才能包田坎耕田，"搭崩缺"自然就是第一步。

不过，由于稻田崩缺得最厉害的时候，其实是稻子即将成熟的时候。那时，即便稻田崩缺了，也不影响稻子的生长，因此没人在乎那时的崩缺。所以说"搭崩缺"是"不确定步"。

但是这个"不确定步"，对于道泉村二组来说，是极困难的一步。道泉村二组的梯田都很陡，崩缺的面积往往会很大。这使得搭崩缺成了一项庞大的工程，其工程量很可能是耕田和包田坎的数倍。

原先，道泉水量充足的时候，其实是不太担心崩缺问题的。下大雨，就赶紧挖开田坎泄洪。不担心水会流光，道泉能源源不断供水呢。但道泉水量变小后，就不敢随便挖田坎了。不敢挖，就可能崩缺。

哎呀，搭崩缺啊搭崩缺……

第四章　得鱼居

1

直到廉把在和尚包开洞子，从里面挖出煤，运到街上卖了钱，志家才恍然大悟，明白廉把换地的真实意图。

明白了，但没人提这事。

兄弟四人每天天不亮就去包田坎，太阳下山天黑尽了，才往家里走，仿佛怕路上见到人似的。长天大白日，他们全在田里。志荣已经不需要牛鞭了，志华志富志贵三人，一个比一个积极。

廉把的规模越搞越大，开始是几个人，后来几十人，上百人。密密麻麻蚂蚁一样，围着那个光秃秃的和尚包跑来跑去。闪烁着漆黑光芒的煤块，源源不断从洞里掏出来，运到蜀山乡，运到东坡市，倒手就变成花花绿绿的钞票。

廉把的腰粗了，胸挺了，脑壳仰了，整个身体都不协调了。

廉把的脑壳仰得有多厉害，志家兄弟的脑壳就埋得有多厉害。

天黑回家吃饭，他们的脑壳也是深埋着的。米饭很香甜，从小到大，都没大口大口吃过这种香甜的米饭。往日里，他们不但大口搂饭，吧唧嘴巴，还眉飞色舞打哈哈。就算把饭撒了，把碗砸了，也不会再被骂了。但这些天，兄弟四人都埋了头，仿佛往嘴里搂的不是香甜的米饭，还是原先那种糊糊。不说话，是怕糊糊撒了。小心捧着碗，是怕碗摔了。

这天晚上，却有个声音在寂静的饭桌上响起："明天，我不想去包田坎了……"

这是志贵的声音。大家清晰地听出这是志贵的声音。

"志贵说他明天不想包田坎了，这个懒东西！"志富也早就不想包田坎了，但他不说，他把志贵的话重复了一遍，还骂志贵。

没想到，志荣竟然同意了："咱们明天都不包田坎了。"

"明天去干啥？"志华问。

"明天召集全组开大会。我当了组长，还没召集大家开过大会呢。"

"想过一过在众人面前讲话的瘾？"

志荣不在乎志富的嘲笑，他搂了一口米饭到嘴里，开始大声吧唧嘴巴。

2

自从土地下户后，挂在荒茶岭电桩上的那个高音喇叭，就再也没响过。所以当这天早上高音喇叭响起时，村里人都吓了一跳，以为发生了啥大事，都侧了耳朵去听。也就听了两句，大家就不耐烦了，原来是志荣在喇叭里通知大家去公房开会。

"自己种自己吃，还开啥子会！"

"还得赶早去挖煤，开啥子会！"

最终来开会的人非常少。来的，也都是家里干不了活挖不动煤的老人。干不了活，就开会去吧。

人来成这样，志荣自然不高兴。但志荣是一个很坚持的人，也是一个很认真的人，哪怕只来一个人，他也要正经开会。

"咱们道泉村本来是鱼米之乡，但道泉干了一半，水就不够用。想要确保每年稻米都丰收，就得保水。可是咱们梯田坡陡，田坎经常垮。田坎垮了，水就保不住。保不住水，稻米就会欠收。想保水，咱们目前这种泥巴田坎是不得行的。哪怕包得再结实，也容易垮。垮了，就要搭崩缺。长年累月搭崩缺，大家都受不住。为了不搭崩缺，最好的办法，就是砌石田坎……"

志荣不像讲话，像做一道精密的数学题，他进行着逻辑严密的推导。志荣还拿出一张纸，指着上面的一排排数学式子，继续说："你们都晓得，我家慧姑儿是高中生。那些年，期末考试一完，老师就敲锣打鼓把她的成绩喜报给咱家送来。看看嘛，这就是慧姑儿给我们计算的结果。她说，如果我们把所有梯田都砌成石田坎，道泉流出来的水，完全够我们二组这一坡梯田用。以后，我们道泉村二组，就再也不会缺水了！"

志荣眼中火星飞溅。可惜的是，他的火星并没有点燃开会村民的引火材料。开会村民都是一些老年人，皮皱了，气头衰了，没有引火材料。

"砌石田坎？那得砌多久！"

"砌石田坎？这是劳力活呢，没得劳力咋干？家里的劳力都挖煤炭去了呢！"

"砌石田坎？打十年稻米还不够劳力钱呢……"

村民们的议论，如同一窝跳蚤。一个跳蚤跳，一窝跳蚤都跳。志荣只有十根手指头，按到一个，按不到十个。按到十个，按不到百个。跳蚤跳着跳着，还互相撞在一起，撞得又是火又是烟，还时不时在志荣手指头上咬一口。跳着喷着，就蹦散开，蹦出窝，蹦到屋外去了。一只跳蚤蹦出去，一窝跳蚤都蹦出去了，很快，窝里就只剩下满身红肿的志荣。

志荣第一次村民小组会，就这样半途夭折，无疾而终。

志荣心里难受，回家路上，彤云低垂。

其他三兄弟也都跟着志荣到场了。他们去，自然是要给志荣压场子。但明显三兄弟分量不足，压不住。志荣彤云低垂，其他人也都愁云惨淡。当然了，唯有志富与众不同。他撅着嘴吹口哨，把口哨吹得像破竹片刮墙。

晚饭时，志荣说了第一句话："明天，咱们上山采石头砌田坎。"

"疯了么？大家都不干，我们去干，还不被人笑死！"志富反应很强烈。

"我们自己提议的自己却不干，这才会被笑死。"

"我们的木槿坡和桤木坡的田，根本就不缺水，用不着砌石田坎。"

"现在不缺水，能确保千秋万代也不缺水？你们忘了村里出过一个篾村哲么？哪个又能保证，将来村里不会再出一个篾村哲呢？到了那时候，就只能靠天吃饭了。如果我们都是石田坎，就算靠天吃饭，我们也能确保旱涝保收！"

志富嘲笑："道泉将来就算断流，那也是将来的事！"

"很可能没到将来，在咱们这一代就断流了。"

"你是以前饿慌了，过度焦虑。"

"别废话了，我说砌田坎就砌田坎！"志荣把碗往桌上猛一顿，把筷子猛一拍。志荣原本是很温柔的，但这一段时间，他的情绪很不好，动不动就发火。

"志富，别说了，听哥的。"志华维护志荣。

志富不怕志荣，但他怕志华，志华很蛮横。拳头落在身上，又痛又丢脸。志富想找帮手，便拿眼寻志贵。志贵只是埋头往嘴里扒饭，似乎与己无关，又似乎满不在乎。志富恨铁不成钢，气得狠狠踢了志贵一脚，踢得志贵嗷嗷叫。

3

志荣逼迫三兄弟跟着他采石砌田坎，三兄弟不敢反抗，也不说话。用不说话来表示无声的反抗。整整一天，就只有叮叮当当的采石声，鸟鸣声，蝉唱声。

志荣原本很硬气，三兄弟不说话，他心里又觉得对不起大家。他想把气氛搞得轻松一点，就强笑着说："嘿，你们等着吧，别看村里没人听我的，他们很快就会回过头来求我呢。"

志荣这话有悬念，原本应该引起大家探究的欲望。但没人探究，连礼貌性回应也没有。

志荣换一种方式："兄弟们，抬石头，不能这样抬。这样抬，累得快。来，咱们来喊抬工号子！"

回应志荣的不是嘴，而是杂乱的脚步。

志荣不气馁，率先喊起来——

扳弯弯来扳弯弯

一边是坎一边田

左弯右拐丁字形

田坎只有尺把宽

志荣的声音洪亮、高亢，充满节奏和韵律。这种节奏和韵律，就像一块磁铁，很快就把几兄弟杂沓混乱的脚步拉顺了，步调一致了，抬石条也轻松多了。

一步一步朝前蹚

慢慢走来慢慢扳

前排扳弯后排看

后排扳弯前排慢

志华受到感染，跟着喊起来。志华声音有点小，但喊着喊着就大了。接着志贵也喊起来，一出口就融进了志荣志华的声音中。一个瓜娃子一出口就能天衣无缝跟上，这也算是一个奇迹。

扳过弯来算好汉
过了一弯又一弯
手艺高强人称赞
抬匠不怕扳弯弯

三个人都喊号子，志富就显得孤独了。志富当然不能孤独，如果大家都喊号子，他就要成为号子喊得最响亮的那一个。所以他一出声，就盖住了其他三兄弟的声音。可惜他这个声音又高又尖，像浮在水面的一层轻泥，和下面清洁的水很不协调。

尽管不协调，但气势上来了，另外三兄弟受到影响，声音也往上飚，飚得道泉村上空都是四兄弟的号子声。那些天，道泉村上空下冰雹，砸在哪里，哪里都痛。

4

抬石条是很累人的活。

集体生产那会儿，要是干这种重活，回到家，往床上一躺，立刻鼾声雷动。那时肚皮饿，但脑壳简单。这会儿不行了，哪怕四兄弟采石抬石累要趴下，真正趴在床上时，却翻来滚去睡不着。

睡不着，就爬起来，坐到楷木树干上靠壁着头发呆。

睡不着的也包括志荣。但志荣睡不着，他不会起来。他一直躺在床上，也不翻滚，还喊三个弟弟回屋里睡。三个弟弟都不回应，最后志贵说了一句："亮火虫好看呢，我们看亮火虫呢。"

夜晚的亮火虫，确实好看。一群一群，在屋外空阔的田间地头起起落落，忽明忽暗，一直延伸到遥远的地方，和天上的繁星连成一片。最后就分不清，究竟是天上的繁星，还是地上的亮火虫了。一阵微凉的秋风吹过来，把亮火虫吹到一个角落，把天上的繁星也吹到一个角落。但是秋风一停，亮火虫和繁星又涌出来，在天地间划着明亮的弧线，绕花人的眼。

不知谁轻叹了一声。但叹完就叹完了，没人接腔。

志贵又说话了，一说话就是一句不同寻常的话："我想去挖煤。"

志贵是瓜娃子，一般他说瓜话，志富都会嘲笑他。奇怪的是，志贵今晚连说了两句瓜话，志富都默不作声。这使得志贵的胆子大了起来，更多的瓜话源源不断冒出口："我要去廉老板那里挖煤。廉老板那里管吃管住，活路轻松，挣钱又多。村人都争着去挖煤呢，还得找关系才去得成呢。我们赶紧去吧，要是迟了，廉老板招工招满了，就挖不成了呢……"

屋门发出一声响，志荣从屋里走了出来。

志家的这房子，还是刚解放那会儿，志干从廉家拆回来，原样修起来的。

那时廉家是地主。解放了，他家的田就给分了，房子也给分了。廉家当时虽说有一大片房产，但分的人多。志干是大队书记，也只分得一个小角落。志干一家在里面住了三十多年。住的时间久了，房梁都给野蜂獠虫钻出了许多洞洞眼眼。志家在房里住了三十多年，野蜂獠虫也在房里住了三十多年。志家人只要在那根老桤木树干上坐下来，嗡咚嗡咚的声音，就灌满他们的耳朵。

屋里的门斗，也因干裂松脆，一掀门，就发出尖叫声，如同一个年迈的人，一走动，骨头骨节就啪嚓啪嚓响。

志荣说，倒点水在门斗里吧，听着难受。

志干瞪了志荣一眼，你懂啥，有声音防撬杆儿呢。

缺吃少穿的时候，防撬杆儿就成了第一要紧的大事。

这声音，随着四兄弟从小到大，渐渐地成了他们身体里拔节的脆响。

不过，此刻在空旷寂静的夜间响起时，竟吓得志贵一哆嗦。

"不准去！哪个敢去，我就打断哪个的腿！"

这一段时间，志荣都用怒喝代替说话。自从廉把在和尚包挖出煤炭的消息传来后，志荣已经怒喝过很多次了，这显然非同寻常。

志华小心迎合志荣，批评志贵："志贵，你可真是瓜到家了。人家把咱们的和尚包偷去了，你还帮他数钱！"

"不是偷的……"

"不是偷的，也是骗的！"

"我们是瓜的么，他骗一下就能骗去？"

志贵是个瓜娃子，但他说的瓜话，却处处应景。如同一支射不准的猎枪，打偏了，却总有鸟儿误撞到歪把子枪口上。

志华见志荣的脸黑得滴水，劈手打志贵。志贵躲着跑，志华追着打。

"别打了……"志荣轻轻叹口气，满嘴烟灰落地的味道，"夜深了，都回去睡吧，明天还要抬条石呢……"

没人走。没人走志荣就自己走。志荣垂着头，摇摇晃晃往屋里走。

"志荣，难道你就这样算了？"

志荣抬脚跨门槛的时候，堂屋门口传来他老汉儿志干冰冷的声音。

志荣一脚悬在半空，不知该跨过去，还是退出来。

"和尚包丢了，志荣，你还有脸出去见人么？你是家里老大，几个弟娃儿都看着你呢。我老了，不中用了，这个家得你来管。你不可能屁都不敢放一个吧？你要是这样，以后我咋放心让你管家？"

志干说让志荣管家的话，其实是废话。

事实上，自从志荣的娘王春花死后，志荣就开始管这个家了。虽说志干才是家长，但是集体生产那会儿，志干每天的工作，也就是披军大衣，端搪瓷缸，提长烟杆，巡视，开会，讲话。志干是属于全大队的，不是一个小家的。因此这一个小家的担子，志荣从童年时期，就接过来挑在肩膀上了。

不过，志富一直不服。志富是老四，而且还和志贵并列老四。但是他一直想当老大，想在家里取代志荣。因此听老汉儿说不放心让志荣管家，他一下就激动起来，大叫道："老汉儿，志荣本来就没啥出息，你根本就不该把家交给他！"

志富的大叫像沙土落进大漠中，没引起任何反响。

志荣语气柔软地和他老汉说话："老汉儿，我们没有被骗，也没被偷，不用拿回来呢。这个交易，我们不吃亏，也没人笑话咱们呢。我们拿到了木槿坡这块肥田，道泉村二组一共就两坡肥田，现在我们都有了，多好啊……"

"别装了，志荣！"志富嘲讽道，"全村人都晓得咱们成了瓜娃子。本来咱家只有一个瓜娃子，现在变得全是瓜娃子了！"

志荣继续耐心地向他老汉儿解释："和尚包确实出了煤炭，确实卖了几个钱。但掏空了就没了，就成了真正的和尚包。木槿坡不一样呢，千秋万代都能出稻米呢。有了木槿坡，我们世世代代都不会饿肚皮呢。老汉儿啊，木槿坡和桤木坡，咱们祖祖辈辈和廉家争了多少代啊。幸喜现在又到咱们手里了，要是再让出去，咱们死后，没脸去见祖宗先人呢……"

志干吧嗒吧嗒抽烟，一时间没开腔。

志富发现苗头不好，赶紧又吼："别找借口了，你就是怂，根本不敢去找廉把！"

志荣依然还在给他老汉儿讲道理："老汉儿啊，集体生产的时候，你是大队书记，廉诸是生产队长，你始终压他一头，啥时候他都听你的。可以说，那时咱们志家把廉家收拾得服服帖帖。现在不是集体生产，廉诸成书记，我反而成组长了。廉家以为咱们志家该听他们的，他们就打错算盘了！老汉儿，你放心，以后所有人都会明白，廉把用木槿坡换和尚包，绝对是一个大错误。廉家以为得了便宜，咱们偏不上他们的当，让他们妄想落空！"

志干把长烟杆从嘴里取出来，在檐坎石上磕了磕，放在桌上。又端起小方桌上的搪瓷茶缸吸一口茶，什么也没说，靠在逍遥椅上眯上了眼睛。

志富绝望地挥拳大叫："人有脸，树有皮。树没皮活不成，人没脸也没法活。老汉儿，志荣怂不敢找廉把，你放心，过两天我就去找廉把，我一定要让他把和尚包退给我们，我要给咱们志家争一口气！"

志荣回屋睡了，志干也一直闭着眼仰躺着，仿佛睡着了一样。亮火虫和天上的繁星交织在一起，乱舞一气，天和地模糊成一片，分不清了。

5

没人在意志富，志富受了很大刺激。

志富晓得，他已没了退路。说出来的话，吐出来的口水，要是不能让廉把还和尚包，他在家里就彻底没地位了。

所以，去找廉把，必须立刻马上迅速行动！

不过志富还是有点胆怯，毕竟廉把手下有几百号人，铺开那么大一个摊子。

志富想找个人壮胆，他首先想到的就是志贵。志贵是个瓜娃子。也正因为是个瓜娃子，他的胆子才特别大。

但志富找遍了旮旯旯儿儿，都没找到志贵。

"这瓜娃子，究竟死到哪里去了！"

找不到志贵，志富只得硬着头皮，自己去。

大老远就能看见一块高大的牌子立在山嘴，牌子上写着"无底洞煤炭厂"几个大字。从山脚往上看，就像看耸入天际的火炬。光是这直插云霄的气势，就把志富给震撼到了。

攀上山嘴，和尚包前的阵势，再次震撼了志富。

两个黑漆漆的洞子，城门一样高。数不清的人，推着小车，从洞子进进出出，密密麻麻，蚂蚁一般。

志富躲到一个角落，透过草丛找廉把。

他没有看见廉把，看见了徐桃。徐桃穿红戴绿，涂唇抹脸，脖子上大金项链，手腕上大金镯子。金项链金镯子互相碰撞着，隔得很远，志富就听到一片刺耳的叮叮当当响。

徐桃站在煤炭洞子门口，大声吆喝那些背煤块的人。志富觉得此刻的徐桃就像一个地主婆。志富没见过地主婆，但他从小就听人讲地主婆的故事。不过虽然很多人讲，但他想过很多次，都不知真正的地主婆是啥样子。村里也有地主婆，但都点头哈腰，比哪个都可怜，哪里还有地主婆的风采。

直到这一天，徐桃站在他面前时，那个曾被志富想过很多次的地主婆形象，才猛地跳出来，清晰起来。

没看见廉把，志富心里的慌张就少了些。他拔一根草茎衔在嘴里，摇晃着，斜睨着，朝徐桃走去。

徐桃也看见了志富，她的声音越来越小，大金链子大金镯子碰撞的声音也越来越小，那声音像乌龟脑壳往回缩一样，最后就只剩下软软一层颈皮了。

"徐桃，和尚包是我们志家的，你们不准在这里挖煤，赶紧还给我们！"

大约除了他老汉儿志干，志富对谁都直呼其名的。

这种有挑衅意味的称呼，也让志富尝到了甜头。每次只要这么一喊，对方必然血往脸上涌，情绪不稳。志富要的就是这种效果，只要对方情绪不稳，志富就有胜利的希望了。

徐桃不敢看志富，她冲众人吼："干啥干啥？哪个让你们停下来的？赶紧背！不背，扣你们的工钱！"

志富把草茎取出来，拿在手里转圈："呔，徐桃，我见过偷别人东西的，没见过偷得这么理直气壮的。"

"哪个偷你东西？嘴皮子放干净点。"

徐桃说话硬气，身子却往后退着。

徐桃一退，志富就理直气壮往前逼。徐桃不敢再退，再退，她就成逃跑了。志富和徐桃靠得越来越近，他们之间的空间被压缩，卷起滚滚热浪。工人们都不敢动，他们听到了空气轻轻爆裂的声响。

在静寂的爆裂声中，有一个微细的冷哼声，从压缩空间的缝隙里钻进来。尽管冷哼非常细微，但志富捕捉到了，身体不由自主悸动了一下。

冷哼是从洞子前的高石包上传来的。

洞子前的那块高石包，高得像一座小山丘，志富高度有限，他竟没有看见。高石包上安放着一把镶金边的逍遥椅，廉把坐在逍遥椅上，身后站着任龙狗儿和任虎狗儿两兄弟。太阳光从背后射过来，穿过任龙狗儿任虎狗儿两兄弟，穿过逍遥椅，像利箭一样插进志富眼里。志富忍不住轻叫一声，他感觉他的眼睛要瞎了。

6

这里必须交代一下号称"任家龙虎"的任龙狗儿和任虎狗儿。

任龙狗儿和任虎狗儿是一对双胞胎。道泉村盛产双胞胎，志富志贵是双胞胎，任龙狗儿任虎狗儿也是双胞胎。不过，尽管双胞胎不少，但双胞胎们都不够周正。

当时孔老三曾说，喝道泉水，就能生双胞胎。原先道泉水充足，双胞胎也周正。后来道泉水只剩一半，双胞胎就不周正了。当时没人把孔老三的话当回事，但经过一代一代检验，证明孔老三的话是对的。

任家兄弟的老汉儿是任高万。任高万这个名字，听起来很强大的样子，其实不然。四十多岁了，连个婆娘也没有。别人结不了婚，是好吃懒做。任高万不是，他吃苦又勤快，还是结不了婚。

后来有人对任高万说，实在不行，就买个蛮女吧。

蛮女是从蛮地跑来的女子，只要花钱，就能买到。

村里人都晓得，买蛮女倒也能成个家，但蛮女生完娃儿，就会跑的。看得紧，待的时间就长一点。看得不紧，有时生的娃儿还没满月呢，蛮女就跑了。跑了也就跑了，蛮女流动性很大，根本不晓得她下一站在哪里。有时费尽辛苦找到，蛮女或许已经变成别人的婆娘了。你想带走，就要挨打。所以只要跑了，就没人去找。再说了，娃儿都给你生了，你也不亏，还想咋样！

任高万明白这个道理。但他认为，"蛮女生了娃儿就会跑"这个话，在他那里一定行不通。蛮女跑，是男方对她不好，只要他任高万做得足够好，蛮女就一定不会跑。

任高万把蛮女娶回来后，他不像其他人，拿根绳子把蛮女和自己拴在一起，他放手让蛮女随便走。唯有一点，他不让蛮女干活。田间地头所有的活路，他都一人干完。蛮女想在家里，他就把茶给她泡好。蛮女想出去，他就在树下搭个棚子，让蛮女乘凉。折一堆甜玉麦秆，全撕掉皮，递给蛮女吃耍。

他对蛮女说："女人是用来养的，我要像养花一样，把你养起来。"

他对蛮女说："我晓得你是要跑的，你跑了，一定会后悔。因为在这个世界上，你找不到第二个人，像我这样对你好。"

任高万尽管这么说，其实还是害怕蛮女跑了。

他想了个法子，一直不动蛮女。只要不和蛮女生娃儿，蛮女就不会跑，这是蛮女们的职业操守嘛。尽管他蓬勃了几十年，也要忍着。直到两人的感情培养起来，蛮女一步都离不开他时，他才和蛮女要娃儿。

蛮女真的被任高万养得很好。来的时候，蛮女又黄又瘦，像一朵野山菊。跟了任高万一年，野山菊变了样，成了家百合。

那一天，任高万到田里干活，照例给蛮女在树下搭个棚子。没想到那一天，忽然就电闪雷鸣，大雨裂天而降。那天没带雨具，任高万怕蛮女淋着，把上衣全脱下来，给蛮女顶在脑壳上，背着蛮女往家里跑。

蛮女说："我能走，你让我走吧。"

蛮女说："你穿上衣服吧，小心淋着。"

任高万说："我晓得你能走，但你是一朵鲜花，沾了污泥就不好看了。"

任高万说："我说过，我要像养花一样养你，我要是把你养出病来了，我还是人吗？"

蛮女趴在任高万肩头哭，她没有被雨淋着，但她满脸是水，嘴里一直喃喃念叨："高万，你真好，你真好，高万，我会一辈子记得你的，一辈子记得的。"

那天晚上回去后，任高万果然病了，高烧不退。蛮女又是端水又是递茶，忙前忙后，折腾了整整一夜，才让任高万的烧退了。

稍微好一点了，任高万挣扎着又要下床去田里。蛮女把任高万推到床上，生气地说："高万，你真是糊涂，该耕的田你不耕！你晓得不，田要是荒了，就会误一季。你要加油！"

任高万满脸赤红，喘着粗气说："我又发烧了！"

蛮女把任高万按平："你躺好，我给你退烧。"

任高万忙乱了一天，终于把他一直丢荒的田给收拾妥当了。第二年秋天，任高万田里的庄稼大丰收，蛮女也生了一对双胞胎。

任高万抱着一对"龙虎"，亲了这个亲那个。任高万兴奋地对蛮女说："咱们有两个娃儿，得给他们准备两套房呢！"

任高万把娃儿递给蛮女说："我今天就去砍柴烧瓦，只要有瓦，咱们就可以修房子了。"

蛮女又把娃儿递给任高万："今天就不出去了吧，在家多抱一下娃儿。"

任高万在娃儿脸上亲一口，又递给蛮女："不得行，时间跑得好快。娃儿在往上蹿个头，等他们蹿得和我一样高，还没把房子给他们修好，他们会瞧不起我的。"

蛮女幽幽地说："你不发烧吗？你上床躺一会儿吧，我给你退烧。"

任高万眼中出火，但他直摇头："现在不发烧，得去砍一砍柴。柴是火性，砍一砍就发烧了。你等着，等我晚上回来，你就可以给我退烧了。"

但是，当任高万晚上扛着一大捆柴回家时，屋里却悄无声息。任高万情知不妙，把柴禾往地上一扔，就冲进屋去。那一对"龙虎"用绳子系着，躺在床上，静静睡着了，但满脸是脏兮兮的泪痕，显然是哭累后睡着的。

任高万也不管俩娃，冲出去四处寻找。房前屋后，田边地角，路上场上，都找不到蛮女。蛮女从此消失了！任高万精心养的那一朵花，仿佛只是在水面上出现过的影子，水蒸发干了，这朵花也随着水蒸气，消失得无影无踪。

从此后，任高万就完全变了个样。他再也不像以前那样，起早贪黑忙里忙外，而是整天提着一个酒瓶，东游西荡。嘴里别的不说，就一句："满不在乎！"哪里有酒席，他必定会上前。别人吃酒席，是要随礼的。他不，他就是白吃。吃完，嘴一抹，把桌上的剩酒倒在他的酒瓶里，满不在乎，又往下一个办酒席的地方摇晃而去。

不过也许还没有摇晃到下一家，他就倒在路边，鼾声雷动。

任高万可以在路边躺上一天一夜，两天两夜，他都满不在乎。但他的那对"龙虎"不能满不在乎。那对"龙虎"那时候还不是龙虎，还只是两条小爬虫，饿得在地上爬来爬去。村里人可怜这两条小爬虫，留一些残汤剩水给他们。这两条小爬虫就在村人残汤剩水的滋养下，逐渐站起来，跑起来。

但两条小爬虫跑起来后，村人就有点后悔了。

他们没能成"龙虎"，而成了两条"烂滚龙"。"烂滚龙"就是捣蛋鬼的意思，但是任家兄弟捣蛋的强度和范围，早已突破了"烂滚龙"的边界。仿佛他们整个身体都是一把刺，走到哪里，哪里就被刺得稀巴烂。莲花白本来圆鼓鼓的，鼓成胖墩墩的大白馒头。任家兄弟看见了，必定把火炮塞进莲花白里，一一点燃。满地胀鼓鼓的莲花白，立刻开花的开花，吐蕊的吐蕊，一步从盛夏跨到寒冬。

竹笋本来在竹林里拔节怒长。任家兄弟看不惯它们怒长的样子，必定要剥去一节笋壳，让它们弯折脖子，垂下高傲的脑壳。满林子朝气蓬勃的笋儿，一夜之间，就从仗剑天涯的少年，变成了垂头炉边的老翁。任家兄弟还有理，他们不是戕害笋儿，他们是让笋儿成才，把笋儿变成长烟杆。

长烟杆多了不起啊，全村只有大队书记志干有资格拿呢！

有好心的人，觉得这俩娃儿失了娘老子教育，决意好心劝一劝："你们说要做长烟杆，折弯一根就够了，为啥满林子都折弯？"

"折弯一根，不得行哦，万一这一根长得不好看咋办？万一松鼠跳下来压断了咋办？万一虫子钻漏风了咋办？竹子一年就长一回，难不成要等到第二年我们才能搞到一根长烟杆？"

"你们小娃儿，拿长烟杆做啥？"

"我们是娃儿，但我们总有长大的一天。志书记是我们的榜样，我们得从小向志书记学习，立志长大后成志书记那样了不起的人！"

这就是任家兄弟，他们是两把刺，长在两根刺藤上。你给他们讲道理，他们就用刺藤来缠你。你陷入刺藤的圈套中，就休想钻出来。你想硬钻，你手上脚上脸上身上都会被扎得鲜血淋漓。想逃，那刺就断在你体内，三天五天，一年半载，你都拔不干净。

村里人都明白这个理，不到万不得已，不会去惹这两把刺。

这两把刺就抓着扯着，摇着晃着，长到十七八岁了。

刺藤长到一定程度，就得开花，就得结果。十七八岁的任家兄弟，就到了开花结果的年纪。任家兄弟其实不知他们老汉儿到了四十岁才开过一次花，而且匆匆结了他俩刺果就凋零了。他们也不晓得该咋个开花，咋个结果。他们经常做的，就是半夜三更，跑到簸歪嘴屋后头学猫叫。

任虎狗儿说："我学公猫叫，你学母猫叫。"

任龙狗儿不满："凭啥！"

任虎狗儿说："要不，我们就先叫几声，哪个像公猫就当公猫。"

显然任虎狗儿是对的，他的声音要厚实得多。任龙狗儿的声音干涩扁平，越使劲吼，声音越尖细。就算是公猫，也是一只骟了的公猫。就算任龙狗儿像一只骟了的公猫，他也不愿当母猫。好歹任龙狗儿先出来，他一直把自己当成哥，再说了，他也比任虎狗儿有主见。让他当母猫，凭啥！

兄弟俩协商不好，只得自己叫自己的。这样一叫，就乱了，不像是公猫母猫合奏，倒像是公猫母猫在打架。

簸歪嘴烦了，拿石头往屋后扔。

簸歪嘴的嘴是歪的，他的心思是顺的。任家兄弟是两根刺藤，缠住就扯不脱。不过现在他们装猫叫，簸歪嘴正好假装不晓得是任家兄弟，而是两只真猫。是真猫，就扔石头打跑吧。村里人对那些叫得烦死人的猫，不都是这样的吗？

任家兄弟挨了石头，也只得忍了，谁让他们装的是猫呢？不过任家兄弟毕竟是任家兄弟，今晚挨石头了，明晚再来。任家兄弟就算装成了两只猫，那也是任家兄弟式的猫。

　　篾歪嘴是篾村哲的后人。究竟是第几代后人，因为篾家没有家谱，篾歪嘴自己都说不清。当然了，篾歪嘴也从来没想过把这个事情搞清楚，也不愿意搞清楚。自从鲍苗饿死后，篾歪嘴就好上酒了。每天不喝上一口，他就浑身难受。这一点，和任高万是一样的。不过，他比任高万多了一样，除了好酒，他还好歪嘴。只要看见别人的婆娘，他就会把嘴歪过去。歪过去，难免就会挨打。本来他歪嘴是做的动作，由于经常挨打，他的嘴就真的歪过去，回不来了。

　　篾歪嘴喜欢向人家的婆娘歪嘴，但他对自己女儿篾幺姑儿却极力护着，决不允许别人朝她歪嘴。

　　篾幺姑儿长得俊，暗地里，村里人都称她为"赛通山"。"赛通山"，那就是没人比得过篾幺姑儿的俊俏了。

　　篾歪嘴晓得篾幺姑儿是"赛通山"，因此打定主意，要将篾幺姑儿卖个好价钱。篾幺姑儿是篾歪嘴的酒壶儿，他下半生的好酒，得靠篾幺姑儿给他装满。任家两条烂滚龙，连他们自个儿老汉儿的酒壶儿都灌不满，咋可能管他篾歪嘴的酒壶儿！

　　就在任家兄弟死皮赖脸装猫叫的时候，廉把找到他俩，让他俩给自己当保镖。任家兄弟是一把刺，站在廉把身后，就组成一堵刺墙。一堵刺墙挡在廉把身后，还真有那么一股子威风劲儿。

7

　　回过头来说志富。

　　那天，当志富逆着阳光，看到廉把的镶金逍遥椅和身后的那堵刺墙时，我们就能理解，志富的眼睛为什么会感觉要瞎掉。更让志富绝望的是，廉把和身后的那堵刺墙，此刻正组成一道阴影，从高石包上碾压过来，铺天盖地，吞天陷地，志富闻到了一股浓重的黑夜的气息。

志富把心一横，黑夜怕啥，他志富就是黑夜，没有比黑夜更黑的黑夜！志富恶狠狠地把一泡口水吐在地上。

廉把已经站到志富面前，没有说话，只埋头看着志富吐在地上的口水。那泡口水迅速被黑煤灰裹起来，裹成一坨黑黄相间的球。廉把不看志富，轻笑一声："志富，吐在地上的口水，能舔回去吃不？"

志富决定胡搅蛮缠："那得看吐在哪里，如果吐在饭碗里，就可以舔回去。如果吐在这里，比黑心肠还黑，自然舔不回去。"

"吐在哪里都舔不回去！"

廉把打了一个响指，孔老九立刻从屋里拿出那份纸约。

满嘴文化的孔老九也跟了廉把，这是志富没想到的。

廉把只需要打一个响指，立刻就能够让满嘴文化的孔老九跑起来，这是志富更没想到的。

若和尚包是志家的，这一切荣光本该属于他志富！

其实，事情并没有这么简单，志富只看到表面。孔老九能入廉把的法眼，首先是那天廉背从看守所回来时，孔老九在公房主持了一场欢迎仪式，帮助廉把当上了生产队长。这算是孔老九给廉把递的一张投名状吧。

有了投名状，廉把其实并没有立刻认可孔老九，他得检验一下孔老九的真才实学。他把孔老九领到和尚包前，问他："给我架一架罗盘，探探里面有没有货。"

孔老九不知晓廉把让他探啥。但他明白，这是决定性的时刻。原先他一直是廉诸的"重臣"，现在生产队长换成了廉把，前朝"重臣"一般都不会获得新朝重视。因此，他能不能让廉把满意，重获重视，成败在此一举。所以他架起罗盘，掐指关节，摇头晃脑半天，终于落了一个字："可！"

"是啥子货？"

孔老九咋晓得是啥子货！于是胡乱说道："黄哉！黑哉！"

"究竟是黑的还是黄的？"

"黑哉！黄哉！"

廉把就开洞子，就挖出了黑的煤，然后就获得黄的金。

自此，廉把对孔老九极为信任和"宠爱"，把孔老九奉为"军师"。任家兄弟是左右护法，孔老九是军师，这个架势就有点像模像样了。

作为军师，孔老九自然要献计谋策。廉把从和尚包挖出煤炭那一刻，他就想到志家一定会来找他说聊斋，于是问孔老九，咋办？孔老九摸了一阵虾须胡，说："主动出击也！"

"如何主动出击？"

果然，这一天志富就找上门来了。

一切都朝着拟定的节奏走，这让廉把从容不迫。

廉把接过孔老九递过来的纸约，敲着上面的手指印："看到没？这就是你们吐的口水，好呀，你舔回去吃呀！"

志富手一伸，试图把纸约夺过去毁掉。廉把早有准备，把纸约往上一提，潇洒避开，行云流水般交回到孔老九手里。

志富再出奇招，耍赖说："这不是我们的手指印，是你们自己摁上去的。"

廉把举起手指，又弹了第二下。任家兄弟跨步向前，抓住志富手臂，捉住他的手掌，把他的食指扯出来，在上面轻轻弹了一下。

志富的脸立刻就黄了："你们想干啥？"

"不干啥。既然你说这根手指头不是你的，是我们的，我们就收回来。"

接着，任家兄弟把志富手指头往后一扳，像扳树枝一样，就等啪一声脆响。志富嘶声大叫，但事实上，那啪一声并没有响起，只是那弯折的地方一阵发白，似乎和脆响间，只剩下一根头发丝了。

志富叫出的声音，已经有点发黑了。

"你叫啥，我还没扳呢。再说了，这手指头又不是你的，你咋会痛？"

"志荣，志荣按的手印，志荣……"

"你的意思是，让我们去扳志荣？"

"对对对，扳志荣，扳志荣……"

志富话没说完，就挨了一巴掌："你这个叛徒，敢出卖大哥！"

打志富的，是怒不可遏的志华。

志荣、志华到跟前，任家兄弟也有点胆怯，不知不觉中就把志富放了。志富如同一只被门夹痛的狗，门一松，他连滚带爬飞跑而去。飞跑到远处，才想起自己是人，不是狗。又又回过身来，指着这边大声吼："廉把，你比煤炭还黑！迟早你要像煤炭一样，烧成灰！"

没有人在乎志富说了啥，众人的注意力，都在志荣身上，志荣才是廉把真正的对手。志荣到来，还没说话，廉把就感觉身上的衣服被吹得猎猎作响。

廉把小心咳嗽一声，任家兄弟走进了煤炭洞子里。

徐桃见任家兄弟走了，心里莫名慌张，赶紧过去提醒孔老九，让他把纸约拿出来给志荣看。孔老九不拿纸约，笑着说："你要乎？OK矣，吾主送汝！"

徐桃踢了孔老九一脚："说人话！"

孔老九挨了打，只得说白话："就是送他，送给他。"

徐桃又踢了孔老九一脚："你疯了，哪个说过要送给他！"

廉把朝徐桃摆摆手："娘，这事儿你别管，孔军师说的话，就代表我的意见。没问题，志荣想要，咱就把洞子送给他。"

志荣面无表情，志华却按捺不住了："好呀，那你们走开，等我们来。"

孔老九拦住志华，又笑："吾主洞中，尚有数百人。须得他们皆同意，方可施为。懂乎？"

话音一落，大群大群黑蚂蚁忽然从煤炭洞子涌出来，黑压压涌到志荣志华面前。这气势着实有点吓人，志华忍不住后退了两步。黑蚂蚁把志荣、志华围在中间，大脑壳摆来摆去，前肢在胸前搓来搓去。似乎只要一声号令，它们就猛冲过来，把志荣志华吞噬。

"不问苍天，不问鬼神，问民意。"孔老九拍拍志华肩膀，笑问一众黑蚂蚁，"汝众同意乎？"

"我们不同意！"山呼海啸，黑雾弥漫。

也就在这时，志华看见了人群中的志贵。

原来志贵偷跑到廉把这里了！

志华怒火中烧，大骂："志贵，你到这里来干啥？出来！赶紧出来！"

"不，我要在这里。这里有吃有喝有住，活又轻松，我不走。"志贵拼命往黑蚂蚁堆里挤。

"你这瓜娃子，自己的家在哪里都不晓得！"

"我的家在这里！这里才是我的家！"

廉把吐一个烟圈，幽幽说道："志荣，你看呀，不是我不给你。我答应送你，但是大家不同意。连你自己亲兄弟都不同意，我有啥办法，对不？"

"志贵是瓜娃子，他啥都不懂！"

"志贵说话有理有据，不胡搅蛮缠，这能是瓜娃子？"

"对，志贵不是瓜娃子！"山呼海啸的黑蚂蚁，闪烁着油亮亮的光。

全场一片寂静，只等志荣表态。

志荣微笑着看志贵，表情温和："志贵，这些话，都是别人教你的吧？"

志贵眼神躲闪，不看志荣。

廉把嘲讽道："志荣，连你也把志贵当瓜娃子，难怪他不愿意回去。"

志荣又微笑着对廉把说："廉把，我既然和你签了纸约，肯定就要遵守。你多虑了，我不是来要和尚包的。"

"这才怪了，不要和尚包，那你来这里干啥？"

志荣一直用微笑维护着他的尊严，但是廉把一步步靠近，轻易就吹破了志荣的微笑，露出了里面的灰头和土脸。好在这时候，有个声音从人群外传了进来："我哥来干啥？廉老板，我讲个故事给你听，你就明白了。"

人群让出一条通道，志慧大踏步走了出来。

"大家可能都听说过庄道士的故事。正是因为曾有个庄道士来过咱们村，他向篌村哲透露了道泉的秘密，最终才造成道泉干涸。即便后来道泉水被求回来了，但水量也只剩下原先的一半。如果庄道士不透露道泉的秘密，我们的道泉村，现在肯定还是丰衣足食的。现在，曾经的那个庄道士，肯定早就死了。他死以后，一定会去见一个人，这个人就是他的老祖宗，名字叫庄周。事实上，庄周在两千多年前，就讲过一个故事。估计庄道士并没有听过这个故事。庄道士去地下见他的老祖宗的时候，他老祖宗肯定会重新把这个故事讲给他。好，今天我把这个故事也给大家再讲一遍。庄周有个老朋友惠施，在梁国当宰相。有一天，庄周打梁国经过，有人对惠施说，庄周到梁国来了，他来和你抢宰相了！惠施听了很着急，就派了很多人，在国内大肆搜捕庄周。庄周听说了，就主动去见惠施，对惠施说，我给你讲个故事吧。'南方有一种鸟，名叫凤凰。凤凰从南海起飞，飞到北海去。这种鸟，不是梧桐树它不停歇，不是竹子的果实它不吃，不是甘美的泉水它不喝。有一只猫头鹰，得到一只腐烂的老鼠。那时候，刚好凤凰从它的头顶飞过。猫头鹰看见了，以为凤凰要和它抢那只死老鼠，就护着死老鼠耸着毛，冲凤凰吼叫。凤凰理都不理它就飞走了。'最后庄周对惠施说：'你现在还认为我是来和你抢宰相的吗？'廉老板，我也问一问你，你现在还认为我哥是来和你抢煤炭洞子的吗？"

廉把嬉皮笑脸说："慧姑儿，你讲的这个故事，惠施姓慧，你也姓慧，惠施是不是你的老祖宗？"

孔老九用文言把廉把的话贯彻了一遍："若庄周乃庄道士祖宗，则惠施乃慧姑儿祖宗矣！"

志慧一手挽志荣，一手挽志华，微笑着说："哥，咱们不需要那死老鼠，咱们走。"走了几步，又回过头对志贵说："弟弟，你想在这里，就好好干。你不想在这里了，姐姐也来挽起你的手回家。"

志慧走了。廉把冲志慧的背影大声喊："慧姑儿，你要是愿意到我这里来，我也挽起你的手走。"

8

志荣去找廉把，其实是志干让他去的。志干发现志富单枪匹马去找廉把时，就骂志荣，骂他没出息，连志富都不如。连带着又骂志华："你们四兄弟，'荣华富贵'占全了，如果和尚包还要不回来，你们算是把志家的脸丢到家了！"

志荣不觉得丢脸，但他老汉儿逼令他去，他也只得去。

回过头来说志富。志富当时并没有跑远，而是躲在远处草丛中观察。最后，他又抢先跑回家，添油加醋给他老汉儿讲了一遍。他不讲志慧，他只讲志荣。他的方向非常明确，志荣才是他的竞争对象，他要取代志荣在家里的地位。他说自己通过据理力争，本来已经让廉把答应把和尚包还给志家了。但志荣却说，签了纸约，就要遵守，他不要。志荣既然不要，人家廉把自然就不给了。

志干大怒。志荣一回去，他立刻拿长烟杆敲志荣。

志荣不还嘴，也不解释。

志干骂一阵打一阵，那股气还是消不掉。本来他应该亲自出马，但自从卸任后，他就不敢走出这个屋子，觉得所有人都对他指指戳戳，轻蔑嘲笑："看，这个瓜娃子！"他一直为有志贵这个瓜娃子感到遗憾，现在自己倒成了瓜娃子，难道是因为祖传？

志干不敢往下想了。

志干整天窝在屋檐口下那把逍遥椅上。那把逍遥椅，曾是全村最漂亮的逍遥椅，又高又大，上面还雕着龙凤，镂着仙鹤，刻着祥云。村里的地主廉堵曾有一把这样的逍遥椅，解放那会儿，当了大队书记的志干，本来想把那把逍遥椅抬回自己家。可惜迟了一步，斗地主时，愤怒的村里人挥着斧头把逍遥椅劈得稀巴烂，丢进灶里烧了。

志干曾想重造一把这样的逍遥椅。但是他不敢，怕村人说他是第二个廉堵，同时也没合适的木料。廉堵的逍遥椅是檀木做的，大老远就能闻到香味。村里人把檀木逍遥椅劈烂，放进灶里毁掉后，那股香气一直在村里弥漫，经久不散。就算村里已经闻不到这种香气了，志干把鼻子一抽，却还能轻松捕捉到。对香气无法释怀的志干，偷偷把香雾缭绕的椅子画在一张纸上，藏在衣柜最底下。想着等到将来搞到檀木的时候，照着模样，把椅子复制出来。

可惜的是，过了好几年，却一直没找到这样的檀木。后来，就大炼钢铁了。大炼钢铁一来，志干就慌了。要是不赶紧造逍遥椅，大树都要砍光，烧成灰了。所以，那时他就想去砍公房旁边的那棵老桤木树。桤木树材质不好，长得快，木质不是很紧密。但是这棵老桤木树很大，有的说有两百年，有的说有一百年。究竟有好多年，哪个都说不清。由于老，木质相对来说要紧密一点。赶紧呢，要不连这棵桤木树都没了！

当然了，毕竟是生产队的树，志干尽管是大队书记，也不能说砍就砍，他就让廉诸召集社员开会。

廉诸于是就开会。

廉诸不敢说志干想做逍遥椅，说做逍遥椅就是讲特权；廉诸也不敢说砍来炼钢，说砍来炼钢这棵树就烧成灰了。廉诸难死了，抽了十几杆烟，终于想到一套说辞。廉诸说："我晓得这棵老桤木树，是用来绑撬杆儿的。但是现在既然大炼钢铁，超英赶美，今后大家都不会再饿肚皮了。不饿肚皮，自然就没有撬杆儿了。没有撬杆儿，这棵树留着就没用了。"

廉诸虽然是生产队长，但由于是地主儿子，因此说话一向没人听。尽管他逻辑清晰，论证充分，但是别人偏偏要反驳。有人就说，廉诸是想反攻倒算呢，因为他老汉儿廉都吊死在这棵桤木树上，廉诸才想砍桤木树呢。

这话一说，性质就变了。

廉诸不敢再开会，只得向志干汇报。志干把廉诸臭骂一顿。臭骂一顿也就臭骂一顿，事情已经办成这样，志干也无可奈何来。

不久后，村里人开始饿肚皮。

事实证明，廉诸的逻辑是错误的。大炼钢铁之后，不是没撬杆儿，反而变多了。撬杆儿被抓起来，绑在桤木树干上的时候也变多了。当时就有人说，幸亏没砍树，要没了树，撬杆儿该绑在哪里？

后来，廉诸的弟弟廉都就吊死在桤木树上了。

廉诸到志干那里哭，说他弟弟是冤枉的。

后来廉把一直埋怨他大爷不救他老汉儿，事实上他大爷并非无动于衷，当时就去找大队书记志干哭，哭得稀里哗啦。

廉诸哭得稀里哗啦，志干却心中大喜，立刻亲自组织道泉二队社员开会。他说，有人吊死在这棵老桤木树上，是给道泉二队丢脸，也是给道泉大队丢脸。必须把这棵丢脸的树砍了，要是不砍，还会有人吊死在树上！

志干觉悟果然很高，讲出来的道理也很有说服力。他一出口，就把大家说服，心甘情愿等他砍树了。

毕竟吊死过人，又绑过撬杆儿，哪个都不敢把树领回家。作为大队书记的志干，就发扬风格，把这棵不吉利的树领回家，还做成逍遥椅，坐在屁股下。哪怕这棵树上缭绕着太多的孤魂野鬼和歪风邪气，宝塔镇河妖，只要大队书记坐上去，就给镇住了。也只有大队书记坐上去，才镇得住。

吊死廉堵和廉都父子俩的那截树枝，是这棵老桤木树上最大的一截树枝，差不多有一般树干那么大，不过丢在地上没人要。廉把对他娘说："娘，这截树枝没人要，咱们领回家吧。"

徐桃正觉得晦气，咋可能领回家。廉把就自己去拖，小小孩，手心磨出了血，满脸憋得通红。廉诸不忍，找人帮他搬回家，丢在壁头下。

此后，廉把和廉背，以及后来出生的廉口，就经常在那截桤木树干上爬来爬去，趴在上面睡觉，坐在上面发呆。

话说志干把老桤木树干搬回家后，立刻找来工匠，准备从箱子底下掏出图纸照着做。哪知放的时间太久，图纸上面都长了黑霉，粘在箱底，揭不起来了，还被耗子咬去一大截，基本没用了。

志干没法，只得凭记忆，在纸上重新画了一遍。画完后，总觉得不像。究竟哪里不像，他自己也说不清楚。做椅子的工匠，又没有当年工匠们那种精湛的雕工，因此哪怕照着志干画的图纸做出来也不像。"一个不像"加上"另一个不像"，等于"四不像"。

尽管诸多不满意，但好歹有了逍遥椅，志干心里也平顺了。

不过，志干造出了逍遥椅，却不敢放在堂屋里。当年分廉堵的大房子，他只得到极小的一角，根本没堂屋。再说，放在堂屋里，也容易让人产生联想。"四不像"是"四不像"，联想起来，就全都像了。

最终，志干把逍遥椅放在屋檐口下。逍遥椅旁边，再放一张小方桌，上面放长烟杆、搪瓷茶缸。生产队长们来给他汇报工作，他就半躺在逍遥椅里，眯着眼听。长烟杆在他手里，像一根指挥棒。

如此又坐了二十多年。

桤木毕竟不是檀木，没啥香味不说，还不防虫。尽管上了漆，还是有虫子钻进去，啃咬那些榫头，咬得漏洞百出。这使得原本就不够气派的逍遥椅，一坐上去，就吱吱嘎嘎乱叫。

大队书记被免职的前几天，志干还一直在琢磨，是不是该换一把逍遥椅了。

要换的话，就得找一棵大树。道泉村已经没啥大树了，大炼钢铁那会儿，大树都砍得差不多了。桤木树倒是长得快，比如公房旁边砍倒的那棵桤木树旁，又从老根上长出一株苗子。二十多年过去，又已经长成了大树。但志干显然不愿意再砍这样的桤木树了。

其实村里还有一棵树，志干早就瞄准了，这就是荒茶岭顶上的大荒茶树。

大荒茶树，好歹有几百年树龄，树干硬得像石头一样，正是做逍遥椅的好材料。大炼钢铁的时候，就有人盯上大荒茶树了。老树结实，熬火，一棵树能炼十斤铁。那人去砍的时候，一刀下去，茶树只有一块白印，他的刀也给崩缺了。缺口跳起来，飞过他的眉心，削去一层油皮。那人有战天斗地的精神，不服气，回家换了刀，准备继续砍。

志干晓得了，赶紧派孔老九去阻止他。

孔老九说："大荒茶树是成了精的呢，再砍，就有血光之灾呢。"

事实上，志干并不是为了保护树，而是他一直在摘大荒茶树上的茶叶。

其实，村里人也是心照不宣。大荒茶树上的茶叶，只有大队书记志干一个人有资格摘，大家心里早就很不爽，只是一直敢怒不敢言罢了。那人去砍树，其实就是想趁大炼钢铁的机会，让志干也摘不成茶叶。

如此又过了多年，在被免职的前几天，志干一度下决心，要砍这棵树。却就在那会儿，他被免职了。此后大荒茶树辗转去了廉家，接着又回到了志家。

尽管大荒茶树回来了，但没了大队书记，再有好木材，也没啥意义了。

一想到廉诸夺了他的书记，又一度夺了他的大荒茶树，志干就恨不得用长烟杆敲廉诸。只是因为被免职后,志干一直没勇气离开这把吱吱嘎嘎的逍遥椅,见不到廉诸,因此想敲也敲不到。

如果志荣能够把煤炭洞子要回来,志干或许就能从逍遥椅上站起来。

哪晓得志荣没那个出息,空手去,空手回。志干就把对廉诸和廉把的恨,变成了对志荣的怨。他认为自己从逍遥椅上站不起来,完全是志荣造成的。

志荣闷着头,不吭声。志干骂,就等他骂,志干打,就等他打,打完骂完,志荣还是继续上山开采石条砌田坎。原先是四兄弟,志贵投奔廉把去了,志富又偷奸耍滑,还对志荣各种不服,最后就剩下他和志华两个人。两个人就两个人,大的抬不动,就抬小点的。以前一次可以砌六尺田坎,现在只能砌三尺。三尺就三尺,无非慢一点。但只要往前干,一天接一天,一月接一月,一年接一年,一代接一代,"子又生孙,孙又生子;子又有子,子又有孙;子子孙孙无穷匮也"!

9

这天,志荣和志华从山上下来时,看见田边站了一大群人。

志荣笑着对志华说:"他们终于来求咱们了!"

"求咱们啥?"

那群人向志荣、志华围过来,叽叽喳喳吵个不停。志荣、志华像走进了蒸汽房,四处热腾腾雾蒙蒙。志荣放下杠子,把脑壳凑近志华的耳边,有点不满:"咋只来了一些老头儿老娘儿?"

"你想要啥样的人?"

志荣擦了一把汗,站到高地上,双手往下一按,试图让众人安静下来:"老辈子们,你们不能怪我们呀。我们砌的是自家的田坎,与你们不相干呢。"

"你们砌田坎,就是把水关起来。你们关了水,我们的田就缺水，咋和我们不相干？"

"我们的田装满水，自然就往你们田里流了嘛。"志荣依然不急不躁。

"万一连你们的田都装不满，我们田还能有么？"

"那咋能怪我们，要怪就怪天老爷。"

"志荣，你还是组长呢，哪有你这种自顾自的组长！"

志荣等的就是这句话。

"好，老辈子们，既然你们认为我是组长，你们就应该按我讲的来干。前些时，我给你们开过会。要解决咱们村里缺水的问题，唯一的办法，就是把所有的田坎，都砌成石田坎。只要都砌成了石田坎，田坎就不会崩缺。不崩缺，水就不会流失。这样，咱们所有的田就都有水了。就算水不够，咱们还可以调剂，大家都做到平均。但现在我却不敢放水给你们，放了也白放。头一天放给你们，第二天就漏光了，有啥用？等你们都把田坎砌成石田坎了，我作为组长，我把话撂这儿，如果我田里的水比你们多一口，你们朝我的脸吐口水！"

志荣一席话，有理有据，掷地有声，老头儿老娘儿们都被震住了，全田坝一片安静。不过也就安静了一会儿，很快，大家又叽叽喳喳议论起来。

"问题是，我们都是些老头儿老娘儿，抬不动石头呢。"

"你们家里都有年轻人，让他们来抬嘛。"

"年轻人不是去煤炭洞子，就是出去打工，哪有人来干这种事。"

"我喊过他们，他们不但不干，还让我们也别干呢。"

"老辈子们，我就问一句，你们忘了'限粮关'了吗？你们希望'限粮关'又来一次吗？"

老头儿老娘儿们一听，立刻脸色大变。

"限粮关"对于老头儿老娘儿们来说，那是刻骨铭心的记忆。每十年就有一次，"限粮关"一来，不是干旱就是水涝，不是狂风就是垮山,不是蝗灾就是瘟疫,然后就没粮食吃,就饿死人,就吃芭蕉脑壳粉、蕨根粉。对于村里老人来说,"限粮关"如同串香肠,串一截就系一下,村里有很多人,在系一下的那个时候,挺不过去,就阻断了。活到六七十岁,都是挤过一个又一个结的。如此挤过很多次后,就把自己挤变形了。

志荣恰好就在出生那年,遇到了"限粮关"。他的娘没奶水喂他,抱着他到处跑,求别人喂他一口奶。但其实别的娘也没有奶,也抱着娃儿满山跑。志荣娘没法,又没有粮食,连炒米浆都没得吃,只能兑一些蕨根粉芭蕉脑壳粉填满他的嘴,吊着他的命,把他拉扯大。

当然了,所有这些,都是志荣娘后来讲给志荣听的。志荣娘说:"那时候你那个脖子呀,细得都撑不起脑壳呢。你那个脑壳呀,拨一下就奓过来,再拨一下又奓过去。"

志荣娘说:"有一次,你好长时间没动了,身上的皮白得像纸,全身都是凉的。我以为你死了,抱着你哭了一阵,正准备把你抱去埋了。没想到我的泪掉到你嘴里,你嘴巴慢慢舔了一下,我才晓得,你还是活的……"

回过头来,话说当志荣提到"限粮关"时,老头儿老娘儿们都变了脸色,长久不作声。志荣趁热打铁:"老辈子们,你们家里的娃儿们不明白'限粮关',难道你们还不明白?现在土地下户了,粮食够吃了。但'限粮关'还在不在,哪个又说得清楚。万一'限粮关'真的来了,大家都没得吃的,就又要饿死人了。"

老头儿老娘儿们都慌了,仿佛家里失了火,转身急急忙忙就往家里赶去,一会儿就散光了。

志荣对志华说:"来,咱们喊抬工号子!"

"就两个人咋喊?"

"两个人就不能喊了?"

"现在也没抬石条呀……"

"没抬石条就不能喊了？"

但很快，那些老头儿老娘儿带着坏消息返回来了。

"'限粮关'是以前的事，现在根本就不可能发生。"

"吃饱肚子现在根本就不是个事，现在最重要的，是要能挣钱。"

"就算那些田全垮了又咋样，该吃饭咱们还是吃饭。"

……

志荣坐在横七竖八的石条上，望着胡子拉碴皱纹密布满眼焦虑的脸，微笑着问："你们呢，你们相信'限粮关'吧？"

"我们相信。"

"那就对了。他们不信，咱们信。他们不干，咱们干。咱们要是也不干，将来'限粮关'来了，谁来救咱们？"

"我们也想干呀，但是没有力气，干不了。"

志荣显然早就想好了，胸有成竹："这样吧，咱们结成互助组，一起干。石条两人抬不起，就四人抬，六人抬。大石条抬不起，就抬小石条。咱们干得慢，就慢慢干，干一点算一点。一年接一年，砌的田坎只会越来越多嘛。"

"问题是我们也活不了几年，怕是砌不了几根田坎呢……"

"砌一根是一根啊，要是不砌，一根也没呢。"

于是就抬石头。

志荣、志华两个小伙子，带着一帮老头老太，远远望去，就像两只大甲黑蚂蚁，领着一群黄丝小蚂蚁，簇拥着一块石条，搬菜青虫一样，挤满了通往梯田的窄窄的路。看不见他们移动，也听不到他们的声息。

一冬过去，志荣的队伍并没有砌几根田坎。一转头，春天就来了。

春天一来，就得耕田播种了。

志荣于是丢下砌田坎的活，带着这帮老头儿老娘儿，跟着季节撵农事。

老头儿老娘儿们手脚都慢，志荣也不追他们。能耕田的耕田，能包田坎的包田坎，能插秧的插秧。慢一点，但大家尽心尽力，也一直踩在季节的鼓点上，没有掉队。

"我们又回到生产队时候了。"

"那可不一样，生产队时，大家都不干，现在大家都想干。"

"是啊是啊，要是早这样干，生产队就不会解散了。"

"那时是大家干，不是只有我们这帮老头儿老娘儿干。"

"一帮老头儿老娘儿能干啥，死一个就少一个，死光就解散。"

"死光了，还是志荣、志华这俩小伙子呢，只要他们还活着，就散不了。"

"可惜以前不是志荣当生产队长，要是志荣当，生产队就不会解散了。"

"志荣确实是好小伙，咱们道泉村数百年来，还没出过这样的好小伙！"

老头儿老娘儿赞扬志荣的话，传到志富耳里，志富轻蔑地嘲笑："抓一帮老头儿老娘儿来领导，这志荣的官瘾，实在太大了点嘛……"

原先，志华曾劝说志富，让他一起抬石条，不要整天吃了饭没事，就躺在床上挺尸。志富辩解说："你咋就只盯着我，慧姑儿也没去抬石条呀。"

"慧姑儿不是要复习参加高考吗？再说了，慧姑儿也没少干，割猪草割牛草，还做一家人的饭，她哪样是轻松的？"

"老汉儿……"

"好呀，你敢和老汉儿比！"

志荣成立互助组后，志富就理直气壮了："我才不干呢，我出力流汗，那一帮老头儿老娘儿得好处。你们是瓜的，我可不是瓜的！"

然后就嘲笑志荣，笑得全身发抖，笑得酣畅淋漓。

10

志富瞧不上志荣，但志荣成立互助组的消息传到乡上时，乡党委书记田成却有一种眼前一亮的感觉。就仿佛他在一片荒原里迷路时，前方忽然有人喊了一声。

田成确实处在一种在荒原里迷路的状态之中。

公社变成了乡，公社书记变成了乡党委书记，但是田成似乎还是田成，他对乡村出现的许多变化，似乎有些束手无策。大量青壮进了厂，进了城，田地变成了荒原，村庄变成了养老院，田成心里也是荒草丛生。作为一乡的领头人，乡人都在各自的路上奔跑，他却反而在原地徘徊。

也就在这个时候，道泉二组组长志荣发出来的声音，让在荒原里左冲右突的田成，似乎一下就有了方向感。他觉得，只要带着全乡，向志荣的方向走去，就能走出那片荒原。

田成说干就干，他把全乡的村组干部组织起来，到道泉二组开现场会，让全乡的村组干部，学习道泉二组的模式。

全乡的村组干部都要涌到道泉村来，这让志荣着了慌。带着一帮老头儿老娘儿干活，有啥好学习的呢？要是给他选择，他宁愿选年轻力壮的小伙子大姑娘。一帮老头儿老娘儿，手脚又慢，活路又干不利索，七老八十了，还在泥水里挣扎，把这些东西展示给别人看，让人笑话。所以当田成给志荣一说，志荣就连连摆手，脸涨得通红。

田成没有明白志荣拒绝的深意，以为志荣是害羞。田成对志荣还是比较了解的，他知道志荣是一个不怎么说话，只埋头干实事的人。让他上台发言，总结经验啥的，是不可能的。田成说，你不需要总结，该干啥干啥，呈现你们最真实的状态。只要全乡村组干部到了现场，他们自然会感受到那个氛围，产生触动。

自从田地下户后，志干就一直窝在家里的逍遥椅里，几乎没有出过屋。不过，听说全乡村组干部都来向志荣取经，他也有些激动。毕竟他是老大队书记，他有很多经验值得志荣学习。

于是在那天早上，他把志荣叫到跟前，向志荣挥舞他的烟杆。

志荣埋着脑壳，感受志干烟杆带起的冷风，感受志干嘴里喷出的热唾。志荣笑着，一语不发。志富却忍不住，"扑哧"笑出了声。

志干怒道："你笑啥？"

"志荣带着一帮老头儿老娘儿在田里瞎折腾，让全乡村组干部来看。这不是炫耀，这是丢丑！"

志富嘴刁，但是他的话一针见血。志干明白志富说得在理，烟杆不挥舞了，放回嘴里。志富一句话就改变了志干，来劲了："现在唯一的办法，就是在那天，找一些年轻人到田里干活，遮掩一下。"

志干也觉得这是一个办法，默默点了点头。

"不不不，不能弄虚作假！"原本一言不发的志荣，忽然抬起头，坚决否定。

志富跳起来，指着志荣鼻子吼："志荣，你想丢脸到外地丢，别在咱们家门口丢。你丢的不只是你的脸，你丢的是咱们志家的脸！咱们志家在道泉村是有头有脸的，丢不起！"

志富也把唾沫喷成了雨。志干的唾沫只是一股烟焦油味，不好闻。但志富的唾沫却是一股浓烈的潲水味，让人想吐。志荣把脸躲开，但志富是一只跳来跳去的猴子，志荣转到哪边，志富就快速跳到哪边，始终让志荣的脸处在他潲水唾雨的浇灌之中。

好在志慧割猪草回来了。志慧毫不犹豫站在志荣一边。"田书记就是让大家来看老头儿老娘儿的互助组，弄虚作假搞一帮年轻人到田里，那才是丢脸！"

一家四个人，两个反对一个赞成一个犹豫，最后志荣胜了。当然了，也是因为志干犹豫了。其实志干具有一票否决权，他如果拍板，别人是没有话语权的。那时候志干心情很复杂，有欣喜，有嫉妒，有不满，还有更加难以言表的各种情绪，他犹豫着，自然志荣就胜了。

但是现场会开完后，志干就后悔了，当时为啥不拍板呢！

志干没到现场，但是志富把现场的情况一五一十向他做了描绘。志富说，那些村组干部的双手可忙着呢，一边猛劲拍巴巴掌，一边又忙着收回手捂嘴，怕笑出声来，被田书记听见了。

志干把长烟杆在檐坎石上猛一敲，站起来就走。他真后悔死了，看来这个家还得他把关主火，要不然还会有这样丢脸的事发生。志干在站起来的那一瞬间，他有一种巨大的满足感。但也许是坐得太久了，脑壳有点发晕，走路有些摇晃。

不能在外面主火，只能在家里主火，那也是够丢脸的了。

心情复杂的不只是志干，还有田成。尽管现场村组干部都猛烈地拍巴巴掌，但他也看出来了，那些村组干部大都很敷衍。他们并不认可志荣的做法，现场会结束，他们回去，该干啥还干啥，很少有跟着志荣学习的。就算有一些村组干部吆喝几声，但互助组却并没有成立起来。不是那些村组没有老头儿老娘儿干活，每个村组都主要是老头儿老娘儿在干活，但是没有志荣这样的人把大家组织起来。所以各村各组依然一盘散沙，疲沓慢沓。

当然了，田成原本的目的，也不是让各村各组都像志荣那样，组织老头儿老娘儿干活。他在现场会上反复强调，老有所养，老头儿老娘儿既然年纪大了，就应该在家里享清福，让他们还到田里干活，是不太恰当。田成说，你们回去问你们村里的年轻人，连老头儿老娘儿都留在田地里干活，难道年轻人不脸红吗？

但是各村各组的年轻人们都不脸红，他们说，他们在田地里挣不到钱，为什么还要回到田地里呢？田地就算成了荒原，又有什么关系呢？只要能挣钱，就有饭吃。挣不到钱的人，才会天天窝在田地里，像个老头儿老娘儿的样子，那才真正是丢脸！

这就是各个村组干部反馈给田成的话，这些话是年轻人们说的，其实也是大多数村组干部的内心话。田成听了，不免有些丧气。看来自己确实有些老了。

挨批斗的年月，他坚持自己，最终咬牙挺过来了。在这样一个新时期，他坚持自己，还能挺过来吗？

田成坐在那把乡党委书记的椅子上，双手抱着脑壳，陷入了沉思。

至于志荣，他似乎并没有受到影响。现场会之前他是那样干的，现场会之后，他依然兴致勃勃，带着这帮老头儿老娘儿，在田间地头奔忙。

这个春天，一块一块梯田，被熨得明镜似的，水面飘着一层淡青色的雾气。布谷鸟的声音从谷底涨起来，冲刷着道泉村的沟沟坎坎，把每一处暗角都洗得洁净而透亮。志荣和他的团队，就像水田边沿长出的几星暗褐色浮萍，趴在水面的一角，看似一动不动。但过两天看，浮萍却已覆盖了半坡水田。再过两天，浮萍则爬满了梯田的每个角落。前些时，还只是薄得像水面上的一圈圈泥纹。几天过去，泥纹就定了型，泛了绿，成了一幅凹凸有致的青绿山水画。刮几日风，下半晌雨，再回望田野，已经不见了水田，不见了田埂，满坡都是翻卷的绿涛。鹧鸪声藏在绿涛深处，浓一声，淡一声。木槿花大朵大朵开着，淡紫的香气弥漫过来，静穆的村庄，醒一时，梦一时。

这是一种静悄悄的变化，没有人声，没有号子声，连农具的声音也没有。道泉二组一坡梯田，就像一本线条粗简的连环画。志荣和他慢腾腾的团队，一页一页翻。淡黄的春天，深绿的夏天，亮金的秋天，暗褐的冬天。一年复一年，一本连环画翻完了，又重头再翻一遍。

年年一样，又年年不同。老头儿老娘儿们在减少，有些没有熬过冬天，就如同落叶被土地收走。树叶落了有再萌发的时候，老人走了，志荣的互助组却永远少了一人。

11

志荣的队伍在减少，但田地却在增多。

越来越多的人，不想干了，干脆把田地撂荒。田地在那里荒着，志荣心里就发慌，干脆接管过来。比如篾歪嘴的田地，志荣就接管了。

篾歪嘴不爱干活，成日喝得醉醺醺的，东倒西歪。篾幺姑儿也不爱干活，整天描眉照镜，唉声叹气。这样，他家的田地就丢荒了。志荣去田里干活，去时看一次，回时看一次。篾歪嘴田地里的杂草，不但疯长，还得意洋洋到路上来豪横。志荣穿鞋从路上过，杂草就扯志荣裤管子；志荣赤脚从田边过，杂草就挠志荣脚脖子。扯啊挠啊，志荣的心里结满了疙瘩，就对篾歪嘴说："把田地给我种吧。庄稼种出来后分成，我四，你六。"

不用干，就得六成，篾歪嘴自然求之不得。志荣种田的本领高，六成已经比集体生产时期的十成还好，足以确保他天天有酒喝了。

不过，篾歪嘴可是个有便宜绝不放过的人。四六分他确实已经很满意了，但志荣既然提四六分，他就一定要求三七分，他七，志荣三。

三七分对于志荣来说，相当于白干。但篾歪嘴把话咬得很死，志荣又实在丢不下那些田地，就答应了。

志荣答应了，但他回家一说，志富却不干了。

志富不干活，但是他对收成很在意。"三七分？不行不行，太吃亏了！应该六四分，我们六，篾家四。按劳分配，就应该给劳动的人。如果给有地的人，那篾家不就成地主了？社会主义国家，红色江山，早就把地主打倒，咋又出现了地主？"志富上升到理论高度，把自己都整得有点激动起来，"如果一定要三七分，那也应该是我们七，篾家三，这才是合理的，明白不？"

志富说不服志荣，就坏坏地笑："肯定就是那个肉香牵了你的鼻子呢，肯定就是那个水眼勾了你的魂儿呢……"

志荣微微一笑，他把志富的话当屁放了。

不断有村人找到志荣，主动要求把田地拿给志荣种。志荣的团队是一帮老头儿老娘儿，显然干不了这么多活。再说了，箩歪嘴要求三七分，开了先例，因此他们也要求三七分。志荣要推脱，村人说话了："箩歪嘴的地你种，为啥我们的不种？"又有人说："我们没有肉香？我们没有水眼？"

志荣推不掉，只好雇人种。本地雇不到人，就雇外地人。但雇外地人，就得管吃管喝。本来只有三成，又雇人种地，还管吃管喝，这三成拿来开工资，开吃喝，不但不够，还得倒贴。志富愤怒了："就是那个肉香！就是那个水眼！"

志华给志荣扎起："咱们种的地多着呢，也不只帮箩家！"

志富牙尖嘴利："但是三七分是从箩家开始的。要不是肉香和水眼，他能从箩家那里开一个头？"

志华换一种说法："志富你想过么，全组的地，都交给了咱们志家，咱们志家就是地主，比以前老爷那一辈还有出息呢！"

"还'地主'呢，亏你们好意思说出口！"志富嘲笑道，"'地主'是啥？是拥有田地的人。我们拥有了田地吗？不，是全村人拥有土地，全村人才是地主，而我们是全村人的总长工！"

志荣不参与争论。每每这个时候，志荣就把锄头扛在肩膀上，点燃一支叶子烟，到田里去了。他的身后，飘满云气。

秋收的时候，志荣把稻米背到箩歪嘴家。

箩幺姑儿看见了，高兴地跑过来，捧起满把的谷，满脸笑颜。金灿灿的谷粒从葱白玉的纤长手指间，清水一样流泻下来。那一刻，志荣有些呆了。

回家以后，志荣就有了心事。先前，志富一直在提箩幺姑儿，志荣都不为所动。但当他看见金灿灿的谷粒，从箩幺姑儿葱白玉的指间流泻而下时，他的心里便溅起了一片潮浪。

很多天后的一个晚上，志荣终于下定决心，把想娶箕幺姑儿的事，告诉他老汉儿。不过，正当要开口的时候，他看见了志华。志华正大口大口往嘴里填饭，他明显消瘦多了，已经不是之前那种肥壮的身躯。咬饭的时候，志荣明显看见他脖子上的青筋，一蹦一蹦的，嘴上胡楂又浓又乱。

志荣一阵难受，又很感动，出口的话变成了这样："志华，你已经长大了，该娶婆娘了。"

志华的脸立刻红了，脖子立刻粗了。脸脖子变粗，还有些发痒，就耸肩擦脸："娶哪个……"

"箕幺姑儿，我找王婆给你介绍箕幺姑儿。"

志富一口饭喷满桌："志荣，恐怕是你想娶箕幺姑儿吧……"

志华脸脖子忽然就不痒了："哥，你都还没娶婆娘呢，你先娶。"

"不急，你娶了我再娶。"

"你是哥，你没娶，哪有我先娶的理。"

最后志干拍板，先来后到，志荣先娶，志荣娶了志华再娶。

"你这是曲线救国啊……"志富嘲笑。

志荣开始筹划说媒的礼物。志富又嘲笑："提啥礼物，任家烂滚龙到箕歪嘴屋后装过猫叫，你也去装一装猫叫就搞定了。你要是找不到公猫，让志华一起去，志华当公猫，你当母猫……"

"志富，你再不闭嘴，我打掉你的牙！"志华提着拳头朝志富走去。

志富爬起来就跑，但他的嘴却不闲着："不装猫叫也行，装成一只癞蛤蟆，打一口哈欠，'赛通山'就到你嘴里了……"

志荣不怕嘲笑，他觉得自己是有底气的。他老汉儿当过二三十年大队书记，他现在又是道泉二组组长，搞互助组，受到田书记赞扬。箕幺姑儿长得俊，是"赛通山"，但她老汉儿是酒疯子，不成样子。她娘曾经污蔑过廉都，让廉都吊死……如此说起来，究竟哪个是白天鹅，哪个是癞蛤蟆，还说不定呢！

但王婆对志荣却信心不足，她推开志荣递过来的礼物："志组长，还是不带礼物，我先去探探女方口气再说吧……"

志荣不高兴了，这王婆小瞧自己："你就带这个去，花红九礼！"

花红九礼，那是村里最高的礼数。

王婆张了张嘴，最终忍住了。志荣找了两个帮工，抬着花红九礼，跟在王婆后面，去簸歪嘴家提亲。

很快，王婆就回来了。两个帮工只拿回来一条扁担，一根绳子。显然，簸家收下了花红九礼。志荣暗自得意，对王婆说："王婆，过两天，麻烦你再跑一趟，和簸家商量一下办婚礼的事。"

"簸歪嘴都没同意呢，办啥婚礼！"王婆冷声冷气。

志华说："簸家收了我哥的礼物么？"

"收了。"

"收了为啥还不同意？"

"簸歪嘴收了礼物，但他就是不同意。"

"他为啥不同意？"

"簸歪嘴说，他可以把簸幺姑儿嫁到志家，但不晓得嫁给哪个……"

志华没听明白，莫名地喘粗气。但他赶紧表态："自然是嫁给我哥呀。我哥是哥，我们是弟，他娶了婆娘我们才能娶。"

"对呀，我也是这样说的。但是簸歪嘴说，你们志家总共就这么一座破房，簸幺姑儿嫁过来，住哪里？总不可能和四兄弟都住在一起嘛。要是都住在一起，算哪个的婆娘？"

志富嘻嘻笑："算我们大家的婆娘嘛……"

志荣沉下脸，他把簸歪嘴的话听懂了，簸歪嘴是嫌弃他家房子破烂。

簸歪嘴说的话不中听，但却是事实，他家的房子确实破烂。都三十多年了，还是那个老样子，能不破烂吗？解放前，志家只有一个破草庐。解放时，生产队分地主廉堵的房子，他们分到的，是一个木枷担样的转角房。这个转角房拆回来，立在这块山坡上，后来一直就是这个样子。尽管"荣华富贵"一个个出生，但都还小，一张床上就能装好几个人。现在几兄弟都大了，不但床装不下，在家里走来走去，还老是碰着。志荣一直想修房子。村里人，或在廉把那里挖煤，或出去打工，都挣了不少钱，纷纷重修了房子。志荣四兄弟，却还挤在这狭窄低矮的破屋子里。"篾三爷讲的话，一点儿也不过分。"志荣说。

志华不服："篾歪嘴啥意思？收了我们的礼物，却又不同意！王婆，你去让篾歪嘴把礼物退回来！"

志荣赶紧赔笑："王婆，你别听志华的。篾三爷收了咱们的礼物，说明他并没有完全拒绝。等咱们把房子修起来，篾三爷就不会有意见了。"

志华不信："篾歪嘴就是个无赖，酒疯子，收了礼不答应，他是干得出来的。将来就算咱们修了房子，他也可能不答应。"

王婆说："志组长，要不，我还是先把礼物要回来，等你把房修起来，我再去提亲吧。"

"王婆，你对我志荣没信心？"

王婆赶紧解释，"志华的话也不是没道理，我就怕那篾歪嘴收了礼后，真的耍赖，我王婆可就对不起志组长了。"

"放心，我会让他答应的。"志荣安静地笑一笑。

12

廉诸当了书记，却并没有特别高兴。

以前大队里的大事小事，都是大队书记安排。但土地下户，大队书记变成村支书后，似乎就没啥可干的了。首要的，还是要种好自己的一亩三分田。种不好，就得饿肚皮。以前廉诸长期当生产队长，每天的任务，就是指挥大家干活。或者去大队书记志干那里"汇报工作"，或者在家迎接大队书记志干的"连夜视察"。或者去公社去市里开会。总之不用干农活，工分一分不少。那时候，廉诸的双脚，都是捂在裤管里的。腿上的毛，没有被泥巴荆棘抓扯过，长得茂密葳蕤，被村人称为"毛脚汉"。

"毛脚汉"是村里的稀有人物，除了公社干部、村小学堂的老师，也就是大队生产队的这些干部了。他们不干活，身上干干净净，没有汗味与粪味，挣的工分还多。所以那时候，村里的姑娘家，都争着嫁"毛脚汉"。

当时想嫁给大队书记志干的姑娘，自然是最多的。不过最终，志干选了老实本分的王春花。志干经常在外面吃香喝辣，却不怎么顾家。家里的娃儿，常常饿得嗷嗷叫。王春花为了让娃儿们吃饱，就省吃俭用。结果自己营养不够，经常晕倒在田里。每次晕倒，幸亏都有人发现，把她送到村里赤脚医生那里，抓一些药吃，又好了起来。但后来有一次，志干去廉诸家视察，王春花一个人割猪草，结果晕倒在一条泥坎下。坎下是荒草丛，她埋在荒草丛中，没人发现。等大家寻着脚印找到她时，她已经硬翘翘的了。

王春花走了，又有不少人给志干说媒。志干是书记，又是"毛脚汉"，本来想嫁给他的人是很多的。但王春花的遭遇，让很多姑娘望而却步，都迟疑着不答应。不过，其实志干也不愿意再娶一个。那时候志荣已经长大，家里的活都是志荣带着兄弟们干，志干根本不用操心。最关键的是，没了婆娘，也就意味着他可以有更多的婆娘。所以志干也不想结婚，因此一直单着。

生产队长廉诸，一直跟着大队书记志干学。志干娶了老实本分的王春花，廉诸也娶了性格柔弱的杨柳。不同的是，王春花给志干生了四儿一女，杨柳却没给廉诸带来一儿一女。因为不生育，杨柳对廉诸就更加逆来顺受。廉诸想干啥，就等他干啥。廉诸不干活，当"毛脚汉"，廉诸在外面吃香喝辣，从来不给杨柳带一点回去，杨柳也没意见。廉诸在外面醉醺醺回来，杨柳给他抬凳，泡茶。廉诸脚一伸，杨柳就给他拿鞋，洗脚。

廉诸在家里过神仙一样的日子，常常对杨柳呼来喝去，责备她凳子拿慢了，洗脚水不热和。尤其是当志干来家里视察一次后，廉诸对杨柳的打骂，就变得更厉害。

任随廉诸咋打骂，杨柳都不回嘴。不但不回嘴，还顺了廉诸的话骂自己。廉诸敲锣，杨柳就打鼓。尽管这敲锣打鼓，可能是在给自己送葬，可杨柳依然兴高采烈。

杨柳是廉诸一辈子打骂出气的对象，但可能连廉诸自己也没想到，土地下户后，角色会调转过来。土地下户，就意味着自己干来自己吃。毛脚汉廉诸从来没干过农活，家里的轻重活路，都落到了杨柳一个人身上。

杨柳性格柔弱，但干活绝对是一把好手。挑粪耕田抬石扛柴，她样样能干。不过，能干是一回事，愿不愿意干是另一回事。以前廉诸是生产队长，前呼后拥，整个生产队的人都对他点头哈腰。杨柳虽没捞到好处反而落一身打骂，但看到自己男人耀武扬威的样子，心里也满足。现在廉诸当了村支书，官确实升了一级，可地位反而降了，没人搭理他了。

不但没人搭理他，还因为他是"毛脚汉"，肩不能挑手不能提，换工的时候，大家都找能干的男人换，不找廉诸。因此，当了村支书的廉诸，反而受到村人的鄙视和歧视。久而久之，逆来顺受的杨柳就有意见了。一开始还只是嘀咕，后来声音就变了，反过来支派廉诸干事，甚至反过来抱怨责骂廉诸，有时还会动手。廉诸是"毛脚汉"，而杨柳却不"杨柳"，反而又粗又壮，真打起来，廉诸竟然不是杨柳的对手。

当然了，廉诸不会打，不仅仅因为他打不赢，更重要的是他不敢打。自己干不了活，连饭也不会做，要敢还手，可能得好几天饿肚皮了。

好歹廉诸是村支书。就算不是村支书，他也是个男人。一直这么忍气吞声挨打受骂，他也受不了。

廉诸想到了廉把。

廉把开煤炭洞子，搞得热火朝天，赚了不少钱。那会儿，当廉把在和尚包挖出煤炭的消息传出时，廉诸心中一时五味杂陈。本来因为换地，廉诸跑去责备廉把，想敲他几烟杆。没想到他转身就挖出黑亮亮的煤炭，卖出黄灿灿的金条。这简直就是在他自己脸上狠狠甩了一烟杆。

所以，尽管廉把搞得热热闹闹，尽管廉把是廉诸的侄儿，尽管村里人都争相去廉把的煤炭洞子挖煤挣大钱，但廉诸一直没去。

但现在廉诸不得不考虑去煤炭洞子了，要是一直待在家里，可能结局不是被饿死，就是被憋屈死。

廉诸是"毛脚汉"，进洞子挖煤炭，他是办不到的。廉诸想去廉把那里干的是守仓库当保管的活。这个活轻松，很适合廉诸去干。而且廉诸也觉得这个活他干得理直气壮。毕竟当初廉诸曾安排廉把的老汉儿廉都去生产队当保管，现在廉把让廉诸当保管也是应该的。

而且廉把恰好就缺一个保管。算来算去，也就只有他廉诸合适。保管是需要至亲的人来干的，廉把之前的保管是他的娘徐桃，徐桃也愿意当保管。但是廉把不想让她干，廉把说："娘啊，我有钱了，我得让你享福，让你穿金戴银，四处闲逛。你整天陷在仓库里，就算穿金戴银，也没人看见呢。"

廉把不让徐桃干，保管换成了廉口。

但廉口明显难当大任。虽然也干了，但时不时就没了踪影。廉口总喜欢溜到山上闲逛。现在早已不愁吃不愁穿了，但廉口总觉得家里的饭吃得没滋没味，只有去庄稼地偷来烤着吃才有滋味。

廉口经常溜出去偷东西，撬杆儿们就摸清了廉口的路数。廉口去山上偷玉麦、偷洋芋，撬杆儿就去廉把的仓库偷煤炭。

当徐桃抹着泪，把这件事一五一十讲给廉诸听的时候，廉诸的心思就动了。他说："要不，我去给廉把当保管吧……"

徐桃怔了一下，随即就生气："你当保管，那廉口干啥？又放他到社会上随便拿人家东西？"

廉诸不开腔了。徐桃反而又说："这样吧，我给廉把说说，你们两个一起去守仓库。你正好把这小子盯紧，别让他给你丢脸！"

徐桃很兴奋，本来她觉得这是一个相当完美的建议，没想到廉把坐在沙发上，晃着二郎腿，望着天花板，吐着白烟圈，像没听到一样。

徐桃骂廉把："廉把，做人不能忘本。你大爷当年就安排过你老汉儿当保管，你让他当保管是还账呢。再说了，你老汉儿死后，咱家多难，要不是你大爷匀点粮食给咱们，你们几兄弟早就饿死了。"

廉把赶紧道歉："娘，我又不是不同意，但保管是一个重要岗位，我得回厂里开会研究一下……"

徐桃打断廉把："研究？你们厂里哪件事不是你一个人说了算，还研究啥？在我面前装啥？"

"现在不一样了，我们厂要迈向现代化，就不能由一个人说了算。"

"我等你研究！"

13

徐桃说得一点也没错，煤炭厂的事，还真就是廉把一个人说了算。尤其是哪个想进厂，廉把不点头，谁说了也不算。

想进厂的人实在太多，廉把派头大，一般人靠不拢。靠不拢，就找廉把身边的人想办法。

于是，很多人都找任家兄弟。

找任家兄弟，手里得拎点礼物。任家兄弟原先是烂滚龙，没人瞧得起。现在竟然有人提着礼物求他们，他们如何不激动。一激动，就满口答应，还拍胸脯："一句话的事，你们先做好准备，就等着来上班吧。"

但任家兄弟没想到，他们话音刚落，廉把就骂上了："你两条烂滚龙给老子听仔细，把嘴巴闭紧！洞子里的任何事情，都不允许你们指手画脚。我要是再听到你们东扯西说，就给老子滚！"

任家兄弟受到打击，从此再也不敢提这种事来。

仍然还有人提着礼物去找他们，他们礼物照收，胸脯照拍，就是不办。事情没办成，礼物又不退，送礼的人自然有意见。但意见归意见，哪个又敢把任家兄弟咋样！任家兄弟是烂滚龙，别说收你的礼物，就是直接伸手拿你的东西，你又敢咋样！

不过，有个人拎着礼物来找任家兄弟时，任家兄弟却有点为难了。

这个人是篾歪嘴。篾歪嘴是篾幺姑儿的老汉儿，篾歪嘴的事，能不帮忙吗？

但问题是，咋找廉把说呢？

任龙狗儿说："要不，我们请老大去帮我提亲。只要我娶了篾幺姑儿，篾歪嘴就是我的老丈人。那时候，我给我的老丈人说情，老大肯定就不好推辞了。"

任虎狗儿一听就毛了："为啥是你娶篾幺姑儿，不是我娶篾幺姑儿？"

任龙狗儿耐心解释："这个主意是我先想到的，篾幺姑儿自然就是我的。"

"你先想到就是你的？当初去篾歪嘴屋后装猫叫，还是我先想到的呢。那时你连猫叫都不会。你那鸭公声，像只母猫，只有我才像公猫。勾引篾幺姑儿，主要是我的功劳。我把篾幺姑儿勾引出来了，凭啥你得好处？"

任龙狗儿又换一个理由："簽幺姑儿就只有一个，不可能同时给我们两个当婆娘吧？我比你大，等我先娶了婆娘，再给你娶。"

"就算你比我大，你想先娶婆娘，也不一定娶簽幺姑儿。你可以娶慧姑儿呀。你娶慧姑儿，把簽幺姑儿给我留起。"

"慧姑儿是我们老大的，这事全村人都晓得，你敢和老大争婆娘！"任龙狗儿白了任虎狗儿一眼，"再说了，人家慧姑儿正在复习考大学。人家考上大学，就是大学生了，还瞧得起你我？"

两人争了半天，谁也说不服谁。最后决定，去找廉把裁决。

廉把听完，把两人从脑壳看到脚，又从脚看到脑壳，最后在任家兄弟脑壳上一人拍了一巴掌，又在任家兄弟腿上一人踢了一脚："你们两条烂滚龙给老子听清楚，这不是生产队分玉麦，分给哪个，就是哪个的。这是结婚，得人家同意。人家同意了，才是你的。不同意，连肉香都不能闻！"

14

廉把愿意去簽家帮任家兄弟提亲，其实是前不久遇到了一个挫折。

这话说给别人听，别人肯定不相信，廉老板还会受挫折？

廉老板确实受到了挫折，这个挫折来自于志慧。

当初，廉把听说志慧复习迎考，就去找她。

那天，廉把在一棵木槿树下找到正在看书的志慧。

木槿花树正喷吐着浓密的叶子，大朵大朵淡紫色的木槿花浮荡在密叶间，白花花的阳光透过木槿的花叶，撒在志慧身上，志慧像盖了一床碎花被。

廉把有些发呆。在那一刻，他有一种冲动，想扑上去，和志慧一同盖在这床馨香馥郁的碎花被里。不过廉把立刻抑制住这种冲动。他晓得志慧喜欢他，而且他还是个老板，哪能有这样的举动！

廉把把长发往后一甩，双手插进裤兜，用力咳嗽了一声。

志慧并没有抬头。风把木槿花树吹得摇摆不定，树影和花香在志慧身上流光溢彩，摇荡出一片更加迷离恍惚的幻境。

廉把走上前，挡住阳光。只有挡住了阳光，志慧才是志慧，才不是一个幻影。

志慧书上出现一片巨大的黑暗，她感觉到了异样，抬起头。

"慧姑儿，别读书了，来给我当秘书吧，我给你发高工资！"

志慧站起来。当志慧站起来的时候，她就和廉把一样高，阳光又一次照在她的书上，书本在她的手里闪烁着金光。"把哥，谢谢你，我要去参加高考。"

"来来来，我帮你算笔账，"廉把笑道，"就算你考上了大学又咋样？现在这个社会，你应该很清楚。将来大学毕业后，还不是要给咱们这样的老板打工，工资也不会很高。你不读书，现在我就可以给你发工资，而且发两倍的工资给你。你想想，哪个划算？"

"不，我要去参加高考。"

志慧说完就坐下来，目光又到了书上。尽管廉把挡着，阳光照不到她的书上，她依然看得清清楚楚。

廉把有点尴尬，他往后甩头发，敞衬衣，双手插进裤袋，但志慧没看见。

廉把想像以前那样，大声吹口哨。但他噘起嘴，却不敢出声。

廉把很是气馁。他廉把是啥人，想干啥就干啥，噘起嘴却不敢出声，这在他还是第一次。

廉把灰溜溜往远处走去，走到转弯的地方，嘴里终于嘀咕了一句："慧姑儿你给我记住，以后你会来求我的！"

这会儿，当任家兄弟提到箧幺姑儿时，廉把立刻就有个强烈的愿望，他要见一见这个被称为"赛通山"的道泉村第一美女。尽管他多次见到篦幺姑儿，但是从来没在意过她。现在，廉把要在意篦幺姑儿。在意篦幺姑儿，就是气志慧。

廉把也听说了志荣去篦家提亲的事。现在廉把去篦家，又是气志荣。

志荣准备的是花红九礼，廉把不用，他只准备了一瓶酒。而且这瓶酒还不是茅台、五粮液那样名贵的酒，而是一瓶老白酒。用普通的玻璃瓶子，在路边随便一个酒厂里打的那种老白酒。

任家兄弟看到礼物，脸上有些为难。

廉把瞪了任家兄弟一眼："你们觉得礼物轻了？"

"我们不敢说……"

"你们觉得，我廉老板出面，礼物轻了？"

任家兄弟恍然大悟："够了！够了！"

礼物虽不多，但廉把给任家兄弟的行头却不小。他让任家兄弟穿上统一的制服，戴上统一的白手套。

穿上制服的，还有孔老九。孔老九的制服是一件蓝布长衫，一把扇子。

提亲队伍出发了，廉把摇摇晃晃走在最前面，孔老九点头哈腰小跑在旁边，任家兄弟迈着正步直着身子跟在后面。接着是四个壮汉，抬着一块红布盖着的托盘，托盘上就是这么一瓶酒。再接着是两部响器班子，唢呐惊天，锣鼓动地。

去篦歪嘴家该往西走。廉把不，他带着队伍往东，围着志家那几间破房子绕了一圈，才折返往西。

任家兄弟血脉偾张，豪气干云。从小他们就是两条烂滚龙，哪个在乎过他们？可现在，村里首富廉把不但亲自帮他们提亲，还让他们穿得如此体面，还让他们的体面在全村人面前熠熠生辉！

到篦家时，篦歪嘴正醉醺醺躺在屋檐口下一把破椅子上，摇着扇子，迷迷糊糊哼小曲儿。廉把这支队伍气势磅礴走过来，瞬间就把他的酒吓醒了。尽管他并不清楚廉把此行的目的，但当廉把把那瓶酒郑重其事捧上酒桌时，篾歪嘴笑得嘴角歪到耳根上了。仿佛有个挂肉的钩子，把他的嘴角扯成了那个样子。

篾歪嘴赶紧站起让座，廉把当仁不让坐到那把破椅上。

任家兄弟自觉地站到廉把身后，一左一右，背着双手，身躯挺直。孔老九抬了个小凳子，坐到廉把下手，给他打扇。

篾幺姑儿终于端着茶，从屋里走出来了。

篾幺姑儿慢慢弓下腰，曲着腿，把茶水放在廉把前面的矮桌上。篾幺姑儿只是静静放茶，一直没发声，也没抬头看廉把。但她身上的香气却汹涌澎湃，像无数条钩子，朝廉把全身的毛孔伸了过来。廉把有些慌乱，他看见篾幺姑儿的腮和耳轮。他感觉他看到的是一颗白花桃，那红白多汁的果肉上面，一片细小的小绒毛，在不停地抖动着。

廉把愣神的瞬间，虽然很短暂，但篾歪嘴忽然就明白了。

篾歪嘴虽然整日迷迷糊糊，但是对女儿篾幺姑儿的婚姻问题，一直都清楚明白。一开始，他确实疑惑不解。廉把来干啥？为何送来这么一瓶普通的酒，却搞出这么大一个阵仗？当初他请任家兄弟在廉把那里求一份工作，就算廉把答应了，也没有必要搞这种阵仗呀！直到瞟见廉把的眼神时，他终于明白，原来廉把是来提亲的。

廉把来提亲，答不答应呢？

那还用说！篾幺姑儿要是嫁给廉把，那就是掉进了福窝。他篾歪嘴后半辈子再也不愁没酒喝了。廉把郑重其事送来一瓶酒，是不是就在告诉他这个道理呢？

篾歪满心欢喜。不过，篾歪嘴虽然满心欢喜，但他得稳重点。他立刻从矮椅子上站起来，拖了一把同样的破椅子，和廉把并排坐在一起。也像廉把一样，仰躺身子，翘起二郎腿，摇晃，吐烟圈。

两人悠闲放松，任家兄弟有点急了，廉把和篾歪嘴摆了半天龙门阵，烟屁股甩了一地，咋还没提到说亲的事呢？

任龙狗儿心里急，就在身后咳嗽。咳了一声，廉把没听见，他接着咳第二声，咳第三声。一下把廉把咳冒火了，他转过头，瞪了任龙狗儿一眼："龙狗儿，你他妈喉咙里有糖鸡屎？"

任龙狗儿不敢再咳，结结巴巴说："喉咙，确实有点上火……"

"上火了，也给老子忍住！"廉把在破椅子上一拍，一巴掌把扶手拍塌了。

孔老九也跟着廉把瞪了任家兄弟一眼。任家兄弟服廉把，但不服孔老九。孔老九瞪他们，他们就反瞪。幸亏廉把在跟前，要不，他们就捶孔老九了。

廉把终于说了来意："篾三爷，我今天来，是请幺姑儿去给我当秘书的。篾三爷，你老人家不会嫌我的办公楼矮小吧？"

廉把话音一落，任家兄弟、篾歪嘴、孔老九都愣住了。

这是咋的，不是来提亲吗？

这是咋的，不是来提亲吗？

这是咋的，不是来提亲吗？

廉把得意了，他要的正是这效果。

"篾三爷，你不会舍不得让幺姑儿去给我当秘书吧？你要是舍不得，那你也到我那儿去吧，我的仓库正没人守呢。你去帮我守仓库，顺便看着幺姑儿。你看着她，你家幺姑儿就不会被人欺负了……"

三人再次目瞪口呆。

这是咋的！

这是咋的！

这是咋的！

从篾家出来，任家兄弟觉得窝囊极了。走着走着，他们的头就垂了，背就弯了，腰就松了，步子就散了，已经不是保镖，而成两条蔫头耷耳的狗了。

孔老九嘲笑道："龙虎也？病猫也？"

任家兄弟狠狠瞪了孔老九一眼："病猫是因为老虎没发威……"

廉把停住步，转身盯住任家兄弟，冷冷问道："你们要对哪个发威？你们是不是埋怨我没给你们提亲？"

任家兄弟梗着脖子："我们不敢埋怨！"

"不敢埋怨？你们不是龙虎么，也有不敢埋怨的时候？"廉把啐了他们一口，"我告诉你们，你们不是啥龙虎，你们就是两条烂滚龙，四肢发达，头脑简单。你们想想，我们去求亲的时候，篾歪嘴是啥态度？如果这时候提那个话，他还不蹲到我脑壳顶上拉尖尖屎！你们忘了他是咋对志荣拿架子的？我正是看到形势不对，才没提求亲，只说招工。只要把他俩都搞到煤炭厂，和你们朝夕相处了，还怕搞不成！"

任虎狗儿立刻兴高采烈直点头："对呀对呀，还是老大把事情想得周到！"

任龙狗儿比任虎狗儿多了一个心眼，他嘻嘻笑，话中有话："老大，幸亏你告诉了我们，要是不告诉我们，我们就误会你了，以为是你想娶篾幺姑儿呢。再说你又让篾歪嘴当保管，我们就更误会了……"

"我让篾歪嘴当保管咋了？"

任龙狗儿道："老大，你可从来不让亲戚以外的人当保管的呢。我们以为你是想让他当你老丈人呢……"

廉把劈手甩了任龙狗儿一巴掌："篾歪嘴成了你的老丈人，他不就是我的亲戚？你他妈不是我的兄弟？"

孔老九愤怒地评论："吾主恩泽天下，汝烂滚龙竟疑之！汝是人乎？"

15

廉把晚上回家，徐桃把锅碗瓢盆搞得叮叮当当响。廉把已经预料到他娘要发火，但他装着不晓得："娘，我早就说过了，干脆请一个人到咱家来做饭，你只负责摇手摆手耍就行了。你偏不听，现在自己干累了，又发脾气。"

"我是说做饭的事吗？"徐桃把抹布往灶台上一扔，"廉把，你的良心给狗吃了！"

廉把不敢再装了，笑道："娘呀，不是我不想用大爷，我想用呀。但是我们厂里开会讨论时，大家都说，大爷是村支书，他来当保管不合适……"

"有啥不合适？"

"村支书，是村里的一把手，大官，咋能去当一个小保管？再说了，当保管就必须整天蹲守。村支书有那么多事要处理，他咋脱得了手？"

"你大爷这个村支书，啥事也没有。"

"现在没有，将来肯定有。"

徐桃道："就算不让你大爷干，也不能让箩歪嘴干呀。一个酒疯子，他能守啥仓库？还说带你弟弟呢，他只会把你弟弟带坏！再说了，当年你老汉儿守仓库，不正是被箩歪嘴的婆娘害死的吗？你都忘了？"

"没有，永生不忘！"廉把说，"正因为我没忘，我才让箩歪嘴守仓库。箩歪嘴在我手里，我想捏死他，还不容易！"

廉把又咬牙切齿说："一切伤害，我都不会饶恕！"

徐桃有点怕了，劝道："廉把，我看算了吧，害你老汉儿的是箩歪嘴婆娘，又不是箩歪嘴……"

廉把的表情又恢复过来："娘，你放心好了，我晓得分寸。"

廉把又笑着说："我不是忘恩负义的人。我没让大爷当保管，我也不会忘了他。以后，我会让廉口按月给他送一些钱过去。只要是廉口给他送去的，他一定会收到。只要他有钱，大娘也不敢对他呼来喝去的了。"

徐桃说："你大爷性子刚。你直接送钱给他，他不会要呢。"

廉把嗤笑道："他哪里性子刚？他在志干手下当了几十年队长，

性子一直都很柔的嘛……"

廉把从怀中取出大皮包，掏出一叠钱，拍给廉口："廉口，你去对大爷说，我虽然叫你大爷，但一直把你当老汉儿看。以后，我会按月给你送钱来孝敬你，保证你今后，吃不愁，穿不愁！"

廉把让廉口跟着他，连说了几遍，直到一字不漏说完整，才让廉口走了。

徐桃一直埋着脑壳，默默地快速地洗碗。

半晌午后，廉口回来了，兴高采烈的样子。

廉把问："廉口，你拿钱给大爷，大爷高兴吗？"

"高兴，当然很高兴了，白得钱，哪个不高兴！"

徐桃提了一把扫帚过来，怒视廉口："说，那些钱是不是你藏起来了？"

廉口怕了，赶紧从身上摸出钱，交给他娘。徐桃数了数，发现少了两百。"还有两百呢？"

"还有两百大爷收下了。大爷说，他只要两百……"

徐桃一扫帚打在廉口身上："你还要撒谎，你大爷是要你两百的人吗？拿出来，赶紧拿出来！"

廉口被打得嗷嗷叫，没办法，只好把剩余的钱拿出来，不过只剩下几十块。原来廉口跑到村里小卖部买东西吃了。徐桃气得追着廉口打，娘俩满屋飞跑。

廉把双手插在裤袋里，吹着口哨，摇晃着身子出去了。

廉背本来一直在一旁读书，没有开腔。这时候读出了声——

志士不饮盗泉之水，廉者不受嗟来之食……

第五章　相濡阁

1

廉背和志慧经过紧张复习，终于到市里参加高考了。

一考完，志慧就兴致勃勃拉着廉背去城里玩。她多年没进过城，这个城，早已不是她读高中时的样子。一切都让她感觉很新鲜，那些高楼让她惊叹，那些绿化也让她惊叹。她神往地对廉背说，她想起多年前读高中时，曾看见过一个游乐场，游乐场里有个秋千。她好几次都想去坐一坐秋千，但一直没时间。现在终于高考完，她一定要去秋千上荡一荡。

廉背兴致不高。因为他考得不好，很多题他都不会做。考完后，他就想回去。他本来埋着头，想偷偷溜走，没想到志慧高喊着，从人群里冲过来，拉住他要去玩。廉背说自己困，想回去困觉。但志慧捧起他的脸，拍他的脸蛋："睡啥睡，赶紧醒。好不容易进城一趟，无论如何，今天你得陪姐玩一玩！"

好不容易找到那个游乐场。不过，那里并没有什么秋千，那里变成了一块工地。工地周围拦着绿色围栏，挖掘机在咆哮，打桩机在尖叫，搅拌机在轰鸣。廉背只觉得耳朵嗡嗡作响，他抱住脑壳，似乎他的脑壳里也有一台搅拌机，一台打桩机，一台挖掘机。

志慧略有些伤感，随即她就快乐起来，拉着廉背往另一个方向跑："廉背弟娃儿，我晓得你喜欢旧事物，这里确实有些吵，好，咱们去老街转一转。"

我并不是喜欢旧事物。廉背想告诉志慧这句话，但看到志慧兴致那么高，他也不忍打扰，跟着志慧跑起来。

显然已经不是他们熟悉的那条老街，往日一个挨一个烟熏火燎的店铺没了，店铺前一个挨一个的地摊也没了。剩下的，就是一些破落的门窗，斜歪着，半掩着。门前地面，磨得光滑低矮的石阶上，青青的是苔，脏脏的是膜。

志慧兴致依然很高，她拿出一把伞，撑在头顶，姿态优雅地走了一段路。

撑着油纸伞，独自
彷徨在悠长、悠长
又寂寥的雨巷
我希望逢着
一个丁香一样的
结着愁怨的姑娘……

还没念完，志慧自己忍不住大笑起来。"太做作太扭捏了！"

廉背没有笑，廉背只是嘴角咧了咧。他的嘴唇太干，一咧，就裂开了血口。志慧扑哧一笑："廉背弟娃儿，你哥曾说，我和你一起钻过玉麦地。你看你对我这个态度，像是和我钻过玉麦地的样子么？"

廉背又咧了咧嘴，伤口冒血丝："志慧姐，我哥那话，确实太侮辱人了，你可千万不要和他计较啊。你是我姐，我一辈子都尊重你！"

志慧转身就走："哎呀，你呀你，我也不晓得你究竟咋了。不想玩了就算了，回去，咱们回去。"

"不是那个意思，志慧姐，我就是困，想困觉。"

廉背一回到家，就进了自己房间，倒头就睡。

徐桃问他考得如何，他就说困，想困觉。徐桃做好饭，喊他起来吃。他还是说困，想困觉。下一顿做好了，再喊他，他依然说困，想困觉。

徐桃就有些疑惑了，哪有睡一天一夜还说困的？究竟耽搁了多少瞌睡，要用多少时间才补得起来？

廉口忽然大叫起来："假的，廉背在撒谎！他根本就没睡，他睁着眼呢！"

徐桃推开门进去，廉背一直都闭着眼，所以徐桃一直以为他睡着了。但廉口不信，廉口抬了凳子垫在脚下，从窗缝往里看，就看见廉背大睁着眼，目不转睛盯着天花板。

既然已经被揭穿，徐桃再进去时，廉背就不闭眼，就大睁着，就盯天花板。但徐桃看得出来，廉把的眼里是空的，空得让人心慌，让人害怕。徐桃吓到了，赶紧把廉把喊回来。

廉把一副满不在乎的样子，斜眼问："廉背，是不是考得不好？"

廉背睫毛微微动了一下。

廉把把烟屁股往地上猛一摔，伸脚碾成齑粉："廉背，你有点出息好不好？不就考个大学吗？考上大学又咋样，将来出来当个工人，又能挣多少钱？以前我就给慧姑儿说过，让她别考了，跟我干。她偏不听，非要跟你去考。看着吧，她考不上了，就会来求我的。"

廉口插嘴："不会呢，志慧姐一直都在笑，她肯定能考上。"

"考上了又咋样？毕业后还不是要回来求我。试问普天之下，有哪个给她的工资，有我给得高？"廉把朝廉背挥挥手，"起来了起来了，明天跟我去办公楼，我给你准备一间大办公室。以后你就给我写点文字材料啥的，我给你发双倍工资。慧姑儿不听，我要让她后悔！"

廉背不动，连睫毛都不抖了。

徐桃抹眼泪，又埋怨廉把："说来说去，都在说慧姑儿这条美女蛇，你就没想过你弟娃儿。志家和咱们廉家有世仇，要是慧姑儿考上了，咱们没考上，那才丢脸呢……"

廉把哼一声："不就一个大学吗？有啥了不起的，我给你一个大学就是！"

"你这话是啥意思？"徐桃愕然。

廉把已经大步走出去了。

2

领录取通知书的时间到了。

志慧来找廉背，和他一起进城领录取通知书。

廉背没有再躺在床上了，但他依然懒洋洋的，靠着壁头。只是这个壁头，已不是集体生产时那个壁头了。廉把早已把他家那间破破烂烂的青瓦房拆了，造了一座五层高的楼房。他家四个人，他两层楼，徐桃、廉背、廉口各一层。楼房的墙壁，也不是抹泥巴，而是贴文化石。原先老房子那块被他们三兄弟磨得油光水滑的壁头，以及同样被坐得油光水滑的桤木树干，都被廉把小心收藏起来，刷了漆，塑了形，摆在书房里。他书房没有书，但摆了许多这种老旧的东西，似乎就显得有书香气了。

志慧约廉背时，廉把看见了，让孔老九把志慧请进书房。志慧着急去拿录取通知书，不进。孔老九笑着说："慧姑儿，吾主大礼，尔不可驳之。"

志慧忍不住笑起来。但她随即敛住笑，说："我还真不知，廉老板竟然给了我这么大的礼。好吧，恭敬不如从命。"

廉把翘着二郎腿，吐着烟圈，坐在一把逍遥椅上。他的身后，一左一右站着穿制服戴白手套的任家兄弟。志慧一坐定，廉把打个响指，同样穿制服的箧幺姑儿便托着茶盘，长发垂肩，娉娉婷婷从里屋走来。两杯普洱，箧幺姑儿放一杯在志慧面前，又放一杯在廉把面前。

廉把给志慧介绍他那名贵普洱。志慧却盯着廉背坐的逍遥椅看："咦，你这逍遥椅，咋和我老汉儿坐的，有点相似呢？"

廉把微微一笑："准确地说，你老汉儿坐的逍遥椅，和我老爷坐过的逍遥椅相似，而我坐的逍遥椅，和我老爷坐过的一模一样。"

"咋说？"

"你老汉儿坐的逍遥椅，只是外形和我老爷坐过的有些相似，材质更是完全不同。你老汉儿坐的逍遥椅是桤木的，我老爷坐的逍遥椅是檀木的。我这把逍遥椅，不但和我老爷的样子一样，材质也一样，都是檀木的。还有，气势也一样。摆在我这个房间里，那就不是摆在屋檐口下可以相比的。"

志慧对廉把的逍遥椅又没了兴趣，转头看廉把的空墙："你这里应该有一排书柜，装一壁书。平常你坐在书橱下看看书，感觉会很好的。"

"我那么忙，哪有工夫看书！"廉把翻了个白眼，"你别以为我没文化，你看那一堵竹笆壁了吗？那上面有我们廉家几十年蹭在上面的时光。我们廉家几十年的光阴，都被我们沾满黑锅烟的背磨成灰，掉落地上。现在我把它留下来，这就是历史，这就是文化，这个历史和文化时刻提醒我，我们现在的日子很宝贵，不能回到用沾黑锅烟的背磨光阴的岁月。"

志慧终于有了一些兴趣，但是她反驳说："把哥，你现在没再用沾满黑锅烟的背磨光阴，但是你在用沾满黑煤灰的背磨光阴啊……"

廉把立刻打断志慧："你错了，从我洞子里出来的沾满黑煤灰的背，磨的不是光阴，而是金光闪闪的金子。他们也不是为我磨金子，他们是为自己磨金子。"

志慧又转了话题："把哥，你把这堵旧墙壁留下来是对的。"

廉把被赞扬，兴趣大增："我留下的不只是这堵旧墙壁，我还留下了这截桤木树干。这截桤木树干，在我家壁头上放了许多年，我们几兄弟从小就在上面爬来爬去爬大，我们对它特别有感情。但是，我之所以收藏这截桤木树干，不仅仅因为我们从小在上面爬大，还在于在这截桤木树干上，我老爷曾经吊死在上面，我老汉儿也曾经吊死在上面……"

志慧笑着问道："你想干啥？"

廉把笑着答道："不想干啥，我只是要记住而已。"

志慧叹口气，站起来要走，她慌着去拿成绩。廉把示意她再坐一会儿："慧姑儿，今天我请你来，也不完全是为了喝茶，摆闲龙门阵。我是想说，你要是考不上，就到我厂里来，我给你一间大办公室，给你发双倍工资。这是我曾经对你做过的承诺，这个承诺永远不会变。"

篾幺姑儿再次捧着茶壶出来，给志慧和廉把续茶。突然手有点抖，茶就洒了。

廉把不高兴了，黑着脸："篾幺姑儿，你都到城里学过礼仪了，为啥上个茶还会洒？慧姑儿是我最重要的客人，我正在招聘她呢，你是要故意给我得罪了还是咋的？"

篾幺姑儿红着脸，赶紧拿白毛巾把桌上的茶水擦得干干净净。

"廉老板，好大的威风！"志慧笑起来，又说，"你咋就觉得我考不上，一定要到你厂里来？"

"你就算考上了又咋样？毕业后，你也会到我厂里来。我说过，普天之下，没人有我给你的工资高！"

志慧哈哈一笑，站起来，走出廉把书房，拉着廉背拿录取通知书去了。

3

廉背拿通知书回来，就急忙去厂里找廉把。

廉把见廉背满脸通红，喘着粗气，就笑眯眯问："廉背，祝贺你！录取通知书长的啥样子，给哥看看。"

廉背颤声问："哥，你前些天进城，就是去做这事？"

廉把白了廉背一眼："你觉得我还能做啥事？我要不去，你能考上？"

廉背一整张脸，都皱成了一坨没有发酵的馒头，又干又黄："哥，你不该这样做，你这样做，对志慧姐不公平……"

廉把很不屑："你想要公平，你还能拿到录取通知书？"

廉背低声嘟噜："我就算考不上，也不能偷志慧姐的东西！"

廉把满不在乎："别人想偷，他还没这本事呢。"

"这很无耻，哥，这真的很无耻……"

廉把不高兴了，把脸一沉："我是看到你那要死要活的样子，心疼你，才帮你的忙。我帮了你，没见你说声好，你竟说我无耻！好呀，你要觉得无耻，你去把录取通知书还给志慧，告诉她，录取通知书本来应该是她的。你去呀！"

4

廉背考上大学，而且是考上省城成都的一所名牌大学，这在村里是头一遭。十里八乡，鱼涌虾跳。

虽然考上大学的人不是自己，但大家都很兴奋，都到廉背家来祝贺。廉背家像赶场，干净的水泥地踩出一条泥路。来的时候，还带礼物。很快，礼物就堆满了半间屋子。

最兴奋的是廉口。他抓起一包饼干，塞几块在嘴里，还正咬着，又撕开另一包糖果，往嘴里塞。只一会儿，他的嘴上脸上就沾满了糖水，沾满了碎渣。

徐桃也很兴奋，一边责骂廉口，一边却又悄悄笑着对廉把说："廉把，村里这么多人来恭贺咱们，这可是第一次啊。咱们一辈子，哪里得过这种尊敬……"

廉把哼一声："你以为他们是好心？都想进我的煤炭洞子呢！"

大家来祝贺，廉家一整天热气腾腾。廉把觉得还不够，他得加一把火，让热气升到空中，成为祥云。

廉把太明白廉背考上大学的意义了。那天志慧去他书房，就说他的书少。廉背考上大学的事实说明，廉家不仅有钱，还有浓浓的书香。十里八乡，没人比廉家有钱，也没人比廉家有学问。

廉把要大张旗鼓办三天九大碗。煤炭洞子挖出煤，廉把明明晓得将会财源滚滚，但他很低调，没声张。但廉背考上大学，他得高调。廉把准备了八部响器，三车花炮，道泉村将变得比城里还热闹，道泉村的天将是不夜的天。

廉家不收礼，所有的人，都欢迎来白吃白喝，只图一个高兴。

全村都很高兴，十里八乡都很高兴。

只有一个人不高兴，这个人就是当事人廉背。

本来，廉背一直待在屋里，看书。那本多年前看过的《庄子》，放在桌上，落满灰尘了。他又拿过来，抖落灰尘，翻开看。

> 圣人已死，则大盗不起，天下平而无故矣。圣人不死，
> 大盗不止。虽重圣人而治天下，则是重利盗跖也。

这是多年前让他疑惑不解的句子，多年后，当他再次看到这句话时，依然疑惑不解。廉背不禁有点悲哀，这么多年过去了，他竟然没有一点长进，难怪连大学都考不上。一想到大学，廉背就又心慌气

短，更加看不下去书了。

偏偏这时，廉把娘来喊他出去迎客。

"有哥迎客就够了，不需要我呢。"

"这是你哥的事，还是你的事？"

"哥的事。"

徐桃劈手打廉背："廉背，你哥忙前忙后为你操劳，你竟这样说话！你以为你考个大学我就打不得你了？你就是将来当了市长，当了省长，我还是你娘。你不对，娘照样打你！"

廉背只得站起来出去，把《庄子》捏在手里，想拿出去看。但他娘一把夺过去，扔在桌上："出去迎客，就和颜悦色招呼人，拿一本书看，人家说你架子大呢！"

看书咋就架子大了？廉背想不明白。

屋檐口下，摆着一把镶嵌金边的逍遥椅，那是廉把专门给廉背准备的，他让廉背坐在那里迎客。但是廉背咋也不愿意坐在那里。他在屋外找了一截桤木树桩，摆在壁头下，然后坐在桤木树桩上，靠着墙壁。就像小时候他经常坐的那种姿势。廉把几次让他坐到逍遥椅上，但他都不去。说烦了，他转身就走。廉把没办法，只好让他就在那里坐着。

廉背不说也不笑，整日里呆呆的。有人来招呼，他就点个头。招呼的人往往很热情，其实是想上前拥抱他。他这一点头，就把脑壳往人家心窝子里戳。廉背的脑壳硬，一连戳伤了好几个。戳伤了，人家还不敢声张，忍着痛，脸上挂的依然是笑。

真正办九大碗的那天，却突然找不到廉背了。

廉家大院坝，摆了几十桌九大碗，村民们在桌间穿梭往来，嬉戏打闹。响器惊天动地，整座院坝都在沸腾。

堂屋里那几桌，相对安静些。最上首的是主桌，坐着更上一级领导。其他市上乡上领导，虽然还坐在堂屋里，却只能坐次桌。有一些乡上的领导，甚至只能挪到堂屋外面。

举行仪式时，廉背得出场。这时大家才发现，找不到廉背了。

知客师孔老九问遍了所有人，都说没见过廉背。孔老九有些慌了，不得不悄声请示廉把："不见廉背兮，廉背发言省了乎？"

"都啥时候了，你还不说人话！"廉把劈头就给孔老九一巴掌，"那么多领导坐在堂屋里，廉背是主角，他不出场，你让老子丢脸？赶紧派人给老子找，找不回来，你也别回来了！"

孔老九被廉把封为军师。但是他承认，他这个军师，就是充数的。要说拿主意，他还没有廉把的主意多。平常给人家掐个指，算个命，但其实连他自己都不信。尤其是遇到这种紧急场合，他脑海里往往一片空白。指头就算掐烂了，也掐不出一个子丑寅卯。唯一的办法，就是多派几个人出去找。现在不用廉把拍，他嘴里的文言文也没了。他像一只气急败坏的公鸡，伸着红脖子，四处乱叫："找不回来，你们也别回来了！"

但是孔老九不是廉把，他的严肃不起作用。出去找的人没找到廉背，一个不落都回来了。回来就往桌上涌，捞起酒肉就吃，嘻嘻哈哈，毫无羞愧之心。

廉把不放心，又出来问孔老九。孔老九大汗淋漓，面如土灰。廉把的脸成了一块铁，两眼成了两根锥子，捽了孔老九，又扎了孔老九，最后一脚踢开孔老九，把能找到的人都拉出来。"要像篦子一样，把每座山每块坡都篦一遍，绝不能遗下任何一个角落！"

廉把的大军刚准备出征，廉背却回来了。

孔老九喜极欲狂，气喘吁吁跑进来，兴奋地人喊："二少爷归来兮！二少爷归来兮！"

廉背确实回来了，他不是一个人回来的，他的手紧紧拽着志慧的手。

志慧不好意思地笑："把哥，你这个弟娃儿呀，真是。前几天我明明已经来恭贺过了，偏偏今天还要喊我来！"

又打趣廉背："廉背弟娃儿，你考上了大学，我没考上，你偏偏让我来，你这是让我来给你当电灯泡么？我不要面子了？"

"你考上了！"廉背严肃地说。

"考上了，在哪里呀？录取通知书拿给我看看。"志慧继续打趣。

廉把赶紧岔开："廉背，你一直拉着你志慧姐干啥？快去准备一下，一会儿你要上场讲话呢。"

廉背就是要一直拉着，不放手。

廉把笑容背后藏着大团大团的乌云，一碰，黑水就能滴下来。

该廉背讲话了。

廉背拉着志慧往台上走。志慧不晓得廉背为啥一直拉着她，想扯开，扯不脱，被廉背强行拽到台上。

廉把把黑水咽进去，把笑容挤出来："廉背，现在该你讲话呢。你把你志慧姐放了。咱们专门给你志慧姐安排了讲话的环节呢。你志慧姐将成为咱们无底洞煤炭厂副厂长，有她讲话的时候呢。"

志慧一愣，随即哈哈笑道："你两兄弟，搞的啥名堂？你们说的是我么？你们说得热闹，我反倒成局外人了……"

廉背已经把志慧拉到了台子中央，开始了他的演讲。

"大家可能会觉得奇怪，我为啥一定要把志慧姐拉到台子上来呢？道理很简单，如果说，今天我取得了一点点成绩的话，都是志慧姐带给我的。没有志慧姐，就没有我的今天……"

廉背竟然哽咽起来，大家都有些不知所措。

廉把的笑凹凸不平："廉背这娃儿，懂得谦虚了，不错不错……"

志慧也笑，她的笑又热又润："廉背弟娃儿，都是你自己努力的结果呢。你太谦虚了，我想要接受这份功劳，但我没这个资格呢。"

廉背把泪水猛一擦："志慧姐，真是你给我的，真的！今天，我也要给你，我要做一个决定！"

"决定以后做！廉背，今天你的任务，就是要感谢所有来向你祝贺的人！"廉把脸上的笑不只是凹凸不平，还一块一块往下脱落，里面的黑水聚拢来，正在冲击他最后那片仅剩的脸皮。

"是啊是啊，快说吧，你要感谢所有人呢。"志慧像哄小娃儿。

廉背不理廉把，也不理志慧，他用近乎嘶吼的声音喊道："父老乡亲们，你们今天到这里来，我想让你们做一个见证，同时也做一个监督。我大学一毕业，就会回来娶志慧姐为妻。四年，只需四年，我就会回来兑现我的承诺！兑现我的诺言！"

志慧没想到廉背说的是这样的话，脸涨得通红："廉背弟娃儿，你这说的是啥呀？你是不是还没睡醒？"说着，用力挣脱廉背的手，往台下跑去。

廉把的脸上，瞬间云开雾散，平湖秋月，凉风习习。

廉把大笑："廉背，你这小子说的啥话？你想娶人家慧姑儿，也得先征求一下人家的意见，对不对？你都没征求过人家的意见，就当众宣布了，又是承诺呀，又是见证呀，你让大伙儿见证啥呀！现在好了，把人家慧姑儿吓跑了。你自己闯下了祸，得自己收拾残局。赶紧去呀，还愣在台上干啥，去把慧姑儿追回来呀！"

廉把已经忘记让廉背答谢来宾的事了。

廉把再次哈哈大笑，笑声金花闪烁，飞溅到喜宴的每一个角落："大家喝酒，喝酒，不管他们了，不管他们了！"

"哈哈，喜酒，喝了喜酒又喝喜酒！"

"哈哈，双喜临门！双喜临门！"

众人举杯，八部响器同时惊天动地响起来，祝贺声，欢笑声，像漫天的花雨。此刻的道泉村，红光满面，五福临门。

廉背和志慧，像两尾鱼，从喧嚣的湖水中游出来，到了清浅的港湾。

志慧在前面走，廉背在后面跟。走了好长一段路，廉背终于说话了："志慧姐，我今天是认真的！"

"认真个大头鬼！"志慧转身大笑，"我是你姐，你打胡乱说啥？"

又拍拍廉背肩膀："廉背弟娃儿，你现在已经是大学生了，以后到大学去，说话要稳重点，别动不动就说要娶人家姑娘。人家当真了，一定要跟着你走，就不好收场了，听到没？"

"真的，我说的都是真的！没有半句假话，真的！"

志慧严肃起来："你再乱说，姐姐就不理你了！"

见廉背要流泪的样子，志慧才又软声软语说道："廉背弟娃儿，我晓得这是因为姐没有考上，你怕姐难受，说话来安慰姐的。姐谢谢你的好意，但是姐没有那么脆弱，不需要安慰，更不需要你用这种方式来安慰。你这样做，是不尊重姐，明白吗？"

廉背张了张嘴，一时不晓得说啥。过了好一会儿，才说道："志慧姐，你再复习一年吧。你的成绩其实是很好的，再复习一年，明年肯定能考上！我打赌，明年你肯定能考上！而且肯定能考上更好的大学！北大清华随便你挑！"

说着说着，廉背又开始泪雨纷纷。

"哈哈，廉背，你这小子咋了，多愁善感，像个女人！"志慧掏出手帕，擦掉廉背的泪，"姐不想读了，姐已经看出来了，自己没有读书的命。以前我老汉儿不让我读，我想读，读不成；现在老汉儿阻止不了我了，我又考不上。这就是命！命里有时终须有，命里无时莫强求。人生的路有很多条，就算不出去，在咱们小山村，一样大有作为。"

廉背道："你以后想做啥？我哥今天说了，要请你去当副厂长。你会去他那里吗？"

志慧笑而不语。

5

廉背的升学宴，作为蜀山乡党委书记的田成，自然也去了。不过他的官职似乎太小，没有资格坐堂屋，只能坐在外面的院坝里。因为隔得远，田成就成了一个看客。

廉背这个孩子，田成太喜欢了。他一直在关注着廉背，听说廉背想复习考大学，他立刻给廉背找了一套高中教材和复习资料。廉背不负所望，考上了大学，田成感觉比当年从养猪场回来还让他激动。

本来他也想去祝贺廉背，但是听说廉背家里出出进进，像赶场一样，他便不想去凑那个热闹。直到升学宴的那天，田成才得以走进廉家。但是廉家却又像众星捧月一样，很多上级领导都到场了。他一个小小的乡党委书记，根本靠不拢。

本来，靠不拢田成也没打算靠拢。但是在升学宴上发生的那件事，却让田成疑惑不解，同时也让田成忧心不已。志慧与廉把在谈恋爱的事，田成是听说了的。但为啥廉背却又当众承诺将来大学毕业后要回来娶志慧呢？廉背表态娶志慧，为啥他脸上却并没有快乐的表情呢？廉背考的是名牌大学，是省城成都的名牌大学。能考上名牌大学是很不容易的，名牌大学毕业后，回到蜀山乡这样偏僻地区的可能性，也几乎是没有的。廉背明不明白这一点？如果廉背大学毕业后能够回来，田成当然是很高兴的。但如果是为了娶志慧而回来，就有些匪夷所思了。想娶志慧，在哪里工作不是娶呢？

直到廉背动身去大学读书的时候，田成才找到和廉背单独相处的机会。

一开始，廉把要用他的小车送廉背。廉把的小车是蜀山乡仅有的几辆小车之一，用小车送廉背，自然是一件很气派的事。但是廉背却拒绝了廉把，自己走路去城里客运站赶车。田成不知廉背和他哥闹了啥矛盾，为何不让他哥送。不过，这对于田成来说，却是一个恰当的机会。他丢下工作，骑着摩托车去追廉背，在半道上追上了他。

田成的摩托车挟裹着滚滚烟尘，向廉背呼啸而来。廉背赶紧让到路旁，屏住呼吸，想等那烟尘飘落再走。没想到摩托车却在廉背身边停了下来，烟尘中渐渐浮现出田成那张微笑的脸。

乡党委书记亲自骑摩托车载廉背去读书，这让廉背激动不已。他坐在田成摩托车后座上，腾云驾雾一样。田成的背上散发着一股热腾腾的汗味，这种味道，廉背曾在他老汉儿的背上闻到过。不过他老汉儿已经在多年前就去世了，这种味道廉背也似乎早就忘记了。没想到当他走出大山的这一天，竟然又闻到了。

廉背被这种热腾腾的汗味熏得泪光闪闪，忍不住把脸靠在田成背上。

"廉背，大学毕业后，你真的要回来吗？"

"嗯。"

"你回来是为了娶志慧吗？"

"嗯。"

田成载着廉背翻越一段盘山公路，摩托车一会儿转到山的左边，一会儿又转到山的右边。田成笑着轻轻问："廉背，你有没有感觉，咱们似乎在一个圆圈上转悠？从起点出发，最后又回到起点。"

廉背也笑："还真是这样的感觉。"

田成道："有这种感觉也不奇怪，这是因为咱们还没有转出大山。当咱们转出大山后，你就会发现不一样了。咱们走的并不是一个封闭的圆圈，而是一个回环的螺旋。尽管多次感觉又回到起点，但其实咱们已经有了很大变化，起点是永远回不去的了。"

廉背觉得田成的话大有深意，但他似乎一时又有些不太明白。不过他也没有仔细去想，他浸泡在田成后背散发出来的热腾腾的汗味之中，一直到摩托车到达城里的客运站，他依然还是不愿意从后座上下来。

廉背走进客运站的那一刻，田成在后面冲他大喊："廉背，你记住，永远要做回你自己！"

廉背答应着，背着身子点点头。他害怕转头后，田书记看见他眼中的泪水。

6

志荣没想到簸歪嘴和簸幺姑儿都去了无底洞煤炭厂，而且，他们对志荣承包他们田地的事，也变得毫不在乎了。簸歪嘴甚至带话给志荣说，他那份田地，就拜托志荣耕种了。秋收分成，志荣想给多少就给多少，四六可以，五五可以，志荣想全部得也可以。

这就把志荣搞得很尴尬了。秋天到来，他心里不再是一种丰满，而有了一丝悲凉。虽然有一丝悲凉，但他依然把七成粮食背到了簸歪嘴家。簸歪嘴家关门闭户，门上挂起了蛛丝网，志荣依然把粮食放在簸家门前。

有一丝悲凉的志荣，也没有放弃娶簸幺姑儿的打算。他对自己说，簸幺姑儿只是去给廉把当秘书，并不是去给廉把当婆娘；簸歪嘴只是去给廉把当保管，并不是去给廉把当老丈人。簸歪嘴不满意他，是因为他没有新房。如果他把新房修起来，簸歪嘴就会答应了。

村里很多人都修了新房。他们有钱了，便纷纷把几十年没变过的破房子推倒，修起了平房，有很多甚至修起了楼房。

志荣想修新房，但他没钱买火砖水泥，修楼房就成了一种奢望。

当然了，志荣也不愿意住那种钢筋水泥的楼房。住小青瓦平房，把脚放在地上，心里踏实。志富嘲笑他："脚放在地上，心里踏实，你为啥还要穿鞋呢？你应该像咱们小时候那样，光脚板踩在地上，不是更踏实？"

志荣开始思考，他应该修一座什么样的小青瓦平房。

以前的平房，架子都是木头。把架子扎起来后，就在架子之间编竹墙。把锦竹剖成片，一横一竖夹编起来。这样的竹墙很结实，就是一头大牯牛也顶不垮。当然了，要挡风雨，挡虫蛇，要保暖，还得在竹墙上涂软泥。软泥风干就硬了，密了。为了确保泥土不掉落，一般还需要预先在软泥里放稻草茎。稻草茎横七竖八拉扯着，就能让泥墙变得很牢固。

但这种泥墙也有弱点，身上的衣服靠上泥墙，就会擦得很脏。那稻草茎也会伸出来，像破蓑衣，陋烂难看。

志荣对小青瓦房的改造升级，就从这里开始。不做泥墙，改做灰墙。临近好几个村庄，都有人造纸。竹子中的细纤维成了纸，粗纤维和石灰，就成了"灰巴"。灰巴黄中带白，气味芬芳，涂在墙上，不但不容易掉落，就算擦在衣裳上，也不脏，还香，像读书人身上的那种香。

除了改造墙壁，志荣还准备改造地面。

以前村里人的地面都是泥地，现在村里人砌的，都是混凝土地面。志荣没钱搞混凝土，但他有办法。混凝土不过就是水泥、河沙、鹅卵石混在一起。志荣要搞一种新的"混凝土"，这种"混凝土"由石灰、碎瓦瓷、岩沙构成。

当然了，其实也不算新，当年地主廉堵家砌的，就是这种混凝土。不过那时候不叫混凝土，叫"三合土"。这种三合土细密结实，磨平以后，像玉石砌的一样，能照得见人影。

石灰、碎瓦瓷都容易找到，独有岩沙，要找到，却难。道泉村岩石不少，但大都是泥岩。泥岩泡软了就是泥土，和别的泥土没啥区别。要找到真正的岩沙，只有找砂岩。以前廉堵有钱有势，派人去遥远的蜀山背岩沙。志荣没这个本事，他只能在道泉村找。找来找去，他找到了圣人石，只有圣人石是道泉村唯一的砂岩。

志荣围着圣人石转了几天，却下不了决心。

其实，围着圣人石转，是不容易的。因为圣人石一边悬空，下面是悬崖，一不小心很可能就掉下悬崖。虽然危险，但志荣也没白转。很快他发现，圣人石悬空的地方，有水渍浸出来，上面布满青苔。圣人石其他地方都干得起灰，这里却有水渍，不知这水渍是从哪里冒出来的。志荣伸指头按一按，竟然按出一个窝。志荣拿拳头敲一敲，一大块砂岩就掉了下来。志荣拿砂岩捏一捏，就有了满把的细沙。真是好沙，颗粒均匀，质地细密，洁净清爽，浅黄淡白。

真是好沙！

志荣反而愁上了……

志荣捏着那把沙，翻来覆去地看。那把沙在他手里，被捏得发烫。志荣实在太喜欢这岩沙，如果能用这岩沙砌地，砌出的地面，得有多好看！地主廉堵家玉石一样、能照得见人影的地面，志荣只是听说过，从来没有见过。如果他也能拥有这样的地面，那是一件多么神奇的事情。

但是，这是圣人石呢……

关于圣人石的传说，志荣曾多次听说过。圣人石与道泉里的水，似乎有密切联系的。当年道泉断流时，就是因为全村人到圣人石这里来祷告，道泉水才恢复了一半。如果挖了圣人石，会不会对道泉的水有啥影响呢？

整整七天。七天过后，志荣还是决定，无论如何都不能对圣人石下手。

这个决定对志荣来说是痛苦的。全道泉村，除了圣人石，再也找不到另一块砂岩。找不到砂岩，他的小青瓦房，就只能继续是那种泥巴地。

没想到志富却兴高采烈地宣布，他找到岩沙了。

"远在天边，近在眼前，就是圣人石呢！"

志荣赶紧劝阻："志富，圣人石千万动不得！"

志富很奇怪："圣人石在咱们包产地上，也就是咱们的，为啥动不得？"

志荣说："那块石头确实在咱们包产地上，但你难道没听过那些传说吗？要是动了圣人石，道泉很可能就不出水了。"

"瞎说！"志富嘲笑道，"那些都是封建迷信！志荣你好歹是组长，竟然也信封建迷信！"

志荣急了："志富，你不能简单一句封建迷信就完了，这件事你一定要听我的，要是不听，咱们一定会受到惩罚的。"

"听你的？"志富哈哈大笑，"你无非就是想让我听你的嘛……"

志富又说："真听了你的，咱们就只能永远住泥巴屋，永远娶不到婆娘！"

志华也觉得志荣有点小题大做："哥，我觉得志富这次说得有道理。也就是一块石头，与道泉有啥关系？再说了，那么大一块石头，我们也就挖一点点，应该不会出啥问题的。"

"不能啊，千万不能啊……"

志荣的呐喊稀薄得像空气。

第二天，志富就从圣人石背了一背篼沙回来。

志荣吓得脸发黄，志富却满不在乎，还嘲笑志荣："你去道泉看看，看看水量是不是变小了？"

志华说："我去看了，道泉的水量没有变化。"

志华说："哥，不是我不听你的，志富说得有道理呢。再说了，新房修不起来，篾幺姑儿是不会嫁给你的。"

志干也站在志富、志华一边，拿烟杆猛敲檐坎石："志荣，连篾歪嘴这样的下三滥都不答应和咱们结亲的话，以后咱们在村里，就再也抬不起头来了！"

志富得意非凡，拉着志华就走。

志华不走，站着劝志荣："哥，我们一起去吧。"

志荣长叹一声，妥协了："好吧……我答应和你们一起去。但不能白天去，咱们得晚上去。而且咱们也别挖得太多，够用就是了……"

"圣人石是咱们的，有必要偷偷摸摸的吗？"

志荣发火了："志富，我是哥，你要不听，你以后就休想再从那里挖一锄！你要敢去挖，我就打死你！"

志华忙劝志富："志富，咱们都听哥的，哥说咋办就咋办。"

志富嘟囔："抖啥威风，看你那点威风，还能抖多久……"

7

尽管簸幺姑儿到无底洞煤炭厂上班了，但任家兄弟并没有实现与她"朝夕相处"的目的。因为她一直在高楼上的办公室里，见她的机会很少。只有上下班，她走进或者走出办公大楼时，才能勉强和她打一个照面。

任家兄弟不是门卫，他们本来是廉把的保镖。但一般情况下，只有廉把见重要客人，或者廉把要出去时，任家兄弟才跟在廉把身后当保镖。大部分时间，廉把让任家兄弟站在门口，当门卫。

这天，任龙狗儿站得无聊，便对任虎狗儿说："虎狗儿，你说簸幺姑儿天天在老大办公室里，时间久了，他们会不会搞点啥事？"

"你想多了吧，一个在里面，一个在外面，中间隔着墙呢。"

"你也太天真了！隔着墙，他们没有脚么……"

任虎狗儿慌了："是啊是啊，咱们得抓紧呢，迟了，就不是咱们的菜了！"

"关你啥事？"任龙狗儿白了任虎狗儿一眼，"簸幺姑儿是我的，你掺和啥？"

"就你那个样子，她看得上你？"

"我的样子和你的样子是一样的样子，她要连我都看不上，能看上你？"

兄弟俩吵起来了。要是不站岗，他们就打起来了。

好不容易等到下班，箧幺姑儿拎着包，蹬着高跟鞋，噔噔噔走出来了。任虎狗儿抢先迎上去："幺姑儿，今晚咱俩出去耍！"

"哪个和你出去耍！"箧幺姑儿一瞪眼，蹬着高跟鞋，噔噔噔走了。

"碰了一鼻子灰吧？"任龙狗儿快跑几步撵上箧幺姑儿，"幺姑儿，圣人石好耍得很呢。咱们晚上爬到圣人石上，看金莲花开，好不好？"

任虎狗儿就不懂委婉了，他冲上来，拿大爪子捏箧幺姑儿的细胳膊。箧幺姑儿惊叫："你耍流氓？放不放手？"

箧幺姑儿走了，任虎狗儿把手指头放在鼻子下闻。

"啥味道？让我也闻闻。"任龙狗儿扯过任虎狗儿的手也要闻，任虎狗儿不给。任龙狗儿哼一声："有啥了不起，过不了多久，我就能自己捉来闻！"

8

又过了几天，要下班时，箧幺姑儿提着一瓶流金酒，走进廉把办公室，笑着说："廉老板，前几天廉背兄弟升学酒，我想去敬你，但当时敬你的人太多，我根本没机会。今天晚上，我想单独敬你，你可不能推哟……"

箧幺姑儿本来穿着制服上班的，不晓得她啥时候脱了制服，换上一件青丝底藕红花的薄纱裙。这一身打扮，让箧幺姑儿仿佛一朵舒展着晨露的莲叶，一缕奇异的暗香飘过来，直往廉把的鼻孔里钻。廉把哈哈一笑："箧幺姑儿，咱们自家人，还敬啥酒。"

"不敬酒，咋能成自家人？"箧幺姑儿把话倒过来说，就显得意味深长了。接着，她又坐到廉把的镶金逍遥椅上。

廉把笑道："幺姑儿，你咋坐到我凳子上来了？"

"我想离老板近一点嘛。不坐在你凳子上，咋敬你酒……"

"幺姑儿，这是办公室，不能在这里喝酒……"

箧幺姑儿站起来，轻盈地转了一圈。莲叶张开，莲花吐蕊，莲蓬结实青翠。

"当然不能在这里喝。廉老板的手下，不能这么不懂规矩，对吧？"箧幺姑儿举着酒瓶盈盈一笑，"咱们今晚去圣人石上喝，如何？"

"圣人石？"廉把一惊，随即怪笑道，"你这个主意生猛着呢，你咋会想到去圣人石上喝？"

"云淡风轻，月明花暗，坐在圣人石上对酌，难道不是特别有趣？"

廉背站起来，哈哈一笑："哪有云淡风轻？今晚明明是月黑风高。"

"心中有光，前途就会明亮。"箧幺姑儿偎过来，轻轻挽住廉把的手臂，"廉老板，你应该也听说过道泉金莲花开的故事吧？"

"当然听过。不过，数百年来，好像除了庄道士和你们家的祖先箧村哲，还从来没有第二个人看见过呢。"

"今晚，"箧幺姑儿神秘一笑，"咱们去那里喝完酒后，你一定就能看见金莲花开了……"

"我也能看见？"

"当然能看见。"

"我是庄道士，还是箧村哲？"

"你是廉把。"

廉把跟着箧幺姑儿，晕晕乎乎爬到圣人石上。

荒茶岭是道泉村最高的山峰，圣人石又是荒茶岭上最高的石头。因此坐在圣人石上，感觉就直接在天上了。只是，旁边的那棵大荒茶树，窜过头来，长得比圣人石还高。这似乎又时刻在提醒，这里并非天上，依然还是在人间。

大荒茶树的枝条伸展到圣人石上，此刻正开着大片大片的白花。茶花的花瓣不密，只有薄薄的几片，刚一展开，花瓣就像没了似的，只剩下茂密的毛茸茸的黄色花蕊。那花蕊是张扬的，俯仰的，放肆的，已经完全不顾及外面还有花瓣的包裹，而要直奔主题了。

篓幺姑儿把流金酒打开，放在圣人石上，借着一点微微的星光，双眼热切地望着廉把："喝酒，把哥。"

廉把摘一撮花蕊放到鼻子底下，轻轻闻着："也没有酒杯，咋喝？"

"没有酒杯，有口杯呢。来，我敬你。"

篓幺姑儿把瓶口凑近红唇，轻轻呷一口，然后把红唇口杯朝廉把递过去。篓幺姑儿的眼里冒着灼灼的焰，一阵山风吹来，大荒茶树发出山呼海啸般的呐喊声，花蕊烟花一样喷溅而出，升到高空中，又掉下来，流星雨一样溅落在廉把身上。

"幺姑儿，我真的能看见金莲花开？"

"别人看不到。把哥来，一定能看到。"

廉把眼前升起一缕淡淡的白汽，白汽渐渐变浓，翻滚起来，浪花一样，咕噜咕噜直往上喷涌，又往四处快速弥漫铺展。很快，木槿坡、桤木坡、荒茶岭、和尚包都弥漫在这片茫茫的白气之中。天地之间，很快就只剩下了喷吐的花蕊和腾腾的白气了。

"把哥，金莲花开了，看见了吗？"

"幺姑儿，金莲花果然开了。"

"金莲花好看吗？"

廉把忽然听到一种声音，仿佛是敲门声。这里是圣人石，咋会有敲门声呢？廉把侧耳听，确实是一种敲门声，没有节奏，梆梆，梆，梆梆梆，梆梆……

廉把以为是自己的心跳，他把手放在胸口，他摸到了他的心，他的心跳得非常平稳，甚至还有些漫不经心。显然，这不是他的心跳。他又把耳朵贴在篓幺姑儿胸口，篓幺姑儿的心脏，也只是不紧不慢跳着，毫无波澜。

廉背把耳朵贴近圣人石，这下他终于听出来，声音是从圣人石里传来的。不仅仅是一种声音，还是一种震动。一波一波，击打着他的耳鼓，击打着他的额头，击打着他的双肘双膝，让他的身体一阵阵发麻。

廉把忍不住问道："幺姑儿，你听到敲击声了吗？"

"把哥，听到了。"

"幺姑儿，你的背和屁股是不是有一种发麻的感觉？"

"不只是背和屁股，我全身都有一种发麻的感觉。"篓幺姑儿哭起来，"把哥，我全身都有一种发麻的感觉。"

"幺姑儿，我们会不会被震下圣人石？"

"不会的，把哥有把呢。只要我抓住把，就不会被震下去了。但是我受不了了！把哥，我受不了了！"

廉把忍不住大叫一声，这一声实在太洪亮，整个道泉村的群山都在回响，整个道泉村的坡谷都在轰鸣。

9

廉把在升学宴上宣布，让志慧当无底洞煤炭厂副厂长。但是升学宴后，志慧却不见廉把。廉把派人去找她。回来的人说，志慧不在家，进城去了。

廉把不断派人打听，终于打听到志慧回家了。廉把让篓幺姑儿去请志慧，篓幺姑儿有些迟疑："把哥，你都当着众人的面，宣布她当副厂长了，她还不来，我去请，就请得来吗？"

"你不提让她当副厂长的事，你就说市上要把我宣传成致富典型，请她来给我整一个材料。"

"把哥，为了她，你真是煞费苦心啊……有啥了不得的材料，非得找她……"

"你能不能写？能写的话你来写！"廉把白了篾幺姑儿一眼，"还有，幺姑儿我提醒你，你应该喊我'廉老板'，不要喊我'把哥'！"

篾幺姑儿愣了一下，低眉顺眼小声说："是，廉老板。"

很快，篾幺姑儿就把志慧请来了。

志慧一来，廉把眼睛就发亮。他带着志慧，参观了他的办公大楼，一间屋一间屋地看，一层楼一层楼地看。从下到上地看，最后登上楼顶看。

楼顶被廉把打造成了一个空中花园，有花草树木，有假山池沼，还有亭台楼阁。廉把带志慧去观景台。观景台视野开阔，远处的群山，近处的田畴，田间的村落，坡上的房舍，都在眼帘。

跟在后面的篾幺姑儿笑着提醒廉把："廉老板，你不是让志慧姐来帮你写材料吗？咋让志慧姐看风景呀？"

廉把又白了篾幺姑儿一眼："你懂啥，没有直观感受，咋写？"

风吹过来，阳光被吹得细细碎碎，直往人怀里扑。

廉把发令："幺姑儿，你去抬两把躺椅上来。"

幺姑儿抬不动躺椅，她只得喊任家兄弟来帮忙。

躺椅并排摆好，廉把和志慧并排躺下。廉把吐一口烟圈，眯着眼睛说："慧姑儿，在这里晒太阳，舒服不？"

"舒服。"

廉把又吐一口烟圈："你来我厂里，空闲的时候，咱们就来这里晒太阳，吹风，喝茶，聊天，好不好？"

"不来。"

廉把笑道："慧姑儿，我都对全村人说，要聘你当副厂长了。你要不来，我这脸往哪里搁？"

志慧也笑："廉老板，你这是强人所难……"

"喊我把哥。"

篾幺姑儿在一旁搭腔："廉老板，志慧姐说得好，你这不但是强人所难，也是自作多情……"

"闭嘴！"廉把一腔火气没处发，直起身来冲篓幺姑儿吼，"这里哪有你说话的份？哪个让你站在这里的？下去！"

篓幺姑儿一呆，捂着脸，转身跑下楼去。

志慧说："把哥，你不该这样对幺姑儿说话，太过分了！"

"还不是因为你！"廉把嘻嘻笑，"你要是不拒绝我，我也不会发火。"

志慧站起来，正色道："把哥，感谢你的信任。但是，我啥都不懂，你为啥让我来当副厂长？很显然，你就是可怜我，觉得我没考上大学，给我一个安慰。但是把哥，我不要这种安慰。我确实没考上大学，但这并不表明我就很失败。如果我再去补习一年，我相信我肯定能考上。对于我来说，考个大学就是小菜一碟。我不是给你吹牛，我有这个自信！"

"你是说，你想继续补习考大学？"

"不，"志慧说，"考上大学，肯定有很好的前途，但我不想考了，我想走另外的路。"

"那你就来我这里当副厂长！"廉把说，"你说你不懂业务，你可以先从写材料开始。过得两三个月，你就可以当副厂长了。"

志慧向前走了几步，指着对面的两座山说："把哥，你看看咱们道泉村这两座山，一座是和尚包，一座是荒茶岭。现在你就是这座和尚包，我就是那座荒茶岭。和尚包虽然光秃秃一片，但你从里面淘出了金子。虽然对于你从和尚包淘出金子这件事，我还有不同看法，但是你廉把确确实实和这座和尚包连在一起，有了一座山的形象。而我，虽然也把自己比作荒茶岭，但这座荒茶岭却还是荒芜的，就像我一无所有一样。所以，把哥，我也得重新定义这一座山，我希望最终我也是一座山的形象。而且只有当我是一座山的形象的时候，我才能和你站在一起，我的脊梁才是挺直的。把哥，你明白我的意思吗？"

"啊哟哟，慧姑儿要成为一座山，了不得，太了不得呢！"廉把也站起来，一边拍掌一边怪笑，"好嘛，慧姑儿，你就去当山嘛。嘿嘿，你听我说，你就是当了山，我也要把你吞了，一座山把另一座山吞了。"

志慧也笑："你就算有胃口吞下一座山，也让我真正当了一座山再说吧。"

志慧又不笑了："但是把哥，你也得先守住你这座山，我很担心，我担心你这座山提前就垮了……"

10

簑幺姑儿捂着脸，刚跑到楼梯口，就碰到任龙狗儿蹲在那里。

原来，抬了躺椅后，任龙狗儿找个理由把任虎狗儿支走，他留在了那里。

看到簑幺姑儿，任龙狗儿立马上前堵住她。簑幺姑儿刚受了委屈，又被任龙狗儿堵住，怒火一下就涌上来了："你想干啥？"

任龙狗儿嘻嘻笑："幺姑儿，好不容易我俩单独在一起。往天嘛，不是老大在面前，就是虎狗儿在旁边。那虎狗儿也不在牛脚窝凼凼里照一照，他那癞蛤蟆的样子是啥样子！"

簑幺姑儿鄙夷地说："你们是双胞胎，你和他一模一样！"

"我可不一样，我比他温柔多了，也有情趣多了。你要不信，今晚咱们就去圣人石检验一下，如何？如果你觉得远，咱们干脆就去煤炭洞子前那块高石包。今晚没有月亮，天黑着呢，正好成全咱们的好事。到时候你的声音嘛，可不要太大了哦……"

"臭流氓！"簑幺姑儿气得脸发红，推开任龙狗儿往前跑。

任龙狗儿哪能放簑幺姑儿走。他抓住簑幺姑儿，推到墙壁上，用力抵住。簑幺姑儿吓得脸色发白，声音发抖："放了我！你要不放，我就喊把哥！"

"喊老大？哈哈，我告诉你，没用！"任龙狗儿满不在乎，"你晓得为啥老大要把你招进厂来吗？老大的目的，就是为了让我们更方便接近你。当初要不是我们让老大给我们说媒，他也不会让你来。在老大心中，你早就是我任龙狗儿的人了，明白不？"

箢幺姑儿脸变青了："你胡说啥，把哥才不会那样做呢！"

"别把哥长把哥短，老大才看不上你呢！人家眼里的白天鹅是慧姑儿。你嘛，也就是一只癞蛤蟆。我是公癞蛤蟆，你是母癞蛤蟆，我们正好凑成一对。你还别不信，不信你就喊，看老大理不理你！"

箢幺姑儿确实不敢喊，因为她确实不知道廉把会不会为她撑腰。箢幺姑儿只得说软话："龙狗儿，你想和我谈恋爱，你就别鲁莽。你说你比虎狗儿温柔，你自己看看你，把一个女娃儿强行抵在墙上，这是温柔的表现吗？你还不赶紧把我放了。你要再这样，我就答应虎狗儿了！"

任龙狗儿最害怕的，就是箢幺姑儿跟任虎狗儿好，听这话，果然慌了："我放了你可以，但你要保证，只能答应我，不准答应虎狗儿！"

"你不放了我，我就答应虎狗儿！"

箢幺姑儿拿因果关系和任龙狗儿纠缠，任龙狗儿最终缠不过箢幺姑儿，只得放手了。箢幺姑儿拔腿就跑，任龙狗儿一边闻着手指，一边在后面怪叫："幺姑儿，你逃得过初一，逃不过十五。你要是答应了虎狗儿，我告诉你，你就会变成我们两个共同的婆娘……"

11

廉把上班途中，志贵忽然拦住他。

志贵全身漆黑。如果不是两只眼睛在动，廉把还真没把他认出来。就算志贵两个眼睛在动，廉把也只是把志贵当成一个普通工人，没想过他是志贵。

认出他是志贵时，廉把竟然有点吃惊，他没想到，志贵竟然还在他的洞子里挖煤。当初廉把只是想利用他打败志家，避免把和尚包要回去。用完就完了，也没有在意，感觉这么一个瓜娃子，早就该走了。没想到这个瓜娃子竟然还在煤炭洞子里，而且还那么正经挖煤，把自己挖得就像一块煤炭。

廉把一时来了兴趣，笑着问道："志贵，你还在洞子里呀？"

"我还在煤炭洞子。"

"难道你从来没想过回家吗？"廉把一拍脑壳，做出恍然大悟的样子，"哎呀，我忘了，你家里人把你当叛徒呢，你要是回去，他们会打死你的。"

"我不是叛徒。"

"你当然不是叛徒，是你们家人没眼光！"廉把在志贵肩头拍了拍，"连亲兄弟都不跟着自己走，志荣这个组长，当得也够失败的。"

"廉老板，以后恐怕我也不能跟着你干了。"

"啥？攀上高枝了？"

"不是高枝。"志贵说话依然不疾不徐，"洞子里在浸水。要是水把洞子装满了，我就挖不成了。"

"浸水？"廉把紧张起来，"有几个人晓得？"

"就我一个人晓得，那个地方就我一人在挖。"

廉把一呆，随即哈哈一笑："煤炭洞子浸水，是再正常不过的事。志贵，你千万别告诉别人！本来没啥影响，你告诉别人，就制造了紧张空气，大家都会害怕了，明白不？"

"水浸得很厉害呢！我把耳朵靠在岩壁上听过，岩壁里有很大的声响，像一头野兽在里面。我晓得，那不是野兽，那是水声。水会很快冲进洞子，把洞子装满呢……"

"不不不，你不懂。"廉把赶紧打断志贵，又放缓语气，"志贵，你虽然不是瓜娃子，但是你对地质结构不了解。你说得不错，那个声音确实不是野兽的声音，但也不是水声，那是地下岩浆翻滚的声音。地下都是岩浆，地面听不到，但是往下挖洞子就能听到。不过，虽然地下有岩浆，但隔得太远，对地面没有任何影响，咱们根本不用担心。"

廉把又说："再说了，就算有水也不怕。我多派几个班，让大家集中挖你那里的煤。挖完，我们就把这个洞口填了。"

"要是没挖完水就冲出来了呢？"

廉把冒火了："志贵，你不想让别人说你是瓜娃子，你就别说瓜话！我已经告诉你那不是水，我又说挖完就填洞子，你还犟！你这副德性，别人咋会不说你是瓜娃子！你再这样，我也说你是瓜娃子了！"

志贵不想当瓜娃子，赶紧保证："廉老板，你别说我是瓜娃子，我听你的，不犟了。"

12

廉把和篾幺姑儿在圣人石上喝酒看金莲花开的那天晚上，其实，志荣三兄弟也刚好在圣人石地下挖岩沙。

志荣本来不想去，他对志华、志富说，差不多了，将就用吧。

但志富不满足，还要去挖。最后志荣和志富达成妥协，那是最后一次，挖完，以后就不再挖了。

但也就是这最后一次，他们忽然感觉到圣人石在抖动。

起先是志荣发现的，他有些惊恐地小声说："圣人石在抖动呢！"

"哪里在动？我看是你的心在动！"志富满不在乎，又在圣人石上连挖三锄。

"动得很厉害啊，岩沙都在往下掉。"

"你白痴呀，刚才是我在挖！"

"哥说的没错，没挖也在往下掉。"

志富停了手，果然圣人石上的岩沙和青苔依然簌簌往下掉。而且不仅仅是岩沙和青苔在掉，圣人石似乎还在涌动。不是抖动，是涌动，一下一下，很有节奏地涌动。

"圣人石里有啥？是不是要从里面冲出来了？"志荣的黑眼球变得很小，眼眶里几乎都是白眼球。志华和志富也感觉到了，他们也害怕了。

涌动越来越厉害，似乎圣人石里有一头怪兽，拼命挣扎，拼命冲撞，撞得只剩下一层薄薄的皮了。志富举起锄头，就要朝那涌动的地方挖去。志荣和志富赶紧拉住他，志荣的声音在发抖："不能再挖了，咱们赶紧走，悄悄走。只要咱们走了，不管圣人石里是啥东西，它都会安静下来，不会再往外涌了。"

三兄弟轻手轻脚把装满岩沙的背篼提起来，正往背上靠，突然，一声凄厉的嚎叫在耳边炸响。三兄弟扔掉背篼，夺命逃跑。志富被志荣绊了一下，差点掉下悬崖。志荣赶紧回身扯住，把志富提起来。但志荣却又踩虚了，掉了下去。幸亏他两手抓住上面的岩石，才没有掉下悬崖。志富哭了起来。志荣喘着气提醒："别出声，别出声……你们站稳，抓住我的手，我就爬起来了……"

三兄弟费了很大劲，志荣终于爬起来，都顾不得背篼，一路连滚带爬回到家。

13

一夜惊魂。

直到天亮时，志荣才迷迷糊糊睡去。但刚闭眼，就被一阵嘈杂的吵闹惊醒。等他起来时，发现屋里已堆满了老头儿老娘儿。老头儿老娘儿们叽叽喳喳，面露惊恐，满眼张皇。

志荣随老头儿老娘儿来到道泉，果然，常年汩汩往外冒的道泉水，真的一滴也不流了。原先那个蓄水的地方，露出黑黑干裂的底。底面那些小石块，像被沥青黏住一样。志荣用手拔，竟没能拔下来。

除了黑石头，志荣还看见水底有两条扭曲的鱼形黑东西。志荣心里咯噔一下，这就是传说中道泉里的金鱼？

志荣伸手去抓，轻轻一捏就碎了，原来里面是空心的。鱼形东西外面是黑沫，里面残余一些金粉。志荣又一捏，无论黑沫金粉，都碎成了灰，从志荣指缝间岩沙一样掉落下去。

老头儿老娘儿们号哭着，低诉着，此起彼伏，泪雨滂沱。似乎道泉里的水，都到了他们眼里。志荣满脑壳嗡嗡作响，听不清他们在哭诉啥，只依稀辨出来一些词：旱灾、限粮关、逃荒、死人……这些词像起灰发霉的干柴疙瘩，向志荣扔过来，盘在他脑海里，木屑灰土落满他的脑浆。

志荣身子在抖，似乎他也变成了灰土和细沙，一地的碎渣。

志荣拼命站起来，捏紧拳头。他明白，他不能变成碎渣抖掉。

老头儿老娘儿们，身体已被岁月的风沙吹空，吹碎，一抖就掉。但他还年轻，他必须是一堵墙，挡在老头儿老娘儿们前面。他必须是一堵牢固的墙，哪怕被岁月的风吹弯，吹出空洞，他的双脚也必须站立着，不能挪动。

志荣咬了咬牙，低头说："叔爷老辈婆婆嬢嬢们，你们别哭。我晓得为啥道泉水干了。这都是我不对，是我对不起大家！"

老头儿老娘儿们摇头摆手："志组长，你哪有对不起我们，是你带着我们这帮老不死的干农活呢。要没你，我们这帮老不死的早就饿死了。村里那些娃儿，别看他们跳得欢，也可能早就饿死了。"

"是啊，志组长，你才是我们的大救星呢。你哪有错？如果连你都有错，全村就没有一个好人了！"

志荣望着那一张张皱纹密布又满是信任的脸，再次咬咬牙，扑通一声跪在众人面前："不，确实是我的错。是我鬼迷心窍，去圣人石挖岩沙。正是因为我挖岩沙，道泉才干了的。"

老头儿老娘儿有些发懵，但他们迅速否定："不是的，志组长，道泉水干了，肯定和你挖岩沙没关系。"

"你们晓得我挖沙？"

"晓不晓得都没关系！"

"圣人石那个沙和道泉隔八帽子远，根本就是两回事。"

"志组长，你不能把啥事都揽到自己头上。"

"就算真是挖岩沙挖漏了道泉，我们也不承认。"

"你说啥？啥叫不承认？没有的事情承认啥？"

"我的意思是，志组长永远是对的，绝不可能有错！哪个说他有错，我老汉儿就和哪个拼老命！"

老头儿老娘儿们那种蛮不讲理的话，把志荣感动得一塌糊涂。志荣承认错误时，一直很冷静，眼中没泪。但这一刻，他却满眼泪水。他看看这个，又看看那个。他捏住这个的手，又捏住那个的手。他把腰挺直，拍胸脯："老辈子们，感谢你们的信任！你们放心，不管是不是我把道泉整干的，我志荣都要让道泉重新出水！我们一起努力，一定能办到！"

志荣很少豪言壮语。志荣豪言壮语，那就不同凡响。老头儿老娘儿们都明白，也满眼泪水，纷纷上前抓住志荣的手："志组长，我们相信你，你说啥就是啥！"

"我们相信志组长！志组长能带领我们不饿肚皮，他肯定也能带领我们让道泉重新出水！"

志荣开始讲他的办法："老辈子们，道泉水干过一次，你们晓得那次咱们的先人，是咋让道泉重新出水的吗？"

"求水！去圣人石求水！"

"对的对的，去圣人石求水！"

老头儿老娘儿兴奋不已，抢着补充："本来应该求七七四十九天，当时只求了六六三十六天，结果只出了一半的水……"

"这一次，我们一定要求满七七四十九天，让道泉恢复原先的水量。"

"对，坚持七七四十九天！"

"坚持七七四十九天！"

志荣转过身，一步一步，坚毅地往圣人石走去。

志荣在前面走，老头儿老娘儿们跟在身后，就像一群疲惫的蚂蚁，跟在一只坚持的蚁王后面，缓缓攀上一座小山丘，缓缓漫下一个小山谷。

14

那天晚上，志荣一回去，志富就跳起来，冲志荣大吼："别人避着走还来不及，志荣你可以啊，把粪往自己头上泼！咱们家里已出了志贵那个瓜娃子，没想到又出你这个瓜娃子！"

又找他老汉儿志干告状："志荣可是把咱志家的脸丢光了，以后咱们出去，还咋见人？"

志干也满脸严肃："志荣，你是组长，你咋能承认是你们让道泉水干掉的？承认了，你这个组长，今后还有啥威信？出去还咋给人家主事？以后说话，还有哪个听？"

志华也担忧起来："是啊哥，道泉水干了，究竟与咱们有没有关系，还说不定呢……"

"肯定有。"志荣说，"你们忘了咱们在圣人石遇到的事吗？肯定是惊动了山神或者龙王，道泉水才干了的呢。"

"究竟是山神还是龙王？"

"不晓得哇，反正是神灵，肯定是我们得罪神灵了！"

"真得罪神灵了，我们更不应该承认。要是承认了，不但村里人要骂我们，神灵也不会放过我们！志荣，你究竟有多瓜？"志富的手指头，差点就戳进志荣的眼窝了，"明天不准去求水，要求水，别人去。道泉水干了，与我们志家无关！你别自私自利，让大家跟着你遭殃！"

"听志富的，志荣，你咋越活越转回去，连志富都不如了？"志干拿着长烟杆在檐坎石上狠敲，恨铁不成钢。

志荣垂着脑壳，没开腔。志荣一向对他老汉儿的话言听计从，但这一次，他不听。第二天，他又按时到达圣人石，带着老头儿老娘儿们焚香跪拜求水。

志荣明白，不管是不是他的错，他都必须这样做。

15

志荣刚带着老头儿老娘儿们完成第一个七，志富就带着市公安局几个公安，爬上荒茶岭来了。

志富神气活现叫道："就是他们，他们搞封建迷信！看呀，他们手里还拿着香烛呢，他们还在搞呢！"

老头儿老娘儿们吓住了，扔掉香烛，四散奔逃。

公安没有管那些老头儿老娘儿，他们走过去，走到志荣面前。

老头儿老娘儿本来在逃，看到公安围住志荣，又返回来，冲上去把公安往外推，一边大声嚷："不准你们抓志组长，志组长没罪，他是在帮助我们求水！他是在救我们的庄稼！"

又有老头儿老娘儿把手朝公安递过去："你们要抓，就抓我们，我们老了，没用了，不能抓志组长！志组长是我们的主心骨，抓了他，就没人带我们种庄稼了，我们就要过'限粮关'了，我们就要饿死了！"

志贵对这帮没觉悟的老头儿老娘儿很不满，吼道："哼，你们还有王法么？搞封建迷信，还敢妨害公务！抓起来，把这帮刁民抓起来！"

一个老头在地上捡起一根棍子，就朝志富打去："你这个叛徒！你这个告密的小人！好歹你老汉儿当过几十年大队书记，你哥又是组长，他们的脸，都给你丢干净了！"

志富不敢惹那老头，跑到一边辩解："我没告密。志荣身为组长，带头搞封建迷信。他不配当组长，我这是伸张正义！"

这时候，蜀山乡党委书记田成也匆匆赶到。志富看见了，更加来劲，跑到田成面前，笑着讨好："田书记，我哥搞封建迷信呢！我是他弟弟，如果是一般人，肯定就包庇了。但我觉得不能包庇，我要大义灭亲！我是有思想觉悟的人，我老汉儿当了几十年大队书记，如果连这点觉悟都没有，我就不配当他的娃儿！"

志华指着志富的鼻子骂："我晓得你的心思！你是不是还想告诉田书记，让公安局判志荣的刑，然后你来当组长？"

志富洋洋得意："如果田书记同意的话，我敢保证，我肯定比志荣干得好！"

志华啐他一口："你做梦，你这种告密的小人，田书记才不会同意呢。"

田成冷冷地说："志荣现在还是组长。就算他搞封建迷信，但公安机关还没处理呢。只要没出结论，只要没有免他的职务，他就是组长！"

"搞封建迷信还干组长？"志富失望之余，不免愤怒，"田书记你这是官官相护，包庇志荣！"

田成没再搭理志富，小声对公安说："公安同志，志荣虽然搞封建迷信，但他主要还是因为看道泉干了，心里着急，想让道泉尽快出水。本质上他做这件事，还是为大家好。志荣是个不错的小伙，就算他做了不对的事，也是一时糊涂。要不，教育他一下算了，不用把他带走吧？"

志富把脑壳伸过去听，接着高喊起来："大家快来听呀，田书记和公安联合起来，包庇封建迷信啊！"

田成把草帽揭下来，使劲扇风，拉长脖子往来路方向不停张望。

公安见田成没话说了，笑道："田书记，既然有人举报，我们就得把人带回去调查。这件事影响大，我们带他走，也是保护他。是非黑白，等调查完再说吧。"

田成没接话，还在往来路方向张望。

也就在公安带着志荣往前走的时候，田成忽然叫道："等一下，来了来了！"

志富正眉飞色舞上蹿下跳，听田成这么一说，心里不免有些慌张："等啥？来啥了？"

满头大汗的志慧从路上冲上来，挤过人群，来到公安面前，上气不接下气地说："公安同志，你们……你们可能误会了，志荣不是……不是搞封建迷信呢！"

公安道："不是搞封建迷信，那他搞的啥？"

"非遗，非物质文化遗产！"

田成给志慧递过去一壶水，微笑着说："志慧，你别着急，先喝口水，喝了水慢慢讲。你说这是非遗，你把证据拿出来给咱们公安看。"

志慧接过水壶，仰头咕噜咕噜灌了一气，在嘴上一抹，然后从挎包里拿出一沓复印的资料，翻给公安看："公安同志，这是我在市档案馆里查到的资料。这些资料大都来自于《东坡县志》。那时候的东坡市，还是东坡县。《东坡县志》里是有记载的，咱们道泉村的先人，就曾多次来圣人石前祭拜。祈求庄稼丰收，他们会来祭拜；祈求人丁兴旺，他们也会来祭拜。那时候，荒茶岭到处是茶叶，每年开摘时，村人都会来这里举行祭拜仪式。以前道泉水也曾干过，那次水干了，村人也来这里祭拜过呢。为啥大家要来祭拜呢？因为这块石头不得了，它有一个名字叫'圣人石'。祭拜'圣人石'，就是呼唤一种诚实守信、勤劳坚韧的品质。这也是咱们这个社会极力推崇的美德嘛，对不对？"

田成赶紧帮腔："公安同志，志慧这女娃儿说得很有道理嘛。既然县志上有记载，就说明志荣不是乱搞，他是有来头的嘛。"

公安你看我一眼，我看你一眼，一时拿不定主意。

田成赶紧又严肃地问志慧："志慧，县志上有记载，虽说有些道理，但这也不表明这东西就是非遗呀，你给咱们公安好好解释解释！"

志慧道："公安同志，告诉你们一个好消息。这件事，田书记和我已经向市上的领导和相关专家报告了，他们很赞成咱们的说法，认为咱们村的祭拜仪式，已经具备非遗条件了，现在正在积极申报，相信不久后就会批下来。如果这时候，咱们把非遗说成封建迷信，讲出去，别人会笑话咱们没文化呢。"

志富急了，高叫道："公安，你们千万别听她的，她是志荣的妹妹，她包庇她哥呢，她的话不可信！"

志华道："你还是志荣的弟弟呢，你的话，人家公安就一定要听？"

老头儿老娘儿忽然都纷纷跪下来，对着公安磕头："求求你们放了志组长吧，可怜可怜我们吧，抓了志组长，道泉就永远不会冒水了，以后我们就要饿肚皮，过'限粮关'了……"

公安慌了，让老头儿老娘儿们赶紧起来。老头儿老娘儿们倔，说公安不放人，他们就不起来。田成赶紧劝老头儿老娘儿们："乡亲们，你们都起来吧。求水的事情，咱们就暂时别做了。这个时候，咱们不添乱。不过你们放心，咱们一定会想办法让道泉重新出水的。道泉村这片梯田，至少传了上千年，它绝不会断送在咱们这一代手里。"

公安商量了一下，最终决定把志荣放了："好了好了，既然是非遗，既然志荣的目的是让道泉出水，救大家的庄稼，那咱们今天就不抓人了。"

志富再次愤怒："官官相护！完全是官官相护！天下乌鸦一般黑，一般黑！"

志华接过先前那个老头手里的棍子，追着志富打。志富嚎叫着，躲避着，一步飞一道坎，往山下冲去。

救志荣这件事，是田成和志慧一起做的。实际上，道泉不出水后，田成也焦心起来。他虽然有怀疑，但是却没有足够的证据，所以也只能暗中调查。后来又发生了志荣带着老头儿老娘儿求水的事，这事田成也晓得，他也觉得有些不恰当，但不好出面干涉。因为他拿不出让老百姓满意的解决方案，他咋给老百姓说呢？

那段时间，恰好志慧找到他，告诉他想在荒茶岭上有一番作为，征求田成的意见。田成早就认识志慧，晓得她小时候学习成绩是极好的，可重男轻女的志干，时时想把她从学校拉出来，丢到荒野里割猪草。为这事，田成曾批评过志干，但是田成这个时不时就被赶到养猪场的书记，并不能改变志干的决定，志慧不可避免地被丢到荒野中。不过，虽然志慧被丢到荒野里，但是她并没有长成一株荒草。前一段时间她参加高考，虽然没有考上，但这似乎依然没有让她受到影响，她说她要在荒茶岭拓荒。她请田成帮她给市档案馆说一说，她想到那里查一些资料。她说她虽然不太清楚道泉和荒茶岭的历史，但是她感觉肯定有历史，而且肯定有非同寻常的辉煌历史。她说她一定要把那段历史找出来，对荒茶岭进行梳妆打扮，让它以鲜亮的面孔，有底气地展示在世人面前。

田成对于志慧想在荒茶岭有一番作为的说法，虽然并不大赞成，觉得志慧有一点不务正业，真正想把乡村打造好，就应该像志荣那样。但是他也看出来了，他喜欢志荣的做法，可几乎没有人跟着志荣学。尤其是年轻人，没有一个觉得志荣的做法有希望。所以他也很纠结，志慧给他谈打造荒茶陵的事，他就没有反对。同时，志慧身上的那股冲劲，也让他眼前一亮。他觉得一个女娃子能有这样的冲劲，就一定有前途和希望。

从那一天起，他便关注上这个女娃儿了，就像他关注廉背一样。

田成觉得，这两个朝气蓬勃的年轻人同时出现在道泉村，绝不是偶然，肯定与道泉的存在有着密不可分的关系。现在道泉忽然就干了，他自然很着急。他还没有理个头绪出来，又发生了志荣求水的事，以及志荣被举报，公安局下来调查的事。田成晓得，志荣求水，可以往大里说，也可以往小里说。但无论咋说，都需要有说服力。所以他赶紧让志慧去找"证据"，只要有"证据"，这事就可以往小里说了。

最终志慧不负所望，在恰当的时候出现，大事化小。

事情圆满解决，那一天，田成特别高兴，他用帽子扇着风，哼着小曲，吹着晚风，晒着夕阳，走在回乡政府办公室的路上。

16

傍晚时分，志慧来到廉把办公室。

廉把赶紧招呼篾幺姑儿泡茶。篾幺姑儿的工作就是泡茶，但是篾幺姑儿不想给志慧泡茶，她认为那不是给志慧泡茶，而是战斗。所以她迅速扑粉画眉涂口红，还调整了自己的步态和眼神。她认为在刀剑相交之前，就可以凭借这些无声的武器，直接"杀死"志慧。

正当篾幺姑儿准备好一切，即将投入战斗时，廉把却和志慧离开办公室，下楼去，并一起爬到煤炭洞子前的高石包上。

暮色四合，晚霞像一顶绛色的蚊帐，轻轻垂落在高石包上，廉把和志慧的声音变得朦胧不清。远远望去，只见他们手舞足蹈，甚至大喊起来。声音一高一低，此起彼伏。篾幺姑儿想起那天任家兄弟说的话，一时间耳热心跳。她忽然觉得，那不是两个声音，而是两团火焰，两团火焰在舞蹈，在纠缠，在翻转，在啃咬。篾幺姑儿隔得很远，但是她却感觉这两团火已经烧到她身上，舔着她的肌肤，烤着她的心。她的心一寸一寸，都变成了灰，落满一地。篾幺姑儿再也忍不住，双手捂着脸，落荒而逃……

篾幺姑儿不明白，她其实白嫉妒了。那天晚上，志慧和廉把到高石包上，完全不是篾幺姑儿想的那样。两人不但没有"亲热"，还闹得相当不愉快，最后不欢而散。不过篾幺姑儿并没有看见他们不欢而散的那一幕，因为那时候，她已经离开了。

志慧去高石包，是想让廉把看得更清楚一点，希望他把煤炭洞子关了。志慧说，道泉水干了，是你挖煤，把地下水挖漏了！志慧说，要让道泉重新出水，唯一的办法，就是你把煤炭洞子填了。

志慧说这话时，廉把第一时间想到了志贵。会不会是志贵把煤炭洞子漏水的事告诉了志慧？但廉把又觉得不太可能，志贵一直害怕回去，一直住在职工宿舍里。而且志贵听招呼，廉把有办法让他听招呼。

廉把试探着问："你有啥证据？是不是有人给你说过啥？"

"没有证据，但这是常识啊。"

廉把嘲笑道："让你来当给我副厂长，你第一项举措，就是用你的常识把我的厂打倒。"

"把哥，我说过了，不会到你厂里去的，我也没想过打倒你的厂呢。我只是觉得，厂固然重要，责任更重要啊。"

"啥责任？我解决了数百人的就业问题，还要我有啥责任？"

"解决就业问题，当然是负责任的表现。这个责任重要，但是保住咱们的家园更重要。道泉从古至今都在流淌，滋养咱们这一块沃土。如果因为你挖煤，把道泉挖断了，你想想，这个责任你承担得起吗？子孙后代不骂你？"

廉把生气了，冲志慧怒吼："说来说去，你还是认为道泉断流是我造成的。证据呢？证据呢？"

廉把反应那么激烈，是志慧没有想到的，她冲口而出："你放心，我们会拿证据给你看的。"

"你们？你们是谁？你又伙起哪个来整我？"

这事还得说到几天前，田成和志慧讨论过。他们都认为，道泉断流，肯定与廉把挖煤有关。要解决道泉断流问题，就得让廉把关了煤炭洞子。田成说，直接让廉把关洞子，他肯定不干，得把证据摆在他面前。田成说，他准备找地质专家调查，只要地质专家拿出权威结论，廉把就不得不服。

志慧说："田书记，让我先去劝一劝把哥吧。"

田成摇摇头："没有用的……"

"让我试试，把哥还是比较听我的。"志慧自信地说。

田成微笑着点点头。显然志慧并不懂廉把，不过田成对志慧能主动劝说廉把，也感到很欣慰。他只是淡淡地提醒志慧，和廉把说话时，要更耐心一点。

志慧本来信心满满，认为只要自己出马，廉把一定会听的。哪晓得当头就碰了钉子，还是硬钉子，一扎就出血的硬钉子。

志慧转身就走。田成当时说没用，她还不信，没想到田成看得那么准，真的没用。志慧非常生气，她不明白自己为啥如此生气。

廉把冲志慧的背影冷冷地喊："你就是想伙起田成来整我嘛，你以为我不晓得！哼哼哼，田成一个老头子，老不正经！"

不久后，纪委派人到蜀山乡，找田成谈话，纪委说收到匿名信，举报他和一个叫志慧的女娃儿关系不正常，让田成注意男女之间的正常交往。

田成一听就炸了，跳起来，涨红脸，拍桌子："要侮辱我可以，要打击我也可以，我田成一辈子被打击还少吗？我到养猪场都跑了好几趟了，大不了再去养猪，但是你们不能毁了这个好女娃子！"

田成说着，把办公室钥匙啪一声拍在纪委的人手里："麻烦你们把钥匙交给周书记，告诉他我田成不干这个书记了，我继续去养猪！"

田成急赤白脸的样子，把纪委的人逗笑了。他们只是接到一封匿名信，希望田成做事谨慎一点而已。哪晓得田成这么大的反应，还当场辞职，拍屁股走人。纪委的人没法，只好把钥匙拎回去交给市委书记周庄。

周庄一见到钥匙，也来气，也把桌子一拍："这个田成，都要退休的老干部了，做事还如此冲动！他想去养猪，就让他去养猪好了！这把钥匙，我交给别人！给我甩脸子，你以为离了你，地球就不转了！"

说着，拿起电话就打，要找人顶替田成。

正在这时，一个女人从门口冲进来，猛地按住周庄打电话的手："周书记，别打！您说田书记冲动，您这也是冲动！"

周庄没想到，竟然有人敢这样与自己说话。却是这么一句话，就把周庄震住了。他放下打电话的手，问道："你是哪个？"

"我就是那个别人用来侮辱田书记的志慧！"

周庄再一次被志慧的胆气惊住，不由得多看了她两眼。

志慧叉着腰，连珠炮一般地说："周书记，您不能怪田书记。田书记一生行得正坐得端，之前就是因为他不愿意弯腰而多次被人抹黑，被人打倒。现在是什么时代了，竟然还有人抹黑他！抹黑田书记，损毁他的名誉，这是一种道德沦丧！周书记，咱们现在既然要搞乡村重建，就不允许这种道德沦丧的事发生！乡村重建，不仅仅是外貌的重建，还有道德的重建！"

周庄让志慧坐到沙发上，给她倒上一杯茶，微笑着问道："志慧，你是这场风波的当事人，别人遇到这样的事，躲还来不及。你告诉我，为啥你不但不躲，反而迎头赶上？"

"我有啥好躲的？身正不怕影子歪！"志慧仰头大声说，"我跟田书记本来不熟，但是因为我想打造我的荒茶岭，田书记大力支持我，跑前跑后帮我。啥叫'父母官'，像田书记这种像父亲一样关爱我们老百姓的官员，才叫'父母官'。对于我来说，'父亲'只是一个生物学上的概念，田书记才第一次让我感受到父爱的温暖。可是，父爱居然被别有用心的人泼脏水！这个写匿名信的人，心里多么肮脏！"

周庄又笑了，他忽然就明白田成为啥喜欢这个女娃子了，这女娃子朝气蓬勃正气朗朗的样子，任谁看了都喜欢。他兴致勃勃地和志慧谈起了荒茶岭，他看得出来，这个女娃子如同一棵从山包包上长起来的野茶树，她鲜亮青葱的姿态，让人感受到勃勃的生机。也就在那一刻，周庄决定，他也不怕别人说三道四，而要积极帮助这个女娃子。

17

第二天傍晚时分，篾幺姑儿再次走进廉把办公室。这时候，她已不是一张莲叶，而直接是怒放的莲花了。

廉把又有些晕乎乎的感觉。这不是廉把喜欢的状态，他想对篾幺姑儿狠一点，把老板的样子表现出来。他当着志慧的面，向篾幺姑儿抖威风，就是想对篾幺姑儿强调，他是老板！但是，当篾幺姑儿莲叶何田田一般向他走来时，他还是忍不住脑壳发晕。何况篾幺姑儿送来的，还不只是莲叶，而是一朵花蕊恣肆的莲花。

廉把脑壳里有一只小蜜蜂，这只小蜜蜂不受他控制，只一个简单的起落，就一头扎进花蕊中。

"晚上。圣人石。"

"圣人石太远了，走拢都没劲了。得有劲，把哥，得有劲！"

"那在哪里？"

"高石包。"

"哪个高石包？"

"就是你经常摆黄金座椅的高石包。"

"煤炭洞子前，不好吧……"

"有啥不好，好得很！"篾幺姑儿捉住廉把的手："把哥，那个高石包，就是你的江山。除了江山，你还需要美人。咱们去高石包，你江山有了，美人也有了。把哥，那时候你才是真正的成功人士！"

蜜蜂已完全没入花蜜中，却还把脑壳伸出来透气："就怕有人看见呢……"

就是要有人看见呢……

这是篋幺姑儿的心里话，但她说出来的，是另一句话："黑灯瞎火的，又站得高，你只要不在高石包上大喊大叫，哪个看得见！"

篋幺姑儿催促廉把："快走快走，金莲花开是要讲时刻的，过了那个时刻，你就看不成了。"

"道泉都干了，咋看得到金莲花开？"

"干了？丰盈着呢，咕嘟咕嘟冒泡呢，又甘洌又清澈呢。把哥，只要你想看，就永远不会干！"

篋幺姑儿没有骗廉把，尽管道泉水已经干涸，但是金莲花还能开。暗黑潮湿炽热的地底，依然是金莲花最好的生长环境。它蓬勃昂扬着，在只有廉把可以探测的地底，缭绕着热腾腾的流金光芒。

廉把置身于暗黑潮湿炽热的流金中，他感觉身上所有的血脉都在贲张。热腾腾的流金光芒，通过幽微隐曲的暗道，往他脑壳里直冲而来。廉把听到了撼天动地的呼啸声，听到了撕心裂肺的呐喊声。廉把被各种声音的洪流席卷而起，从高石包上浮起来，旋转着，又重重地摔在地上。廉把以为篋幺姑儿会在下面接住他，但是并没有，篋幺姑儿不知跑到哪里去了。廉把的背砸在坚硬锋利的煤块上，廉把伸手一摸，摸到了满手的黑血。廉把挣扎着爬起来，抬头四处望。他还是没看见篋幺姑儿，他看见了志贵。

志贵两眼空空，嘴里有一股血腥味："完了，完了，水全涌进洞子里了，水真的全涌进洞子了！"

"你是活的还是死的？"廉把吓得往后退。

"活的。但他们是死的。"志贵指了指洞子前泡在黑水里横七竖八的尸体。

廉把惊跳起来："他们是咋死的？"

"水冲进洞子，把他们冲死了。"

"你为啥没冲死？"

"我提早跑了。"

"你为啥不喊他们一起跑？"

"我喊过他们，他们不跑。他们说，我是瓜娃子。他们说，能得双倍工资。他们说，水不会涌进煤炭洞子。他们说，再挖几天，煤炭就挖完了。他们说，他们说的这些话，都是你说给他们听的……"

廉把伸出血手，使劲捂住志贵嘴巴："我啥也没说过，你不能乱说！志贵，你要敢乱说，我就说你是瓜娃子！我就开除你，让你回去，你的几个哥哥就会天天说你是瓜娃子！"

志贵赶紧点头："我不瞎说，我不是瓜娃子。"

"别人问你为啥跑出来了，你就说，你也不晓得，因为你是瓜娃子！"

"我究竟是不是瓜娃子？"

"说你是瓜娃子你就是瓜娃子，说你不是瓜娃子你就不是瓜娃子，你是不是瓜娃子由我说了算，你按我说的说你就不是瓜娃子！"

志贵点点头。志贵虽然点头，但他被廉把绕晕了。志贵有点悲哀，连廉把的话都听不懂，他大概真的是瓜娃子了……

18

田成虽然把钥匙扔了，但他其实并没有撂挑子。他利用这个空当，到成都找地质专家，来道泉村查探道泉断流的问题。他晓得，他要是公开调查，说不定会受到多大的阻力。把钥匙扔了去做，别人还以为他在赌气呢。

田成终于找到了恰当的地质专家，并且把专家领到了道泉村。不过那时候，煤炭洞子透水事故已经造成了。

廉把无话可说，毕竟出了大事故，他只能不停点头，不停堆笑。

地质专家讲得很清楚，道泉断流与开煤炭洞子有关，煤炭洞子透水与道泉断流有关。要想解决道泉断流问题，就得把煤炭洞子关了。现在既然出了安全事故，又得增加一条，要想不再出事故，就得把煤炭洞子关了。

其实地质专家说的，也就是个常识。

不过，这个常识最终却没有得到落实。廉把的煤炭洞子并没有完全关闭，只是把那个透水的洞子回填了，其余的煤炭洞子还开着。

那个煤炭洞子回填后，道泉果然又重新冒水了。虽然刚冒出的水又黑又浊，但连着几天后，道泉水终于清澈了。只是水流比之前又少了一半。但是似乎并没有人在乎少了一半的问题，道泉重新出水，大家已经欢欣鼓舞。

至于冲死了人，那也是天灾人祸。四个遇难职工都是年轻人，有的刚结婚，有的刚有娃儿。他们的婆娘虽然无法接受丈夫就这么没了的事实，但是廉把给了足量的赔偿后，她们也就不闹了。或者说，她们的闹，改为了与婆家的公公婆婆及兄弟姐妹为争夺这笔赔偿款而闹。

但是这些，与廉把似乎没有太大的关系。

当然了，也不是完全没人闹，有一个人就一直表示不满，这个人就是志富。

廉把说："志贵活得好好的，赔啥？"

志富说："志贵是活着，但他受了重伤！"

廉把说："他哪里受伤了？"

志富说："他满脸是血！"

本来，志富和廉把吵，志贵一直站在一边，好脾气地看着他们吵，很开心地笑。但志富既然说他满脸是血，他就得站出来纠正："哥，我脸上的血不是我的！"为了表明血不是他的，他还在水坑里洗了洗。水坑里的水是黑煤水，志贵的脸虽然变得更黑了，但血迹果然没了。

志富急了："你体内受了内伤呢！你洗了脸上的血，体内的血还流着呢！"

志贵又赶紧纠正："我好着呢，哪儿都不痛。"

志富气急败坏："不痛你也在流血！"

廉把点起一支烟，一口一口吐烟圈。他噏着嘴巴，力求把烟圈吐圆润。

志贵觉得廉把的姿势优雅，手里没烟，但他把一根木棍放在嘴里，也舒缓地做出噏嘴吐烟圈的动作。

志富受不了了，大骂志贵："你真是瓜娃子，是彻彻底底无药可救的瓜娃子！同样在挖煤，为啥人被水冲死了，你活得好好的？"

志富越想越气，觉得天老爷不公，骂天老爷："天老爷，你真是瞎了眼！五个人，四个聪明人一个瓜娃子，你把聪明人收了，把瓜娃子留在世上。天老爷，你也是个瓜娃子！"

除了志富外，还有一个人不服，就是田成。

田成进城，把专家的结论拍到市委书记周庄面前，高声嚷嚷："周书记，这是专家的权威结论！权威结论！"

周庄点头表示认可："这是专家的权威结论。"

"既然是专家结论，为啥不执行？"

一向都是周庄批评田成，但是今天田成反过来，有点咄咄逼人的味道。

周庄也看出来了，意味深长说："老田，你有点得理不饶人哦。"

"周书记，你也晓得我得理呀？既然得理，为啥不把煤炭洞子全部关了？"

"老田，其实我也想全部关了……"

"周书记，您的意思是您承受了来自上级的压力？"

周庄叹口气："我是市委书记，不能把责任完全推给上级，或者推给别的什么人。就我个人的想法来说，我当然想让廉把关掉全部煤炭洞子。但是就东坡市的发展来说，我又不能由着我自己的想法来做呢……"

"煤炭确实带起了东坡市的经济，但这并不能推动东坡市经济的持续发展。东坡市的经济必须有新的方向！"

周庄瞪了田成一眼："先不忙说东坡市，你先谈谈，你的蜀山乡，经济的新方向是什么吧。"

田成一怔。还别说，这个问题他竟然一时回答不上来。

周庄说："老田，你我都明白，这种依靠挖资源拉动的经济，确实不是正确的方向。但是我们得找到正确的方向，并且要有足够的支撑。到那时候，不用你说，煤炭洞子不关也得关！"

田成的脑壳变得沉重了，他不得不把脑壳低下去，再也不敢在周庄的办公室里大声嚷嚷了。

周庄忽然问道："老田，你们乡道泉村那个叫志慧的女娃子是不是党员？"

"不是。"田成忽然抬头笑起来，"周书记，你咋也关心起志慧这个女娃子来了？你难道不怕别人写匿名信告你？"

周庄笑道："老田，纪委下来提醒你的事，你还在介意呀？看你那破德性！我给你说，要不是志慧那女娃子帮你说情，我当时就把你撤了！"

"志慧来找过你？"

周庄点点头，赞许地说："老田，看到这个女娃子我才晓得，别说你欣赏她，我也很欣赏她。这女娃子身上，有一股朝气蓬勃的力量。这样的女娃子，应该尽快培养她入党，让她带领道泉村的老百姓搞发展。只有这样，咱们的乡村振兴才有希望啊。"

田成再次惊讶了："周书记，你这么看好这个女娃子？"

周庄意味深长地说："我看好不算，她究竟能不能成才，得靠你老田培养呢！"

19

篾幺姑儿到哪里去了呢？

那天晚上，等她醒来时，发现自己被大水冲到山下一个角落里了。

她本来就穿得少，穿得薄，又被水打湿，被树枝扯坏，这样一来，她就像全身赤裸一样了。

篾幺姑儿心里充满恐惧，连喊了三声"把哥"，都没得到回应。她喊出第四声"把哥"时，突然有人在她身后咬黄瓜似的答应起来。

"哎，龙哥在这里呢！"

"哎，虎哥在这里呢！"

任家兄弟把一根黄瓜咬得稀烂，咬出满嘴青白的沫。

任家兄弟出现在篾幺姑儿身后，并不是碰巧。廉把和篾幺姑儿一同出来时，任家兄弟就偷偷跟在了后面。尽管他们晓得，跟着廉把和篾幺姑儿走不合适，要是被发现，肯定会死得很惨。但他们心中有一条毛毛虫，那毛毛虫一直拉着丝线，那根丝线一直拉着任家兄弟跟到高石包，那高石包把任家兄弟目光扯得挣不脱。

任家兄弟看不清楚，但感受到了那种气息。那种气息长了钩子，远远地伸过来，往任家兄弟身上抓，越抓任家兄弟身上越发痒。任虎狗儿愤怒了："老大太不够意思了，说是介绍幺姑儿给我们当婆娘，他自己先上了！"

任龙狗儿说："哎哟，哎哟，哎哟……"

任虎狗儿不满了："哎哟啥，你倒是说呀！"

"我说的就是哎哟嘛，"任龙狗儿满身抓满身挠，"我跟着老大学呢，你没听见老大也在叫哎哟吗？"

"老大叫哎哟该叫哎哟，你他妈叫哎哟是啥意思？有本事，你也和老大那样，身临其境叫一声哎哟！"

"放心，我他妈一定要身临其境叫一声哎哟！"

任家兄弟体内的浪潮一浪接一浪往上涨，那浪潮把他们冲起来又摔下去，冲起来又摔下去。任家兄弟被摔得太惨，虽然没有身临其境，但他们已经忍不住"哎哟哎哟"叫起来。不过，就在他们即将被冲到浪潮最高峰的时候，浪潮却忽然消退得无影无踪，几乎全身赤裸的篌幺姑儿，从水坑里爬起来，站在他们面前。

　　任龙狗儿得意起来："虎狗儿，我告诉你我一定会身临其境'哎哟'一次，你还不信。如何，你现在信了么？"

　　任虎狗儿猛点头，满脸开花开朵："为啥说瓜人有瓜福呢，你就是瓜人！不对，我们都是瓜人！"

　　篌幺姑儿紧紧捂住胸口，满眼恐惧，直往后退："你们想干啥？"

　　"我们想干啥，你看不出来？"任虎狗儿说。

　　"我们涨潮了，你给我们退潮！"任龙狗儿说。

　　篌幺姑儿已经靠在坎上，退无可退："你们别乱来，我已经是把哥的人了，你们要想一想后果！"

　　任龙狗儿说："幺姑儿，老大准许你叫他'把哥'吗？"

　　任虎狗儿说："老大'哎哟'的时候，是准许的。"

　　任龙狗儿说："老大现在不'哎哟'了呢。"

　　任虎狗儿说："不'哎哟'了，你就是叫破天，他也听不见。"

　　任龙狗儿说："可以叫龙哥，你叫我就'哎'，一会儿我就'哎哟'。"

　　任虎狗儿说："可以叫虎哥，你叫我也'哎'，我也可以'哎哟'。"

　　任家兄弟此刻变得特别饶舌，特别得意，而且妙语连珠。尽管他们体内浪潮奔涌，但他们似乎一点儿也不着急。猫抓到老鼠的时候，并不着急吃掉，总是要玩一会儿的。此刻的篌幺姑儿就是老鼠，他们是猫。

　　不过，篌幺姑儿不是老鼠。当她退无可退的时候，她就想起来，她不是老鼠。就算她是老鼠，任家两条烂滚龙最多也只是傻猫，聪明的老鼠，完全可以反过来戏耍傻猫。

篾幺姑儿把脸上的水抹了一把，抹完后，她就成了笑脸的样子："龙狗儿虎狗儿，你们无非是想娶我嘛，我答应你们就是了。但问题是，你们是两兄弟，我篾幺姑儿只有一个，不可能给你们两个当婆娘对不对。你们两人得先做个决定，究竟我嫁给哪个？"

"幺姑儿得嫁给我！"任虎狗儿率先叫起来。

"凭啥？我是哥，幺姑儿得嫁给我！"任龙狗儿也不示弱。

"你是啥子哥？我们是双胞胎，在娘肚子里翻滚。出生那天，凑巧你站在门口，你就先出来了。不能因为你站在门口，你就说你是哥。头一天我还站在门口呢。"

"那是我的运气好。你不同意，你说个理由来听听。"

任虎狗儿脸红脖子粗想理由，但哪怕他想得头冒烟，也没找到好理由。

篾幺姑儿慢慢往旁边挪，她已经发现旁边有一块高坡。尽管高坡下究竟是啥，她并不清楚，但她清楚，就算是刀山火海，也比在这里受任家兄弟欺辱蹂躏强。她继续微笑着说："虎狗儿说的也不是没道理。我看要不这样，你们比摔跤，哪个摔赢了，我就嫁给哪个。"

任龙狗儿立刻反对："不行，幺姑儿，你明显偏袒虎狗儿！"

"偏袒我又咋样？"任虎狗儿得意了，"偏袒我，说明我能力强！"

篾幺姑儿忙劝和："也不能说更喜欢。你们看嘛，两只公鸡争夺母鸡的时候，肯定最终战胜了的那只公鸡，才有资格得到母鸡嘛。"

任虎狗儿撒开手，蹲一个马步："来呀，龙狗儿，你过来摔我！"

任龙狗儿终于发现篾幺姑儿在往旁边挪，他大笑起来："虎狗儿，你上当了。我们两个要是在这里摔跤，幺姑儿就跑了！今天咱们好不容易逮到一个机会，还分啥子你的婆娘我的婆娘，是我们的婆娘！我们的婆娘！"

任虎狗儿恍然大悟："对呀，管他哪个的婆娘，我们的婆娘！"

两兄弟身手敏捷，从两边包抄过来。箧幺姑儿见势不妙，顾不得危险，垮一大步就往坎下跳。不过还是迟了一步，她已经被任家兄弟一左一右扯住。箧幺姑儿想喊人，但她又不晓得喊哪个。黑暗盖下来，煤块盖下来，箧幺姑儿感觉她掉进了煤炭洞子。煤块钝刀一样，一道一道划过她的肌肤。红色的血黑色的血混杂在一起，漫上箧幺姑儿嘴巴，漫上箧幺姑儿鼻端，箧幺姑儿喘不过气来了。

20

廉把回办公室时，正看见箧幺姑儿坐在沙发上不停抹泪，还发出低泣声。

廉把一看见箧幺姑儿就烦！他认为，正是因为箧幺姑儿拉他去洞子前的高石包上看金莲花开，洞子才爆裂的。廉把就怒不可遏。这个婆娘就是故意的，就是为了搞垮他的煤炭洞子。她为啥不去别的地方，偏偏要去高石包呢？箧幺姑儿就是一剂毒药。前些天和她去圣人石，道泉不出水了。接着和她去高石包，煤炭洞子又漏水了！

还没到办公室，廉把就下定决心把这个"丧门星"撵走。没想到这个"丧门星"竟然还送上门，坐到他办公室里丧门。廉把心里那团火，轰一声就冲出脑门："你嚎丧啊！"

"把哥……"

"早就给你说过了，别喊我'把哥'，你耳朵聋了？"

箧幺姑儿闭嘴不说了，只是哭。

"你聋了又哑了？有屁就放！"

箧幺姑儿刚起个头，廉把就打断她，粗鲁地吼道："你迟早是他们两兄弟的人，你计较啥子！"

箧幺姑儿睁大眼睛，眼泪也忘了往下流："把哥……我不是你的人吗？"

"你啥时变成我的人了？"

"圣人石……高石包……那，算啥？"

"你说算啥？你想算啥？"

廉把怪笑，笑得眼泪、口水直往下滴答。

篾幺姑儿脸色黄灰，两眼大睁着，眨也不眨。

廉把一手擦口水、眼泪，一手拍篾幺姑儿肩膀："幺姑儿，你不要觉得委屈。你想啊，你给任家兄弟当婆娘，我们不是更方便吗？那两条烂滚龙是我的人，别说我们滚石包，就是滚云，那两条烂滚龙也不敢咋样！俗话说，妻不如妾，妾不如偷。你给他们当婆娘，我们偶尔滚一滚，圣人石能滚出登天云一样的高潮！"

廉把吹着口哨，晃着肩膀出去了。

21

篾幺姑儿踩着棉花团回家时，发现她老汉儿篾歪嘴正一个人坐在桌前，一杯一杯喝酒，一掌一掌抹眼泪，一把一把擤鼻涕。

篾幺姑儿莫名其妙："老汉儿，你咋回来了？你不是在守仓库吗？"

"廉老板把我开除了！"篾歪嘴呜哩哇啦哭。

"开除了是啥意思？"篾幺姑儿一时没反应过来。

"廉老板说我偷他的煤，说我监守自盗……天理良心，我咋可能监守自盗，廉老板老汉儿才是监守自盗！他老汉儿监守自盗，不好意思，吊死在桄木树上了，竟冤枉我也监守自盗……我好冤枉，好冤枉……"

篾幺姑儿打断他老汉儿的絮叨："他凭啥说你偷他的煤炭？"

"看嘛，那里。他发现那里有一堆煤，就说是我偷回来的……"篾歪嘴指着一个屋角，果然那里还剩一些黑黑的炭渣。

篾幺姑儿皱眉："你是不是烂酒睡着了，煤炭给人偷了？"

"就算我睡着了，煤炭给人偷了，也不可能偷来扔在我屋里啊！"

篾幺姑儿又问："你是不是喝晕乎了，自个儿都不晓得，把煤炭拿回来了？"

"我再晕乎也不会干这个呀。再说了，我喝晕乎就没劲了，咋拿得动那么大块的煤……"

篾幺姑儿也觉得蹊跷，她联想到廉把对她的羞辱，难道廉把是故意的？

篾歪嘴拉着篾幺姑儿的手求情："幺姑儿，你去求求廉老板，让他别开除我。开除了我，我酒瓶子就空了，后半生就喝不成酒了……"

"老汉儿，没用的，那个人不会听我说的……"篾幺姑儿低声说着，不觉流下了眼泪。

"你想一想办法嘛，你不是'赛通山'吗？你还能没办法？"

"我'赛通山'又有啥办法？"

"办法多着呢，衣服一脱，啥事都解决。"

篾幺姑儿再次脸色黄灰："老汉儿，我是你女娃儿！"

"我晓得你是我女娃儿，但你也是成年人了，还不就是迟早的事。"篾歪嘴忽然跪在篾幺姑儿面前，"幺姑儿，算老汉儿求你呢，别让我的酒瓶子空了呢。你妈死得早，是我一把屎一把尿把你养大的。你咋一长大，就翻脸不认人了？"

篾幺姑儿踉踉跄跄出去了。

22

青瓦的屋顶。雪白的墙壁。新黄的地面。

天黑透了，志荣还坐在即将竣工的新房前，舍不得离开。

下雨了，屋顶叮叮当当响，发出钢铁声。这是志荣烧得最好的一窑瓦，每一片都结实，青灰，用手一弹，便像钢片一样嗡嗡回响。志荣刚盖上屋顶，一场春雨就下来了。志荣眯着眼，吸着叶子烟，沉醉在清爽的乐声中。

除了乐声，墙壁和地面散发出来的结实的香，也让志荣陶醉。地面虽不能照见人影，却也让志荣不忍落脚。从傍晚开始，志荣就坐在椅子上，闻着香气，看着阳光从容爬上墙面，把漂亮的墙壁一幅幅翻开，一幅幅合拢，如一册新书。

志荣想到了篾幺姑儿。

当篾幺姑儿去廉把那里当秘书时，志荣一度很绝望。不过现在，篾幺姑儿已不在廉把那里了，篾歪嘴也不在那里了。究竟啥原因，两人都走了，志荣不清楚。但志荣觉得，当他新房即将建好时，篾家父女刚好离开廉把的煤炭厂，难道这是冥冥之中自有天意？

志荣穿上一套干净的衣服，扣好风纪扣，带了一点礼物，去篾幺姑儿家里。上次志荣准备了花红九礼，还请了媒婆。这一次，志荣自己去。他已没了先前的那种自信。撑着他往篾家走的，也就是他这座刚建好的新房。

篾歪嘴还趴在桌前喝酒，从桌子对面把一只松垮的手臂伸过来，搭在志荣手上，酒气冲冲，声音含混："志荣，你说过的对不？你答应过的对不？"

志荣有点懵："我答应了啥？"

"你答应了要娶篾幺姑儿对不？你答应了，还有花红九礼呢，还有王婆呢，你答应了的话，难道不算？"

幸福来得太突然，志荣有点手足无措："篾三爷……"

"你放心，只要保证把我的酒瓶子装满，我就答应你，就满口答应你！"

篾幺姑儿从里屋走了出来。篾幺姑儿端着一盆火从里屋走了出来，篾幺姑儿还没有走近，志荣就感觉热气扑人。

"老汉儿，酒还堵不住你的嘴？"

"酒要没了……"

"酒没了我保证给你打，从此你别再提我半个字！"

"你拿啥子给我打……"

端着火盆从屋里走出来的箩幺姑儿，又端着火盆往屋外走去。自始至终，她的火盆就是火盆，似乎与志荣无关。志荣不禁站起来，问道："幺姑儿，你要去哪儿？"

"我进城打工。"

"你带一个小包，就进城打工？"

"够了。"

志荣有点发呆，目送箩幺姑儿往前走。那盆火隔得远了，志荣就感觉到了寒冷。这时，箩幺姑儿忽又转过身来说："荣哥，我们一起去打工吧？"

火盆发出一道光，志荣又热起来，往箩幺姑儿跟前跑。箩歪嘴的声音在后面追："不准去！不准去！你们去了？哪个给我酒瓶子装酒？"

志荣来到箩幺姑儿面前，顶着炽热的火光，他的话也变得热气腾腾："幺姑儿，老汉儿说得对，我们出去，就没人照顾老汉儿了。咱们留下来吧，留在家种庄稼，才是最好的出路。出去打工的人，就算能多挣两个钱，他们最终会后悔的。"

"后悔啥？"

"庄稼人，种庄稼才是本。出去打工，就是忘本，家里一切都丢荒了。田地丢荒了，娃儿丢荒了，老人丢荒了……"

"婆娘丢荒了。"箩歪嘴不改"歪嘴"本性，丢一颗花生米进嘴里，花生浆糊满他焦黄的缺齿。

志荣话中的蒸汽正蓬勃着，四处散发，丝毫不受箩歪嘴话的影响："幺姑儿，将来遇到限粮关，城里那些人，就只能咬钢筋水泥呢，这能填饱肚子？别看廉把挖煤挖得起劲，真正没粮食吃的时候，就只能咬黑煤吃么……"

簇幺姑儿听不得志荣提廉把，突然就发火了："你啰嗦啥？去不去？不去我自己去！"

簇幺姑儿也不等志荣决定，自己噔噔噔走了。本来正冒着热气的志荣，像一口炸开的水箱，本来四处流溢，却又迅速冷却，只剩一地湿泥，满路秋风。

23

廉把开除簇歪嘴后，徐桃又动了心思，她还是想让廉诸去守仓库。

这天，她来到廉把办公室。

这是徐桃第一次来廉把办公室，廉把感觉非同凡响。等徐桃说出目的后，廉把发现果然非同凡响，忍不住就笑。徐桃瞪了廉把一眼："你是不是想说，你大爷是村支书，给你守仓库不恰当？你想说这句话就趁早闭嘴！你大爷干了这么久的村支书，也没见他干过啥。他那村支书，当与不当一回事。你别拿这种理由来推他！"

廉把不敢说了，但还是看着徐桃笑，一下把徐桃笑得心里发慌："你是不是已经找到保管了？"

"我确实已经找到保管了。"

"哪个？"

"志贵。"

徐桃忽然抓住廉把的手臂就打："你先让簇歪嘴当保管，现在又让志贵当保管，你想说，你就是让一个酒疯子和一个瓜娃子当保管，也不让你大爷当保管对不对？你别以为你大了我就打不得你了，照样打你！"

在办公室被娘打，着实有点丢脸。廉把赶紧把他娘按在凳子上，说："娘啊，你别着急嘛，办法也不是没有……"

"办法就是你每月给你大爷送点钱去，让他吃好喝好对不对？"徐桃打断廉把，"廉把我告诉你，你大爷是要脸的人，他绝不会白要你的施舍！"

"我现在说的不是施舍，是等价交换。"廉把努力做出严肃的样子，"娘，你去给大爷说，让他把村支书给我，我来当村支书。这样他来我这里当保管，就没人说三道四了。"

徐桃一惊，说道："村支书是田书记定的，你以为他让给你，你就可以当？"

"田成正准备换村支书呢……"

"田书记给你说过他要换村支书？"

"田成早就对大爷不满了，多次说他就是墙上贴的一张画，还被壁油虫舔得四处洞洞眼眼！"

"田书记说不满你大爷的话，也不是一次两次说了，但并没有说要换他呢。"

"但是这次肯定要换他了。"

"为啥这么肯定？"

"田成在培养慧姑儿入党呢。"

"培养慧姑儿入党就是让她当村支书？"

"娘，你不懂。"廉把笑道，"所以你现在得赶紧让大爷辞职，推荐我当村支书。要是等田成任命志慧当村支书的时候，就迟了！"

徐桃也着急了，赶紧走出廉把办公室。

24

徐桃风急火燎找到廉诸，把廉把说的话讲给他听了。

但是廉诸只是把脑壳埋着，没开腔。

徐桃发火了："你闷起脑壳干啥？你以为自己还能继续干村支书么？"

"我晓得我干不长……"

"你既然晓得你干不长，就赶紧推荐廉把。将来田书记让志慧当村支书，那时候咱们廉家就人财两空了！"

廉诸还是闷起脑壳不开腔。

徐桃吼道："你把村支书给廉把，你以为你吃亏了么，廉把让你到他那里当保管呢。你当了保管，坐着都有吃的，你还有啥不满足的。再说了，你去当保管，还能把廉口管起来，你难道想让廉口偷摸一辈子？"

"我没有说不管他……"

"既然要管，你就趁早！要是田书记把村支书给了慧姑儿，到时候廉把埋怨你，不让你当保管，你就啥也不是了！"

廉诸又把脑壳垂下来。徐桃以为廉诸这是点头的动作，心满意足走了。

徐桃不晓得，廉诸虽然低垂脑壳，一副无可奈何的样子，但是他心里其实翻江倒海。在徐桃转身的那一瞬间，他忽然做出一个决定：他要推荐志荣！

保管这门工作，是他迫切需要的。当了保管，他就不再受杨柳的恶气；当了保管，"毛脚汉"的他这辈子就衣食不愁了；当了保管，就可以把廉口管起来，避免廉口学坏……

但是廉诸依然斩钉截铁决定：推荐志荣当村支书！

当晚，廉诸就左手甩着一瓶酒，右手甩着一包油炸果子，去志家了。

油炸果子在此时已不值钱，但廉诸依然拿了这个。集体生产时，他每次去见志干，都会带一包油炸果子。现在也拿油炸果子，就是要勾起志干的美好回忆，让志干看到，联结了他们二三十年的纽带，依然坚固。

廉诸一进屋，大老远就喊："志书记，你好啊，廉诸拿油炸果子来了。"

廉诸认错了，坐在逍遥椅上的，其实是志富，不是志干。

原本一直是志干坐逍遥椅的。但坐得久了，就有点百无聊赖，于是志干就进屋里躺一躺。志干去躺了，志富就冲到逍遥椅上坐。志干当书记那儿，打死志富都不敢坐上去。但这些年不同了，志富胆子越来越大。有时志干出屋来了，志富也不让。等到志干拿长烟杆抽他时，他才不得不起身让开。

志干原本痛恨廉诸，听到廉诸的声音就生气。但是这会儿，廉诸说话的语气，他说的油炸果子，就像一把满布旧年时光的热腾腾的灰尘，一下就扑面而来，让志干的眼睛，有了一种热辣辣的感觉。

志干再次走出来时，不但穿戴得整整齐齐，还披了军大衣，拎了长烟杆，捧了大茶缸。他衣摆往后一甩，劈腿坐在逍遥椅上。抽烟，吧嗒吧嗒抽烟。喝茶，滋溜滋溜喝茶。

不当大爷许多年，归来还是大爷样。

廉诸像往常那样，径直走进志干灶房，拿出碗筷，摆在小方桌上。往碗里倒油炸果子，又往碗里倒酒。接着倒递了筷子过去，赔着笑，一直等到志干抽完那口烟，接过他的筷子，他才坐回矮凳。

志干冷笑一声："廉书记，你公务繁忙，咋有时间来陪我闲耍？"

廉诸打个哈哈："志书记，你挖苦我。如今不比集体生产那会儿，我如今手上干得起灰尘。"。

"咋会这样？"志干故意大惊，"村支书是一村之主，村支书手上干得起灰尘，村里的工作咋开展？"

"那是我无能，比不得那时志书记你有能耐。"

志干冷哼一声："廉书记，你才在挖苦我。我要是有能耐，上头就不会把我罢免，把你提拔起来了，对不？你这意思是说，上头瞎了狗眼？"

"上头没瞎，是我无能。"廉诸顶住志干讽刺挖苦的风暴，切入主题，"所以嘛，今天我就是来向志书记汇报的呢。我无能，我得把村支书让出来呢。"

志干不知就里，但心里怦怦直跳，猛喝一大口酒，强压住内心浪潮："你开玩笑嘛，我老了，干不动了……"

廉诸也猛喝一大口酒："志书记啊，我们都老了，都干不动了……"

志干只是谦虚，没想到廉诸竟然认同，志干就不高兴了。不高兴时，他就往嘴里填油炸果子。一颗一颗，油炸果子靠近他的唇，他的唇蠕动两下，油炸果子就消失了。

廉诸对志干再熟悉不过了，志干唇一蠕动，廉诸立刻明白志干不高兴了，也明白志干为啥不高兴。要是以前，廉诸就急了，拼命罚自己喝酒。可现在他不急，慢慢呷。呷了两口，又才说："志书记，我的意思是，现在该下一辈的这些年轻人来干了。"

"下一辈的年轻人？"志富坐不成逍遥椅，又吃不成油炸果子，正生气，正拿刀一刀一刀砍一截无辜的木头。一听这话，立刻把刀一扔，跳起来说："那就是我了！那就是我了！"

廉诸嘿嘿笑："我推荐的，正是你们兄弟呢。志荣也好，志富也好，都可以呢。"

"啥叫都可以？"志富反而不高兴了，"志荣不行，我才可以！"

志干把酒碗在桌上猛一顿："滚一边去，凑啥子热闹！"

志富被打击，也不敢反驳，把刚砍过的那截木头踢一脚，到屋外去了。

志干撵走志富，回过头，抓起油炸果子往唇边递。油炸果子就像软泥掉进软泥堆里，快速消失，无声无息："廉书记，就算要让下一辈干，那也得是廉把，咋也轮不上志荣，对不？"

廉诸再把姿态放低："志书记，你还是不信任我。实话告诉你，在我来之前，廉把已经找人求过我了。他甚至给我许诺，只要我把村支书给他，他就让我去守仓库。志书记，你也是晓得的，我干农活不得行，如果能去给廉把守仓库，下半生就衣食无忧了呢，对不？"

"嘿哈，很好。嘿哈，很好。" 志干脸都僵了。

"不，这个村支书，我就是不给廉把，我给志荣！"廉诸把碗中酒一饮而尽，"我把村支书给志荣，别人可能不理解，但是志书记你肯定理解。为啥？道理很简单，志荣走的是正道，他一直在种庄稼。别的村组，田地都荒了，只有道泉二组，田地一直青枝绿叶，这就很不容易。志荣确实没廉把能赚钱，但他是一个好庄稼把式，没把咱老祖宗的手艺丢了。只有把村支书给志荣这样的人，咱们的村庄才能红红火火，一直延续下去。你说对不对，志书记？"

事实上，廉诸讲的这番话，是前些时候田成讲给他听的。他现学现卖，却也讲得声情并茂，情真意切。

志干也稳不住了，他张开嘴，油炸果子残渣在他缺齿上跳跃闪烁，风云翻滚："老廉，你说的是真话？"

"哎呀，志书记，我跟了你二三十年，嘴里哪有一句假话？"

志干第一次拿过酒瓶，颤巍巍把两人酒碗倒满，一手端起碗，一手抓住廉诸手臂，声音沙沙地说："老廉，老廉啊，我不喊你廉书记了，你也别喊我志书记，我早就不是书记了，你也马上不是书记了。以后你就喊我老志，我就喊你老廉。你今天说的话，了不起了。土地下户后，村里人很多都变了，有开矿的，有打工的，有跑生意的，我老志当了二三十年大队书记，现在是越来越看不明白了。说起来，志荣是最没出息的，他种了全村最多的田地，但是就数他最穷。我也经常骂他没出息，骂他瓜。哎呀，我家就是能出瓜娃子，出了一个志贵，现在又出一个志荣……"

"志荣不是瓜娃子，他走正道，他走的是正道。"廉诸赶紧强调。

"对呀。有时我也在想，你说志荣是瓜娃子吧，村里的那帮老头儿老娘儿就服他。那帮老头儿老娘儿服过哪个呀！当年我当书记你当队长，就数他们的过场多，时不时就要耍点小花招。好在我有魄力，能把他们及时摆平。但是过不了多久，他们的过场又来了。可以说，二三十年来，他们一直都愣着眼，挑着眉，七翘八拱，没停歇过。可现在呢，你看这些人对志荣多尊敬多顺服呀。那天公安来抓志荣，他们跳起来跟公安干仗，又全体跪下来向公安求情。你看看，志荣简直不像是我的娃儿，倒成了他们的娃儿了。老廉呀，就凭这一点，志荣就比咱们这一代人强。不是说志荣是我的娃儿我才夸他，你说我老志一辈子服过哪个？但是看到那帮老头儿老娘儿那样对待志荣，你就不得不服！"

廉诸大碗大碗吞酒，眼泪鼻涕稀里哗啦："老志，你说得好，土地下户后，我当了这几年村支书，我不行，无所作为。但是我不干支书的时候，却干了一件大事情，就是把村支书给了志荣，没给廉把。别人肯定骂我廉诸不是人，胳膊肘往外拐。咱们廉家肯定骂我丢了村支书，没脸去见列祖列宗。但我廉诸是哪个呀，我不是村支书了，我还是共产党员。我得为我们村的前途和命运着想，我问心无愧！"

廉诸这时说的，既有田成的话，又有他自己的话。说着说着，就分不清哪句是田成的话，哪句是他自己的话了。

志荣回来时，两人还趴着，还大呼小叫着。看到志荣回来，两人更兴奋，一左一右抓住志荣的胳膊，左边的嘴冲志荣喷酒气，右边的嘴也冲志荣喷酒气。两人呜哩哇啦的话，夹杂在臭烘烘的酒气里，很快就把志荣熏醉了。志荣从来不喝酒，他本来想劝两个老头也别喝了，但劝着劝着，他竟然和两个老头儿喝了起来，也喝得趴到桌上大呼小叫，呜哩哇啦。

25

廉诸准备辞职，推荐志荣当村支书的消息，第二天就传遍了道泉村每一个角落。

一大早，徐桃就撵到庄稼地找廉诸。

早上，廉诸刚和杨柳吵过一架。接着，廉诸来到庄稼地挖地。但是他刚甩了几锄，就跑到树荫下乘凉。凉风一吹，廉诸心里就有些摇荡，他对自己的决定，忽然有些犹豫了。如果不推荐志荣而推荐廉把，可能现在就坐在廉把仓库的椅子上，舒舒服服喝酽茶了，哪还能受杨柳的窝囊气！

廉诸心里正纠缠不清时，徐桃冲到他面前。徐桃也不客气，劈头盖脸就骂："廉书记，你的品德真高尚啊！推举接班人，绝不徇私舞弊！就算志家是咱们廉家的世仇，你廉书记也宽宏大量，推举志家的娃儿！廉家的娃儿呢，再有本事，他姓廉，为了避嫌，就坚决不推举！好官呀，真是好官呀！"

"桃子，你听我说……"

"哦，我忘了，志家是廉家的世仇，但是你廉书记不能记仇。你要记仇的是不姓志的那种，比如我这种姓徐的！"

"桃子，你别讽刺挖苦我，听我说……"

"我哪敢讽刺挖苦你廉书记！集体生产时，要不是你廉书记照顾，我们孤儿寡母就活不下来了。都是廉把那小子忘恩负义，叫你把村支书让出来！他有啥资格叫你把村支书让出来？支书是要传给志家娃儿的呢！我们廉书记是有恩必报的呢！要不是当年志书记提携，我们廉书记也成不了今天的廉书记！该骂的是廉把这个忘恩负义的娃儿，该拍巴巴掌的是我们知恩图报的廉书记。我真是老糊涂了，居然来骂咱们廉书记！好，好好，我现在就回去，骂那个忘恩负义的廉把！廉书记，你大人不记小人过，我给你道歉，给你道歉啰！"

徐桃噼里啪啦，啪啦噼里，始终不给廉诸解释的机会。廉诸好不容易等徐桃的骂声暂停，想解释时，徐桃已转身回去了。

廉诸有些失落，此后恐怕连徐桃也不会给他好脸色了。

此后，陆陆续续有好几批人来劝他，让他改变决定。有平辈，有长辈，有廉家人，甚至还有志家人。他们有的苦口婆心讲理，有的痛哭流涕求情，有的倚老卖老骂娘。

廉诸明白了，这些都是廉把派来的，他们想用轰炸的办法，把他廉诸这块高地炸平，让他改变决定。原本心里摇荡不已的廉诸，这时忽然变得意志坚定。哪怕只有他一个人孤独坚守，哪怕最后他只剩下半颗牙齿，他也要咬紧牙关，绝不会答应！

后来志贵也来了。廉诸忍不住笑起来："这个廉把，连瓜娃子都派来了！"

"我不是廉老板派来的，我是自己来的。"

廉诸又笑了，派个瓜娃子来，还要掩盖说不是派来的："好吧好吧，你是自己来的，你来干啥？"

志贵很严肃地说："廉书记，你不该把支书给我哥，应该给廉老板。"

廉诸快乐地逗他："志贵，你晓不晓得你真的很瓜？志荣是你的哥，你让我不给他，给一个外人。"

"廉老板不是外人，他给我吃给我穿，他是我的衣食父母。"

"你这叫有奶就是娘。"

"没奶能叫娘吗？"

廉诸没想到，瓜娃子志贵问的这个话，他一时竟答不上来。

志贵才走不久，廉口又来了。廉口来，那也就意味着这是最后一支队伍了。

廉口手里拿着一大块米花糖，碎渣粘得满脸满嘴都是。看得出他的脸，早上是洗干净了的。但是因为粘了米花糖，落了灰土，带了污泥，加上衣袖手背胡乱揉，又黑糊成一片了。

廉口本来一蹦一跳，还嘎嘣脆。看见廉诸，忽然大哭起来："大爷你救救我，救救我呀！"

"你咋了？"

"我哥说了，你要是不把支书给他，他就打死我！"

廉诸再次笑了。廉把真急了呢，这种话都用上了。廉把没招了，彻底没招了！廉诸乐不可支，把廉口拉到水田边，捧起田里的水，洗廉口的脏脸，语气温柔至极："廉口，你回去对你哥说，他就是打死你，我也不会答应的。"

廉口把脸挣出来："大爷，你想让我哥打死我？"

廉诸又捉住廉口的脸："你放心，你这么说，你哥不但不打你，还会奖赏你。"

"真的？"

这是廉诸一生中最快乐的一天。他把廉口的脸洗净后，甚至忍不住在上面亲了一口，这是廉诸一生中，第一次亲廉口的脸。

26

廉诸的快乐没能延续多久。尽管他向田成递交了辞职申请书，又热情隆重地推荐了志荣。但是不久后，乡上却把任命书发给了廉把。

廉诸怒气冲冲跑去乡上质问田成。廉诸一辈子低三下四，但是当他辞掉身上所有职务的时候，他忽然变得无所畏惧。

"老田，你不是也认为志荣当村支书可行吗？咋出尔反尔，给了廉把？"无所畏惧的廉诸，甚至称呼田成为"老田"。

当然了，廉诸之所以无所畏惧，还在于当初他向田成推荐志荣时，田成并没有反对。志荣本身一度就是田成认为的最恰当的道泉村村支书人选，不过当周庄向他提到志慧时，他也觉得，也许志慧比志荣更合适。可惜之前没有及时培养志慧入党，志慧还不是党员。尽管田成一回来，就动员志慧写了入党申请书，但是批准她入党以及转正都需要时间，短期内她是不可能担任村支书的。

不过田成也没有着急，有这么一段时间，正好是对志慧的一个考验。只有经受住考验的信仰，那才是靠得住的信仰。所以尽管他对廉诸很不满，但并没有打算马上让他交班。

只是没想到，廉诸会主动向他提出辞职申请，还向他推荐了志荣，而不是廉把。田成除了惊讶，还有些感动，他肯定了廉诸的觉悟高，也没有反对选志荣。志荣干得好，当然好。志荣干不好，让志慧接班，也是一个不错的选择。只要不是让廉把当村支书，就不会把道泉村带偏。

所以当廉诸直呼他"老田"，怒气冲冲质问他的时候，他竟然满脸愧疚，不敢看廉诸的脸。

廉诸不晓得，当他把辞职申请书交给田成的那一刻起，田成办公室的电话，就几乎被打爆了。这些电话都是同一个内容，让田成选廉把当村支书。这些打电话的人，不但有市领导，甚至有更高一级的领导。田成一个小小的乡党委书记，办公室那部电话，还从来没有这么忙过，而他也从来没有见识过这么多这么大的领导。

问题是，他几乎没办法反驳。他想推荐志慧，志慧没有资格；他想推荐志荣，志荣的做法没有说服力。而廉把是致富带头人，解决了数百人的就业问题，为东坡市的经济发展做出了突出贡献。田成就算不同意，他也找不到理由。

田成为此专门召开了一次乡党委会，讨论这个问题。结果大家的看法出奇地一致，都认为廉把是最合适的人选。大家还说，廉把早就应该当村支书了，都不晓得为啥现在才讨论他。

任命书，自然就这样做出来了。

现在，田成面对廉诸的质问，他自然不可能把这些事告诉廉诸，他只是长长地叹息一声："老廉啊，咱们都老了……"

廉诸垂头丧气回到村里。刚到村口，徐桃就笑脸相迎，还一把抓住他的手："他大爷，我误会你了，我给你道歉。没想到你这样巴心巴肝帮廉把，我还骂你。我真不是人！"

廉诸吓得后退两步："桃子，你是专门来羞辱我的？"

"我羞辱你啥？"徐桃笑着上前两步，又去捉廉诸的手，"廉把已经把一切都告诉我了。廉把说，你这是以退为进，是苦肉计。如果当初你直接推荐他，上面肯定觉得你任人唯亲，就不会选他了。他大爷，没想到你还有这样的智谋！"

廉诸愕然："廉把真的这样给你说？"

徐桃在廉诸身上打了一下："他大爷，谜底都揭开了，你还想伙起廉把来骗我呀！好好好，我明白，这事是不能对外人说的，廉把也特别交代过，只能暗中告诉你，不能说出去。我懂我懂！"

徐桃又柔声说："廉把说他特别感激你，你帮了咱们一辈子。廉把说他是晓得好歹的人，绝不会忘了你的大恩大德。廉把让我告诉你，立刻就到他的仓库去上班！廉把能说这个话，我觉得他懂事多了，我心里也高兴呢！"

徐桃急了："哎呀我说他大爷，你还愣在这里干啥？赶紧走呀！廉把说了，你从乡上一回来，立刻就去。所以我才在村口来等你呢。"

"不不不，我不去，不去……"廉诸脸涨得通红。

轮到徐桃愕然了："你咋了？他大爷，这可不像你，你究竟咋了嘛？"

廉诸咋了呢？连他自己也不晓得咋了，只得编理由："我只是帮了廉把一个小忙而已，我不能拿这个跟他交换，不厚道……"

"你装啥呢？"徐桃不由分说，拉起廉诸就走，"我承认廉把跟你交换，确实有点不厚道。但你是长辈呢，大人有大量，你和他计较啥！走，赶紧走！"

以前徐桃从来不敢在阳光下拉廉诸的手，今天却拉着他走了很长一截路。廉诸头晕晕的，心胀胀的，腿软软的。

27

廉诸见到廉把，廉把万分热情，掏心掏肺，一直说以前都是自己不对，不懂事，他真心向廉诸道歉！

最后搞得廉诸都有些疑惑了，难道自己真用了苦肉计？明明是真心推荐志荣，为何成苦肉计了？廉诸向自己解释说，或许内心深处，真是想用苦肉计吧。

当廉诸说服自己后，他就心安理得去当保管了。

只不过，变化太快。

廉诸当保管仅过了一个晚上，第二天，他就接到通知，他被开除了。开除他的理由和开除篓歪嘴的理由一模一样：监守自盗！

工人清点仓库时，发现少了一堆煤。后来，这一堆煤在廉诸家的一个屋角被发现。数量吻合，形状吻合，有照片为证据。尽管藏得很隐蔽，盖在一堆柴禾下，依然没有逃过巡查人员的火眼金睛。

廉诸头一天背去的那个装衣服的包还没打开，第二天就原封不动背回去了。

那时候，徐桃正晃荡着大金链子大金镯子，叮叮当当在村庄各处穿梭闲逛，这个消息像一场强烈的寒潮，一下就把徐桃的大金链子大金镯子冻住不动了。她垂着头，软着腿，匆匆往家里走。

徐桃找到廉口。廉口起先不承认。徐桃提起一根棍子，廉口就认账了。他还说，这事是廉把让他干的。

廉把这是在干啥？不用他大爷也就算了，为啥先热情接收，接着用这种方式把他大爷开除？

徐桃又去厂里找廉把。她拿着一根棍子，她说过哪怕廉把当老板了，她要打就打！

但厂里人说，廉把进城去了。

徐桃返回来，抓住廉口，带廉口去给廉诸道歉。

徐桃找到廉诸时，廉诸正躲在庄稼地旁边的荒竹丛后面，埋着脑壳抽烟。徐桃原本没发现，那股熟悉的烟味飘出来，徐桃才找到他。

廉诸站起来，满脸惊恐："没有，我没偷过煤炭！真的不是我偷的！"

廉诸的惊恐，让徐桃心里一阵酸楚，她赶紧把廉把让廉口干的这件事讲给廉诸听了。

廉诸的脸上出现了一种很奇怪的笑，一种徐桃从来没有见过的笑，笑声尖利干涩，像把一块干木头撕开一样。廉诸脸上的皮一直在抖，让人很担心，似乎那皮再抖两下，就要抖下来了。

徐桃伸手抓廉诸的手，但是廉诸背着手，直往后躲。徐桃哭起来："他大爷，都是我们对不起你，把你害成这样……"

廉口在一旁笑："你别退呀，再退，坐到竹桩上，屁股就要再添几个洞了。"

廉诸终于抖出一句话："你晓得廉把为啥要这样搞吗？"

徐桃低声哭，泪水从指缝里水一样流下来，不答。

"你晓得廉把为啥要指使廉口这个瓜娃子，用这种方式害我吗？"

徐桃依然还是哭，不答。

廉口叫起来："我不是瓜娃子，志贵才是瓜娃子。我哥答应给我钱的，他不给我钱，我才不干呢！"

荒竹丛一阵簌簌响。簌簌响过后，杨柳赫然站在三人面前。

"好呀，一家人团圆了啊，好幸福温馨的场面哟！"

徐桃回身便走。杨柳咋能让她走，上前揪住她的头发就扯打："你这个娼妇！以前偷我男人我就忍了，我男人是生产队长，我男人是书记，你要偷！现在我男人啥也不是了，你还偷，你还偷去填啥子？"

廉口不服气了，也跳起来扯杨柳的头发。廉诸忙上前劝架，三人战成一团，他竟不知从何处下手，只能扯扯徐桃，扯扯廉口，扯扯杨柳。

杨柳以一敌二，本来就弱势，被廉诸这么一扯，站不稳，跌倒在地，竹桩子扎在她屁股上。杨柳高声哭叫："快来看哟，这一家子偷人撬杆儿，不要我活啰，要杀我哟！有没人救我哟，再不救我就要被这家撬杆儿杀啰！"

杨柳撕心裂肺喊叫，很快招来了田里干活的一些老头儿老娘儿，都围上来劝。徐桃满脸通红，一言不发，埋头就走。廉口见他娘走，也跟着跑了。杨柳从屁股上摸出了血，她更激动了，举起那只带血的手，像举着一面旗，尖叫着，呐喊着，欢呼着。

老头儿老娘儿架着杨柳的手，七手八脚把她送回屋，送到床上。"娼妇，来呀，你一直都想睡这张床，我现在给你挪位置了！"杨柳得意洋洋拍着床板，尖叫着，呐喊着，欢呼着。

尽管杨柳喊性正浓，但老头儿老娘儿们惦记着庄稼地里的农活，劝慰杨柳几句，就纷纷走了。

杨柳意犹未尽，心有不甘，于是，她跑到原先生产队公房旁边的那根桤木树跟前，准备上吊。

原先公房旁边的那棵老桤木树已经被砍了，树干做成了志干的逍遥椅，吊死过廉堵和廉都的那一截大树枝，后来放在廉把的壁头下，再后来被廉把修整出来，刷了油漆，放在书房里。老桤木树桩上，又长了一截枝条，现在也已经是大树。杨柳就决定在那棵桤木树上上吊。

当然了，她只是要做出上吊的姿势给大家看。她觉得大家不重视她，她要做件惊天动地的事情来，让大家重视，于是就选择了高处的公房，选择了桤木树。果然，那些刚回到田里的老人们，不得不重新跑回来，围在那棵桤木树周围。

众人围过来，杨柳怕被大家拉住，拉住就没办法继续上吊了。于是她就往树上爬，爬到众人够不着的地方，选了一截树枝，把绳子挂在树枝上。下面的老头儿老娘儿一片惊呼声，让杨柳赶紧下来。惊呼声让杨柳激动不已，她幅度很大地挂着绳子，打着结，还拿手去扯绳子，试验结实程度。最后，从容不迫地把脑壳伸进绳套里，放开了手脚。

老头儿老娘儿见她真的上吊了，都乱作一团。有往树上爬的，有喊着拿梯子的，有蹲下来让别人踩在身上的。众人还没乱出个头绪，咔嚓一声，树枝被折断，壮实的杨柳从树上掉了下来。

连着又咔嚓一声，杨柳的脊柱被当场摔断。老人们费尽力气，终于把杨柳送到乡卫生院，后来又送到市医院，但医生们对她被折断的脊柱都束手无策。从此，杨柳就瘫在床上了。

杨柳说，她想给徐桃挪位置，结果从此后她一直躺在床上，爬不起来了。

28

廉把终于从城里回来了。

廉把回来，但并没有回家，一直住在厂里。徐桃只得再次去办公室找他。徐桃原本准备拿着棍子去的，但是杨柳那么一闹，又把自己给搞瘫了，徐桃心里很慌，最终是垂着手去的。

廉把一直埋头在纸上写着什么，并没有抬头看他娘。徐桃本来想等他写完再说，可等了大半晌，廉把还是一直在写。

不断有人进进出出，找廉把签字。廉把签完字，又写。

徐桃只得低声说："廉把，你不想用你大爷，不用就算了。你为啥要假装用他，然后又冤枉他，说他偷你东西，然后再把他开除？你这样做，不是害他吗？不是让他在全村人面前抬不起头吗？"

廉把继续在纸上写着。

"廉把，你小时候不是这样啊。那时候，咱们很穷，没吃没穿，但是你很有志气。有一次，廉口偷了生产队的玉麦烧来吃，你还批评他。还有一次，你大爷把生产队仓库的粮食拿到咱们家来，你还不要，让你大爷拿走，说偷的东西，你不要。那时候我好高兴啊，觉得拖着你们几兄弟，再苦再累，我也能坚持下来。我本来想，只要你们长大了，我就有盼头了，就享福了。可现在，你们确实长大了，我们也有吃有穿了，你却让廉口偷煤，嫁祸你大爷。你不只是害了你大爷，你还害了你弟娃儿啊……"

"娘，你晓得我写的是啥吗？"廉把猛抬起头，扬着手上的纸，冷哼一声，"祭文呢！我给老汉儿写的祭文呢！娘，你恐怕早就忘了，后天是老汉儿的祭日了吧？娘，你晓得不？自从我会写字开始，我每年都会给老汉儿写一篇祭文，给他烧在坟墓上。现在，又到我给老汉儿写祭文的时间了。"

廉把怪笑："娘，你想不想提前听一下，听听我给老汉儿写的啥。你还没听过我写的祭文呢，要不，我提前念给你听听吧。"

徐桃哭起来："廉把，我晓得你埋怨你大爷，埋怨你大爷当年没救你老汉儿。但你要晓得，他是生产队长，那时候，他只能那样说。再说了，你老汉儿也是自己想不通，吊死在那棵桤木树上，怪不得你大爷啊……"

廉把大笑："没有，我从来没有埋怨过大爷。那时候他是生产队长，生产队长就应该主持公道嘛，他没错！"

"你要真能理解你大爷那时候的处境就好了……"

"我咋不理解呢，说我老汉儿是撬杆儿，没有说他是撬杆儿，与他有啥相干呢，所以嘛，他就把我老汉儿丢在那里，自个儿走了也是正常的呢。"

"看来你还是对你大爷气不过……"徐桃泪落如雨，继续低诉，"就算那时你大爷做得不对，但这么多年过去，你就应该放下了。你大爷现在已经够可怜的了，他威风了一辈子，在人面前昂了一辈子脑壳。现在呢，原本已经在你大娘面前抬不起头来了。现在你又给他一刀，他那脑壳以后怕只有永远埋着了……"

"够了！"

廉把不耐烦了，把那张祭文在桌上猛一拍，吼道："你还觉得不够丢脸吗？都啥时候了，你还大爷长大爷短！好了，老汉儿吊死了，大娘也只剩半条命了，你觉得这事还不够热闹吗？还到我这里来哭哭啼啼。你晓不晓得，我现在出去，根本就没脸见人！我出去这些天，就是躲着不见人呢。你是不是想让我也干脆一索子吊死在那棵树上算了？"

徐桃抬起头来，满脸煞白望着廉把。她的眼里很快就没了泪水，她的眼珠也不转一下，就像一帧挂在墙上的黑白照。

廉把不耐烦地朝徐桃挥挥手："回去吧回去吧，我正忙着呢！"

徐桃很听话地往外走，脸上还露出不好意思的笑："好，我不打扰你，我回去了，我现在就回去了……"

第二天，廉口慌慌张张跑来对廉把说，娘不见了。廉把一听愣住了，他想起头一天他娘眼睛不转的样子，才有些慌了，打了廉口一耳光："娘不见了，你咋不早点来告诉我？"

廉把有点冤枉廉口，但又没有冤枉廉口。说冤枉廉口，是廉口一直在守仓库，根本就不该在家。说廉把没冤枉廉口，是说尽管廉口在守仓库，但头天晚上他确实回去了。他没钱了，想回去搞点钱，所以他就偷偷溜了。

回去后，却没见着他娘。原本没见着他娘，他该很高兴。但他在家里翻箱倒柜找了一圈，都没找到钱时，不得已，只得等他娘回来，向他娘要。哪晓得等了一晚上，他娘都没回来。廉口就觉得有些不对劲，于是就跑去找廉把。

廉把似乎已经预料到了有些不妙，赶紧跑回去找。也不好让别人帮忙找，只能一个人默默找。找了一大晌午，始终没找到。

中午的时候，他有点累了，垂头丧气来到公房旁边的桤木树旁。前些时，她大娘杨柳才从树上摔下来，把脊柱摔断了。现在不知哪个在树上挂了一捆柴禾，乱叶被西风吹得飘来飘去。

这棵桤木树桩，大炼钢铁时砍掉后，就一直在那里了。经过了几十年，竟然没腐烂，还从旁边长了一棵树起来，这也真是神奇。

廉把坐在树桩上，掏出烟，准备点火。但一滴水恰好从树上滴下来，浇灭了他燃烧的火头。那滴水又浊又黄，像老年人的泪，还有个腥味。

廉把很窝火，往旁边挪了挪。廉把对那些四处乱挂的柴禾很是不满。村里那些老头儿老娘儿种地，很不讲规矩，玉麦秆、树枝丫扛不回去，常常就架在树上，村里几乎每棵树都挂着这种东西，把村子搞得像个垃圾回收站。廉把作为村支书，一直想整顿这种现象，但他又找不到办法。

廉把又打火点烟。但那种又浊又黄的水，却又滴落下来，刚好又浇灭了他的烟头。就像这水追着他走一样。廉把暴怒了，跳起来，想把那捆柴禾扯下来。但是他刚一抬头，脸色就黄了。

他看见了一双鞋子，那是他娘的鞋。

不晓得过了多久，老头儿老娘儿围了过来，七手八脚把徐桃的遗体从树上取下来，有的哭，有的叹气，七嘴八舌议论。他们不晓得徐桃上吊时，为啥要用玉麦叶把自己从头到脚裹住，蒙住脸，蒙住身子，还蒙住脚。

廉把暴怒！

廉把认为，他娘是被别人害死的，他还指名道姓，说是他大爷廉诸害死的，并且立刻就报了警。

不过，公安经过调查得出结论，徐桃不是他杀，徐桃是自己上吊的。

廉把不服气，自己上吊，咋会搞这些玉麦叶从头蒙到脚，有这个必要么？

第六章　鲲鹏台

1

埋徐桃那天，廉背从成都回了一趟家。

廉背读的大学在本省，离家其实并不是特别远。但廉背自从读大学以来，他几乎没有回过一次家。

廉背之所以不回家，是因为所有的寒暑假，他都在城里打工，挣钱交学杂费。

其实，廉背并不缺钱。他家里有矿，他哥就算不是东坡市的首富，至少也是蜀山乡的首富。而且廉把对他这个兄弟也一点儿也不吝啬，他对廉背的感觉，和对廉口的感觉完全不一样。廉口又脏又懒还爱偷盗，经常丢他的脸。廉背不一样，名牌大学的学生，很为他长脸。尽管廉把只是个初中生，但有个大学生的弟弟，他在别人面前提起来，就感觉特别骄傲。

不过，尽管廉把表示，满足廉背一切要求，但是廉背并不向廉把提任何要求。几乎除了去读书时，从廉把那里拿过一些书本费学费外，此后就再也没向廉把要过任何费用。廉把多次去信问情况，廉背都说他有钱，不要。廉把不放心，找到学校地址，把钱汇过去。可过了一段时间后，钱又原路返回来了。这也就意味着，廉背并没有取这笔钱。廉把又汇过去几笔款，最终无一例外都原路返回。廉把责备廉背，问他为啥不取钱。廉背的回信千篇一律：他有钱，不要。

廉把去信严肃地说："如果不够，就说，绝不能拿别人的。"

廉背回信淡淡地说："不会，不属于我的，一毫也不取。"

廉背不取，但班上却经常掉东西。有时候掉的是钱，有时候掉的是饭票。报告了班主任，报告了学校。学校找不到线索，只得不了了之。

学校查不出，学生就私下调查。他们甚至故意把饭票放在抽屉里，晚上派人轮流蹲守。但依然劳而无功，没有找到撬杆儿。但若是稍有松懈，那天晚上没人蹲守了，饭票呀钱呀就不翼而飞了。

大家就议论，一定是很熟悉情况的内鬼干的。

一天晚上，大家去上晚自习。一进教室，发现黑板赫然写着一行大字——撬杆儿廉背，请自觉把偷去的饭票和钱交出来！！！！！！

触目惊心的，是大字后面的六个感叹号，还是用彩色粉笔描出来的。

众人看见后，都默不作声，暗藏窃笑，走到自己座位上坐下来。

廉背也看见了，不过他只是愣了一下，也一样默不作声，走到自己座位上坐下，拿起那本《庄子》看。那本《庄子》被他长久摸弄，边角破损了不少。

众人精神高度紧张，但廉背却悠闲自在，轻轻翻着书页。

有人突然说了一句："既然承认是撬杆儿，就把拿了别人的东西还给人家！"

又有人接了一句："稳起不动，这算咋回事？"

廉背依然一动不动，又轻松自如翻了一下书页。

教室里嗡嗡闹腾起来，声音越来越大。甚至有人鼓动大家把廉背抓起来，押到教室前面的讲台上批斗。还有人说给廉背拍照，把照片贴到学校公开栏里，让全校学生警惕这个撬杆儿。

廉背依然啥也没说，也没有反驳，甚至身体松软地侧靠在旁边的墙壁上。

这个姿势激怒了大家，就有人站起来，围过来，想要动手。

"廉背不是撬杆儿，你们不能污蔑他！"

忽然，生活委员姜小北冲到教室前，朝着满教室里的嗡嗡声大喊。

"姜小北，你凭啥说他不是撬杆儿？你有啥证据？"

"姜小北，你是生活委员，班上同学的饭票和钱不在了，你不帮忙调查，反而包庇撬杆儿，你算啥生活委员！"

"姜小北，你是不是看上了廉背，所以才包庇他？"

姜小北冷哼一声："我晓得你们为啥怀疑廉背偷饭票和钱，是不是因为你们觉得他很穷，所以才干这种事？"

"人穷志短，马瘦毛长！"

"你们觉得廉背穷，是不是看见他经常出去打工？"

"都出去打工了，难道还不穷？"

姜小北又冷哼一声："好吧，你们这群鼠目寸光的家伙，我让你们见识见识廉背究竟多有钱！"

姜小北从口袋里掏出一张叠得整整齐齐的报纸，展开报纸，里面整整齐齐贴着六张汇款单。只不过，那汇款单显然已经被撕碎，又被小心地拼贴起来，粘在报纸上了。姜小北扬着报纸，从教室过道穿过来又穿过去，抖给大家看："都见识见识，这汇款单上是多大的数额！我第一次拿到这样数额的汇款单时，连我自己都惊讶，咱们班里居然还有这样的富豪！看看吧，这样的汇款单，可不仅仅只有这一张，而是有六张。你们都想一想，如果不是家里有矿，能够在不到两年的时间里，寄来这么多大面额的汇款单？"

大家都把脑壳伸过来，看汇款单上的名字，无一例外，名字上写的都是廉背。声音又响起来，这次不是嗡嗡声，是叽叽声，仿佛先前的嗡嗡声被强力往下压，压得发扁发干一样。

姜小北转一圈，又回到讲台上："你们咋不问我，为啥这些汇款单都撕成了碎片？我告诉你们，这都是廉背自己撕碎的。当他第一次撕碎汇款单，扔进垃圾桶时，我就发现了，特地到垃圾桶里捡了起来。我把汇款单粘好，交给廉背，让廉背继续去取，但是廉背不要。问他为啥不要，他没有告诉我。后来我又连续得了五张汇款单，都给了廉背，可廉背无一例外都撕碎了。廉背是躲着我撕碎的，他显然不想让我晓得。我也假装不晓得，等他扔进垃圾桶后，我就又从桶里捡起来，再一次拼接粘好。两年来，先后就有了六张。我原本是想，等毕业时，把这张报纸送给他做留念。没想到，有些不知天高地厚的瓜娃子在黑板上搞了这一出，侮辱廉背，我不得不提前把这张报纸拿出来。"

教室里只有廉背翻动书页的声音。

姜小北把每个人扫了一眼，视线扫过之处，大家都低下了头。姜小北收回视线，继续讲："廉背为啥撕碎汇款单？他没告诉我。但是从他利用每一个休息日出去打工挣钱这一点，我其实已经明白。廉背是想自食其力，自己挣钱养自己，不愿意做个巨婴。请问这一点，我们班上的同学，有几个人做得到？老实说，我做不到。我家有一个茶叶公司，也算有点钱。正因为有点钱，所以我觉得我花家里的钱，心安理得。家里要是不给我寄钱，我就觉得他们不仁不义。但是看廉背家寄给他的汇款单数额，我可以肯定，廉背家的经济实力，并不比我家差。但他要自食其力！一个想自食其力的同学，却被我们当作撬杆儿。同学们，摸摸你们的良心，这样做是不是让我们很丢脸？"

姜小北讲话结束，教室里本来一片寂静，不知哪个带头一鼓掌，很快，暴风骤雨一般的掌声，就在教室里响起。一些人冲上讲台，擦掉黑板上的字，以示还廉背清白。还一通鼓噪，让廉背上台讲几句。

廉背也不推辞，站起来，拿着书缓缓走到讲台上。

众人屏息静气，等着他发表演说。但廉背讲出口的，竟然是这句："我是撬杆儿，但我没拿过别人的钱和饭票。"

满教室都笑起来,有人说:"廉背,你是不是太紧张,把话错乱了?你应该说,我不是撬杆儿,没拿过别人的钱和饭票。"

廉背摇摇头,又说:"不,我没拿过别人的钱和饭票,但我是撬杆儿。"

众人莫名其妙,不晓得廉背葫芦里卖的啥药。廉背把《庄子》打开,声音低沉地给大家朗读了一段——

士成绮明日复见,曰:"昔者吾有刺于子,今吾心正却矣,何故也?"

老子曰:"夫巧知神圣之人,吾自以为脱焉。昔者子呼我牛也而谓之牛,呼我马也而谓之马。苟有其实,人与之名而弗受,再受其殃。吾服也恒服,吾非以服有服。"

士成绮雁行避影,履行遂进而问,"修身若何?"

老子曰:"而容崖然,而目冲然,而颡頯然,而口阚然,而状义然,似系马而止也。动而持,发也机,察而审,知巧而睹于泰,凡以为不信。边竟有人焉,其名为窃。"

众人都不知廉背为啥要念这一段。而且众人对庄子看得少,甚至不知廉背在念啥。姜小北看见众人一副傻呆呆的样子,一阵得意,帮廉背解释道:"听不明白吧?哈哈,我告诉你们,'边竟有人焉,其名为窃',就是边境地方有一种人,他的名字就叫撬杆儿。廉背是从一个叫做'道泉村'的边境地方来的,所以他就自称是撬杆儿啰!"

"为啥边境地来的人,就叫撬杆儿呢?"

"你们没听廉背念吗?'呼我牛也而谓之牛,呼我马也而谓之马',意思就是说,你称呼我是牛我就是牛,你称呼我是马我就是马。明白了吧?你们既然说人家廉背是撬杆儿,还在黑板上写那样的话,公开侮辱人家,人家自然就认可是撬杆儿啰!"

"喂呀，好深奥的道理！"有人嘻嘻笑，"姜小北，没想到你也这么懂庄子！"

姜小北道："我是因为看见廉背在看庄子，我也就跟着读点庄子呢。"

"姜小北，廉背读啥你就读啥，你是不是看上廉背了？"

廉背这时候却红着脸，走下讲台，转身出去了。

众人在后面哄笑："这个廉背，你是个男孩子，人家姑娘喜欢你，为啥你反而不好意思！"

2

姜小北确实喜欢廉背。

自从看见廉背撕碎汇款单，自己出去打工挣钱养活自己后，姜小北就开始喜欢廉背了。虽然喜欢，但见廉背独来独往，沉默寡言，也不敢贸然向他表白。姜小北人长得很漂亮，家里又有钱，自然不乏追求者。不断有人给她留纸条，约她吃饭，送她礼物。但是姜小北一概不应，她心里想着廉背，瞧不上那些用家里的钱给她买礼物的小男人们。

这一场风波之后，姜小北和廉背就走得近了。姜小北直截了当对廉背说，她喜欢廉背。她甚至反过来约廉背去散步，去图书馆看书，去校外的饭馆"解馋"。她说不用廉背出钱，她说你家有矿，我家也有钱，我把你养起来，你啥也不用做，只需要读庄子。

但廉背总是找各种理由推脱。

姜小北质问廉背："你不喜欢我吗？"

廉背忧伤地笑笑："不，她比你先到。"

姜小北不服气："谁呀，我要和她竞争！"

廉背依然满脸忧伤："你没法竞争，她是与我的灵魂连在一起的……"

廉背说的这个人，是志慧。

廉背一进大学校门，就开始给志慧写信。他在信中情意绵绵地对志慧表达着思念之情。同时，每封信的结尾，都信誓旦旦向志慧表示，只要大学一毕业，他就会回乡与志慧结婚。

志慧一直把廉背当成一个弟娃儿。就算廉背在升学酒宴上，把她拉到台上大声对大家说，他要娶志慧，都没让志慧感动。志慧实在无法转变姐姐的角色，喜欢上作为弟娃儿的廉背。所以每次读廉背给她写的信，就觉得很好玩。她回信说，你是我弟娃儿，别胡说八道呢！她回信说，你好好读书，别把心思用在这上面呢！她回信说，你是咱们乡第一个大学生，你要是荒废了学业，以后没出息了，小心姐打你呢！

但不管志慧说啥，廉背都坚持不懈给志慧写信，不改变信的内容和腔调，依然情意绵绵，依然缠绵悱恻，依然信誓旦旦。

志慧干脆不回信。

志慧不回信，廉背还是坚持每个星期给志慧写一封，风雨无阻。如果说有阻断的话，也是风雨阻断了邮递员送信的脚步。

廉背情意绵绵给志慧写信，一开始他坚信自己是爱志慧的。但是后来，他就发现了一个十分奇怪的现象，他在给志慧写信，对志慧说话的时候，他脑海里冒出的，却是姜小北的身影。

廉背写，志慧经常出现在他梦中。但实际上，出现在他梦中的是姜小北。

廉背写，自己抬头低头，看到的都是志慧的身影。但实际上，他抬头低头看到的，是姜小北的身影。

廉背写，有喜悦都想和志慧分享，有挫折，都想对志慧倾诉。但他第一时间想到的那个人，往往是姜小北。

廉背想把脑海中姜小北的身影赶走，让志慧的身影进来。他非常努力地做这件事，不接受姜小北的约请，不和姜小北说话，不理姜小北，努力让志慧的样子覆盖她的脑海。但是常常很徒劳，志慧甚至没办法成为一个完整的人形，身上全是空洞，就像被风吹出的空洞一样，让他觉得非常奇怪。每次提起笔，想对志慧诉说衷肠，但是面对那个满身破洞淡薄模糊的身影，他常常觉得笔下艰涩，没办法落笔。但只要让姜小北回到他脑海，他就文如泉涌，碧波翻卷，金光闪耀。

姜小北晓得廉背有个恋人叫志慧，晓得廉背每星期都会给志慧写信时，虽有些失望，但性格开朗的她，也并没有在意。不但不在意，每次廉背给志慧写的信，她还要先讨过去看看。

廉背也很乐意把信给姜小北看，因为他原本就是在脑海里想着姜小北写的。所以，姜小北看信，相当于把信给了真正的收信人。姜小北每次读廉背写给志慧的信，都面红耳赤，大呼小叫："受不了呢，廉背，别说是一个女人，就是一块生铁，都会被你的火焰熔化呢！"

然后就感叹："唉，可惜你这不是写给我的。要是写给我的，我的心可能不仅仅被熔化，甚至要被气化！"

然后就愤慨："不看了，坚决不看了！廉背，你太残酷了，杀人不见血！你这完全是对我的折磨，赤裸裸的折磨！"

说是这么说，每次到了廉背给志慧写信的时间，她又不自觉前来，找廉背讨去看，接下来就又尖叫，又感叹，又愤慨。

3

廉背一直在表达对志慧的思念之情。但奇怪的是，三年时间，他一次也没有回过家乡见志慧。直到他娘徐桃去世的消息传来，廉背才第一次回家。

从回家到葬礼结束，廉背都一直没有单独约见过志慧。尽管在葬礼上，两人曾多次见面，但廉背看志慧的眼神，和看任何一个村民没有啥区别。或者说，廉背的视野中根本就没人，是一片茫茫的虚空的白。

志慧有好几次试图找廉背，和他聊聊。志慧晓得廉背很痛苦，这是一种让人很羞愧的痛苦，廉背的娘是吊死的，而且还用玉麦叶把脸蒙住吊死的，而且还是在经历了和杨柳的一次打架后吊死的。所以志慧急于找廉背聊一聊。她没有别的目的，就是想安慰廉背，尽管她其实不晓得咋安慰他。

廉背一直在躲着她。志慧走过去，他就快速躲到一边，存心不和志慧见面。实在躲不开了，他就把眼神躲开，装着没看见的样子。直到葬礼结束，志慧都没找到机会，与廉背单独相处。

葬礼一结束，廉背立刻就往学校赶。

廉背这个样子，让志慧更加不放心，因此跟在后面追，追了很长一段山路，才追上廉背。

两人并排走，廉背赶紧道歉："志慧姐，对不起，我这几天心情不好……"

"你对不起啥？"

廉背也不晓得对不起啥。

两人又默默走了一段路，廉背说："志慧姐，回学校后，我会继续给你写信。"

"你写信给我说啥？"

廉背也不晓得说啥。

志慧帮他说："你继续给我写信，说爱我，毕业后会娶我，对不对？"

"是的。"

"那你为啥现在不对我说，一定要回学校去，才对我说？"

廉背嗫嚅了半天，还是那句："志慧姐，对不起，我这几天心情不好……"

志慧拍拍廉背肩膀："廉背弟娃儿，我晓得你难受，心情不好。我今天追出来，就是要告诉你，你以后不要再给我写这种信了。"

"不，我要写，我对你有承诺！"

"承诺啥？就是你在升学宴上说的那个话？"

"是的。"

"你为啥要在升学宴上说那个话？你爱我吗？"

最后，廉背还是那句话："志慧姐，对不起，我这几天心情不好……"

志慧已经非常确定，廉背其实并不爱她。

道理很简单，如果廉背爱她，就不会一直喊她"志慧姐"，一喊，不就表明两人只是姐弟关系吗？廉背堂堂一个大学生，受过高等教育的人，难道他连这点都不懂？如果廉背真的爱她，就不会三年都不回来，回来还一直躲着她，不见她。尽管这几天廉背确实心情不好，但往往这种时候，会在爱人那里寻找安慰，为何廉背刚好相反？如果廉背真的爱她，为啥要在信中才说得出那个"爱"字，当面的时候，那个字反而吐不出来了？如果廉背真的爱她，为何每次的信，都要提娶她那个承诺？仿佛那不是爱，只是一种责任，不反复提，就会把责任忘了……

是的，廉背不爱她。但问题是，不爱她，为啥要对她写这种信？目的是什么？

志慧追廉背，就是想搞清楚原因。但廉背说他心情不好，连说了三次，志慧也不好多说。她陪着廉背走了一段路后，没有依依，没有惜别，两人就分手了。

廉背回学校后，果然又按时给志慧写信。还是之前的腔调，还是之前的内容表达，还是之前的每周一次。

志慧本来就对廉背的信不在意，在确定廉背不爱她后，就更不在意了。偶尔她也会给廉背回一封信。但她的回信，与廉背的来信，几乎没啥交集，各说各的。仿佛两人的信，是两列相向而行，但并不在同一轨道上的列车，你来，我往，互不影响。哪怕鸣笛，也与彼此无关。

大学四年的时间很快就结束了。姜小北是外省人，她要回她的省去。准确地说，她要回她家的茶叶公司。她对廉背说，她本来想继续读研，但她父亲身体出了点问题，她又是独生女。如果她不回去，她家的茶叶公司就没法运营下去了。她说一直都是他父亲挣钱养她，她就是一个巨婴，现在大学毕业了，她也得回去挣钱养她父亲了。姜小北笑着说，她之所以做这样的决定，其实是廉背影响了她，让她明白一个人在人生中，应该承担怎样的责任。她邀请廉背和她一起回她家的公司。"要是干得好，你就来当咱们公司的董事长。"

廉背一愣："公司是你的，我当董事长，那你当什么？"

"我当董事长夫人呗。"

廉背心里一阵狂跳，但他随即把脑壳埋下去，把脸埋下去，把眼睛埋下去。

廉背从刚到大学读书那天起，他就给自己定下了目标，毕业后，就回到蜀山乡，当一名乡干部。

然后，娶志慧。

姜小北哈哈一笑："我开一个玩笑，你别紧张。你有美丽智慧的志慧嘛，咋可能去给我当董事长呢。都怪我，看了你几年给志慧写的信，差点把自己当成志慧了。你要回去娶志慧，那是理所当然的。我只是觉得有点可惜，以后恐怕没机会看你给志慧写的情书了。"

姜小北说着，从包里拿出一张照片，对廉背说："离别之际，我有个小小的请求，不知你愿不愿答应。"

"你说吧。"

"你把我这张照片放在你身边，以后你给志慧写的情书，就先给我这张照片看。我这张照片审阅了，觉得可以了，你再发出去。"姜小北顽皮一笑，"满足一下我的好奇心和偷窥欲嘛，好不好？"

廉背的肠肠肚肚都在翻滚绞痛，他接过姜小北的照片，啥也没说，转身就走了。从那一天开始，直到完全离开校园，他都再也没有见过姜小北。

4

廉背再也没有见过姜小北，但他却在那几天无比思念姜小北，他发狂地想见到姜小北。他始终没去打听姜小北的行踪，他却一直在校园里漫无目的地寻找。

他去阅览室寻找。他曾多次在阅览室见过姜小北。他坐在最后一排，脸埋在书里，视线的余光却在姜小北的背影上扫来扫去。姜小北浅浅地低头，玉葱似的手指时不时把垂下去的长发掠到耳轮后面，那耳轮竟然也像白玉一样透明。廉背为姜小北撩头发的动作神魂颠倒。他把脑壳深缩在衣领里，始终不让姜小北认出他，他让神魂蜷在自己体内颠倒。

他到通往食堂的那条过道上找。大学四年，廉背无数次在这条道上见到姜小北。姜小北总是在一个固定的时间端着饭盒走过来，廉背算好时间，从那里走过去，这样他就能准时与姜小北迎面相遇。姜小北会冲他浅浅一笑，嘴角露出一个酒窝。廉背觉得姜小北的那个酒窝是一个深潭，他能在那个深潭里泡一下午。

校园里每一个角落都是姜小北的气息，但是每个地方都没有姜小北的身影。

廉背有些慌张，难道姜小北已经离开校园？甚至她已经离开成都回家了？惊慌失措的廉背，冲出校园，一口气跑去了杜甫草堂。

除了校园，廉背和姜小北有交集的地方，就只剩下杜甫草堂了。

大学期间，班上组织过多次校外郊游活动，主要就是到峨眉山、乐山大佛、九寨沟等地方游玩。不过廉背一次也没去过。没去的原因，既是因为廉背觉得浪费时间没有意义，也是他没有足够的经费。这种活动，虽然是班上统一组织，但采用的是AA制，旅游费用需要自己掏钱。

廉背不去，他躲进阅览室读书。

廉背依然躲在阅览室的那个角落，眼中的余光时不时往前扫一扫。尽管他晓得，姜小北和同学们一起游玩去了，不可能出现在阅览室里，但是他总感觉会有奇迹出现。

廉背不去游玩，泡在阅览室读书，他的导师并不因为他不参加集体活动而批评他，反而非常欣赏他，觉得他是一个积极上进的好青年，因此培养他入了党，这让班上的同学们惊羡不已。

不过，这样的活动廉背也不是一概不参加，他也曾经随同学们去过一次杜甫草堂。去杜甫草堂不需要出交通费，门票费也还能接受。杜甫也是廉背很景仰的古代诗人。杜甫一生穷困潦倒，但却把诗写成了中国历史上诗歌的高峰，廉背对杜甫有一种天然的亲近。

在杜甫草堂的那天，廉背大部分时间里，都呆立在杜甫的塑像前，望着杜甫黑瘦的脸一动不动。姜小北和几个女同学有说有笑往前走着，似乎并没有在意廉背，这使得廉背多多少少有点落寞。但是廉背并没有因此就循着姜小北的声音走，他把全部的注意力都集中在杜甫的脸上。

也不知过了多久，廉背的肩膀被拍了一下。廉背回头，姜小北在他身后扑哧一笑："廉背，你把脸仰得那么高干啥？"

廉背的心里一阵荡漾，但他沉住气，淡淡地说："杜甫的脸就是仰起的。"

姜小北摇摇头："你错了廉背，杜甫的脸明明是俯向大地的。"

"你没有读懂杜甫，杜甫的脸始终是仰起的！"

"你才没读懂杜甫，杜甫心系天下苍生，他的脸始终是俯向大地的。"

在杜甫塑像前，廉背和姜小北因为杜甫脸的朝向问题，争得面红耳赤。廉背也晓得，姜小北的话更有道理，而且这种固执己见的争论毫无风度，但廉背依然要争论下去。姜小北与廉背隔得很近，廉背在那一刻闻到姜小北的香气，他偷偷使劲吸着鼻子，但是他的话硬邦邦冷冰冰的，让姜小北眉头直皱。最后，姜小北的同伴过来，拉着气鼓鼓的她走了。

廉背又买了张门票，进了杜甫草堂。杜甫草堂还是原先那个样子，又黑又瘦的杜甫，还在那里高傲地斜视着天空。尽管来来往往的人都挤到他面前看他，可是他始终不愿意低下头看大家一眼。

杜甫一生俯向大地，俯向黎民苍生。甚至为了生机，不得不俯向权贵。但他死后，他就高傲地仰望天空了。

廉背在杜甫塑像面前寻找姜小北的气息。他来来回回走，挺起鼻子闻，但他寻了很久，都没有找到姜小北的一丁点儿气息。显然，也许姜小北的气息曾经留在这里过，但是这么久了，不知来来往往走过多少人，就算有那么点气息，也早就被冲得无影无踪了。

廉背心里充满惆怅，他感觉姜小北突然离得他很远了。就像一个背影，突然退到极遥远的地方。甚至那点淡淡的影子也消融在空气中，连一点痕迹都不见了。

廉背垂头丧气回到校园，他来到一棵大树下，靠着大树，坐了整整一晚上。在差不多天亮的时候，他在树下挖了一个坑，把姜小北的那张照片，和自己的一张照片合在一起，放在坑底，再用泥土埋上。

做完这一切，廉背背上行李，头也不回离开了校园，回蜀山乡去了。

5

志干怒不可遏。

想当年，自己当大队书记时，廉诸天天跟在自己屁股后面，点头哈腰，老脸笑烂。后来呢，恩将仇报，先夺了自己的书记，接着又玩了自己一把。这个狼心狗肺的家伙！这个阴险狠毒的小人！

志干真想冲到廉诸面前，用长烟杆给他一点教训，让他明白，长烟杆永远是长烟杆，就算他志干已经下台了，手里依然还有一根长烟杆！

但是志干终究还是除了在自家屋里发火外，哪里也不敢去。自从卸任大队书记后，他就没离开过这间屋子，就算志荣修了新房，志干也没去看过。志干不敢离开老屋，不敢离开这把逍遥椅。志干只有待在老屋里，坐在逍遥椅上，他才敢拿长烟杆，才敢端搪瓷杯。

志干当然也希望自己能从逍遥椅上下来，走出去。但咋样才能走出去呢？

一想到这些，志干就骂志荣。志荣实在太没出息！别人都进城打工挣大钱，他死守那些田地不放，还带着一帮老头儿老娘儿，老牛拉破车，看着就让人怄气。别人修楼房，引来一片赞叹声，志荣却修个小平房，成了村人的笑话。别人娶个婆娘，一句话人家姑娘就跟来了，志荣提了花红九礼，还是和箩歪嘴这样的烂滚龙结亲，人家居然不答应……

这志荣，这志荣，这志荣究竟有啥子出息！

志干骂志荣，让志富快活无比。他觉得他老汉儿志干已经站到他一边了，他当然很高兴。只要志华也站在他那边，那样的话，他就可以取代志荣的位置了。

"志荣，你迟迟娶不到婆娘，你让志华干等着咋办？你要是一辈子都娶不到婆娘，是不是让志华等一辈子？要不就先等志华娶婆娘，娶了你再娶。"

"你凭啥说哥娶不到婆娘，他娶得到！"志华说。

"那不行，得有个先来后到。"志干说。

志富郁闷不已，闹腾了半天，两个人维护的原来还是志荣。

志干不但维护志荣，还帮他想办法："让王婆去三组找陆家提下亲吧。陆家的小茶也满十八了，趁早去提亲。要是迟了，可能就被别人娶走了。"

"不不不。"志荣连说了三个"不"。

志荣为啥说"不"？他在等篾幺姑儿吗？要是等她，如果篾幺姑儿并不喜欢他，或者在城里有了新欢，那不是白等了吗？白等，不是就把几兄弟的婚事都耽误了吗？如果不等，万一篾幺姑儿今后回来，答应嫁给他，那他不成了负心汉？

志荣愁肠百结，除了说"不"，他不晓得还能说啥。

志富又抓到机会打击志荣："志荣不愿意，是瞧不上人家小茶呢。和篾幺姑儿比，小茶确实不好看，又瘦又扁，像一条干腊肉。那小茶还有个瘸子哥哥，三十出头了还没娶婆娘。志荣是嫌弃这一家子呢。"

志干受了挑唆，果然发怒，把烟杆在檐坎石上一敲，吐出一口浓痰："志荣你不要好色！红颜祸水，好看的婆娘败家误国呢！小茶不好看又咋了，人老实，持家。别多说，就小茶了！"

志干不当书记了，但他还是书记作风。村里说不上话，组里说不上话，可在家里还有话语权。所以志干一拍板，志荣满嘴的话，只得硬生生吞回去。

哪晓得，反而是陆家不同意了。陆家说，可以把小茶嫁给志荣，但志家也得答应，把志慧嫁给小茶那个瘸子哥哥大楷。陆家说，这个条件对哪个都一样，必须换亲。家里没女娃儿的，免谈。有女娃儿不愿意换亲的，免谈。正因为这样，小茶都十八岁了，还没定婆家。否则的话，男方早就在陆家耕田挑粪很多年了，哪里轮得上志荣来提亲！

小茶的哥哥大楷，原本是个不错的小伙子，老实本分，学习成绩也不错。但是十岁时，大楷去山上捡柴，由于实在太饿，爬到一棵山柿子树上摘山柿子吃。树上的山柿子，其实早被人摘光了。摘不到的地方，也被人用长竹竿打了。不过最顶梢的山柿子，因为长竹竿打不到，还留了一些。

当然了，有人说，这几个柿子，其实是给树精山鬼留的口粮，摘不得。但是大楷饿得实在受不了，管不了这些，就爬到山柿子树顶梢去摘，结果没踩稳，就从树上摔下来了，成了瘸子。

有的说，这是树精山鬼给他的惩罚。

老实本分能读书，这些本来是大楷的好品质，但是成瘸子后，这些就是弱点。书是不可能继续读下去了，自然也不可能干农活，出去打工也没人要。没钱又残疾，哪个女娃子愿意嫁给他？所以他老汉儿才想了这一招，把小茶与她哥哥绑在一起，换亲！

志荣本来不想娶小茶，这下正好找到反对的理由。

但是志干反而说："别着急，我来做慧姑儿的工作！"

志荣很着急，赶紧悄悄吩咐志华，让他把这消息告诉志慧。

志慧却笑着说："别着急，我来做老汉儿的工作。"

究竟哪个做哪个的工作呢？

那天早上，志慧抓了一小撮茶叶末，泡在茶缸里，给志干端去。

志干的茶叶，都是从大荒茶树上摘来的。按志干的说法，大荒茶树上的茶叶，香得有嚼劲。以前志干是大队书记，这棵大荒茶上的茶，就只有他有资格去采。那种有嚼劲的香，也只有他有资格享受。别人只能闻一闻，鼻子受用，嘴巴难受。自从志干不当大队书记后，大家也就顾不了那么多，大荒茶树一发芽，就争着爬上圣人石，攀上大荒茶树采茶。尽管荒茶岭分给志家，这棵大荒茶树也分了志家，但大家依然不顾忌，就是要去采。摘下来还没做茶呢，就开始嚼，品尝品尝那传说中的"嚼劲"是啥。白天怕人看到，就晚上去。上半夜怕人看见，就下半夜去。大荒茶树还没绽苞呢，就已经被揪得干干净净了。志干想阻止，但不能出门，阻止不着。志荣脾气好，看见了也不阻止。志富阻止，但根本没人听他的。如此一来，志干就好几年没采到新茶了。他喝的，还是往年剩的陈茶。陈茶也喝得差不多，只剩下茶末了。志干非常生气，扬言要把大荒茶树砍了。志干后悔得肠子都青了，集体生产那会儿，要是砍了大荒茶树做逍遥椅，还能威风几年。现在就算砍了，做成逍遥椅，也威风不起来了。

志慧不明白志干的心思，听他唠叨砍大荒茶树，心里发慌。她正要用大荒茶树干一件大事呢。要是砍了，就干不起来了。所以志慧要劝一劝她老汉儿，让他放弃砍树的念头。至于所谓换亲，她压根没放在心上。志干呢，一门心思都在换亲上，想让志慧同意。

"慧姑儿，你看，你哥都二十好几了，还没结婚，你不为他着急么？"

"老汉儿，你看，你只有一些茶末子了，你想不想每年都喝新茶呀？"

"慧姑儿，以前你说你想考大学，我不分你的精力，家里的事也不让你操心。现在你不读了，就该帮家里承担点责任呢。"

"老汉儿，以前你是大队书记，大家都让着你。现在没人让了，但你也别放在心上，咱自力更生，将来我一定能让你随时都喝到好茶呢。"

"慧姑儿，要想解决你哥的婚事问题，只有你站出来才能帮他。"

"老汉儿，要想把我的事搞成功，只有你站出来才能帮我。"

……

两人的对话，重复度很高，但拉的两驾车，在两条不同的道上跑，一直没交叉点，而且越跑越远。就算交叉，也不会重叠，两人的轨迹是异面直线。

志干很生气，志慧就是一头倔强的牛。要是在以前，他一顿竹板子上身，志慧就驯服了。现在不行了，不但村里没人听他的，组里没人听他的，连家里的娃儿，其实也没人听他的。最听话的也就是志荣。志荣也不是最听话，而是不顶嘴，左耳朵进，右耳朵出，话在他脑海里过一遍，不留痕迹。

志干生气，也只能生闷气，除了吸烟，找不到更好的办法。

志富察言观色，悄悄给他老汉儿出主意："老汉儿，你气倒在地上呀！"

志干一听，长烟杆甩过来："你还嫌老子气得不够，还要老子气倒在地上！"

志富一边躲，一边辩解："老汉儿，你要是气倒在地上，慧姑儿就答应了……"

志干才反应过来，于是果然腿一软，栽倒在地上了。

志慧吓得惊叫，三兄弟都跑了进来，从地上扯起志干。费了九牛二虎之力，才把志干扯到床上躺平。志富不帮忙，阴阳怪气说话："慧姑儿，你可以啊，竟然能把老汉儿气成这样！"

志华也不满："姐，不是让你好好和老汉儿谈吗？"

志荣皱着眉，沉着脸。

志慧一开始很慌张，但是听到大家埋怨，她反而冷静下来。她走上前，把志干的腿曲起来，敲一敲膝盖，又探一探鼻息，摸一摸额头。志慧放心了，对三兄弟说："哥兄老弟们，别急火，我保证还你们一个好好的老汉儿。还不了，我自个儿背起铺盖去陆家搭伙，你们连嫁妆都不用给我准备。"

6

荒茶岭是一片荒山。生产队那会儿就是一片荒山，一直没啥用处。

之所以是荒山，是因为那里土壤瘠薄，就算开垦出来，也不出庄稼。那时候，出庄稼是第一要紧事，不出庄稼，就没啥用，荒着就荒着。

土地下户后，这里被划给了好几户人家，志家分到包括圣人石和大荒茶树在内的那一块。志荣不信邪，想开垦出来种庄稼。一块地荒着，他心里发慌。头几年，见缝插针在里面种了些玉麦。但玉麦长得没膝盖高，结的玉麦棒子，也仅是些"鸡脑壳"。志荣放弃种庄稼，改了策略，把荒茶岭打造成柴山。山上有很多杂树，也有很多灌木，这些都是上好的柴禾。志荣把大树的枝条砍下来，连同那些四处疯长的灌木，裁截整齐，捏拍顺溜，用竹篾捆扎成一截一截甑子一样粗的"炮筒"，扛回家，沿着后墙一捆接一捆排成一堵柴墙。志荣新房的门面自然是石灰涂好的，但是毕竟没有那么多石灰，后墙就还是泥巴。不过当后墙密密麻麻站了这一排柴墙后，就像给破漏的衣服披了一件厚实的大衣，清瘦的屋檐，一下就有了丰润的底色。

志荣当然不会满足于仅仅只有这样的柴禾。虽然这些柴禾对志荣的小青瓦房来说，有大衣的意义。但是这只能算是粗麻布大衣。这种柴禾，在农家被称为"泡柴"，志荣还需要一些"硬柴"。如果厢房里能有一壁"硬柴"一直码到屋顶，那就是脚下穿了一双大皮靴，走起路来，霸气的步子，能踩得山抖动。

所谓"硬柴"，就是锯成一截一截的树干，至少是比胳膊粗的枝条。农家都会把硬柴顺着两边的厢房码到屋顶。如果比手腕还细，就不好意思往上码了。码上去，穿的就不是大皮靴，而是胶靴。胶靴走起路来，噼嘭噼嘭响一湾。但这声音，是羞耻的声音。

硬柴不易得，要获得硬柴，就只有砍树。十年树木，树砍了也就锯成几截硬柴，但以后就连泡柴也没有了。为了吃一顿好的，把一年的口粮都吃完了，志荣不干这样的事。志荣有规划，分批次砍，分批次栽，年年砍，年年栽，坚持十年，他就能确保硬柴始终充足了。

然而志慧把他的规划打乱了。

志慧说，她要拿荒茶岭种茶。

志慧说，发展茶叶是道泉村一条好路，前途比种庄稼宽广。

志荣不高兴，山荒了吗？种庄稼没有前途了吗？

在家里，志荣一直护着志慧。志干不让她读书，志干抱怨她参加高考，志荣都一直在帮她说好话。尤其是志慧拒绝去廉把那里当副厂长时，志干大发雷霆，说志慧是瓜娃子，还不如瓜娃子志贵。志荣就帮她说，志慧的做法是对的，挖煤是走邪门歪道，种庄稼才是正道。

志荣没有想到，志慧不去当副厂长，原来是要夺他的柴山。

两人僵持不下，就找志干当裁判。

志荣认为他肯定赢，为了换亲的事，志慧把他们老汉气倒床了。

哪晓得，志慧进房间，只和志干待了一小会儿，志干忽然就满血复活站起来了。不但站起来了，他还披了军大衣，捧了大茶缸，拎了长烟杆，又是原先那种威风凛凛的样子。

志干一走出房门，就对坐在矮椅子上抽烟发呆的志荣说："荒茶岭那个地方，你别栽树了，让慧姑儿种茶。"

志荣急了："老汉儿，你咋糊涂了！那是咱们的柴山呢，没柴了，难道以后吃生米子？"

志慧笑道："哥，你让我种茶，以后我让你用电，用气，用太阳能，不冒烟，不飞灰，干干净净把饭煮熟！"

志荣冒火："慧姑儿，你又来了，这些话你都说过一万遍了！家里没有柴码起，还像一个家？你读了那么多书，这点都听不懂？"

志干用长烟杆敲桌子，敲桌子就是拍板："志荣，你别多说了。你要不同意，你们就分家，把荒茶岭那一块荒地，分给慧姑儿！"

志荣不怕志干敲桌子，他怕分家。真分了家，家就不成家了。家不成家，厢房两边哪怕硬柴码到屋顶，又有啥意义？

这就是志荣的软肋，志干懂志荣，一句话就击在他软肋上。

志荣有点绝望："老汉儿，慧姑儿给你喝了啥迷魂汤？"

志慧笑道："不是迷魂汤，是营养汤。"

7

几天后，志慧就把一道大幕掀开了。

事实上，在掀开大幕前，志慧已做了长久的准备。那次公安机关调查志荣求水的事情时，志慧已给大家露过风声。当时她说，她把志荣等人搞的祭神仪式称为非遗，正在申报。

志慧说得不假。虽然祭神仪式确实有点封建糟粕的影子，但志慧进行了极好的剥离。她把仪式中最核心最精华的部分抽出来，如同在一块大石头里剥出一块玉石。志慧剥出来的这块玉石，就是"祭拜茶神仪式"。

志慧在《东坡县志》中查到，道泉村原先确实是产茶的，而且道泉出产的茶叶，还一度成为贡茶，送进了皇宫。道泉村之所以能产贡茶，与那时道泉水量丰沛有关。茶叶固然不错，但也得有好水。好茶配好水，才有美妙的滋味。

那时，不但道泉茶成了贡茶，道泉水也成了"贡水"，被送进京，泡茶专用。

只是后来，道泉水量大减，茶叶也变得又细又黄，自然就没了当"贡茶"的资格。皇宫不要，市场上自然就没人买了。村里人很伤心，没了种茶的心思，茶山就荒了。所以那个原本生机勃勃的山包，名字就变成了"荒茶岭"。后来，有人看着那些茶树闹心，把大多数茶树劈了。最后只剩下一棵，因为孔老三曾在那棵茶树下悟过道，没人敢砍，才留了下来，直到今天。那棵古老的茶树，就被人们称为"大荒茶树"。

如果不去查县志，可能志慧也不知道这段历史。

当时她只是觉得"荒茶岭""道泉""大荒茶树"这些名字很特别，一定大有来头。她也曾问过村里的老辈子们，但没有一个人能说得清楚。他们都说，上一辈就是这样子叫的，他们也不晓得为啥要这样叫。

直到查县志，志慧才大吃一惊，又遗憾又兴奋。遗憾的是，这样的辉煌历史，竟然被村民们选择性遗忘了。留下来的，只有篾村哲摘金莲花，以及廉家志家争夺桤木坡与木槿坡这样的历史。兴奋的是，有了这段历史，志慧就能底气充足地把那道大幕拉开了。

清明节这天，志慧组织了一场"茶神节"活动。

"茶神节"活动上，志慧按照县志的记载，复兴了那套"祭拜茶神仪式"。仪式需要七七四十九个老头儿，站到圣人石上，祭拜茶神。这七七四十九个老头儿中，队长就是她的老汉儿志干。

不过志慧决定，不仅仅有老头儿，还应该有老娘儿。

那天志干躺在床上，为啥志慧进去一会儿，志干就生龙活虎走出来，并且不容置疑地要求志荣把荒茶岭给志慧呢？就是因为志慧对志干说，她要搞这个仪式，让志干当队长。志慧说："老汉儿，你当了这个队长后，我给你打包票，你会很快在全市出名！在全省出名！在全国出名！"

志慧还想让志荣当副队长，但志荣只是一脸冷漠地说了三个字："瞎胡闹！"

志慧也不计较，继续劝说："哥，你暂时不想参与，我也不勉强，要不请那些和你一起种田的老辈子来参与吧？"

志荣傲气地说："有本事请得动他们，你就去请。就怕没人跟你走，丢脸！"

志慧哈哈笑："只要你不反对就好。"

志荣哼一声："还用得着我反对吗？"

但志荣失算了。志慧把道泉村的辉煌历史一讲，再把志干一抬出来，老头儿老娘儿都很积极，争先恐后报名参加。最终，志慧精挑细选，挑了四十八个老头儿老娘儿，加志干一共四十九人，组成"七七之数"。

那些没被选中的都很遗憾，志慧笑着安慰他们，老辈子们，别急，你们是替补队员。又说，你们是场下队员，圣人石上太挤了，剩下的，都站在圣人石下面。又说，你们是下一场的主力队员，等我们的茶园建起来后，就该你们登场表演了。

为了造势，志慧让老头儿老娘儿们广为宣传，把亲戚朋友都请来看。志慧还请了市里的领导、乡里的领导。市委书记周庄没空，但他派副手来参加了。同时他还派了报社的记者、电视台的记者前来帮志慧宣传报道。

至于田成，自然是亲自上场。田成笑着说："志慧，你递交了入党申请书，这次活动就是对你的一次考验，就看你能不能经受住党的考验了！"

志慧把胸膛一挺，朗声说："田书记放心，除了参加高考那次，我志慧还从来没打过败仗呢！"

田成忙给她鼓劲："你参加高考也不叫打败仗，而是转移战场！很显然，新的战场，是一个更有挑战性的舞台，更适合你表演！"

就这样，志慧用力一甩手，把舞台的幕布拉开了。

那一天，四面八方的人都赶来了。廉把煤炭洞子的工人，不上班的都来了，上班的也有人请假来了。

入选"七七之数"的老头儿老娘儿很兴奋，挤不上圣人石的老头儿老娘儿也欢欣不已。不过，最兴奋的还是志干。这是他卸任后第一次出门，第一次出门就是高潮。他率领祭拜队伍，在数百人的注视下，到高高的圣人石上做仪式。此刻，他是"七七之数"的中心，是场上场下一起祭拜的老头儿老娘儿们的中心，是现场几百人注视目光的中心。

志干恍惚又回到集体生产那会儿。

那些年，他也有过一次高光时刻，到市上参加千人大会并上台发言。不过他的稿子是别人准备的，他只是照着念。虽然上千人注视他，但他觉得大家看的并不是他。注视的究竟是啥，他也说不清。这么说吧，就算他从台上下来了，大家的目光依然注视着那里。

不过现在，志干却真实感受到现场目光的焦点，就是他。

志干在各种目光的灼烤下，精神抖擞。他用力提了提军大衣衣领，站得笔直。他把军大衣下摆往两边一撒，庄严地跪伏下来。他鼓气，军大衣旗帜一样在他身上猎猎飘扬。喊叫声从他沾满烟油的嗓子里吐出来，虽然有种浓痰一样化不开的感觉，但这是一口一个钉的畅快。毕竟他的口令一出，众老头儿老娘儿该起的都起，该跪的都跪，该拜的都拜，该唱的都唱，该跳的都跳。虽然步调不一致，动作慢半拍，但老头儿老娘儿们，都追着他的声音跑，气喘吁吁。

仪式的高潮，是志干站在大荒茶树边，一颗一颗摘下树上的嫩芽，放进碗里。采满七七四十九颗，走到跪伏的老头儿老娘儿面前，每人一颗，放进他们高举过头顶的手心里。老头儿老娘儿们捧了嫩芽，跟着志干说祝颂之辞。念毕，把嫩芽放进嘴里，细细咬碎，庄严吞下。

祭拜茶神仪式结束，种茶仪式就开始了。

这个仪式，除了老头儿老娘儿们参与外，志慧又联系了好几个姐妹，其中就包括小茶。

那天，志慧去小茶家。小茶有点脸红："志慧姐，我爹是个老牛筋，你别跟他计较，你别答应他就是了。"

志慧打趣她："我不答应，你就嫁不成呢！我哥那么优秀，你不怕失去他？"

小茶揉衣服前摆："你哥不喜欢我，他喜欢的是篗幺姑儿呢……"

"问题是你喜欢他呀！"志慧刮小茶的鼻子。

小茶满脸忧愁："志慧姐，别开玩笑了。我不存在喜不喜欢，我没有喜欢的权利，一切都听我老汉儿的。我老汉儿让我喜欢哪个，我就喜欢哪个……"

志慧有点伤感，捏住小茶的手："小茶，别这样说。这是啥子时代，你老汉儿那种思想，早就过时了。咱们一起去种茶吧。只要咱们把茶园搞起来，以后你想喜欢哪个，就喜欢哪个。"

小茶依然愁眉不解："我老汉儿不会让我去的，他只准我在家干农活。他怕我出去打工或者干别的，就跟人跑了，我哥换亲的事，就做不成了……"

"让你哥跟着咱们一起干!"志慧拍拍小茶的肩膀,"你哥跟咱们在一起,你老汉儿就放心了!"

小茶摇摇头:"我哥路都不会走,他能干啥……"

"小茶,你这就是观念问题了。我告诉你,你哥能干的事情多着呢。只要将来他能自食其力,你老汉儿也不会再强迫你换亲了。"

就这样,小茶跟了志慧。

志慧上山下乡,四处游说,最终说动十八个女娃儿。人数虽然少了点,但志慧也很乐观。志慧说,十八个女娃儿,是十八仙姑。我们要把自己活得像仙姑一样。志慧说,生活要有仪式感,劳动也要有仪式感。

十八个女娃儿起初不明白志慧的意思,但来到现场,穿上蓝底白花的衣裤,编了辫子,站成一排,开始跳开锄舞时,她们的情绪就被调动起来了。

志慧说,我们现在只是一个简单的仪式,将来茶长起来,我们还有采茶舞,还有制茶歌,还有品茶仪,我们能玩的事情可多着呢。

不过,一个简单的开锄舞,女娃儿们已经兴奋不已。第一次在数百人目光的注视下跳舞,第一次让记者拍照,那种满足感是巨大的。

尤其是小茶,她一直就是瘫子哥哥的一个添头,一个配件,她是为了她瘫子哥哥而存在的。可这一刻,她紧紧跟在志慧后面,她跳得特别卖力,动作到位,仪态大方,简直就是第二个志慧。她是副队长,是志慧的配角。但是她不觉得自己是配角,她认为她是主角,是自己的主角。

8

因为"茶神节",很多人成了主角。但有人却从主角,沦为了配角，他就是廉把。

一般来说，市里、乡里领导下村来，会先去廉把那里报到。哪怕原先村支书是廉诸，领导们也是先找廉把，再找廉诸。作为企业家的廉把，是道泉村天然的主角。后来当了村支书，主角也就像纯金打造的王冠，戴在他头上，再也摘不下来了。

那天，圣人石前那个狭窄的区域里，摆了一排凳子。廉把也有一个座位，不过他坐在最边上。加上不断有村人往前挤，因此他很快就被淹没在人群之中。人群是站着的，他是坐着的，不想被淹没，只得站起来。但由于个子并不高，他还是被淹没了，就像村里任何一个模糊的面孔。

廉把有些后悔没把任家兄弟带来，这两条烂滚龙一左一右站着，哪个都不敢往他前面挤了。

那一天，志慧取代了他，成了主角。志慧不愿意给他当副厂长，原来是不愿意当配角，而是要取代他，成为主角。太阳从人群缝隙漏过来，洒在廉把脸上，廉把心里五味杂陈，脸上阴晴不定。

9

茶园刚收拾齐整，志慧便开始修房子，她要搞一个名叫"智慧茶生活"的活动中心。这既是一个交易中心，也是一个交流中心。

活动中心里茶室的名字，志慧也提前想了，比如"大木斋"，比如"鲲鹏台"，比如"栖梧轩"，比如"知北堂"，比如"得鱼居"，比如"相濡阁"，比如"梦蝶室"，比如"合水亭"……

茶神节后，小茶当了志慧的助手。看到这些名字，小茶完全惊住了。虽然她并不明白这些名字的真正含义，但她感觉特别带劲。她惊叹道："志慧姐，你这些名字是从哪里来的？"

志慧说："廉背给我看过一本书，名叫《庄子》。这是古代一个叫庄周的大学问家写的。我们茶室的名字，就是从庄周的文章中来的。"

小茶问："庄周是哪个？"

志慧说："庄周你不晓得，但你应该晓得来过咱们村的庄道士，据说庄道士是庄周的后代。"

"庄道士啊……"小茶有点失望。

志慧赶紧补充："庄道士只能算庄周的不肖子孙，他把庄周的东西搞坏了，所以他的眼睛瞎了。小茶，你明白吗？咱们现在要做的一件事，就是把大学问家庄周重新请到咱们身边，让庄先生真正有价值的精神，渗透我们的生活，从而消除庄道士以及篾村哲破坏咱们村庄产生的恶劣影响。"

"我们能请回来吗？"

"一定能请回来的！"

志慧把要生产的茶叶的名字也想好了。她说至少生产两款茶叶，一款叫"道泉茶"，一款叫"大荒茶"。志慧说，道泉茶是女人茶，大荒茶是男人茶。一阴一阳，一柔一刚。

小茶拍手叫好："志慧姐，这两款茶的名字我懂，真好真好！"

志慧说："接下来，咱们智慧茶生活还会生产一款茶，那是压轴的，在道泉茶和大荒茶之后，隆重推出来！"

小茶眼睛闪闪发亮："真的吗？那又是啥茶？那款茶的名字，一定超级棒！"

"当然超级棒！"志慧笑着说，"这款茶的名字叫做，小茶！"

小茶的脸一下就红了："志慧姐，你取笑我……"

"不是取笑你，是真的。"志慧抓住小茶的手，"小茶，如果咱们的茶叶做得好，别说能不能复兴当年贡茶的辉煌，只要它能成为支撑咱们道泉村的一个产业，那时候，'小茶'这个名字，就立起来了！"

"志慧姐，谢谢你……"小茶泪光闪闪。

志慧道："哼哼，先别谢我。那时候嘛，我就待价而沽，哪个出大价钱，我就把'小茶'卖给哪个。"

"哼哼，你还没卖出去呢，还说卖我！"小茶笑着偷看志慧，"志慧姐，要娶你的，可是回来了。而且一回来就对外放话说，要来找你提亲呢。"

"你说的是哪个？"志慧瞪大眼。

10

放话的人是廉背。

廉背虽然回了蜀山乡，但他除了偷偷去他娘墓前跪拜过一次外，就没再回过道泉村了。乡政府有宿舍楼，他就在宿舍楼里安营扎寨。

不过，虽然没有回过道泉村，却放出话说，等他把工作安定好后，就回道泉村娶志慧。这话已经传遍了道泉村每个角落，唯一不知晓的，大约就是志慧本人了。

廉背放完话后，他似乎就可以更安心地待在乡政府了。

廉背是名牌大学学生，却坚持回到偏僻的蜀山乡政府，这成了东坡市轰动一时的新闻。

那年月，名牌大学生还是凤毛麟角。廉背这样的名牌大学生，毕业后，大多会留在大城市里。而且廉背在学校读书时，各科成绩都很优秀，还是党员。可以说，如果留在大城市的话，他的前面肯定是一条金光大道。然而，他却毅然决然回到偏僻的蜀山乡。

市委书记周庄知道这件事后，很激动，不无得意地说："栽好梧桐树，引来金凤凰。一个名牌大学学生，能够放弃城里优裕生活和美好前程，回到他穷乡僻壤的家乡。这说明什么？说明咱们市的梧桐树栽得好！"

最激动的，自然还是田成。

廉背去上学，还是田成骑摩托车把他载到城里客运站的。虽然那时候廉背就说过他毕业后要回来，但是田成认为他只是说说而已，并没有把他的话当回事。没想到廉背最终真的回来了，他的心里如何不激动呢！

虽然四年过去，蜀山乡已经发生了很大的变化。他送廉背去读书时，还只能用摩托车载他，现在乡里已经拥有一辆小车，他进城不用骑摩托车了。但是，他却又越来越感觉到自己有些力不从心。蜀山乡尽管有了很大的发展，但也遇到了发展的瓶颈。尤其是面对遍地荒草的村庄，他有些一筹莫展。尽管周庄曾让他思考蜀山乡新的发展方向，但他苦思良久，并不知方向在哪里，他依然有一种始终站在荒原里的感觉。

廉背回来之所以让田成激动，是因为廉背的身上寄予了田成太多的希望。这个受过高等教育、从大城市回来的青年，一定能够给蜀山乡带来新鲜的东西，说不定就能帮蜀山乡突破瓶颈，找到属于蜀山乡的金光大道。

激动之余，田成就向周庄递交了一份报告，请求市委提拔廉背担任蜀山乡副乡长。

周庄把田成上下扫了一遍："老田，这不符合组织程序呢。"

田成笑道："周书记，我这不是请求对廉背破格提拔吗？"

周庄道："这个娃儿能够放弃大城市的生活，回到咱们偏僻的乡村，自然精神可嘉。但是，你看准没有啊？"

田成说："周书记，你放心，这个娃儿可是我从小看到大的，他的品质是很纯粹的，而且有一股子干事的冲劲，我绝对不会看错。再说了，如果能把廉背直接提拔为副乡长，就会形成示范效应，会有更多的人才到咱们这里来呢！"

周庄意味深长地说："老田，你要晓得，破格提拔可是一把双刃剑啊。如果干得好，当然能起到好的示范效应。但如果干不好，可就成了反面教材啊……"

田成拍胸脯："周书记，如果这个娃儿不好，你撸了他，同时撸了我！"

"你这是要立军令状？"市委书记盯着田成。

"立军令状就立军令状！"田成拿过一纸张就写起来。

因为有这个缘由，回来就被任命为副乡长的廉背，不得不撸起袖子拼命干。如果他不干出点成绩，就对不起田成的信任。不但他丢脸，还可能影响到田成的声誉，甚至让田成丢官。

所以，廉背虽然对外放话说，他回来就要娶志慧。但是他工作太忙，他得干点成绩出来，因此就一直理直气壮住在乡政府，几乎没有回去过，更没时间去见志慧了。

何日功成名遂了，还乡。醉笑陪公三万场……

在寂寞的月夜，廉把常常走出乡政府清冷的院子，在月光中拖着长长的身影，对着远方喃喃念苏轼这一句词。

11

廉背不回村见志慧，廉把却去了。

廉把拿着一支金莲花，在任家兄弟簇拥下，来到智慧茶生活。

志慧把廉把请进知北堂。两人坐定后，廉把立刻打开礼盒，放在桌上。窗外一缕阳光射进来，照在金莲花上，金莲花发出清脆的"叮"的一声。

志慧笑："廉老板，你送这么一支金莲花，是几个意思？"

廉把翘起二郎腿，点上一支烟："听说你不满当年簇村哲在庄道士的指点下，损毁了道泉中的金莲花，你要带着村里人重做一朵，对吧？"

"这有啥不对吗？"

"不用做，今天我给你送来了。"

志慧哈哈笑："我还是自己亲手做，心里踏实。"

廉把把烟蒂往烟灰缸里一摁，冷笑："我看你不是想自己做，是等人送吧。"

"等哪个送？"

"副乡长大人呢。"廉把两手一抱，歪着脑壳抖脚，"嗨呀，人家是大副乡长，我只是村长，人家的官比我大，你接受他不接受我，也是情理之中的嘛。"

志慧皱眉："你胡说啥，廉背弟娃儿说着玩儿的，你也相信？再说了，他是你弟娃儿，也是我弟娃儿，我要他啥金莲花！"

"那你就收下我的金莲花。"

"把哥，"志慧笑道，"你是想和我谈恋爱，还是抢人？"

廉把忽地冲任家兄弟大骂："老子在谈恋爱呢，你两条烂滚龙站在后面，当啥子电灯泡？你妈的以为戴一副墨镜，就看不见老子了？"

任家兄弟赶紧往外走。但志慧站起来，把金莲花放回廉把手中，把他往外推："你也别在这里当电灯泡了，你没看见我正忙着吗？这么多茶室，才搞出来这一间知北堂。就这一间知北堂，地面也还没清理干净。你是我接待的第一个人呢……"

"以后这间茶室不用接待其他人了，只许我一人来喝茶。要多少钱，我包了！"

"你晓得'知北堂'是啥意思吗？你就包！"

12

这时候，篾幺姑儿也回乡了。

篾幺姑儿回村，一身珠光宝气。

用"珠光宝气"来描写别的女人，可能是个形容词，或者是个名词。但在箢幺姑儿这里，它是一个动词。箢幺姑儿全身上下，几乎都被珠宝堆叠着，从耳朵到脖子到手腕到手指到腰眼到脚踝到脚尖，只要是露在外面的皮肉，都缀饰着金银珠宝，散发着珠的光，宝的气。"珠光宝气"已经不再是珠光宝气，而是汹涌的波涛，翻卷的热浪。十里八乡的人，都近不得前，近前了，就会被波涛热浪冲得晕头转向。

箢幺姑儿回村第一件事，也是修房子。

志慧修了几间小青瓦平房，箢幺姑儿修的是娱乐城。位置就在和尚包对面，当年她被任家兄弟糟蹋过的地方。

和志慧一样，娱乐城还没开始修，箢幺姑儿就已经想好了名字：来把来耍。

廉把在山坳口立了一块大牌子，箢幺姑儿也并排着立了一块大牌子，比廉把的牌子还要高那么一截。这高出的一截，正是一朵色彩浓丽夸张怒放的金莲花。

村人看到这块牌子，私下嘀咕，箢幺姑儿是不是写错了？应该是"来吧来耍"吧？咋写成"来把来耍"了？考虑到箢幺姑儿只有小学文化，因此写错别字不奇怪。后来这话传到箢幺姑儿耳朵里，箢幺姑儿红唇在脸上耍魔术一样往一边变了个形："他们晓得锤子！"

箢幺姑儿修的娱乐城，不仅布局比廉把的办公楼大，还有个非常特别的地方。娱乐城的前面，有一座火箭炮一样的筒子楼，名叫"把的故事"。

"把的故事"一共有五层楼，一楼是厨房，二楼是餐厅，三楼是舞厅，四楼是寝房，五楼又大又突出，像筒子楼戴的一顶大圆帽，不知是用来干啥的。

整个筒子楼外墙，画着一朵夸张妖艳的金莲花。金莲花的枝叶本来是直的，但箢幺姑儿却把它严重变形，整体像一个浓妆艳抹的女子在跳舞。一楼是莲藕，像舞女尖俏的舞鞋。三楼是莲叶，像舞女肥硕的臀。四楼是莲瓣，则又像舞女挺拔傲然的胸。五楼是莲蕊，张扬恣肆，似乎正是舞女的唇。

这朵顶天立地的金莲花，还巧妙地与每一个楼层的窗结合了起来。一楼的窗是黑丝的，恰好是舞女性感的脚踝。三楼的窗是青裙的，刚巧又是舞女提得高高的臀尖。四楼的窗是玫蕾的，驻在舞女的双峰之上。五楼的窗很小，却像一枚金豆，正好在一众张扬恣肆的花蕊中心。

远远看来，整座筒子楼，就是一个舞女在旋转，身体上上下下，都散发着热气腾腾的细微呐喊。

二楼呢？算起来，二楼就是舞女的两条玉腿。不过，二楼和其他楼层都不一样，二楼是一整圈完整的玻璃窗，三百六十度无死角地看得见。这个房间里，啥都没有，只有一张偌大无比的餐桌，几乎占据了整个房间的一半。餐桌的中心，摆着一朵偌大的金光闪闪的莲花。莲花上发出的闪闪金光，在餐厅里四处流淌。餐桌的一方，两张连体的凳子挨在一起。凳子上面贴了两个名字，一个名字是"篾幺姑儿"，一个名字是"廉把"。

每天下午四点，就有一队"幺姑儿"鱼贯而入，把各种各样的菜肴堆在餐桌上，静候着廉把的到来。篾幺姑儿从来没有去请过廉把，但她用"把的故事"，不断向外释放信号：篾幺姑儿邀请廉把共度良宵！

如果等到八点钟，廉把还不来，篾幺姑儿就让她老汉儿篾歪嘴到那张桌上大吃大喝。篾幺姑儿还专门准备了两个花枝招展的"幺姑儿"，专门服侍篾歪嘴吃喝。

篾歪嘴在那个房间里有充分的自由。他想喝酒就喝，喝到痛快处，可以吼叫，可以骂娘，可以吐，可以困觉，可以一直折腾到第二天早上。不过唯一不能做的，就是对那两个"幺姑儿"歪嘴。

但对于这点来说，恰恰是篾歪嘴最难受的。

他对篾幺姑儿说，不歪嘴也可以，可不可以到一个大家都看不见的屋子里？簸幺姑儿明白簸歪嘴的心思，当然不会同意。簸幺姑儿说："你只能在这里喝，你要喝给所有人看。当年你为了讨一口酒喝，有多少人拒绝过你！现在你女娃儿有钱了，你想喝多少，她就给你买多少。你要是偷偷喝，有几个人晓得你有酒喝？又有几个人晓得你有好酒喝？"

簸歪嘴不满，但找不到反驳的理由。簸幺姑儿笑着说："你要是觉得一个人喝酒太寂寞，你可以叫一个人陪你喝。但一次只能有一个人，这是连体凳子，坐不了更多的人。"

一个人喝酒，喝的是寂寞。以前孔老九曾对簸歪嘴说过这样的话，但簸歪嘴从来没体会过。相反，他反而经常偷偷一个人喝酒。好不容易搞来的酒，被人发现了，帮他喝了，多可惜。

一个人喝酒，喝的是快乐。这是那时候簸歪嘴的认识。

"寂寞是啥样子？指给我看看。"簸歪嘴白了孔老九一眼。

"举杯邀明月，对影成三人。"

"啥子月不月，关月啥子事？说人话！"簸歪嘴也敢吆喝孔老九说人话。

"无人碰杯也。"孔老九只得换一句话，但还是不太像人话。

不过簸歪嘴听懂了，嘻嘻笑："我不要人和我碰杯，我本来就没杯，只有这个瓶。这个瓶碰不得，一碰就碰碎了。碰碎了，我就没法装酒了。"

孔老九瞪了簸歪嘴一眼，大骂："簸歪嘴，就你这个格局，你会永远为下一顿酒发愁！"

孔老九说的话一般都没用，有用的时候，往往是不用文言的。

簸歪嘴大吃大喝的时候，突然想到孔老九，想到孔老九鄙视他的话。簸歪嘴乐不可支，找人给孔老九带信，请孔老九来喝酒。簸歪嘴说："你告诉孔老九，我已经找到下一顿酒了，也尝到寂寞的味道了，你请他来陪我一起尝尝。"

那人带回信："志士不饮盗泉之水，廉者不受嗟来之食。"

篾歪嘴听不懂文言，又让那人去问是啥意思。那人带信回来了，这次不是文言，是白话："我饿不到八点呢，也不喝别人的剩酒。"

篾歪嘴的脸立刻就成了猪肝色，他辩解说："哪里是剩酒？都没启封呢！"

篾歪嘴又直接蔑视："就算是剩酒，他孔老九恐怕一辈子都闻不到这个味！"

尽管篾歪嘴广下英雄帖，但是很长一段时间，都没人来陪他喝酒。

篾歪嘴对"寂寞"又有了新的认识：一个人喝酒不叫寂寞，没人陪喝酒，才是最大的寂寞。

终于，任高万来了。任高万属于不请自来。

篾歪嘴和任高万都有共同的爱好，但奇怪的是，几十年来，篾歪嘴几乎没和任高万一起喝过酒，两人更没有成为酒友。究其原因，是篾歪嘴和任高万彼此瞧不上。

"那个烂逼样，那是喝酒么？那是喝潲水！"

"喝酒就喝酒，歪着个嘴喝，那也叫喝酒？"

但是，没人来陪篾歪嘴喝酒的时候，哪怕任高万是个"烂逼样"，篾歪嘴也不拒绝。

不过，真正收留了任高万后，篾歪嘴再一次刷新了对"寂寞"的认识：没人陪喝酒是最大的寂寞，但让任高万陪喝酒，比寂寞还寂寞。

篾歪嘴想撵走任高万，不断拿话鄙视他，比"烂逼样""潲水"更刻薄的话都说了，但任高万就是不走，像一块牛皮糖。篾歪嘴后悔死了，那牛皮糖黏在脚上，用尽各种办法都甩不脱。

13

"不准去来把来要娱乐城，一旦发现，直接开除！"

这是廉把对全厂发布的命令。

这个命令把任家兄弟难住了，因为他们老汉儿去了娱乐城。他们想辩解说，他们老汉儿不是煤炭厂的人。但是廉把认为是就是，任家兄弟必须把他们老汉儿弄回来。

但任家兄弟刚对他们老汉儿提起这件事，任高万就抬起醉眼，冲他两个儿子一通吼："你们两条烂滚龙，给老子爬远点，你们管得了老子？老子满不在乎！满不在乎！"

啥子叫管不了？小时候管不了，长这么大了，都穿制服了，还管不了？

任家兄弟就甩棍子打任高万。他们小时候，任高万就是这样管他们的，现在他们也依葫芦画瓢，用这个方法。

但是任家兄弟棍子刚举起来，任高万就嚎叫。不仅在家里嚎叫，还跑到外面嚎叫，满村飞跑嚎叫……这是任家兄弟没料到的。以前任高万打他们，他们屁都不敢放，更别说扯嘴嘶嚎了。没想到任高万来了这一招！

看来还是道行浅了，当初懂得这样做的话，也不至于白挨那么多年打了。

廉把把任家兄弟叫到跟前，劈头盖脸骂一通。出够气了，才说："去，给你们那酒鬼老汉儿说，别去筒子楼了，来给老子看门！"

任家兄弟急了："老不死的来看门，我们干啥？"

"你们也继续看门。"廉把说着说着，自己来气了，"为了你一家子烂滚龙，老子得多出一个人的工资！"

和酒鬼老汉儿一起看门，实在是件丢脸的事。任家兄弟赔笑说："老大，老不死的爱灌点猫尿，灌了猫尿就发猫疯。在厂门口待着，不好吧。"

"发猫疯就发猫疯，发猫疯也给老子喊来！"

任家兄弟只得低三下四求任高万："老汉儿，到老大那里看门吧。去了，你可以领工资呢。有了工资，想咋喝咋喝，不用看簸歪嘴那张逼脸了呢！"

任高万不信，睁大眼："你们两条烂滚龙整老子！"

好说歹说，终于把任高万搞到厂门前，给他穿上制服。

制服穿上身了，但任家兄弟扯了半天，咋也扯不直。明明每个扣子都扣到位了，但总觉得是扣歪了。左边扯下去，右边又翘起来了，前面拉顺，后面又皱了。任家兄弟尴尬极了，以前他们在门口站得笔直，但自从任高万来后，他们站也不是，坐也不是。不只是任高万的衣服扯不直，连他们自己的衣服也扯不直了。

当然了，他们的衣服扯不直，也不仅仅是任高万到了厂门前。更重要的是，簸幺姑儿回来了。

有一天，任龙狗儿嘲笑任虎狗儿："你的裤子扯不直，啥东西拱起来了？"

任虎狗儿也不示弱："大哥别说二哥，你不只是拱起了，还湿了。咋的，你尿裤子了？"

任龙狗儿叹口气，说："虎狗儿，我好想煤炭洞子发大水那天晚上。你不晓得，那水冲到我裤裆里，到今天都没干过。"

任虎狗儿也叹气："你别说了，你再说，我也要尿裤子了。"

但是廉把有规定，谁去娱乐城就开除谁。因此尽管衣服扯不直，裤子还湿嗒嗒的，任家兄弟也不敢去。

这天晚上，任龙狗儿得意起来。他发现任虎狗儿藏在娱乐城外面的荒草丛中，朝娱乐城方向望。任龙狗儿趴在地上，用母猫的声音在任虎狗儿屁股后面怪叫一声。任虎狗儿以为真是母猫叫，小声骂："老子又不是公猫，你他妈叫啥子春！你再叫，老子真的变公猫！"

任龙狗儿觉得好玩，继续叫。任虎狗儿生气了，转头想学公猫叫，却发现原来是任龙狗儿，提手就甩出一拳。

任龙狗儿躲开，嘻嘻笑："哈哈，虎狗儿，我逮住你了！"

任虎狗儿扑倒任龙狗儿，喉咙里呼噜噜响，响得像公猫："你敢去告给老大听，老子把你变成母猫！"

任龙狗儿打不赢，讨饶："不让我告你也可以，你给我守着，我去娱乐城里逛一圈，有人来了就立刻通知我，以后咱们就两清了。"

任虎狗儿笨，但也晓得任龙狗儿在给他设套。他不服，他让任龙狗儿守着，他去娱乐城。兄弟俩争执不下，又打了起来，翻来翻去。

也就在这时候，几支手电筒照在了他们身上。

14

任家兄弟被几个五大三粗的大汉反剪双手，推到篦幺姑儿面前。

篦幺姑儿坐在一张红皮大沙发上，大红唇衔了一支细白的烟，光裸的脚上蹬一双溜尖小红皮鞋。那些汉子都是篦幺姑儿的保镖。廉把有两个保镖，篦幺姑儿是廉把的四倍，有八个保镖。八个保镖猛踢任家兄弟，把任家兄弟踢跪在篦幺姑儿面前。八个保镖又往后扯任家兄弟的手，把他们脑壳按在地上。

"篦总，我们抓到两个撬杆儿！"

"我们不是撬杆儿……"两人被压得没法出气，但还是吼出这一句。

"不是撬杆儿，鬼鬼祟祟在娱乐城外干啥？"

"难怪咱们老是丢东西，原来是这两个撬杆儿干的！"

"我们不是撬杆儿……"

篦幺姑儿吐出一口淡淡的烟，轻声说道："既然是撬杆儿，就让他们长点记性，以后就不会再偷了。"

篦幺姑儿话音一落，八双十六只拳头，都招呼在任家兄弟身上，打得他们几十样声音叫唤。在几十样惨叫中，任龙狗儿好不容易挤出另一句话："篦……篦总，别打了，别打……我是龙狗儿，龙狗儿……"

任虎狗儿也反应过来："我是虎狗儿，虎狗儿……"

箧幺姑儿嘟囔一句："啥子阿猫阿狗的东西？看来这两个撬杆儿还不老实，给老娘打，继续打！"

还是任龙狗儿反应快，在受到猛烈锤击下，居然还能想到另一种表达："任家烂滚龙！箧总，别打了，任家烂滚龙你总认得吧，烂滚龙……"

箧幺姑儿终于一挥手，众保镖停下来。箧幺姑儿伸出脚尖，拿小红皮鞋勾起任家兄弟的下巴，突然一拍掌，大笑："咋回事，你们竟然把赫赫有名的任家龙虎当撬杆儿了！"

任家兄弟被扶起来，鼻青脸肿，龇牙咧嘴。箧幺姑儿在他们伤口上摸了摸，摸得任家兄弟嘴角直抽。箧幺姑儿揉着手上的血迹，笑道："两位兄弟，实在对不起，都是我手下人鲁莽，不懂事。这样吧，我不能让你们白痛了，我要补偿你们。"接着吩咐保镖："来，扶进房间，叫两个手法好的姑娘，给我这两个兄弟治一治伤！"

不由分说，任家兄弟被保镖带进房间。

任家兄弟踩着棉花云出来时，箧幺姑儿还坐在那张红皮沙发上，笑问道："如何，我姑娘的手法还不错吧？这会儿是不是不痛了？"

"不错不错！"任家兄弟咧了咧嘴。

"还想不想再来呢？"

"当然想了！当然想了！"任家兄弟乐开了花。

"我倒是欢迎你们。问题是，你们老大不准你们来呢。"

任家兄弟未免泄气。

箧幺姑儿坐直身子："我给你们指一条路，你们要想办法把你们老大搞到我这里来。你们想啊，如果连他都来了，他的那条规定，自然就作废了。"

任龙狗儿偷看了箧幺姑儿一眼："箧总，你是不是很喜欢我们老大？"

簸幺姑儿哼一声："那还用说。你们都看见了，我那'把的故事'就是为他修的嘛，那张餐桌就是用来和他共进晚餐的嘛，那个舞厅就是用来和他共度良宵的嘛，那间寝房就是用来和他共赴爱河的嘛……"

"最上面那一层，是用来做啥的？"

"你猜呢……"

簸幺姑儿轻言细语说话，任龙狗儿不免狂荡起来："幺姑儿，我们老大可能瞧不上你呢……我觉得，你和我在一起，才是最合适的。"

簸幺姑儿居然没生气，只是白了任龙狗儿一眼："你不行。"

"确实，他不行！"任虎狗儿赶紧说，"我行，幺姑儿，你晓得我行，你和我在一起吧！"

"你他妈敢直呼我们簸总的名字，皮子又痒了！"身边两保镖上前就一人给了任家兄弟两嘴巴。任家兄弟这才捂着嘴巴，变回了任家兄弟。

簸幺姑儿不咸不淡说了一句："你们咋又动粗了？"

任龙狗儿赶紧老实答话："簸总，我们把老大搞不来呢……别说搞来，他要是晓得我们来这里，我们立马就得走人！"

簸幺姑儿轻笑一声："天下没有不透风的墙，他很容易就晓得呢。"

任龙狗儿忙说："只要各位不说，他就不晓得。"

保镖们哈哈大笑："我们保证不了。"

任虎狗儿叫道："你们说我们也不怕，我们不承认，没证据！"

"想要证据还不容易，我们马上就可以给你。"保镖拿出一沓照片，在任家兄弟面前一张张翻过。任家兄弟脸色变得煞白，想夺过去。但保镖轻轻一抬手，交到簸幺姑儿手里。

簸幺姑儿一张张翻过，皱眉说："你们咋有这样的照片？"

簸幺姑儿吐一口烟，笑道："还别说，这任家龙虎果然是龙虎，就算满身伤痕，依然雄风不减。"

簸幺姑儿把照片递给任家兄弟，任虎狗儿抓过去，立马撕成了碎片。保镖嘿嘿笑："撕坏有用吗？我们还有底片呢。"

簸幺姑儿说："你们也是，咋还留了底片！"

保镖说："谁让这两条滚龙不听话，他要听话，我们就把底片给他。"

簸幺姑儿当和事佬："这样吧，我来打个折中。这边呢，你们把底片给我，我帮龙狗儿虎狗儿保管好。那边呢，龙狗儿虎狗儿也想办法把你们老大搞来。只要搞来了，我就把底片给你们。你们觉得如何？"

保镖笑道："我们没问题。"

任家兄弟慌得要哭："簸总，我们实在把老大搞不来啊。我们要是给他提这事，不用你们给照片，他就把我们撺了。"

簸幺姑儿叹口气："龙狗儿虎狗儿，实在把你们老大搞不来，我也不勉强，只能说我们缘分还不到。要不这样，你们想办法把煤炭厂的工人多搞些到我们娱乐城来玩儿，这一点总办得到吧？"

簸幺姑儿又说："我这也是为你们好，只要大批工人到我这里，法不责众，你们老大就不会对你们怎样了。"

簸幺姑儿站起来往屋里走："该说的，我都说完了，你们自己考虑吧。"

簸幺姑儿走进屋里，又转过半个身子，神秘一笑说："你们只要告诉厂里的兄弟们，娱乐城里有'黑寡妇'，他们一定就会来的！"

簸幺姑儿前脚一走，众保镖立刻围上来，在任家兄弟面前捏手指，晃拳头。任家兄弟吓住了："你们要干啥？"

"不干啥，就是让你们记住，要是不听簸总的，以后见一次，打一次！"

任家兄弟没有退路，只得回厂里，偷偷四处拉人。

尽管他们不明白"黑寡妇"是啥子人，但从井里爬起来、满身乌黑的煤炭工人一听说有"黑寡妇"，立刻来劲了，撑到半夜没人注意时，纷纷往娱乐城溜。

去娱乐城见过"黑寡妇"的人，回来就给其他人咂嘴，咂得满嘴冒油。这种油香让其他人心里滑腻腻的，又纷纷跟了去。如此就成了滚雪球。虽说是黑雪球，但黑雪球从一个坑道滚到另一个坑道，几乎把所有坑道里乌黑的煤炭工人都粘在雪球上面，压得变形，无法逃离。

15

廉把送金莲花失败，垂头丧气回到办公室。

孔老九看见廉把，赶紧低头。廉把勃然大怒："孔老九，你他妈依然没有长进，给老子出啥馊主意，让老子丢脸！"

孔老九赶紧打躬作揖："吾主休慌，吾还有上策！"

廉把一巴掌拍在孔老九头上："别给老子唧唧歪歪，说人话！你要是再给老子放臭屁，小心老子一巴掌呼死你！"

孔老九只得说白话："老大，你送的金莲花，是镀金还是纯金？"

"咋可能是纯金。那么大一朵，纯金得好多钱！"

"大是大，成色不足，不能体现诚意。"

"那你说咋办？真要搞那么大一朵纯金的，老子要破产！"

"老大，金莲花小没关系，咱们把声势搞大。上次你去篓幺姑儿家，就声势雄壮。女人都小心眼儿，你给了篓幺姑儿那么大的面子，要是不给志慧同样的面子，志慧心里能高兴么？"

廉把忍不住又拍了孔老九一掌，笑骂道："你他妈说人话的时候，还是有点道理的，为啥偏偏要唧唧歪歪说话！"

"吾主是赞乎？是骂乎？"

"你他妈又来了！"

廉把按照孔老九出的"上策"，搞了一朵虽然小一点但是纯金的金莲花，锣鼓喧天送到智慧茶生活。和上次一样，他绕了大半个村子，才到达志慧那里。

揭开红布，廉把捧起金莲花，单膝跪地，给志慧送上。

廉把三番五次送花，虽然做得太夸张，让志慧不适，但志慧还是有点感动。她没收廉把的花，是镀金还是纯金她都没在意，她把廉把请进了得鱼居。

廉把嘻嘻笑："慧姑儿，我想去梦蝶室。"

志慧圆眼一睁："把哥，不要太过分。太过分，我就把你推出去！"

廉把嬉皮笑脸："我不过分，但我晓得，从知北堂到得鱼居是进一步，从得鱼居到梦蝶室是又进一步。慧姑儿，我只是希望快一点再进一步。"

志慧叹气："把哥，我倒是希望你能真正明白这几个名字的含义。"

"慧姑儿，你这名字太复杂，懂不起，要不你教我？"廉把难得谦虚了一次。

志慧一字一顿说："你把煤炭洞子关了，来和我一起做茶，你就懂了。"

廉把心里猛地撞了一下，他的担心没错。

这些天，廉把感到了危机四伏。他原本是一头黑虎，站在和尚包上，啸震道泉，众皆俯首，无人能匹。但是忽然之间，就回来了一只驯鹿志慧，又回来一只狐狸箧幺姑儿，还回来一只猴子廉背。这些人，都想和他抢夺道泉村。廉把绝不允许这样的现象发生，他要把这些入侵者全部打败。道泉村，依然只能是他的天下。他这头黑虎昂头一吼，坡上坡下依然会嗡嗡作响。

当志慧让他关掉煤炭洞子时，他立刻明白，志慧这只驯鹿，表面是驯鹿，骨子里其实是一头猎豹。廉把心里冷笑一声，不过表面上，他却做出嬉皮笑脸的模样："唉，我也想关洞子。但那么多工人，他们得吃饭呢。我要是关了，他们去哪里寻饭吃？"

廉把巴掌一伸，阻止志慧说话："你别告诉我，我的工人到你这里来摘茶！都是些挖煤炭的大老爷们，你让他们来摘茶，笑死人！"

志慧说："把哥，我晓得自己暂时还没法给你的工人找到出路。但只要我们一起努力，出路肯定是有的。"

廉把望着帘外的月亮："慧姑儿，如此良辰美景，就不该在这里待着。走，咱们去荒茶岭山顶看月亮。"

志慧笑道："在我这里品茗赏月不好？"

"你这里太局促，把月光都遮完了。"

"我这里叫得鱼居，哪有遮蔽？"

廉把说不过志慧。他不说，他行动，他拉起志慧的手就往外走。志慧力气小，挣不脱。当然了，她似乎也不愿意挣脱。

到了山顶，廉把拉着志慧往圣人石上走。志慧不去。

廉把鼓动她："上去吧，站得高望得远，上面不仅可以看到一览无遗的光裸月光，还能望见道泉，欣赏金莲花开。慧姑儿，金莲花开可好看了，你肯定从来没看过。走吧走吧，今晚我让你领略一番。"

志慧甩开廉把的手："把哥，圣人石现在是祭台，上面是有神灵的。咱们不能随便上去，那是亵渎神灵！"

廉把满不在乎："哪有啥子神灵？慧姑儿，还不是被你人为塑造出来的！你骗了别人，还想拿来骗我？"

"把哥！"志慧生气了，"我严肃地告诉你，神灵不是人为塑造出来的，它一直就在咱们道泉村。或者说，一直就在咱们心里。只不过多年来，咱们心里塞了太多乱七八糟的东西，把它遮蔽了。现在咱们需要做的一件事，就是拂去心中的尘埃，让它活起来，让它重新回到咱们道泉村！"

廉把赶紧摆手："算了算了，不上去了。一提上去，你就说这么多。哼哼，既然你说有神灵，那我就许个愿，看看灵不灵？如果灵，就说明有，不灵，就说明没有。"

"你要许啥愿？"

廉把闭上眼睛，双手合十，嘴里念叨一阵，才睁眼说："我许的愿是，不久的将来，我就能娶到你！你说说，这个愿，灵还是不灵？"

志慧笑起来："把哥，你还像小时候那个大眼睛男孩一样狡黠！"

16

廉背本来一直害怕回道泉村，但他不得不回去了。

因为他听说，廉把正在大张旗鼓追志慧！

廉背不清楚廉把为啥突然这样做，但他强烈地感觉到，廉把不安好心，他必须阻止廉把，不能任由廉把害志慧。

廉背回道泉村，直接去了廉把办公室。

廉把从办公桌上放下双脚，站起来，双手插在裤袋里，嘻嘻笑："我的大副乡长，难得呀，今天终于有空到咱们道泉村来视察了。请坐请坐，我立刻去拿小本本，认真聆听大副乡长指示！"

廉背皱眉说："哥，你明明不爱志慧姐，为啥要追她？"

廉把哼一声："才怪呢，你又不是我，你咋晓得我不爱她？"

"你要真爱志慧姐，你就不会搞得那样夸张，恨不得满世界都晓得你们的事，你这是爱她的表现吗？"

"哟，大副乡长，你这样说就不对了。我这个村支书，可是跟着你大副乡长学的呢。当初你去读大学前，不是对全村人宣布，回来就娶慧姑儿吗？你大张旗鼓是对的，我大张旗鼓，为啥就不对了？"

廉背一时语塞。顿了半天他才说："我那样说，是因为我会说到做到。我现在已经回来了，你看着吧，我很快就会娶志慧姐的。你那样说，你会娶她吗？"

"那还用说，我当然会娶她。"

"问题是，你根本就不爱她！"

"我不爱她，你爱她吗？"

廉背再次无语。过了半天，他才低声说："哥，我们已经伤害过志慧姐一次，不能再伤她了……"

廉把打断廉背："别别别，别把我扯进来了，伤害慧姑儿的是你，不是我。哼哼，你心里没点数吗？要不是我，你能当这个大副乡长？你不知恩图报也就罢了，还敢和我抢女朋友！"

廉背转身离开廉把办公室，又去找志慧。

阻止不了廉把，就阻止志慧。只要志慧不同意，廉把就不可能强迫她。

志慧把廉背带到鲲鹏台。廉背说："志慧姐，我不去鲲鹏台，我要去大木斋。"

志慧笑道："你不能去大木斋。"

廉背道："我为啥不能去大木斋？在庄子心中，'大木'是无用的象征。"

"不错，'大木'确实是无用的象征，但也是智慧的象征。"志慧道，"上次田书记来，我就请他去大木斋喝茶。但这里不适合咱们廉乡长。咱们廉乡长正该是鲲鹏展翅的大好年华，他喝茶的地点，就应该在鲲鹏台。"

廉背叹口气："志慧姐，你高看我了，我哪来的鲲鹏展翅……我心很苍老呢，而且被紧紧捆绑着。最该去的地方，恰好是大木斋。"

志慧扑哧笑起来："你这叫少年不识愁滋味！"

两人一通海说胡侃，最后廉背才想起来，忙说："志慧姐，听说我哥在疯狂追求你，你可千万不能答应他啊！"

志慧笑道："为啥？给我一个理由。"

"理由你都清楚啊。我说了，大学毕业就回来娶你。现在我大学毕业了，也回来了，等我忙过这一段，就来向你提亲呢。"

志慧双手一抱，圆眼瞪廉背："廉背弟娃儿，你又来了！你根本就不爱我，说啥子娶不娶的话！"

廉背急了："我哥也不爱你呢，他追你，是有目的的！"

"好了好了，到此为止，咱们说点别的。"志慧又转移话题，"廉乡长，所谓'新官上任三把火'，你当副乡长有段时间了，你给姐聊聊你的施政方针吧。尤其是对咱们当下乡村的困境，你有没有好的解决办法？我弟娃儿读了四年大学，我得看看，他有没有长进。"

廉背道："当下乡村的困境，我认为是道德滑坡，教育滞后……"

志慧打断廉背："廉背弟娃儿，你读了四年大学，观念咋跟我哥志荣一样？啥子叫道德滑坡、教育滞后？这些都是次要问题。管仲说过一句话：'仓廪实而知礼节，衣食足而知荣辱。'只要咱们有吃有穿了，你所说的那种礼仪道德啥的，自然就跟上了呢。好了好了，你还是说一说咱们的产业吧。"

廉背道："好吧，你对这个感兴趣，咱们就聊聊这个。在咱们村，产业发展目前有三种模式：一种是我哥廉把搞矿业，一种是志荣哥搞农业，一种是你搞产业。这三种模式中，你的这种模式无疑是最好的，也是最有前景。甚至可以说，你的这种模式，代表着中国乡村未来的希望。当然了，也并不是说，你的这种模式就完美无缺，能解决所有的问题。事实上，这还是远远不够。你的茶产业现在有了点小模样，但仅仅是小模样，收益甚至还不如志荣哥种田呢。而且产品受市场的影响很大，整个产业链条都很脆弱。同时你这个产业对大家的吸引力也不大，更不可能像我哥开煤炭洞子那样，成为大家争着想挤进去的工作。所以，志慧姐，你需要走的路还很长啊……"

廉背还没说完，志慧就用一连串的掌声打断了他，大声高呼："讲得相当棒啊，也对我的问题抓得很准呢！不得了，咱们家弟娃儿有出息了！"

廉背嘟囔："哪个是你弟娃儿，你真的铁了心要当我嫂子？"

志慧赶紧摆手："不谈这个，你接着说，刚才我是忍不住鼓掌，才打断了你。你接着说，接着说。"

廉背却又转到自己的话题上："志慧姐，其实对于乡村的产业发展，我并不担心。改革是咱们一贯的路，就算出了问题，调整好方向，重新走一次，也肯定能走出一条新路。我最关注的，还是乡村的道德问题。我讲一个实际的例子给你听吧。集体生产的时候，咱们很穷，所以村里人经常偷盗，这点可以理解。可是现在咱们有钱了，偷盗现象依然很严重，甚至比以前更严重。你说，这是咋回事呢？"

"偷盗？哪有偷盗？我咋没看见？"志慧有些惊讶，却又满不在乎，"村里确实有小偷小摸的现象。但那再正常不过了，你为啥说更严重？"

廉背说："志慧姐，你心中没有偷盗，所以你看不见偷盗。"

"你心中也没有呀。"志慧笑道，"我见过的人中，要说心里最干净的，也就是咱们廉背弟娃儿了。你却说看到了很多偷盗，显然你这话就是谬论。"

廉背垂头嘟囔："我心里很脏呢，我有大罪呢……"

"你这是'为天地立心，为生民立命'，只有圣人才能做到这点。咱们道泉村只出过孔老三这一个圣人，廉把弟娃儿，你不会也想当圣人吧？"

志慧接着爽朗一笑："廉背弟娃儿，你别去思虑这样的东西了。我看你整天拿着一本《庄子》看，你得看活，别钻进死胡同了！你堂堂的副乡长，要做实事，不是当啥子圣人。你还是来帮我想想茶产业的事吧，你说我只是小模样，有啥子办法，把它变成大模样啊？"

廉背悄悄叹口气，随即对着志慧捏了捏拳："志慧姐，我们一起努力！"

17

这段时间，情绪最复杂的，恐怕就是志荣了。

志慧把荒茶岭开发成茶园，搞得红红火火。很多原本跟着他干的老头儿老娘儿，也不愿再种地，而是戴着一顶草帽，去茶园摘茶了。连他老汉儿志干，也去了智慧茶生活，逍遥快活，乐不思蜀，再也没回过老屋了。

志慧的茶园搞得红红火火，志荣本来应该高兴，但他偏偏高兴不起来。

志荣在心里鄙视自己，觉得自己太狭隘。

除了志慧让志荣难受，篾幺姑儿也让志荣难受。

篾幺姑儿出去打工，几年后回来，竟然就修了这么一座娱乐城。篾幺姑儿在外面的花花世界究竟干了啥，不用多想，哪个都明白。志荣在心里充满自责。当初要是答应了篾幺姑儿，和她一起打工，篾幺姑儿就不会走上那样一条路。当然了，如果重新来一次，志荣依然不会出去打工，但他可以想别的办法，把篾幺姑儿留下来。

志荣没能留下篾幺姑儿，这是他的错。现在篾幺姑儿回来搞娱乐城，败坏乡村风气。如果他再不出手阻止，可能又会犯第二次错。这样的话，不但篾幺姑儿毁了，她还会把道泉村也毁了。

志荣决定去找篾幺姑儿，请她关闭娱乐城。

只是，志荣在娱乐城外走来走去好多天，都没胆量进去。

他怕别人发现了他，误以为他要进去逛。这种事，根本解释不清，没人听你解释。踩在烂泥里，不是屎也是屎。

晚上没人看到，应该是个好时机。

但真正到了晚上，志荣更不敢靠前了。娱乐城传来的音乐声，震得地皮都发麻，站都站不稳，更别说靠前了。花花绿绿的彩光照在志荣身上，让他感觉身上的皮肤成了蛇皮，心里直起鸡皮疙瘩。

绝望的志荣打了退堂鼓。不过，他正要转身回去时，忽然发现志华从娱乐城溜了出来。尽管志华走得很急，还把脑壳埋在衣领里，但志荣已经判断出，那绝对是志华！

志荣气得想冲上去，甩志华两巴掌。但志华跑得太快，像一只夹着尾巴的兔子，一溜烟就没影了。等志荣赶回家时，志华已经钻进被窝里睡了，还心满意足，鼾声如雷。

志荣不由分说，把志华从被窝里扯下床，痛心地说："志华，你装啥子装？刚才你是不是去娱乐城了？"

"没有，我没去过那种地方。"志华光身蹲在地上，脑壳埋在两腿间。

"你还要赖，我亲眼看见你从娱乐城出来！"

"我没有，没有……"志华的声音越来越小。

志荣痛心地说："志华，你晓得不，一个人干了肮脏事，已经是很可耻了，再狡辩，那就是烂透了！"

另一张床上，志富咕咕咕笑起来。

志荣火气更大了："志富，志华犯了错，咱们就该严肃点，给他指出来！你笑啥子？"

志富道："我很严肃才笑啊。志荣，你说你在娱乐城里看见志华，那你到娱乐城去干啥？"

志荣一怔："你这话是啥意思？"

"啥意思你还不明白？"志富一掀被子坐起来，"你要不去逛娱乐城，你能看见志华吗？最可耻的不是干肮脏事，而是贼喊捉贼！自己当撬杆儿，却骂别人是撬杆儿。这种可耻，是掉进牛屎堆里的超级烂透的可耻！"

"你……"志荣本来懒得理志富，但话说到这份上，他不得不解释，"我是去找篾幺姑儿呢，我想让她把娱乐城关了，别干这种伤风败俗的事。"

志富一声嗤笑："鬼才相信你的话！篾幺姑儿又不是瓜娃子，修了那么大一座房子，铺了那么大一个摊子，有那么大一笔赚钱的生意，你一句话让她关，她就关了？志荣啊志荣，你要扯谎，就扯得靠谱点。连三岁小孩都不信的话，你也好意思拿出来说！"

志华这时候却抬头帮志荣辩护："我相信哥说的是真的……"

"志华你永远不会有出息，别人打你的耳光，你不躲，还把脸伸过去！"志富气得猛倒在床上，拉起被子捂住自己的脸。

志荣说："志华，你相信我，但我还是要批评你！你难道忘了咱们老爷志土的教训了吗？当年他要是不嫖，志家那么大一片田，木槿坡，桤木坡，从坡顶到坡底的肥田，能落到廉家手里？"

志富忍不住又揭开被子说："最后咋样，廉家当了地主，挨批斗。咱们老汉儿呢，当了大队书记。"

"那是另一版书！"志荣喝住志富，继续教育志华，"志华呀，咱们志家人，要想在社会上立足，要想得到别人尊敬，就得永远记住'不偷不骗不嫖不赌'这句话。这句话本来是咱们志家祖传的家训，但是后来从先人志士开始，这句话就渐渐缩水，干成几条筋了。后来到了咱们老爷志土的时候，那几条干筋一捏就碎成了灰，撒在地上不见了。好在咱们老汉儿守住了这句话，他也才当了大队书记，受到十里八乡的尊敬。到咱们这一代，要是又沾染了这样的恶习，你说说，以后咱们志家在地方上，还能不能抬起头来？"

"老汉儿守住了这句话……"志富咕咕咕笑。

"那是咱们老汉儿，你笑啥！"志荣怒视志富。

"我没笑啥……"志富想想又说，"老汉儿的大队书记都垮丝（方言，有垮了、不行了的意思）了呢。"

"那是另一版书！"

"明明是同一版书！"志富恶狠狠地说，"志荣，你讲了半天大道理，你晓得志华为啥要去逛娱乐城吗？还不是因为你迟迟娶不到婆娘，志华才没得婆娘娶。要是志华娶了婆娘，他还会去逛娱乐城吗？"

志富被自己理直气壮的话打动了，又猛地坐起来，口水沫子直往志荣脸上喷。

志荣半天才说："那就先给志华娶婆娘。"

志富哼一声："说得轻巧，吃根灯草。这话在老汉儿那儿就通不过。"

"那咋办？"志荣也晓得在志干那里通不过。

"有办法呢，"志富嘻嘻笑，"咱们现在把家分了，各家过各家的，志华是另一家，老汉儿就不会干涉了。"

"不行，绝不能分家！"志荣尖叫起来。

志富冷哼："不分家，你就别干涉志华。志华想逛娱乐城，那是他的自由！"

志荣有点绝望，想了个拖的办法："现在分家是不可能的，咱们没条件分。咱们三兄弟，至少要三座房子。现在只有一座老房子和一座新房子，新房子又还很小。就算小房子算一座，至少还差一座。要不然，分出去了，住在哪里啊？但要修新房子，也困难，主要是缺岩沙……"

志富立刻说："哪里缺岩沙？圣人石背后，不就能挖到岩沙吗？"

志荣说："你忘了上次圣人石震动，后来道泉水就干了呢。"

志富嘲笑："专家都说了，那是廉把煤炭洞子造成的，你咋还往自己身上扯？"

志荣说："就算是廉把煤炭洞子造成的，但慧姑儿把圣人石当祭台，在上面祭拜呢？咱们咋能去挖她的祭台？"

"慧姑儿都不管你，你还管她干啥！"

志富最后做出领导似的总结："要么分家，要么挖沙，我口水都说干了，不想再说了。该咋办，志荣你自己看着办！"

18

　　话说任高万被廉把招募到煤炭厂前守大门，守了还没到十天，他就冒火了："在这里当死人哦，哪有喝酒痛快！"

　　说着，偏偏倒倒就往前走。任家兄弟急了，尽管他们极不愿意任高万和他们站在一起，但当任高万要走的时候，他们又着急，赶紧拉他。

　　任高万的制服一直没有完整地贴在身上，任家兄弟一拉，就把制服从任高万身上拉了下来。任高万跑了，制服留在了任家兄弟手里。

　　任家兄弟在后面喊："你离开这个地方，就再也回不来了！"

　　"满不在乎！满不在乎！"

　　任家兄弟之所以这样着急，其实也是廉把曾对他们说过这样的话。"老子收留了老烂滚龙，他要还去娱乐城，连你们两条小烂滚龙也给老子滚！"

　　任家兄弟正在为怂恿了很多人去娱乐城的事情胆战心惊，现在又出现他们老汉儿脱岗去娱乐城的事，他们就更加担心了。

　　可惜，任高万这一趟去，注定有去无回了。

　　当他再次准点到"把的故事"，准备陪篾歪嘴喝酒的时候，篾歪嘴却拒绝给他酒喝了。派人连拖带拽，把他撵出去。任高万在"把的故事"没有蹭到酒喝，心里很不甘，就在"把的故事"外面候着。希望篾歪嘴哪一刻喝的是"寂寞"的时候，能够发善心，请他回去。

　　哪晓得篾歪嘴见任高万一直候在外面，不仅不寂寞，还无比快乐，每天耀武扬威喝给任高万看。拿着大鸡腿咔嚓大吃一口，又拿着酒杯哧溜大喝一口。任高万在下面看得吞口水，肚子里打雷一样，一阵阵轰鸣，臭屁也在身后一炮炮轰出，几乎要把裤子打出破洞了。不过，他还只能抬着头，望着筒子楼笑。此刻的他，成了一只趴在地上、等着主人赏残剩骨头的狗。

　　狗最大的特性就是忠诚，不离不弃，所以主人才会赏给他狗骨头。任高万决定当一只忠诚的狗，只要他的样子足够像狗，就一定能够获得肉骨头。

但是箦歪嘴一点儿都不动心，每天照样大吃大喝给任高万看。有人陪喝酒是快乐，但是箦歪嘴却体会到，让人看喝酒，比有人陪喝酒更快乐。

不过，箦歪嘴也害怕任高万要是一直得不到吃喝，失望走了。那样的话，他就找不到快乐了。所以时不时，他会让人送一些酒菜下去，送很少的一点，简直就像在吊胃口。当箦歪嘴看见任高万吃了那点酒菜，伸出焦黄的舌头舔碗吮手的时候，他就感到了更大的快乐。这让他胃口大开，吃喝就更加起劲了。

有一天，箦歪嘴派人把那点酒菜放在跪趴在地的任高万身边，然后他就拿鸡腿端酒杯，等着欣赏。可是等了半天，任高万依然还是那个跪趴的姿势。箦歪嘴觉得奇怪，又派人下去看。那人踢了任高万几脚，任高万依然一动不动。翻过来看，才发现任高万已经死了。而且也不知死了多久，尸体已经硬了，因而就算翻过来，仰面见着阳光了，任高万依然一副狗一样四肢跪趴的姿势。

箦歪嘴知道任高万死后，激动得大笑起来。他觉得这是他人生见到过的最有意思的事情，听到过的最好笑的笑话。箦歪嘴一时间心情大好，把一只只鸡腿往嘴里塞，把一碗碗酒往嘴里倒。

但是没想到，也就在那一天，箦歪嘴也没能从桌上爬起来，他忽然就口鼻出血，食物糊糊混合着鲜血，从口鼻里冲出来。最后，箦歪嘴趴在桌上不动了。

箦歪嘴把胃胀破了。

19

任高万死了，任家兄弟就把他埋了。

任高万一直保持着狗一样四肢朝天的姿势，任家兄弟扯了半天，也没能把他们老汉儿扯直。没扯直，就胡乱塞进泥坑里，几铁锹泥土就埋了。

任高万死了，任家兄弟一点儿也没在意，他们在意的是另一件事。

一到晚上，一道道黑影就溜出煤炭洞子，往娱乐城方向快速溜去。第二天早上，可以明显看到，娱乐城门口，有一片密密麻麻的黑脚印。

每当任家兄弟看见娱乐城外面那些密集的黑脚印时，心里就一阵阵发慌。

这段时间，廉把都待在智慧茶生活，连埋任高万和箕歪嘴，他都没去参加。也就是说，他还没发现任家兄弟已经怂恿了很多人去娱乐城。如果发现了，那将有怎样的后果？真如箕幺姑儿说的"法不责众"不了了之吗？

这一天，任龙狗儿说："虎狗儿，咱们想办法把箕幺姑儿那里的底片搞出来吧。一直在她手里，我心里悬吊吊的。"

任虎狗儿说："我心里也悬吊吊的。问题是咋搞得出来？"

"我们搞不出来，但有人搞得出来。"

"哪个？"

"廉口。"

"廉口是老大的弟娃儿，他会去帮咱们把照片搞出来？"

"但廉口要是帮咱们搞出来，老大就拿咱们没办法了。"

"问题是廉口干不干？"

"他肯定干。"

任家兄弟到仓库前时，那里只坐着志贵。志贵木呆呆的，一动不动。要是不注意，还以为是一尊塑像呢。任家兄弟必须拿点样子出来，让这个瓜娃子晓得他们是任家兄弟。

"你这个瓜娃子，出撬杆儿了你都不晓得！"

"没有出撬杆儿。"志贵依然目不转睛。

"没有出撬杆儿？廉口呢？廉口是不是偷东西去了？他不算撬杆儿？"

"廉口现在不是撬杆儿。"志贵说，"廉口给我讲过，如果有人问，就别说他在里面困觉，一定要说他在守仓库。"

任虎狗儿在志贵脸上捏一把："你真是个瓜娃子，你这样说，不是暴露了他在困觉吗？"

任龙狗儿威严地命令："去，把廉口喊起来！"

志贵没动身，但是他提高声音大喊："廉口，你出来，有人找你。我没有说你去困觉了，我说你在守仓库。"

"你这个瓜娃子胡说啥，我哪里困觉了？"廉口抓起衣裳就往外跑，一边跑一边穿。结果穿反了，口袋吊在外面。口袋里鼓鼓囊囊的，像两个棒槌在他身上敲来敲去。

任虎狗儿挠他的衣袋："沿山打猎，见者有份。"

廉口赶紧跳开："休想，我好不容易才搞到的！"

任龙狗儿趁机引导："廉口，你是不是啥都能搞到？"

廉口自豪地说："只要是地球上的，我都能搞到！"

"哼，有一种东西，你就搞不到。"任龙狗儿撇嘴。

"啥东西？只要你说得出来！"

任龙狗儿把嘴巴凑到廉口耳边，悄声说："女人……"

廉口有点气短，红着脸说："大哥别说二哥，你们不是也搞不到……"

任龙狗儿轻蔑一笑："我们不但搞得到，我们还偷过呢。"

"我才不信，你们在哪里偷过？"

任龙狗儿朝娱乐城的方向努了努嘴。

"你们敢去那里？不怕我哥晓得？"

任龙狗儿在廉口脑壳上弹一嘎嘣："所以说嘛，你小子也只会吹牛，连个女人都不敢偷，还说啥子都搞得到！"

任虎狗儿也补一句："厂里那么多人都去娱乐城偷过了，就你不敢去！"

廉口气得呼呼直喘气："别小看人，我这就去偷给你们看！"

志贵忽然高喊："廉口，你妈让我看着你，让你别去偷东西。"

"你吓老子！"廉口冲过去，一巴掌呼在志贵脸上，"我妈早就死了，你还说我妈。只有你这样的瓜娃子，才说得出这样的话！"

20

廉口偷完女人，从娱乐城出来，兴奋得整个身子都是飘的。

拿钱给廉口，引诱廉口去偷女人，是任家兄弟的第一步。等到廉口果然偷了女人后，他们就实施第二步。

廉口一从娱乐城出来，任家兄弟就拦住他说："廉口，你别得意得太早了。你去逛娱乐城，你哥晓得不？"

廉口脸上有些不自在了。不自在还没不自在个名堂，他勃然大怒，叫道："志贵那个瓜娃子肯定会告给我哥听！走，我现在就去把他嘴巴打来闭上。只要他不说，哪个都不晓得！"

任龙狗儿拉住廉口："你不用去。志贵既然是瓜娃子，他就肯定不会说。"

廉口长舒一口气："志贵不说，就万无一失了，只有我们几个晓得嘛。"

"志贵瓜，不会说，我不瓜，我会说呢。"任龙狗儿狡黠一笑。

"我不瓜，我也会说呢。"任虎狗儿也狡黠一笑。

廉口满脸惶恐："你们要整我？不会吧……"

"为啥不会？"任家兄弟得意地大笑，"我们是烂滚龙，出了名的，啥子烂事干不出来？没错，我们就是要整你！"

廉口哭起来："我跟你们无冤无仇，你们为啥要整我？"

"想要我们不整你，你就得帮我们干件事。"任龙狗儿说，"我们有一张底片在篦幺姑儿那里，你去偷出来，以后咱们就两清了。"

"我咋晓得她藏在哪里？我咋偷得出来……"

"还有你廉口偷不出来的东西？"任龙狗儿笑，"别谦虚了，偷东西这个本事，你廉口在道泉村排第一。"

"对啊，你眼睛一到晚上就发绿，看啥子都清清楚楚。你晚上去篦幺姑儿房里看一看，不就清楚了。"

夜幕降临，是娱乐城最混乱最繁忙的时刻。

趁这个机会，廉口像道黑影，三躲两滑，很顺利地溜进了篦幺姑儿房间，躲到篦幺姑儿床下藏起来。只等夜深人静，所有人都睡熟时再动手。

最开始，廉口其实很享受床下的感觉。篦幺姑儿的房间太香了，廉口被这种香气熏得骨软筋轻，仿佛他不是趴在床下，而是飘在棉花云上。但很快，廉口就有点受不住。娱乐城一整夜都在吵，地皮不停抖动，他半边脸都震麻了。没多久，廉口就隐隐有些尿意了，想爬出来，又怕被人发现。尿在地上，又怕臊气太重，流出床外露馅。廉口伸手在地上摸，摸了半天，摸到一个小袋子。廉口眼睛是绿的，他认识那袋子，那天他去娱乐城时用过。廉口不免有些躁动，撕开袋子，取出套子，把尿撒在套子里。虽然尿了，那个躁动定不下来，裤子也提不起来。辗转了半天，廉口把自己搞得筋疲力尽，朦朦胧胧竟然睡着了。

醒来，四野一片安静。

窗外还是黑的，廉口不得不动用他的绿眼睛，往床外一照，照见一双毛拖鞋。廉口晓得篦幺姑儿已回房睡了，便悄无声息往外爬。碰到拖鞋时，廉口把整张脸埋在毛茸茸中。过了好一会儿，他才抬起脑壳，挪出床，翻箱倒柜找底片。廉口运气好，手法也高明，暗夜里他又看得清清楚楚，因此很快就找到那些照片和底片。照片上的人光着脊背，廉口认得是任家兄弟。

廉口一阵狂喜，赶紧往门口溜。

却在这时，廉口瞥见了躺在床上的篓幺姑儿。篓幺姑儿一只手从被子里伸出来，搭在外面。廉口有一种强烈的感觉，他不能让那条手臂露在外面。那手臂就是一段藕，藕是应该藏在水里的。藕要是放在水外，表面就会发黄，变粗。廉口十分担心，十分着急，他晓得自己不能多管闲事，得赶紧溜出去，把底片交给任家兄弟就万事大吉了。但是廉口又觉得，一个人不能没有责任感，没有责任感就不叫男人。因此，廉口决定走过去，把篓幺姑儿那段藕一样的手臂捧了起来。

很不幸，尽管廉口很小心，还是把篓幺姑儿碰醒了。篓幺姑儿睁开眼睛，望见两团绿油油的光，不由得尖叫起来。

第七章　栖梧轩

1

又是一年清明节。

很早以前，志慧就和廉背商量好，要办一届大型的"茶神节"活动。

这个活动有多大？志慧说，必须是一个全国性的。志慧说，展现道泉村的非遗是主体，拓宽道泉村茶叶销路是目的。志慧说："廉背弟娃儿，廉乡长，你是我的亲人，又是我的父母官，你要尽量多地邀请人来参加茶神节。"

廉背自然非常用心。这不仅是帮志慧，也是他自己的事。廉背这个副乡长，本来就是分管这一块工作的。而且田成为了让廉背快速成长，很多事情都会放手让廉背独立去做。

田成说："廉背啊，我是要退休的人了。蜀山的未来是你们这些年轻人的，你得赶紧行动，多向前走一走，尽快为蜀山走出一条新路出来啊！"

廉背有点心慌："田书记，你还年轻着呢！"

田成严肃地说："廉背啊，感谢你的好意。但是人变老退休是自然规律，不是好意能阻挡的。再者，我虽然还没退休，但实在说，有点力不从心，没有为蜀山找到一条宽阔的路。这条路你得赶紧探索出来，带着蜀山乡老百姓往这条路上走。时代日新月异，蜀山这个偏僻的地方，本来就落后了，如果再不想办法迎头赶上，可能就会被时代淘汰了！"

廉背也晓得蜀山有点落伍，而且没在一条宽阔的路上走。不过，廉背的很多看法，与田成有明显的不同。他觉得发力点不应该在产业上，而应该是乡村的道德建设。村里人普遍出去打工了，很多娃儿都成了留守娃儿，没人照顾。他们逛网吧，打群架，四处偷盗，没人拘管。廉背认为，这才是乡村当下急需解决的问题。大人道德败坏也就罢了，娃儿是乡村的未来，娃儿们也坏了，乡村就没未来了。所以，讨论乡村的未来和出路，就应该先讨论娃儿。

那天，廉背就想引导志慧往这个方向思考。但志慧根本没给他机会，志慧的全部热情都在茶产业上。当志慧提出她要搞一个大型茶神节活动，希望廉背能帮她的时候，廉背尽管有一肚皮的话，却没办法说出来，也没办法拒绝，只能帮志慧积极谋划。

志慧的任何要求，廉背都无法拒绝。

廉背的人脉并不广。在学校的时候，他异常孤僻，基本不和同学们交往。但现在为了扩大茶神节的影响力，让更多的人来参加，廉背拿着通讯录，挨个给同学们写信，聊他们在学校时候的"友谊"，希望同学们能帮他宣传，联系相关商家前来参加茶神节活动。

全班四十多个同学，廉背几乎挨个写了一封信。不过，有一个同学他没写，这就是姜小北。

其实，最应该写信的人，正是姜小北，姜小北家里有个茶叶公司，生意做到了全国各地。能和姜小北取得联系，让姜小北来参加，可能胜过给其他几十个同学写信。廉背也打算给姜小北写信，但写了好几次，最终都把信撕了。给别的同学写信，廉背条理清楚，感情饱满，还能够用上油油的腔、滑滑的调。可给姜小北写信，思路总是理不清楚。写了半天，连自己都不晓得说了些啥。不但内容混乱不堪，连字迹也异常潦草，搞得稿纸上满是墨迹。这使得廉背很不满意。写了好几次，他都不满意。最终的结果，就是他给所有同学都写了信，唯一没给姜小北写信。

一切都在按部就班往前推进。这时，廉背突然得到一个消息，廉把对外宣称，他要关掉煤炭洞子，跟着志慧种茶。廉背又听说，廉把一直待在智慧茶生活，很久没回过他的厂里了。

这本来是一个好消息。不过，廉背第一反应是：廉把又想使啥子坏？

廉背的心里瞬间卷起狂风、下起暴雨，他丢下手中的一切，跑回道泉村。他要第一时间告诉志慧，千万别相信廉把的话，最好让廉把立刻回他的厂里去。

其实，也就在廉背回道泉村的时候，志慧也正在劝说廉把回去。

志慧每次都是在得鱼居和廉把见面。廉把抗议："这么久了，咋还在得鱼居？啥时候能够转移到梦蝶室？"

"去啥梦蝶室？"志慧把廉把往外推，"把哥，你该回你的厂里去看看。你再不回去，你办公室都长草了。"

廉把嘻嘻笑："变成森林也无所谓呢，我本来就打算关门。"

志慧道："就算要关门，也得善始善终。厂里那么多工人，你得安置吧？厂里那么多机器设备，你得处理吧？"

"工人要走就走，机器设备摆在那里，迟一天早一天回去，都在那里。但离开你一天，我这一生和你待的时间就少一天。"

廉把本来只是把这个话说一说，但说完往窗外看了一眼，突然上前一把搂住了志慧。

志慧推廉把，廉把说："就算和你待在一起，我也觉得不够。唯一的办法，就是使劲抱住你。"

这时候，门被推开，廉背冲了进来，一把扯开廉把，冲志慧焦急大吼："志慧姐，你赶紧离开我哥，别靠我哥太近了！"

廉把长发往后一甩："只允许你靠近，不允许我靠近？廉大副乡长，这是谈恋爱，不是哪个官大，哪个就可以先上。"

廉背怒视廉把："你靠近志慧姐，有啥坏心思，自己清楚！"

"我有啥坏心思？"廉把意味深长地说，"是不是我曾做过啥，被你误解了？要不然，你为啥老觉得我像坏人。"

廉背明白廉把想说啥，一时语塞。

志慧笑道："廉背弟娃儿，你确实误会你哥了。我晓得你对他开煤炭洞子有意见，我也有意见。但你哥马上就会关煤炭洞子，来和我一起种茶呢。"

廉背道："志慧姐，你总是轻信他，他根本就不可能关煤炭洞子。他说这个话，是有目的的！"

"我有啥子目的？"廉把饶有兴致地研究自己指甲。

廉背心里的岩浆一股一股往上涌。但他努力压住，求廉把："哥，你不要再害志慧姐了。"

"你说'再'，意思是我曾经害过慧姑儿一次啰？我啥时候害过她？"

廉背拉起志慧的手就往外走："志慧姐，你一定要听我的。要不然，你这'茶神节'肯定要出问题！"

廉把忽然冲上来，扬手给了廉背一耳光："别以为你当大副乡长了，我就打不得你！你就是爬上天，照样是我弟娃儿，你做了不对的事，我该打还是打！"

志慧赶紧笑着推开廉把："好了好了，不能因为你是哥，想打就打。啥子年代了，你还耍哥哥威风！"

廉把义正辞严："你不断污蔑我，无非是因为慧姑儿不喜欢你，喜欢我。但这有啥子办法？你没那个魅力，也没那个福分。你大学四年，每个星期给慧姑儿写信。你想一想，慧姑儿搭理过你没有？你没点自知之明，回来了依然对慧姑儿纠缠不休。你别以为你当大副乡长了，慧姑儿就会对你另眼相看。我告诉你，你就是当了国家主席，慧姑儿瞧不上你，还就瞧不上你！"

志慧把廉把往外推："走了走了，越说越来劲了是吧？他是你弟娃儿，也是我的弟娃儿，哪有这种对弟娃儿横眉怒目的道理？回去，回你厂里去！"

2

志慧回到老屋时，暮气已把整座低矮的老屋淹没了。屋里一丝亮光也没有，也没声音，只有屋檐口下，一明一灭闪烁着一些微弱的光。志慧断定，那是志荣坐在逍遥椅上，抽烟。

前一天，志荣让志华带信给志慧，让她回家一趟。

志华说："姐，你好久没回去看过哥了……"

志慧心里一动。尽管为了茶神节，志慧几乎没有一刻空闲，但她还是把智慧茶生活交给小茶兄妹，匆匆往家赶去。

志慧摸到柱头前，把灯拉亮。

志荣一口一口抽烟，没看志慧。

志慧觉得，此刻的志荣，无论坐的姿势，架腿的姿势，仰躺的姿势，吸烟的姿势，吐烟的姿势，都和老汉儿志干一模一样了。

志慧有些难受，说："哥，志华、志富呢？"

"他们去新房住了。"

志慧拉了一条凳子，坐在志荣面前，笑着说："哥，你还在为我把你的柴山变成茶场生气？"

"没呢。"

"你还在为我把那些老头儿老娘儿拉来种茶生气？"

"没呢。"

"都没，为啥你是这副气鼓鼓的样子？"

志荣坐直身子，把烟杆在檐坎石上一敲。志荣手里是短烟杆，够不着，得把脑壳低下去再撑起来。"慧姑儿，喊你回来，就是提醒你，别和廉把走得太近，你会被他骗的。"

没想到志荣也这样说。志慧觉得大家对廉把成见太大了，忙给志荣解释："把哥准备把煤炭洞子关了，来和我一起种茶呢，他咋会骗我！"

"正是听到这个消息，我才喊你回来的呢。我告诉你，他跟你种茶，过几天，你的茶场，就全变成他的了！"

"哥，你这是'一朝被蛇咬，十年怕井绳'。"志慧笑道，"这茶场也不是我一个人的，将来我还准备搞股份公司呢？哪个有能耐，哪个就来当老大。"

志荣激动起来："你听我说，慧姑儿，廉家都是坏人，他们的心比锅底还黑！他们祖宗十八代都是黑心烂肠，一直想找机会整我们志家。只不过集体生产那会儿，老汉儿当大队书记，廉家需要靠咱们志家吃饭，才巴结咱们。现在廉把当了村支书，廉背当了副乡长，你想想，他们会咋整治咱们！慧姑儿，好歹你也读了那么多书，难道你连他们的黑心肠子都看不清楚？"

志慧叹气："哥呀，你太夸张了吧？廉家和志家，哪有啥世仇？都是自己心里皱起来的疙瘩。把心放宽点，疙瘩就拉开了。哥呀，咱们确实该把心往外拉，不能往里缩。你看老汉儿，卸任大队书记时，那颗心皱成啥样子。但现在去了我那里，那心就绷得像鼓了。老汉儿那么老，都能把心拉直，为啥你反而窝在这把逍遥椅上，把心皱得像颗干核桃？"

志荣快速吸了几口烟，像吸冷风："慧姑儿，别以为老汉儿跟着你去胡搞，你就得意了。我告诉你，老汉儿迟早会回来的。我只是帮他把这把椅子坐着，过一段时间，他肯定会回来，重新坐在这把椅子上的！"

志荣有点气急败坏，站起来，回屋去了。原本志荣一直站得端行得正，走路虎虎生风。但此刻的志荣，却摇摇摆摆的，歪歪扭扭。身上的烟灰，雪片一样往下飘落，满地霜尘。

志慧的泪水扑簌簌流下来了。

3

篾幺姑儿对他老汉儿的死，似乎并不在乎。

此刻她的全部心思，都在等廉把回来看好戏。

那么多工人去过娱乐城，甚至廉口、任家兄弟也去了娱乐城。廉口竟然还在晚上的时候，跑到她房间偷东西。所有这一切，篾幺姑儿都记载得清清楚楚。所有去过娱乐城的人，篾幺姑儿都一一造册登记。最后，篾幺姑儿写了一封信，附上花名册，让人放在廉把的办公桌上，等廉把回来看。

廉把终于回到办公室，也终于看到篾幺姑儿给他写的信。

廉把对篾幺姑儿信里提到的那些人，毫无例外全部开除，当天就让他们卷铺盖走人。包括任家兄弟和他的亲兄弟廉口，毫不留情。廉把对廉口说，你去跟着大爷种田！啥时候学会了种田，啥时候再回来。

事实上，廉诸自己都不会种田。原先还有杨柳教他，现在杨柳脊柱摔断，永远躺在床上了，廉诸种田就更加不着调。廉把让廉口学会种田才准回去，那也就相当于判了无期徒刑。

廉把做完这一切，给篾幺姑儿回了一封信，就两个字：感谢！

篾幺姑儿不明白廉把"感谢"是啥意思。但廉把云淡风轻的两个字，却像两根针，直往她的眼睛上刺。篾幺姑儿费了那么多心力，却如同在一片沙堆上建城堡，下面两粒沙子轻轻一滑，一座雄伟壮观的城堡，瞬间倒塌，成了废墟。

簸幺姑儿正抓狂时，没想到任家兄弟却来找她了。

任家兄弟一来，就趴在她面前哭爹叫娘："簸总，我们给你搞来了那么多人，现在我们落得被扫地出门的下场，你可不能不管我们啊，你得感恩啊……"

簸幺姑儿朝他俩脸上各自吐了一泡口水："你们让廉口溜进老娘房里偷东西，还差点把老娘搞了，是不是也得感谢你们？"

任龙狗儿晓得问题严重，不下点重手，消不了簸幺姑儿心中之气。于是他抬手，一下接一下使劲扇自己耳光，边打边骂自己不是人。

任虎狗儿看明白了，也跟着扇自己耳光。

两兄弟一扇，就较上了劲，变成了比谁打得更狠，比谁打得更响。哪怕脸肿得像寿桃，哪怕血丝顺着嘴角流，也绝不输那口气！

任家兄弟这一番自虐，倒把簸幺姑儿给打笑了。她点上一支烟，把那一口烟徐徐吐完，才说道："你们想到我这里来，也不是不可以，但你们得立功。"

"我们把半个煤炭厂的人都贡献给了娱乐城，还不算立功？"

"半个煤炭厂算啥？就是全煤炭厂的人都来了，也不算。我需要的只有一个人，明白不，一个人！只要这个人来了，你们才算真正立功！"

<h1 style="text-align:center">4</h1>

才过去十天，廉口就跑回来，哭喊着向廉把求情。

廉口垂着脑壳，瑟瑟发抖，抖得身上泥块直往下落，也抖得脸上的血块直往下落："哥，求你了，让我回来吧，受不了了，大爷要把我打死呢……"

"他为啥打你？"

"他说我不学好，偷人！"

"他说你不学好，偷人？"廉把大笑。

廉把一笑，廉口也快乐了。因为他可以让廉把笑，也就意味着，他回来有希望了。他讨好道："哥，我就偷了一回人，偷人并不好玩儿，不好玩儿呢。哥，以后我再也不偷人了。我要向大爷学习，向你学习，不偷人，再也不偷人了。"

廉把笑得眼泪花子都出来了："廉口，我让你去跟大爷学种庄稼，你却跟他学了'不偷人'。好吧好吧，也算你学有所成了。但是现在，我还不能把你喊回来，你晓得不，你犯的错误，实在是太大了。这几天你也看到了，起码有一半的工人，因为去娱乐城偷人被开除了。他们为啥去偷人，都是你把他们带坏的。"

廉口急了："哥，咋怪在我脑壳上？我又没喊过他们去偷……"

"你是没喊过，但你是我廉把的弟娃儿，大家见廉把的弟娃儿去偷人，没遭处罚，所以才有恃无恐去偷人，明白不？你说我还能把你喊回来不？"

"哥啊哥啊，你不喊我回来，我就死定了！"

"喊你回来，另一半的人也都会跟去偷人呢。我把另一半开除，我的厂就垮了，以后就没吃饭的地方了。"

廉口哭起来："哥，哥啊……"

廉把叹口气说："廉口啊，你要晓得你造成的损失有多大！你要想回来，唯一的办法，你得帮咱们把厂救活。只有救活了，你回来才有吃饭的地方，明白不？"

"哥，只要能把厂救活，你让我做啥我就做啥！"

廉把拿出一包药粉，对廉口说："明天是茶神节活动。你现在去守仓库，明天凌晨四点的时候，你偷偷溜出仓库，去道泉，把这包药粉抖到道泉水里。抖完后，马上回来，继续守仓库。要记住，这件事必须做得干净利落，绝对不能被任何人发现。路上如果发现有人，你得把两只眼睛闭上，避免眼中的绿光被别人看见了。做了这件事后，无论哪个问你，你都坚决不能说，明白不？你要是说了，你死定了，我们全家都死定了！"

这一次，廉口的身体是真的抖了："哥，这是要做啥子？毒死人吗？"

廉把笑道："放心，不是毒药，不会毒死人。违法犯罪的事，咱不做。这个东西，是孔老九施加了魔咒的。你晓得不，上一次道泉突然不冒水了，咱们洞子死人了，就是因为没有给道泉施魔咒。只要咱们给道泉施了魔咒，以后咱们的厂就会兴旺了。"

"原来是魔法药粉……"廉口松了一口气。

"是魔法药粉。正因为是魔法药粉，才只能做，不能说。说了，魔法就不灵了，晓得不？"

廉口拍胸脯："放心，哥，保证完成任务，绝不说！"

5

廉把重新回到智慧茶生活。

志慧立刻焦急地问："把哥，你咋一下子开除了那么多人？"

廉把笑道："我不是给你说了吗？我要关了煤炭洞子，到你这里来和你一起种茶呢。我开除一半的人，就是向你表决心呢！"

"把哥！"志慧抓住廉把的手，一时间她有一种眼泪汪汪的感觉，"没想到你是这样至情至性的人！"

廉把故意做出生气的样子："哼，廉背还说我黑心烂肠呢！"

志慧在廉把肩上拍了一把，笑出了眼泪："廉背是我们的弟娃儿嘛，你和他计较啥！"

廉把把志慧搂进怀里。

志慧也有些激动，身体有点抖，但她还是用劲推开廉把："把哥，明天茶神节就要开幕了，但为啥我心里却有些发抖呢？这么大的规模，全国各地都有人来，会不会出啥岔子？"

志慧心慌发抖是有道理的，不仅是因为她首次举办这样的大型活动，而且前几天田成还对她说，这是对她的第二次考验。如果这次考验也通过了，就让村支部批准她入党。

当时志慧的心里就像打鼓一样。关于入党的事情，她其实很早就想递交申请书。志慧一直是积极热情的，读书时是那样，不读书了也是那样。只不过她老汉儿作为一名党员，做的那些事，让她心里有种抵触情绪，所以她一直犹豫不决。后来在田成的动员和鼓励下，她的心思又活泛了。正气朗朗、对她关怀备至的田成，不仅给她带来了父亲的感觉，也给她展示了另一种党员形象。所以，她才递交了入党申请书。同时在田成说要考验她的时候，她的心里才会那么激动，又那么不安。

就在志慧愣神的时候，廉把满不在乎地拍拍胸膛："出啥岔子！你把哥我就是一座铁塔，就算翻江倒海，你靠过来，就是风平浪静！"

"好好好，"志慧心潮澎湃，"把哥，以后咱们好好干，争取恢复道泉茶原先那种贡茶的荣光，让'道泉'的名字，在全国打响！"

廉把说："慧姑儿，茶神节上的祭神仪式是重头戏。搞这个仪式的人，也都是咱们地方上德高望重的。不过，有个人，你可能忽略了。要是他不来参加，就不够完整。"

"哪个人？"

"我大爷廉诸呀。我大爷好歹当了几十年生产队长，土地下户后，他还当了一段时间的村支书。虽然现在不做村支书了，但是他在地方上的影响力还是有的。"

"把哥，不瞒你说，我原先也是考虑过他的。但说老实话，我有点瞧不上他。尤其是以前，我老汉儿当大队书记的时候，他经常到我们家来，陪我老汉儿喝酒。我想到他讨好我老汉儿的模样，我就厌恶。"志慧看了廉把一眼，"把哥，我以为你也很恨你大爷呢，没想到你竟为他求情，你太大度了！"

廉把叹口气："不错，我确实很恨我大爷。但是，慧姑儿呀，我大爷怎么着也是我大爷。现在大娘瘫在床上，大爷又不会种田，我总是按时把吃的东西给他送去。我就想，他是我的亲人，他对不起我，我不能对不起他！"

志慧道："把哥，你是真的心善！好，你既然这样大气，我也应该大气一点，我马上派小茶去请他出山。"

"对的。慧姑儿，我大爷现在肯定在田里，一身泥水。他听说后，肯定会先回去换衣服。但是，一来耽误时间，二来，为了表示你的诚意，表示我们不嫌弃他，你让他别回去，马上就来，去道泉水那里洗一洗。道泉是咱们的圣水，用道泉水洗过，别说手脚，连他的灵魂也干净了。只要他的灵魂干净了，他去参加祭神仪式，茶神就不会嫌弃他了。"

志慧高兴不已："好啊，把哥，你真是方方面面都考虑到家了。一切按你说的办，我马上让小茶去办。"

6

清明时节，清浊分离，天气转暖。

虽然光手光脚插进田里，还有些浸骨头。但只要在田里浸过一段时间，手脚就会变肿，发热。对于廉诸来说，寒冷并不是一个问题，最大的问题，是他根本就不会种田，却还要泡在田里。

这是生活的逼迫，也是他对自己的要求。

小茶来请廉诸的时候，走完了一山坡的田坎，都没看见廉诸。不得已，她只好喊起来。却在这时候，一块黄土从田里直立起来，把小茶吓了一跳。小茶仔细一看，原来这块竖直的黄土，正是廉诸。

小茶说完来意，廉诸一瞬间有点发愣，但眼睛发热，视线有些模糊。

廉诸用手抓了一下，没有长期泥水生活经验的廉诸，笨拙得把泥水抓进眼里了。紧接着，眼泪哗啦哗啦痛快淋漓地流出来了。

正如廉把预料的那样，廉诸想先回去换衣服。小茶也立刻把志慧的交代给廉诸讲了。廉诸见志慧不嫌弃他，还让他去道泉洗手脚，更是感动不已。

祭拜队伍给他留了位置，在志干身边。也就是说，他将是这支祭拜队伍的副队长，这显然是一种无上的荣誉。尽管他身上的黄泥巴这里一坨那里一片，裤管一只高一只矮，泥水还从身上滴滴答答往下滴，但此刻廉诸的心是清爽的，干净的。

排练结束，回到家后，廉诸依然浑身发热。

杨柳躺在床上，高声尖叫喊饿。廉诸充耳不闻，他一点也不觉得饿，他也不想搭理杨柳。他甚至觉得，集体生产时期那个母骡一样的杨柳，很快会重新回来。她现在的张狂，是最后的张狂。

第二天起床，廉诸脑壳昏昏沉沉，身上一点劲都没有。他还是不想吃饭，还处在兴奋中。他换了一套干净的衣服。今天是茶神节开幕的第一天，最重要的祭神仪式，就在今天举行，成百上千的目光，将注视在他身上。志干是所有目光的第一焦点，他是第二个焦点。注视志干的目光稍微一遛弯，就转到他身上了。这是来自全国各地的目光，他必须是金子的形象，才能承受火力十足的炙烤。

智慧茶生活人山人海，彩旗招展，锣鼓喧天。

廉诸感觉又回到当年激情燃烧的岁月，锣鼓似乎全都敲在他心湖里。每敲一下，就激起一阵巨大的浪花。鼎沸的人声，如扔进心湖里的烧红的石头，溅得烟尘四起，水雾弥漫。

站在志干身边，廉诸心中有了一种异样的神圣感觉。他当过生产队长，当过村支书，多次和志干站在一起，但从来没有现在这种感觉。现在的廉诸，无论一举手，一迈足，一眨眼，一动唇，都显得庄严而神圣。他觉得自己就是一尊神，目光安详，气息平和，声音温暖，心中充满慈爱。爱身边的人，爱杨柳、廉把，爱所有那些曾经伤害过他的人，爱全世界。

到了敬茶的环节。礼仪小姐给廉诸端来茶水，廉诸捧住，慢慢呷一口。

这茶来之不易，得在晨露未干之时，从大荒茶树上采下，又在天色未明时，从道泉取来头道水，用木槿花枝烹煎。这一天，只有到场的重要嘉宾，才能喝到。所以他把一杯茶喝得滴水不剩，还悄悄伸出舌头，去杯子内壁舔了一圈。

只是很快，廉诸的肚子就绞痛起来，感觉有一股粪水奔涌着，就要冲出来。仪式正举行着，廉诸不敢离开，也不想离开。他得忍住，继续占据那个位置，享受来自四面八方目光的灼烧。但让他没想到的是，那粪水根本不由他控制，瞬间就横冲直撞突围出来，哗啦哗啦顺着大腿往下流，从脚踝处漏出来……

在厕所翻肠倒肚狂拉一阵，似乎连肠子都要全拉出来了，尽管如此，廉诸还是不愿意站起来。一方面他还想拉，另一方面也是实在太丢脸。来自四面八方目光的灼烧，灼出的不是金子，是稀粪，这有多丢脸啊……

不过，廉诸很快发现，厕所里似乎挤满了人。嘈杂的声音响成一片，水声、人声、尿声、粪声。他那个蹲位的门被砸得山响。廉诸不得不提起裤子从厕所出来，刚一开门，就被人挤了个趔趄，翻滚着到了厕所外面。

厕所外面也挤得满满当当，粪水也从好多人裤管漏出来，散发着热腾腾的腥气。

廉诸想往外挤，挤不出去。但他也不想往外挤，因为他又控制不住想拉，想转身往里钻。但大家挤得太紧，他连转身都困难。甚至他都没办法控制自己的腿，他的身体被拥挤的人抬起来，往前挪两步，又往后退一步。廉诸忽然想笑，却在笑的瞬间，粪门又一次没收住，粪水被挤了出来。廉诸控制不住粪门，也控制不住脑壳，脑壳耷拉下去，咋也抬不起来，甚至连眼睛也睁不开了。忽紧忽松的挤压间，廉诸滑到地上，和粪水一起，被众人踩在了脚下……

7

廉背回到乡政府宿舍时，已是夜深时分。

不是第一天，持续一个多月了。尽管每次回来，廉背都疲惫不堪，却每次都是一点儿睡意都没有。常常这种时候，廉背就拉亮台灯，枯坐灯下，一坐就坐到天明。他的办公桌上摆着那本跟随了他多年的《庄子》，此刻，《庄子》这本书正翻到了《胠箧》那篇文章。在那篇文章里，廉背用红笔勾了一句话——

彼窃钩者诛，窃国者为诸侯。

当廉背勾出这句话后，他就没再看下去了。这句话就一直摆在他桌面上，下面用红笔勾出来的线，又粗又深，红墨水往四周蔓延，就像皮肤上被划拉出来的一道深深的伤口。

茶神节由于出现大面积腹泻事件，不得不提前中断，接下来就是无休无止的善后工作。一个多月了，却还没有结束。

其实，结束对于廉背来说更可怕，因为这也就意味着，志慧的茶产业彻底黄了。廉背动用了他能动用的所有资源，组织了全国各地客商前来，准备了一大批协议，但是一个都没有签下来。廉背帮志慧，反而帮了倒忙，亲手毁了她的产业。

白天忙乱时，廉背内心被琐碎的事情填满。等他独自回到小屋时，那些悔恨就潮汐一样，排山倒海涌起来，把他淹没。

廉背毁了志慧的学业，又毁了志慧的事业，哦呀……

咋会出现大面积腹泻？

道泉水流淌了成千上万年，从来没有引起过腹泻，也没有相关记载。正是如此，才叫"道泉"。可在这个节骨眼上，道泉水突然出问题了！公安怀疑有人投毒，但查了半天，没有找到任何线索。

外面的客商并不认可这个结论，他们认为并非投毒。所谓"投毒"，无非是东坡市安抚客商，避免毁约的托词。他们认为，是道泉水本身有问题。

道泉不是曾被庄道士称为"盗泉"吗？也就是说，从那时候起，道泉水其实已经坏了。现在的道泉，早已不是贡茶时代的道泉了。

没过几天，又一个消息传出，说道泉里的毒，是廉诸投的。那天廉诸从田里回来，去道泉洗过手脚。很有可能，他就趁那个机会，把毒投进了道泉。

公安机关很快来人，把廉诸带走了。

廉诸被带走，道泉村一下炸了锅，大家都在议论，廉诸为啥要投毒？他究竟想毒死哪个？

大家正议论纷纷时，廉诸又被放回来了。

照理，公安机关放了人，就证明了廉诸的清白。但传闻并没有停止，又一个说法传出，毒确实不是廉诸投的，但也与廉诸有关，他本身就是有毒的。他在道泉洗脸，毒自然就到道泉里了。

流言四起。廉背没回去看过他大爷，他不晓得他大爷听到这个流言，是一种怎样的感觉，不过，廉背确信他大爷不可能投毒。所谓他大爷身上有毒，更是无稽之谈。

廉背坚定地认为，道泉的毒，是廉把投的！

廉背没有任何证据，他就是凭直觉。

除了廉把，不会有别人。就算别人找出一大堆证据摆在廉背面前，证明不是廉把干的，廉背也不会信。而且廉背断定，廉把做这件事的目的，就是害志慧，就是想搅黄志慧的茶神节，毁掉志慧的茶产业。

廉背枯坐灯下，万千思绪，烧灼成一段段灰。这时，田成敲开了他的门。

田成坐到廉背对面的凳子上，微笑地看着廉背。田成的微笑，在这个寒冷的夜晚，如同一团橘色的亮光，让人心生温暖。

田成的微笑是有厚度，也有底气的。他差不多六十岁了，人生经历了太多的事情。他在蜀山乡当了几十年党委书记，他的人生浮浮沉沉，一会儿在台上，一会儿又被掀下台。但不管下去还是上来，田成都一直站着，从来没倒下过。

这个寒冷孤寂的夜晚，守着一豆橘黄的灯光，田成把他人生的故事，细细碎碎讲给廉背听。他并没有讲安慰廉背的话，也没有给廉背鼓劲加油。但廉背已经感觉到了田成的厚实和坚硬。就如同这一豆灯光，虽然弱小，却独自撑开了一片无边的暗夜一样。

又到天明时分，田成在离开廉背宿舍前，说了唯一与廉背有关的一句话："廉背，虽说茶神节办砸了，但是市里对你这段时间的工作，还是肯定的。市上还同意了我的提议，让你担任乡长。还有一个考察期，考察期一过，就任命你。所以这段时间，你要特别谨慎，千万不能再出岔子了。"

8

第二天晚上，廉背回到廉把修的五层楼。

这是廉背毕业后，第一次回这座房子。虽然廉把给了他整整一层楼，但是廉背并不觉得这房子跟他有啥关系。

只是老屋被廉把拆成了平地，想回老屋，也没地方去了。

廉背回来，其实是想找廉把谈一谈。

屋里黑灯瞎火，一点生气也没有。廉背搬了一截桤木树桩，放在壁头下，靠着壁头坐下来。尽管廉把已经用文化石贴了墙，屋外还有一排气派的椅子。但廉背依然喜欢这样坐。这是他从小到大坐的姿势。这样坐，他身上舒坦，心里踏实。

屋外星星点点的萤火虫光，从一片树丛，跳到另一片树丛，忽高忽低，忽明忽暗，绕成一片灿烂的光幕。在这片光幕之中，忽又增加了一对明亮的绿莹莹光点。那光点跳上跳下，在萤火虫光幕中插来插去。本来连绵从容的光幕，忽然就乱成一团，四处飘散，抖落到草丛中。

廉背已经看出，那绿莹莹的光点，原来是一只猫。当廉背知道这两个光点是一只猫的双眼时，他心里忽然一动，站起来就往煤炭厂跑去。一边跑，廉背一边哑然失笑。显然，正是因为坐在一根桤木树桩上，像小时候那样靠着壁头，他的思绪才会豁然开朗。

煤炭厂仓库门口，志贵一动不动地坐着，脸上毫无表情。

廉背问志贵："志贵，茶神节前一天晚上，廉口是不是出去过？"

"时间太长了，记不得了。"

志贵是瓜的，廉背相信他是真记不得。廉背又换一种方式问："志贵，廉口是每天晚上都出去，还是那天晚上才出去过？"

"每天晚上都出去。"

"每天晚上是上半夜出去，还是下半夜出去？"

"上半夜出去。"

"那天晚上呢？上半夜还是下半夜？"

"时间太长了，记不得了。"

"有没有可能，那天晚上他是下半夜出去的？"

"有可能。"

"你的意思是，那天晚上他是下半夜出去的啰？"

"时间太长了，记不得了……"

廉背有点疑惑了，这个志贵，是真瓜，还是圆滑？

廉背决定直接问廉口。

幸运的是，才走两步，就发现廉口回来了。

廉口似乎也发现了廉背，做出低头在地上找东西的样子，到一个岔路口，忽然极快地滑了进去。廉背猛跑过去，冲进岔路口。

廉背冲廉口大喊，廉口只得停住，却又俯下身，装着找东西的样子。尽管掩饰，却是徒劳。廉背看出来了，廉口的身体在抖。廉背走得越近，他抖得越厉害。

廉背走到他面前，站了半天不说话，突然又先声夺人："廉口，你为啥要往道泉投毒？"

"我没有！"

"你还想骗我？信不信，我通知公安局，把你抓起来！"

"我没有。"

"我手里有证据，你还想狡辩？走，跟我去公安局自首！"

"我没有……"

廉背扯起廉口的衣领就往前拖，廉口虽说拼命挣扎，但趔趔趄趄，脚下无力，很快就被廉背扯出了岔路口。

廉把站在岔路口旁边，抱着手，抖着一只脚。

显然，廉把脚的抖与廉口脚的抖，不是同一种抖。廉把不看廉背。廉背的不看，与廉口的不看，也不是同一种不看。

"堂堂的大副乡长，敢随便抓人呢！"

廉背不自觉就把廉口放了。廉背一松手，廉口一眨眼就不见了，快得像一道烟。廉背也不去追，他直视廉把："哥，你说实话，在道泉里投毒，是不是你让廉口干的？"

"不错，确实是我让廉口干的，咋了？"廉把毫不隐瞒。

廉背一听就炸了，干了这种恶毒事，还满不在乎！"哥，你咋能干种事？你是道泉村支书，难道你不晓得，这是犯罪吗？"

"不就几个人拉肚子吗？又没死人。比这严重的事我都干过，要说犯罪的话，我早就犯过了。"

"你还干过比这更严重的事？"

"是呀，"廉把哼一声，"你忘了么大副乡长，我曾偷梁换柱，帮某人考上大学，让他当上了大副乡长呢！"

廉背脸发白，颤声说："哥，你究竟想干啥？"

"不干啥，这事过了就过了，你别问东问西，权当没发生过。以后你还继续当你的大副乡长，接着还可以继续当大乡长，该坐主席台坐主席台，该发表讲话发表讲话……"

"不行！"廉背生气道，"走，你和我去公安局自首，把事情讲清楚，还志慧姐一个清白，你不能对不起志慧姐！"

廉把大笑："大副乡长，我去公安局，是不是还得向公安局坦白，我曾干过的那件偷梁换柱的事？如果不坦白，是不是也对不起你的志慧姐？"

"哥，你好卑鄙，竟用这个来要挟我！"

"我哪里卑鄙？我是实话实说。既然要向公安交代，就交代干净。"廉把直视廉背，"你敢不敢和我一起去公安局？你要敢，咱们现在就走。"

廉背牙齿咯咯作响。

"不敢去，就别在我面前装圣人。道泉村只出过一个圣人孔老三，可惜他早就死翘翘了！"

廉把在廉背胸膛上用力戳了几下，一甩头发，扬长而去。

9

荒茶岭上的大荒茶树，突然就枯了一半。

当廉背听到这个消息时，他第一个念头依然是，大荒茶树的干枯，肯定也是廉把干的。廉把这样搞，就是要在道泉村制造恐慌，彻底摧毁志慧的茶产业。想想啊，先是道泉水有毒，接着大荒茶树干枯，这是天怒人怨呢，志慧的茶园，还能搞下去么！

廉背又赶去智慧茶生活。

志慧的茶产业垮了，志慧可不能也垮了。

往日人来人往的智慧茶生活，此刻一片寂静。满地横七竖八的脚印，都长满了青苔。那些被踩在尘泥中的草叶，也都直起了腰身，攀上人的脚踝，洋洋得意。

屋旁，志慧正拿着竹枝扫帚埋头扫地。

志慧非常安静，从容不迫。

那一刻，廉背的脑海里，忽然有些迷糊。他想起小时候几兄弟追赶娘老子赶场的场景。那时候，无论他老汉儿，还是他娘，都不愿意带个娃儿去赶场。带个娃儿去，总得买点零食。哪怕是一碗冰粉，一颗水果糖，总是逃不过的。那时候，家里哪有闲钱买零食啊！

有一次，老汉儿赶场去了，廉背忍了半天没忍住，也跟着赶路。想在街上寻他老汉儿，蹭个水果糖吃。但是他太小，不识路，绕了一大圈，走到街上时，场已经散了。

虽然场散了，但很多东西留了下来。

堆在食堂、饭店门口没来得及洗的碗碟，散发着油油的香气。满地食品包装袋、塑料纸，散发着甜甜的香气。各种香气搅缠在一起，成了一条浑浊不堪的河流，在长长的街上，冒着肮脏的泡沫。大街上晃动着人的身影，流淌着人的气息，飞扑着人的声音，但就是一个人也没有。

廉背独自在街上走了很久。终于，在街尾的一棵巨大的桤木树上，他看见有个人绑在上面。那人满脸伤痕，脖子上挂着个吊牌，上面写着"撬杆儿"三个歪歪斜斜的大字。显然，这个撬杆儿是被赶场的人抓起来，打了一顿后，绑在桤木树上的。但绑他的人已经回家，打他吐他口水的人，也已经回家。他们绑了他，打他吐他口水，但转身就把他忘了。那时候，这种撬杆儿实在太多，就算抓住绑了打了吐了口水，依然到处都是撬杆儿。要是把这些撬杆儿都记得，脑壳里就塞得太满了。塞得太满，身子就承受不住脑壳之重了。

一个人忘了，一街的人都忘了。遗忘像一条河，河流冲刷着一切，洗净着一切。河流所经之处，一点痕迹也不留，最后连河流也消失得无影无踪。

当廉背出现在那个撬杆儿面前时，撬杆儿显得异常兴奋。他的手被反绑在树后，不能动，但他的嘴是自由的。他大声喊廉背，让廉背给他解绑。他对廉背说，只要廉背给他解绑，他就给廉背买好东西吃，廉背想吃啥就给廉背买啥。为了让廉背相信，他还给廉背讲道理，他说他是撬杆儿，只要想吃，这条街上任何好吃的东西，他都能得到。现在，挡他们大吃大喝面前的，只有一个小小的绳结。只要廉背把这个绳结轻轻一拉，满大街的食物，就能像大航船一样，源源不断驶进他们的嘴里。

但是廉背没有去解那个绳结，廉背吓到了。撬杆儿给他描绘的食物的香甜，让他一阵阵吞清口水，但撬杆儿脸上的可怕伤痕与迷人微笑、滑稽姿势与淡定声音混在一起，吓得廉背身上一阵阵发麻。他转身拼命往回跑，跑着跑着，他又迷路了，又绕了一大圈，暮色四起时，他才看见了瓦屋上的炊烟。

那时，他娘正拿着竹枝扫帚，在门前扫地。廉背喊了一声"娘"。他娘先是一怔，随即扫帚扔了过来。只不过，扫帚还没打在廉背身上，廉背已昏倒在地上了⋯⋯

当廉背来到智慧茶生活时，他觉得志慧埋头扫地的姿势，非常像他的娘。那一刻，泪水一下盈满廉背的眼眶，他泪眼模糊地喊了一声"娘"，他甚至希望志慧的扫帚也能呼过来，拍在他身上。他觉得那种打在身上热辣辣的疼痛，一定会让他心生欢喜。

志慧没扔扫帚，她举着扫帚从草丛中走过来，就像害怕扫帚打扰了地上的草叶一样，安静而优雅。

志慧从衣兜里掏出一张纸巾，递给廉背，温柔地说："廉背弟娃儿，想你娘了吗？我们是一样的，我也经常想我的娘呢……"

廉背没接纸巾，拿手在脸上胡乱涂了一把，笑道："小茶呢？这种事情，不是该她来做吗。"

"嗨，别提那丫头了！"志慧扑哧一笑。廉背觉得，任何时候，志慧都能笑得那么灿烂，"茶神节那天，不是闹腹泻吗？很多人都在议论，是因为你大爷在道泉洗过脸，把水污染了。小茶那丫头就说，你大爷是她带到道泉边上的。若不是她，道泉水也不会受污染。她就一直很自责，躲在家里，不敢出来呢。"

廉背见智慧一副满不在乎的样子，也多少有些心宽，于是说道："志慧姐，今天咋不请我喝茶呢？"

"看我，咋把这事忘了。"志慧轻笑一声，"你今天想去哪个茶室喝茶，我随便你挑。"

廉背道："这时候，咱们最适合去的，就是相濡阁。"

"那就去相濡阁。"

整个智慧茶生活寂然无声，竹影扫阶。廉背坐在相濡阁茶桌旁，志慧烧水煮茶涤器，一时之间，两个人谁也不说话。

廉把觉得喉咙有些干，他努力清了清嗓子，才终于说道："志慧姐，你放心，我会让你的智慧茶生活重新热闹起来的。"

志慧不开腔，一直专心致志煮茶泡茶。等到终于把茶给两人倒上，她也坐下来，小饮一口后，才淡淡地说："廉背弟娃儿，我不想再继续做茶了。"

廉背心一沉，他最担心的事情，果然发生了。又过了一会儿，廉背才强忍住内心的痛苦，轻轻问道："不做茶了，以后你想做啥？"

"你哥说，以后咱们在荒茶岭开煤炭洞子。"

廉背终于明白，廉把的真正目的，是要夺荒茶岭开煤炭洞子啊！

廉背心里掀起滔天巨浪，但他依然软声软气："志慧姐，你不是也反对开煤炭洞子吗？你不是也觉得开煤炭洞子，对咱们道泉村的环境，是巨大的污染吗？咋同意我哥开煤炭洞子呢？前几天，我哥才说了要关煤炭洞子，为啥现在反而到荒茶岭来开了？"

"前几天你哥确实说过要关煤炭洞子，但现在茶场遇到了大麻烦，需要大笔资金周转。你哥说，在荒茶岭开煤炭洞子是暂时的，只要凑足了资金，咱们就把洞子关了，重新做茶。"志慧又低声补充，"其实我也晓得，就算你哥不开煤炭洞子，我的茶园也做到尽头了……"

"哪里做到尽头了？没有，根本就没有！"廉背再也控制不住，激动地叫道，"志慧姐，我哥都是骗你的。他所做的一切，从头到尾，就是为了得到你的荒茶岭，开煤炭洞子。如果你相信他的鬼话，把荒茶岭拿给他开煤炭洞子，那就是打开了潘多拉盒子，以后想关，都关不上了。"

志慧见廉背脸涨得通红，嘴里直喘粗气，忙笑笑说："廉背弟娃儿，你放心，无论我将来做啥，只要你来，我都会给你煮茶。茶室也一样，随你选。"

"我不选！以后我任何时候来，都会去鲲鹏台！走，今天咱们就换地方，换到鲲鹏台去！"

廉背端起茶，抓着志慧的手，把她往外拖。但这时候，廉把出现了。廉把总在关键时刻出现。

廉把冲过来，猛力掀开廉背，怒斥道："廉背，你想干啥？慧姑儿是你的嫂嫂，你放尊重点！堂堂大副乡长，竟然耍流氓，信不信我去纪委告你！"

廉背一字一顿说："哥，真相我已经明白了！够了，到此为止吧，你不要再害志慧姐了！"

"真相是啥？你说呀！"廉把反而怒气冲冲，"你说我害她，啥子叫害？你以前想和她谈恋爱，就不叫害，我和她谈恋爱，就叫害？你无非是嫉妒我从你身边把慧姑儿抢过来了嘛！但你要明白，慧姑儿现在已经做出选择，她选的是我，不是你。你要尊重她的选择，不要胡搅蛮缠！她做了选择，就变成了你的嫂子，你再对嫂子拉拉扯扯，就是耍流氓！别以为你是大副乡长，是领导，就可以欺负我这个村支书。你官大，我不怕，有比你大的。走，我和你去市委书记那里讲道理！"

廉背不理廉把，固执地拉住志慧的手："志慧姐，你永远记住一句话，这个世界上，哪个的话都可以相信，唯有廉把这个人的话，你千万别信！"

廉把拉住志慧另一只手："慧姑儿，你也永远记住一句话，防火防盗防廉背！"

"哎呀哎呀，你们两兄弟，是不是狗血电视剧看多了，也跟着学？低俗不低俗吗？"志慧把手从两兄弟手里猛抽出来，看着两人笑。但是笑着笑着，泪水却滚了出来，她忽然蹲在地上，把脸埋在膝盖上，整个身子都在抖，却又没有一点声音。

廉把冲廉背吼："看到没，你把你嫂子搞得有多难受！还不快滚，还在这里当啥子电灯泡！"

廉背转身就走，走了几步，又回转身对智慧喊了一句："志慧姐，我一定要让你明白，哪个才是真正帮助你的！"

10

着急的除了廉背，还有田成。

茶神节之前，田成说，这是对志慧的考验。

做事情难免有失败。其实，无论成功还是失败，都不是对志慧的考验。真正对志慧的考验，是她面对失败的态度。而从志慧心灰意冷的样子来看，她显然没有经受住这个考验。

田成最怕的，就是志慧经受不住这个考验。

廉背去了智慧茶生活，田成也去了一次。这一次，廉把竟然没有像防廉背一样，把田成盯得紧紧的，而是离开智慧茶生活，吹着口哨回厂去了。廉把对田成的轻视，让田成心中生了怒火，却又有些感慨：廉把不把自己当回事儿，看来自己真的是老了。

田成到智慧茶生活时，志慧像往常一样，把田成请到大木斋喝茶。

志慧的面色看不出明显的变化，但田成已经从中感受到一种淡淡的忧伤。田成不想把话题搞得太沉重，开玩笑说："志慧，你为啥总是请我到大木斋喝茶？我读过《庄子》，晓得庄子讲的'大木'，就是无用之才。你这是认为我老田无用么？"

"田书记，您是故意这样说的吧？"志慧笑笑，她笑得很苍白，"'大木'明明是智慧的象征呢。无用只是表象，智慧才是真相！"

田成道："我晓得你请客喝茶是很有讲究的。廉背一来，你一定会请他到鲲鹏台喝茶，意思是希望廉背会像一只鲲鹏一样展翅高飞。我来，你就请我到大木斋。照你刚才的解释，我身上还算有些智慧啰？"

"对呀。田书记，您就是智慧的化身！"

"你刚好说反了呢！"田成正色道，"我这个人刚好与'大木'是相反的。'大木'为了活下来，不被砍掉，把自己变成一副弓腰垂头的样子。但是我田成任何时候都把腰身挺得直直的，你啥时候见过我点头哈腰？"

田成的话，一下激起了志慧的斗志，她反问道："田书记，您确实正气朗朗，腰身挺直。你没有像'大木'一样弯曲，却依然挺了过来。而这，正是你有智慧的表现。没有智慧，您能挺过来吗？"

田成道："不是智慧，而是信念。这种信念让我的身体足够刚硬，那些歪瓜裂枣的斧头，根本就砍不死我。所以尽管我满身伤痕，但是最终活了下来。"

志慧的斗志更强了："田书记，我承认您足够刚硬，那些歪瓜裂枣的斧头确实砍不倒您。但是您不得不承认，因为您身上被砍的伤痕太多，影响了您的生长。否则的话，您早就长到高山之巅了！"

田成道："你的意思是，当年我也应该弓一弓腰，或者像一根藤一样？"

志慧笑道："如果是那样，就没有您田书记了！"

田成道："你的意思是，你要把腰弓一弓，变成一根藤？"

志慧叹口气："田书记，我现在没有挺直腰身的底气啊，我只是一个小女子，累了的时候，就想靠一靠。其实有时候，做一根藤是很幸福的……"

田成严肃地说："志慧，你要晓得，你必须长成一棵树！村支部马上就要开会讨论你入党的问题，为了确保公正，咱们乡党委还要派人参加。如果在这时候你选择做一根藤，你说这事咋讨论？"

志慧淡淡地说："田书记，我已经给把哥说了，让他暂时不开会讨论。我现在还不够格，等我够格的时候，组织再讨论吧。"

田成道："你想够格，你首先得是一棵挺拔的树！"

志慧依然固执地说："但我现在只想做一根藤。田书记啊，能够安心做一根藤，那才是真正的'大木'的智慧！"

田成说不服志慧，生气地走了。

志慧望着田成挺直的腰身及佝偻的背影，她的眼泪不知不觉就流出来了。

11

志干很失落。

志慧不做茶，那支祭拜队伍就闲下来了。原先，那些老头儿老娘儿们会早早来到智慧茶生活，然后，志干带着他们，浩浩荡荡去圣人石，这成了志干每天的必修课。现在老头儿老娘儿们不来了，志干一时间很不适应，不晓得该干啥。

每天，志干都早早起床，坐在屋檐下的那把藤椅上吸烟，一直吸到九点过。九点过后，确信没人来了，志干把长烟杆在檐坎石上敲一敲，军大衣往肩膀上提一提，就一个人爬上山，去圣人石。

到了圣人石，志干会按他带领整支队伍祭拜的全过程，从头到尾走一遍。尽管他的队伍，只有他一个人，但那些吆喝的口令，他一个也不会少。不但不会少，还会像从前那样，拉着长腔，喊得气势磅礴，喊得韵味悠长。

山坡上种田的老头儿老娘儿们，听到这个声音，往往会摇头叹息。本来他们已从田里爬起来，到了茶园，当了"毛脚汉"。但志慧不做茶了，他们不得不把裤脚挽起来，重新把毛脚又插进田里。那种刚刚长起来的绒毛，又被泥水夹光了。

志干是一根硬骨头，他拒绝回到那座老房子，拒绝坐到那把逍遥椅上。他一直在圣人石上坚守，做着那些毫无意义的动作，喊着那些没人执行的口令。

志荣也听到了，每天都听到。

志荣的感觉，和其他老头儿老娘儿是不一样的，这实在太丢脸！志荣恨不得伸出手，把他老汉儿的嘴捂住。他老汉儿不要脸，他还要脸呢！

志荣来到圣人石，想把他老汉儿喊回去。

"老汉儿，跟我回家吧。"

志干不回头，继续做："三天不练口生。我要是停了，以后就记不住了。"

志荣紧皱眉头："老汉儿，你清醒点吧。慧姑儿不做茶了，你练这个还有啥用？她要是嫁给了廉把，智慧茶生活就成廉把的了，你还好意思待在那里？回去吧，老房子才是你的家！"

"胡说，圣人石才是我的家！"

志荣很沮丧地回到家。然而一回到家，一件让志荣更沮丧的事情发生了。志富告诉志荣，志华跟着娱乐城的一个"黑寡妇"跑了。

志荣早就听说过箧幺姑儿的娱乐城里有"黑寡妇"，但他不晓得

"黑寡妇"是啥人，他也耻于打听。志富嘲笑他，连"黑寡妇"都不晓得！志富讲，"黑寡妇"就是在廉把的煤炭洞子，或者在外地煤炭洞子被压死的"煤黑子"的婆娘呢！志富滔滔不绝地讲，篾幺姑儿这一招高呢，正因为找了一些"黑寡妇"到娱乐城来，廉把煤炭洞子里的煤黑子们，才争先恐后去逛娱乐城呢！

"'黑寡妇'为啥能吸引煤黑子？"

志富神秘一笑："'黑寡妇'手段高强呢……"

"志华又不是煤黑子，他为啥要跟着'黑寡妇'跑？"

"志华喜欢'黑寡妇'手段高强呢……"

志富的话，自然不足为信。志荣皱着眉，百思不得其解。

志富却又阴阴说道："志荣，你看咱们家，志贵走了，志慧走了，老汉儿走了，志华走了，现在只剩下咱们两人了。你想过没有，哪一天，我也会走呢……"

志荣急了："志富你不能再走了！"

志富就等志荣着急："不走也可以，你得想办法让我娶到婆娘。娶不到，我也像志华那样，跟'黑寡妇'走。"

志荣说："你别着急嘛，你还那么小……"

"小啥呀，我都要满二十了！再说，不管小不小，咱得提前做准备。当初我就给你提过，让你再修一座房子，你不听，结果志华跑了。你现在如果还不听，你等着吧，我肯定会跑的！"

"圣人石那里的岩沙不能挖呢……"

"以前你说慧姑儿要在上面祭神，不让去挖。现在慧姑儿茶园垮了，不祭神了，哪还有啥子圣人石？志荣，我看你就是在找借口！我最后一次给你说，你再不去挖沙修房子，我走了，让你一个人独守空房，那时候你别怪我！"

志荣明知志富威胁他，但他也只能听凭志富威胁。他实在不敢想象，如果志富也走了，这个家只剩他一人时，是啥样子！

志荣又在晚上时去挖沙，他实在不敢白天去干这事。

志富把志荣嚷到山上去挖沙，他就趁机坐在逍遥椅上。

志干坐逍遥椅，喝茶，抽烟。他没茶喝，没烟抽，就歪在上面睡瞌睡。睡醒了，就等志荣回来给他做饭吃。志荣做迟了，或者干累了，想坐在矮椅子上歇口气。志富就冲他一通吼，接着又一通威胁。志荣害怕他威胁，所以就算累得散架，也得赶紧去灶下，洗锅，点火，炒菜。

12

廉背立下誓言，要让志慧的茶园起死回生。

但还没想到好办法，就得了个消息，廉把已向志慧求婚，志慧也答应了。两人即将去乡政府民政所领取结婚证。

只要志慧与廉把结婚，荒茶岭就顺理成章到廉把手里了。那时候，就算志慧后悔，不同意廉把开煤炭洞子，也阻止不了廉把了。

心急火燎的廉背，决定再回道泉村，作最后一搏。无论如何，要阻止两人去扯结婚证。

刚到村口，竟然碰到了箢幺姑儿。箢幺姑儿袒胸露肩，亮脐裸腿，擎着一支烟，一副摩登女郎的样子。廉背想从另一条道绕过去，箢幺姑儿偏偏横穿过去，挡在他面前。

"你红啥子脸？放心，你不是我的菜。"

"我没红脸，我的背心是红的。"廉背很讨厌箢幺姑儿，尤其她开这个娱乐城，廉背觉得完全是败坏社会风气。早在党委会上，廉背就提出过，是否查封全乡的这些娱乐城？田成也支持他的观点。但是不少人反对说，全国各地都在开娱乐城，目的是营造良好的招商引资环境。如果把娱乐城关了，招商引资更不容易做好了。

廉把和田成明白这个话是当时的共识，思来想去，一直下不了决心。

"怕是过两天，你就得穿绿背心了。"篾幺姑儿嘻嘻笑。

"绿背心未必比红背心好看。"廉背装不明白。

篾幺姑儿偏偏要说明："你婆娘明天就要和别人扯结婚证了。扯了结婚证，你的红背心就得换绿背心了。背心换成绿色的，连帽子也换成绿色的，你就是一条菜青虫了，哈哈……"

廉背不想搭理篾幺姑儿，装出满不在乎的样子："你是说志慧姐与我哥扯结婚证的事？他们要扯就扯好了，我祝福他们。"

篾幺姑儿哼一声："现在的男人，就是花心大萝卜！某人曾当着全村人的面表过态，毕业后就回来娶人家。结果呢，当了个副乡长，就瞧不上人家，想把人家给蹬了！"

廉背不想和篾幺姑儿废话："你究竟想干啥？"

"我帮你，想办法把你心上人，从你哥身边夺过来。"

"你为啥帮我？"

"你是聪明人，这还看不出来？你哥是我的菜呢。我帮你，也就是帮我。"

"你想咋帮我？"

"很简单，你只需要把民政所的人全部支走，让他们明天扯不成证就行了。"

"明天扯不成，还有后天呢。"

"过了明天你就不用管了，全交给我！"

"你想搞啥子歪门邪道？"

"不是歪门邪道，是为了爱。爱是高尚的行为，一切都可以原谅。"

廉背迟疑了一下，说："你别做得太过分了！"

篾幺姑儿在廉背肩膀上拍了一下："放心吧，我的大乡长，你就回家等着洞房花烛，颠鸾倒凤吧……"

13

第二天，志慧和廉把去民政所，民政所的人竟然全都出差了，办公室关门闭户。这种情况是不同寻常的，不过廉把也没多想，骂骂咧咧，拉着志慧回家，准备第二天再去办。

刚到场口，就碰到任家兄弟。两人单膝跪在地上，一人举着一束花，向廉把道喜："恭喜老大，贺喜老大，恭喜贺喜洞房花烛！"

任家兄弟被廉把开除后，好久没见过他们了。那天见到他们，廉把发现自己还有点怪想念他们的。以前有他们的时候，想打就打，想骂就骂。心情不高兴了，朝他们出一通气，心里就平顺了。没有了他们，出气都没那么顺畅了。又见这两个出气筒，廉把正好可以纾解今天的不愉快。不过，当着志慧的面，却不好操作，于是对志慧说道："慧姑儿，你先走一步，明天七点我去接你。"

志慧一走，廉把劈手就给任家兄弟两耳光："你们究竟是两条鼻涕虫还是两个棒槌？民政所人花花都没有，结婚证都没扯得成，还洞房花烛！"

任家兄弟被打，瞬间高兴起来，高兴得眼泪珠子直滚，抱住廉把的手，像抱住廉把的大腿："老大，手打疼没有？没有的话，要不再来两下。欢喜呢，老大打我们，我们欢喜呢！"

廉把不客气地又一人给了两下："你们他妈两条烂滚龙，竟然还有这种爱好。想挨打是不是？想挨打老子让你们挨个够，爽到底！"

任家兄弟双手抹着泪，又抹着脸上的血痕，把一张脸抹得像唱戏。就算是唱戏，也没他们唱得好，唱戏流血流泪是假的，任家兄弟流血流泪是真的。任家兄弟跪上前，一人抱住廉把一条腿，这次抱住的是真大腿："老大，你的手打痛了，走，我们请你喝酒，给你压惊！"

"老子啥好酒没喝过，你两条烂滚龙，能有啥子酒。"

"我们没有好酒，但每一滴酒，都是从我们心里流出来的，都是我们的真心！"

"你们他妈的有啥子真心？"

"我们是真心道歉，我们得罪了老大！我们再帮民政所那帮龟孙子道歉，那帮龟孙子今天不上班，也得罪了老大！"

廉把终于笑了，任家兄弟飞着泪雨，簇拥着廉把，朝街上的酒馆走去。

14

廉把醒来时，发现自己竟然躺在一张又宽又大的床上，旁边斜躺着箧幺姑儿。箧幺姑儿穿着一袭长长的金色晚礼服，晚礼服上是一朵又大又艳的金莲花。箧幺姑儿端着一杯流金酒，涂着金色的嘴唇，脸上也上了金色的浓妆，戴着各种各样的金首饰。一身金光闪闪的箧幺姑儿，用一种金子般的灿烂笑容望着廉把。

廉把猛坐起来，发现身上竟然一丝不挂。又靠回床里，拉起被子盖在身上。箧幺姑儿一翻身站起来，光裸着脚在地毯上走了几步，笑道："归来还是那个少年郎呢，咱们把哥也晓得害羞！"

廉把才不害羞呢！他立刻扯开被子，大摇大摆站起来，还晃了几晃，才不慌不忙穿衣裤。"是那两条烂滚龙把我搞到这里来的？"

"是啊，实话给你说吧，"箧幺姑儿点上一支烟，在房间转来转去，"这两条烂滚龙，不是被你开除了吗？开除后，就跑到我这里来，求我收留他们。我说，要收留你们可以呢，你们把我的把哥请到我这里来吧。你们请来了，我就收留你们。我让他们请，哪晓得，这两条烂滚龙竟然用了下三滥的手段。哎呀呀，真是可惜了……把哥呀，既然我这里叫'把的故事'，那就应该是一个完整的故事，这个故事应该从头到尾讲一遍。首先我们应该从二楼讲起，二楼叫'共进晚餐'，这是一个开端。接着咱们要讲到三楼，三楼叫'共舞一曲'，这是故事发展的第一波。再接下来，我们要讲到四楼，四楼的名字叫'共度良宵'，这是故事发展的第二波。四楼结束后，我们的故事就要讲到五楼了，五楼的名字叫'共生同死'，这是'把的故事'的高潮部分，也是'把的故事'的结局。把哥，你看看，这是一个多么美妙的故事，如果咱俩能相携从头到尾讲一次，经历一次，是不是此生最愉快的事情？"

篾幺姑儿把烟头揉碎在烟灰缸里，一跷二郎腿坐在沙发上："哪知这两个烂滚龙，不解风情，竟然把我们把哥灌得烂醉，不得不绕过二楼三楼，直接讲四楼的故事。不过把哥，你在这四楼讲的故事还不错，可以说相当精彩，听得我如痴如醉呢。把哥，我还想再听一次呢……"

"你究竟耍的啥子心眼？"廉把冷冷地扣着衣领扣子。

"哎呀喂，把哥呢，一个精彩故事，你竟然理解成耍心眼，我好伤心啊……"

廉把拉紧皮带，当一声扣上，打断篾幺姑儿："请叫我廉老板！"

说完，他做出招牌性的甩头发、插裤兜、晃身子的动作，大步往外走去。不过篾幺姑儿看得出来，此时廉把晃身子，是真的晃身子。

"嗬哟，廉老板不慌嘛，让小女子送你一程。"

廉把和篾幺姑儿一前一后走到娱乐城门口时，志慧站在那里。

廉把有些慌张："慧姑儿，你，你咋在这里？"

"你不是说今早七点，来接我去扯结婚证吗？看看现在几点了？"

篾幺姑儿大笑："哎呀，九点了，迟了两个小时呢。抱歉抱歉，都是我的错，占用的时间实在太多。妹妹啊，以后我会收敛的……"

志慧啥也没说，转身走了。

15

志慧与廉把闹崩，廉背大大地松了一口气，甚至快乐得想哼一支歌。

读大学以来，廉背就没有唱过歌。等他唱出口时，连他自己都大吃一惊。那声音如此陌生、怪异，把他都吓了一跳，从此闭紧了嘴，再也不敢唱了。可这天晚上，廉背哼出来的声音流丽婉转，像说话一样自然。廉背洗了个澡，早早上床，很快睡着了。

半夜时分，他却猛然从睡梦中惊醒过来，心里咚咚跳。

回忆起来，这种半夜猛醒，可不是第一次了。

梦中总有一条恶狗在追他，那恶狗由远到近，一直试图跳起来，咬他的脸。他拼命躲，但他往左躲，恶狗就咬他右边脸，他往右躲，恶狗就咬他左边脸。常常就在恶狗的牙齿即将挨到他脸上时，他猛醒了过来。

但是这天晚上，本来睡得很香的，为啥依然惊醒过来了呢？

廉背在床上滚来滚去，他的思绪渐渐定格在了志慧身上。

他忽然意识到，他帮箧幺姑儿把民政所的人支走，或许干的又是一件坏事。尽管廉把在娱乐城待一个晚上，不是他造成的。但如果不把民政所的人支走，廉把和志慧扯了结婚证，那么廉把跑到娱乐城待一晚上的事，就不可能发生。

廉背觉得他这样做，是在帮志慧，但或许志慧并不这样认为。至少当志慧知道廉把去了娱乐城，与箧幺姑儿待了一晚上后，她是如此伤心。

廉背又一次害了志慧。

廉背一直在做维护志慧的事，但事实上一直在害志慧。

廉背决定给志慧写一封信，把支开民政所工作人员的事，向志慧坦白。至于支开民政所工作人员，是不是造成廉把去娱乐城的直接原因，廉背留给志慧自己去判断。他觉得他必须做的，就是把这件事的前因后果，向志慧坦白。

从大学开始，他就一直给志慧写信，一个星期写一封。但是那些信，廉背说的都是假话。唯有这一封信，廉背说了真话。

当廉背写好信，让人带回道泉村后，他才感到了真正的轻松。虽然此后他晚上还时不时被噩梦惊醒，但是明显比以前少多了。

第八章　合水亭

1

精神抖擞的廉背，兴致勃勃赶到智慧茶生活。

志慧不在，小茶在擦窗子，她的哥哥大楷瘸着一条腿在扫地。

廉背笑着问小茶："志慧姐说你躲在家不敢出来，咋又出来了？"

小茶脸一红，眼睛一下就湿润了："背哥，都是我害了志慧姐。要不是我，志慧姐也不会关掉茶园……"

廉背心里一阵难过，但他依然笑着问："既然志慧姐关掉了茶园，智慧茶生活已经没用了，你为啥还在这里用心打理？"

小茶叹道："我也不晓得，我和我哥都很感激志慧姐。没有志慧姐的帮助，老汉儿肯定还在逼迫我们换亲。虽然说，我们已经不在这里上班了，但我们还是会按时回来，打扫这些房间，我们实在有点舍不得……"

廉背道："小茶，你放心，我会让志慧姐继续做茶的。我是你背哥，也是廉副乡长，你要相信我！"

"真的吗？那就太好了！"小茶高兴起来，"背哥，哦不对，廉乡长，我相信你！相信你！"

廉背来到荒茶岭。荒茶岭淹没在一片蝉声的海洋里，木槿花在山坡上热热闹闹开着，一行行的茶没有了修剪，长得兴高采烈，神气活现。

志干依然在圣人石上，披着军大衣，长一声短一声喊着口令，起来又跪下去，跪下去又起来。廉背一向对志干很厌恶，但是看见志干这个样子，他心中百感交集。

志慧站在另一个山头，她没有往圣人石方向望，她望着莽莽的群山。她的身体一动不动，但衣服飘飞着，头发飘飞着。廉背连喊了几声，志慧似乎都没有听到，不知是因为蝉声太吵，还是她太专注的缘故。廉背走过去，拍志慧肩膀。志慧惊回头，廉背看见志慧脸上满是泪痕。但她迅速拉起前襟，在脸上擦一把，又精神百倍的样子，还夸张地拍胸脯："吓死我了！吓死我了！廉背弟娃儿，以后不许这样吓人了！"

两人并排站着，吹山风。

廉背说："志慧姐，你收到我的信了吧？"

志慧笑道："收到了。"

廉背说："我承认，我确实有点娃儿气。在恋爱问题上，确实很不成熟。比如当年给你写了那么多信，明明晓得你只是把我当成弟娃儿，对我并没有爱恋的感觉，但我却偏执地以为，精诚所至，金石为开。不过我现在终于明白过来，你和我哥才是相亲相爱，我祝福你们！"

"好了好了，廉背弟娃儿，你认识到这点，姐无比高兴。"志慧拍拍廉背肩膀，"唉，你也不小了，得考虑自己的终身大事了。"

廉背道："其实，我在读大学时，一直有个让我心动的女孩子，她也一直很喜欢我……但是，因为那时候我要信守对你的承诺……"

"糊涂呀，你这傻小子！"志慧在廉背胸口结结实实来了一拳，"该写信的你不写，不该写的你瞎写一大堆。赶紧！赶紧给人家姑娘写信，把你的爱大声喊出来！要迟了，姑娘嫁人了，你会后悔一辈子！明白吗傻小子？"

廉背道："志慧姐，我这就是来找你商量呢。姜小北家里开了一家茶叶公司，公司的规模很大，在全国都有生意。上次你举办茶神节活动，本来我最应该邀请的就是她，但我又害怕看到她，所以没邀请。我想向她求爱，但我害怕直接说出来，显得很突兀。所以，我想以请她来考察你的茶叶生产基地为由，邀请她过来。到时候咱们再搞个茶神节，顺便多邀请些人来助兴。在茶神节上，我当着来自全国各地宾客的面，向她求爱。你说，这样的场面，是不是特别感人？她会不会因为感动，马上就答应我的求爱？"

志慧笑了："廉背弟娃儿，你究竟是想办茶神节，还是向心爱的姑娘求爱？你不会是打着求爱的幌子，鼓动我又搞茶神节吧？"

廉背道："当然是求爱了！但是没有茶神节，她能来吗？"

志慧低头说："但是我已经不搞茶了呀……"

廉背着急了："姐啊，你难道就不能为了我，重新把茶搞起来吗？"

志慧喃喃说道："大荒茶树干枯了，我还做啥子茶，不能了呢……"

廉背抓住志慧的手："志慧姐，大荒茶树干了，但也只是干了一半。很明显，这是个意外。意外是生活的一部分，但仅仅是一部分，一小部分，不是全部。咱们更不能被意外打倒。被意外打倒，是懦夫中的懦夫。你这一生，经历过多少意外呀。当年高考，你没能去读大学，那是多么巨大的打击，也没见你这么灰心丧气！志慧姐，我相信这一次你也一定能站起来的。别的不说，志慧姐为了她弟娃儿我的幸福，也绝不会袖手旁观，对不？"

志慧终于点点头："廉背弟娃儿，就算你骗姐姐，单纯是想让姐姐把茶园恢复起来，姐姐也不能拒绝你。但是，姐有个条件，你必须真心向人家姑娘求爱，别像当年对我那样演戏呢。你真心向人家姑娘求爱，姐就答应你，把茶园恢复起来。你要只是演一场戏，那你就害了人家姑娘了，明白不？"

廉背高兴地说："我晓得！志慧姐，我对姜小北绝对是真心的，我对你也是真心的。我已明白，这两种真心，是不一样的真心。"

2

听说是去考察志慧的茶园，姜小北爽快地答应了。

她在回信中说："老同学，为了你的志慧姐，我可真的称得上侠肝义胆呀！大学帮了你四年，大学毕业这么多年了，我还得帮你。好吧，为了帮你把心爱的姑娘完全追到手，我把侠女做到底啰！"

廉背把姜小北的回信放在胸口，一时泪流满面，喃喃自语："小北，大学四年，我写了那么多信给志慧姐，每封信都是先给你看了，才寄出去的。其实你不晓得，我之所以要给你看，是因为那些信，本来就是写给你的。只是因为我对志慧姐有承诺，一直不敢对你说真心话。现在我这封信，依然没有对你说真心话。不错，我确实是想帮志慧姐，但我不是让你来帮我追志慧姐的，我是真心要向你求爱的。这话已经在我心里藏了许多年，它已经长成参天大树了。如果我再不把它讲出来，我就要被它撑破了。小北，我发誓，这是我最后一次说假话，等你来了以后，从此我对你说的句句都是真话，绝不会再骗你了！"

姜小北来道泉村的时间已经敲定，廉背也开始紧锣密鼓地筹备起来。

不过这时，廉把到乡政府找廉背来了。

廉把晃进廉背办公室，吊儿郎当地说："副乡长大人，道泉村村支书廉把来向你汇报工作，你有没有时间接见一下？"

当时还有很多人围在廉背办公室里，都在向他汇报。廉背虽然只是蜀山乡的副乡长，但田成是书记、乡长一肩挑，而田成又有意培养廉背，因此他常常放手让廉背主事，这样一来，廉背就成了实质上的二把手，甚至是一把手。乡上的大小事情，大家都来向他汇报，所以他非常忙乱。

堵在办公室向他汇报工作的人，都认得廉把。所以当廉把晃荡进来时，大家都自觉地赔着笑，给廉把让开一条路，让他过去。

廉背心里不痛快，同时也有一些紧张。廉把几乎从来没到办公室来找过他。别说找他，乡上开会，廉把也是想来就来，不想来，谁也拿他没办法。现在廉把不同寻常地到来，廉背晓得，廉把想谈的事情，也一定不同寻常。

廉背说："哥，你先坐一会儿吧。你看我这里有这么多事，等我处理完了，再和你谈。"

可是，挤在廉背办公室汇报工作的人，却都纷纷自觉退了出去，还不好意思地道歉："我们不急，我们的事等一会儿也没关系。廉书记先谈！廉书记先谈！"

众人都走后，廉把得意地坐下来，翘起二郎腿，点上一支烟，又吸了半天，才眯着眼睛说："廉大副乡长，听说你又要搞啥子茶神节？"

廉背本来想把他对志慧说的话给廉把说一遍，但看到廉把兴师动众的样子，他就来气，故意说："是，我就是想让志慧姐把茶重新做起来。"

廉把冷哼一声："大副乡长，你不觉得这是徒劳吗？你已经失败过一次，还想再失败一次？"

廉背火气冲起来："哥，你还想投毒？我告诉你，这次你不会得逞了，我们会派人严密监视，你不会再有机会了。"

廉把徐徐吐出烟圈，嘿嘿笑："大副乡长，我告诉你，你就是派人24小时守着道泉，也没卵用。我廉把想要达到的目的，哪个都拦不住！"

"你又想干啥？"

"我嘛，啥也不用干，只需给大家讲个故事，讲一个很励志的故事，一个很正能量的故事。故事的主人翁，是一个农家娃儿，通过艰苦努力，考上大学。毕业后，放弃了大城市优厚的待遇，回到他偏僻的家乡，勤奋工作，被破格提拔为副乡长。乡党委书记对他极为厚爱，把大小事情都交给他干，极力培养他当乡长，甚至想培养他当书记，接自己的班。市里也很看好他，也希望他能接这个班。目前嘛，还正处在考察期。显然，这个娃儿是前途无量的，今后当市长、省长都有可能。当然了，他的人生能取得成功，最关键还是考大学那一步。没有那一步，此后的一切，都不可能发生……"

廉背脸色惨白："哥，你是我哥，你为啥要这样搞我？"

廉把猛地扔掉烟头，用脚碾碎："廉大副乡长，请你先把事情的来龙去脉理清楚。不是我先搞你，是你先搞我！本来我已和慧姑儿说好，她暂时不做茶，把荒茶岭给我，让我开煤炭洞子。我开煤炭洞子，也是为了挣钱帮她还债。可你却从中作梗，又要搞啥子茶神节。你自己说说，究竟是哪个搞哪个？"

廉背耐心劝说："哥，你难道不明白，开煤炭洞子，是在毁咱们道泉村吗？你已经让道泉断流过一次了，还想让道泉断流第二次？你这个煤炭是不可再生的资源，挖完就完了，而志慧姐的茶产业……"

廉把粗暴地打断廉背："市里的领导都把我的煤炭当重点产业，只有你说不行，只有你阻止！廉大副乡长，你究竟有啥不可告人的居心？"

整个乡政府都安静下来，似乎大家都在竖起耳朵，听他们兄弟俩吵架。

廉背不想把事情闹大，低声苦求："哥，你说得不错，确实上面有很多领导只看中GDP，看中他们的政绩。但咱们不一样，咱们是土生土长的道泉村人。咱们要是破坏了道泉村的环境，就成了第二个篾村哲。篾村哲已经死了，他不会复活，他要是一直活在咱们村，咱们村是不会有希望的。"

廉把夸张地鼓掌，跺脚，似乎要搞出一片惊天动地的声响。"哇，廉大副乡长，你好了不起！你不该在咱们这里当啥子副乡长，你应该去圣人石，坐在那里，被大家供起来。不过呢，我可警告你，如果是真圣人，那个地方就坐得稳。如果是假圣人，恐怕一坐上去，就要从上面掉下来……"

廉把说完，也不管廉背是不是还想说啥，就做着他插裤袋甩头发晃身子的"三件套"动作，昂首走出廉背办公室。

3

廉背才不管廉把咋威胁他呢，他该干啥还就干啥。不过显然，廉把不会善罢甘休。不久后，市纪委就把一封匿名举报信转到田成手里。

田成回头就把举报信递给廉背看。

廉背看完，笑着说："田书记，举报信上讲的事情是真的。"

田成大吃一惊："真的？"

廉背道："田书记，是真的。但我也是没办法，要不这样做，志慧就不会继续做茶了。志慧被我哥一通糖衣炮弹俘获，意志软弱，对我哥言听计从。我哥让她把茶场关了，开煤炭洞子，她就完全照办。没办法，我只有假说让她帮我求爱，由此激发她心里的那股侠气。志慧姐是个侠肝义胆的人，帮别人的事，她一定会干。我就想通过这个办法，让她不知不觉，又把茶做起来。"

田成皱眉道："廉背啊，你的想法是好的。但这样做，人家会说你假公济私呢！说你搞茶神节是假，追自己的女朋友是真，说你滥用公权力干私事。咱们做事得堂堂正正，坦坦荡荡啊！"

"田书记，这一点，我早就想过了。而且我敢肯定，这一封举报信，一定是我哥写的。他的目的，就是让我放弃搞茶神节，放弃帮志慧恢复茶场。这样一来，他就可以放心大胆开煤炭洞子了。"

田成说："廉背，你讲的都对，我也估计是你哥干的。正因为如此，我才在纪委那里帮你说了好话，纪委才只是让我了解一下情况，并没有立案。但是，如果这样的举报信多了，纪委就会认真对待，尤其你这件事还是真的。再说了，就算纪委晓得你不是出于私心，不处理你，但是你现在正在考察期，这些东西对你的转正不利呢。"

廉背道："田书记，如果我不能做一些有意义的事情，就算当了乡长，又有啥意义？"

田成沉默了一会儿，说："好吧，这事我先帮你兜着。但是，廉背呀，大风吹来的时候，柔嫩的树梢就会被折断。你不得不承认，你其实还是一株小树苗，能长起来，相当不易。不要因为还没长成参天大树，就先让风给吹断了啊！"

廉背笑道："被风吹断，比让风吹弯了好呢。让风吹断了，可以重新发一根新枝条起来。要是被风吹弯了，就算长成参天大树，腰身也挺不直呢。"

田成高兴地说："廉背，就冲你说的这句话，我就支持你！放心，你大胆去干，一切我帮你兜着！"

4

篾幺姑儿没想到，廉把会主动给她来信。

廉把说，想和篾幺姑儿把"把的故事"讲完。不过廉把又说，他们的故事，不应该从筒子楼的二楼开始讲，而是应该从圣人石开始讲，那里才是他们故事的起点。

本来，篾幺姑儿对廉把的来信充满狐疑，但廉把最后这一席话，却让篾幺姑儿心中碧波荡漾。她几乎没有犹豫，就在廉把约定的那个晚上，准时来到圣人石。

篾幺姑儿爬上圣人石的时候，廉把果然没有骗她，而是坐在圣人石上，一口一口吐着烟圈。

篾幺姑儿坐到廉把身边，廉把身上，有一股好闻的烟草味儿。

"我也要抽烟。"

"抽哪个的？"廉把满眼含笑，侧脸瞅篾幺姑儿。

"当然是你的，难道你不愿意？"篾幺姑儿伸手夺廉把手中的烟。

廉把把烟举过头顶，大笑："当然愿意，给你抽一辈子都愿意！"

"你真愿给我抽一辈子？"

"我廉把从来不说假话。"

"我要抽燃着的烟。"

"我的烟一直燃着。"

"我不信，除非你证明给我看！"

风从山下冲涌上来，大荒茶树上的叶片互相敲击，像拍巴掌一样，噼噼啪啪，噼噼啪啪。

"大荒茶树都在怂恿你呢，你还不把烟点燃？"

"不着急，"廉把笑笑，"要把烟点燃，你得先给我一个打火镰。"

"我不是你的打火镰，慧姑儿才是你的打火镰！"篾幺姑儿生气地说。

"慧姑儿不是打火镰，她只是一团火绒。"

"信你个大头鬼！她没有打火镰，你还天天去她那里打火！"

"我没有去她那里打火，我是去扑火。"廉把嘻嘻笑，"她那茶园的火烧得很旺，我去把她的火扑掉，我煤炭洞子就能够旺了。我的煤炭洞子旺了，你的娱乐城也就旺了。"

"我的娱乐城能旺？你不会吃错药了吧？到过我娱乐城的人，不是都被你全开除了吗？"

廉把伸手搂住篾幺姑儿的腰："以前不是因为觉得你在搞我，让你的目的不能得逞吗？"

"现在为啥又不怕我搞你了呢？"

"现在不怕,是因为你是我的人了。既然是我的人,你想咋搞就咋搞。"廉把嬉皮笑脸,用力搂了一下箧幺姑儿的腰。

箧幺姑儿哼了一声:"我看你就是个偷心男人,以前偷了慧姑儿的心,现在又想来偷老娘的心!"

廉把做出委屈的样子:"哪里是我偷慧姑儿的心,是她想偷我的煤炭洞子,搞她的茶场呢。我以彼之道,还施彼身。靠近她,无非是想把她偷去的东西,重新偷回来而已。"

"那你靠近我,目的又是啥?"

"我靠近你,也就是看金莲花开呢!"廉把把箧幺姑儿的脸扳过来,"村里的金莲花,是需要道泉水浇灌的。你这朵金莲花,得我廉把来浇灌!"

5

志干照例又到圣人石跪拜。

志干听说志慧又准备搞茶神节了,一时激动万分,便想立刻派人告知原先那些老头儿老娘儿,让他们回来继续练习。但是志慧告诉他,让他别急。志慧说,这个茶神节和以前的茶神节不一样,可能不一定要搞祭拜茶神的仪式。再说了,大荒茶树都干枯了一半,再对着茶树祭拜,会让人笑话。

志干很紧张,害怕志慧取消这个仪式。不过他又不好意思求志慧别取消,他只得每天继续坚持到圣人石上练习。他相信,只要自己坚持不懈,志慧是能看到的。她看在眼里,就不会取消这个仪式了。

这天,正当志干练习祭拜的时候,箧幺姑儿来到圣人石。望着不断跪拜喊叫的志干,箧幺姑儿拿话挑他:"老爷子,树上的鸟儿成双对,你一个人在这里,又是趴来又是跪,你不觉得寂寞吗?"

志干猛跳起来,像一只受惊的兔子。

篾幺姑儿大笑："老爷子，你咋了，受啥刺激了？"

"一条蛇爬过来了。"

"无毒蛇吧？你看她长得多好看！"

"越是好看的，越有毒。"

"老爷子，我看你提防错了吧。如今确实有一条毒蛇往你家里爬，你竟然没看见……"

"哪条毒蛇？"

"廉把不是一条毒蛇？你想啊，他要是爬到你家慧姑儿的床上，就要在荒茶岭开煤炭洞子。那样一来，荒茶岭就毁了，这块圣人石也就裂开了。这棵大荒茶树现在已经干了一半，开了煤炭洞子，就全干了。圣人石裂开了，大荒茶树也干了，老爷子，你还拜个啥劲啊？"

"你打胡乱说！"志干急切辩解，"慧姑儿马上要搞茶神节，到时候大老板就会来。大老板来了，慧姑儿的茶场就活起来了，还开啥煤炭洞子！"

篾幺姑儿冷笑："老爷子，你在社会上摸爬滚打几十年，也算老江湖了，没想到竟然还这样天真！啥子大老板哦，不过是廉背的一个相好，她就是来玩儿的。慧姑儿搞的，也根本不是啥子茶神节，她是借这个名字，帮廉背提亲呢。要不，咋不让你像以前一样，带队伍练习？再一点，只要廉把这条毒蛇爬到你家慧姑儿床上，你家慧姑儿早迟得听廉把的。有没有大老板，都等于零！"

志干摸出叶子烟，叼在嘴里打火吸。他的手在抖，嘴在哆嗦。篾幺姑儿笑道："老爷子，你也不用焦心，办法也不是没有。"

"啥办法？"

"只要把爬到慧姑儿床上的毒蛇，换成无毒蛇，不就放心了吗！"

"哪条是无毒蛇？"

"廉背。"

"那条毒蛇呢，往哪里爬？"

"我的床上。"

志干瞟了箧幺姑儿一眼:"既然是毒蛇,你就不怕它把你咬死?"

"我怕啥,我以毒攻毒!"

箧幺姑儿把头发往后一撩,扭着屁股走了,不过还有些香气留在眼前。志干赶紧大口吸烟。从嘴巴喷出的烟雾,又被他从鼻子吸了进去。

6

半夜三更,廉背在一阵地动山摇中惊醒过来,他大叫着"地震了",冲出宿舍。廉背的声音太大,把住在宿舍的乡干部吵醒了,大家套着衣服揉着眼睛踢踏着拖鞋从房间出来。

"快点跑呀,你们疲沓慢沓干啥!"廉背着急了。

"哪有啥地震?没有呀。"

"对呀,没感觉到地震呀。"

有人就叹气:"廉乡长,你是最近工作太累了呢。"

有人开玩笑:"廉乡长,是不是想你的同学了?我们可晓得你的故事呢。"

有人打哈欠:"睡吧睡吧,离天亮还早着呢。"

大家和廉背的关系都比较好,和廉背说话也比较放松,所以也都没把廉背这句话当回事。陆陆续续,又进屋继续睡觉。

廉背也疑惑,是不是真的因为精神紧张,产生错觉了?但是最近的精神不是很放松吗?为啥还会紧张产生错觉?廉背挠挠后脑勺,也回到宿舍。不过这时,他却咋也睡不着了,心里一直怦怦直跳。直到天亮时,才有些朦胧的睡意。但是他刚要睡着,大家却起床了,吵了起来。唱歌,不唱歌的也练练嗓子。

一整天,廉背脑壳昏昏沉沉,感觉天地一直在摇动。好不容易摇到晚上,立刻就入睡了,鼾声震天。但半夜时,忽又被一阵巨大的摇晃惊醒。廉背惊醒了，但不敢随便动了。堂堂副乡长，头一天晚上乱喊一气，要再乱喊，丢脸不！

但他立刻发现，其实并不是地动，而是有人拍门。尽管拍得很轻，但在廉把听来，那就是地震。

廉背打开门，两道绿光照进来，吓了他一跳。但他立刻明白，这是廉口。廉口喘着粗气说："哥，志慧姐出事了，她让我给你带信，让你赶紧回去呢！"

"出啥事了？"

"她不让我说，就让你赶紧回去，连夜回去！"

不待廉背继续追问，廉口回身一跳，两只绿眼睛跳跃着，越来越小，消失在茫茫夜色中了。

廉背心里乱成一团。有无数疑问，在他心里翻卷着，缠绕着，还咬啮他，让他疼痛难忍。廉背想起刚做的一个关于地震的梦，难道这是一个预兆？因为志慧出事，这种讯息，冥冥中被他捕捉到了？

廉背捏一把手电筒，心急火燎往智慧茶生活赶去。

到智慧茶生活时，整座茶舍一片静悄悄。

屋檐口下有一些火星闪烁，还有一股浓浓的叶子烟味飘过来。廉背认出，那是志干。

廉背焦急地问志干，究竟发生了啥事？志干只是愁眉苦脸，说志慧病了，病得很厉害。说志慧在梦蝶室等他，让他自己进去看。

梦蝶室是间茶室，志慧生病了，咋可能还待在梦蝶室？

志慧在梦蝶室，为何梦蝶室黑灯瞎火，志慧在那里干啥？

事后，当廉背回忆当时的情景时，各种疑问相继涌进他的脑海。他懊恼不已，责怪自己当时为啥不多想一想，就闯进了那个房间。

当纪委找他去谈话时，他一直在思考这些问题。聪明一世的他，为何糊涂一时，犯这种低级错误？

这也是当时纪委问他的话。但是廉背答不上来。

田成、志慧等人都说廉背是无辜的，是篚幺姑儿有意陷害他。志慧还说，这就是她老汉儿一时糊涂，鬼迷心窍，上了篚幺姑儿的当，才和篚幺姑儿合谋害廉背。

但是志干不认账。志干坚持说，就是廉背请他帮忙"偷人"的。而且志干还拿出一沓钱，证明廉背出了钱，请他拉皮条。志干还哭天抹泪，骂自己一时糊涂，鬼迷心窍，才收了廉背的钱，干这种脏事！

廉口又出来指证说，确实是廉背让他帮忙"偷人"的，而且也是给了钱的，他也把钱摸了出来。不过已经用了不少，没法还原了。

志干和廉口，一个是曾经的老书记，一个是村头混混，品性完全不同，但说的都一样。这就使得这件事具有了极大的可能性，让人不得不信。

这件事，影响实在太大。

这个影响，其实从那天晚上就开始了。那天晚上，注定是个不眠的晚上，道泉村远远近近的人，不管睡得有多香，那一刻都失眠了。许多人跑到智慧茶生活看热闹，一些人不好意思来，就爬到屋后山冈上，支起耳朵偏着脑壳听。

在此后的几天里，这件事成了大家茶余饭后最热门的话题。堂堂副乡长，竟然跑到智慧茶生活偷女人！

在各种级别的"偷"中，"偷女人"是大偷。堂堂副乡长，天天对"偷"深恶痛绝，原来他是大偷，高级偷！

也有人替廉背辩解："你们别打胡乱说，廉背是个读书人，又是副乡长，他咋可能干这样的事！"

"廉背和篚幺姑儿衣衫不整从暗屋里出来，咋解释？"

又有人帮廉背辩解："这不合常理啊，廉背要偷女人，就应该去娱乐城，咋会跑到智慧茶生活？"

"你是猪脑壳！廉背是副乡长，他咋可能到娱乐城？别说去偷女人，就算到娱乐城逛一圈，可能都会踩一脚屎！"

被骂猪脑壳的人不服："到智慧茶生活，最终不还是暴露了吗？"

就有人叹息："廉背还是太嫩了，被箧幺姑儿算计了。箧幺姑儿啥子人？本来就是用来给人偷的，她居然说廉背偷她。她身上的那个东西，是用来卖的，用得着偷么？"

"偷的比买的香。"

"妻不如妾，妾不如偷，偷不如偷不着，廉背最后就是没偷着。"

7

这些话都又骚又香，佐酒助茶，妙趣横生。正因为妙趣横生，因此传得很广。不但传遍了道泉村，还传遍了蜀山乡，传遍了东坡市。

纪委在对廉背进行调查的同时，也有不少人在积极营救廉背。

田成跑到市委书记周庄的办公室，向周庄下话，又点头，又哈腰。田成一辈子没有向谁点过头哈过腰，包括对之前的庄书记，也包括对现在的周书记。但是为了廉背，他把头点得像鸡啄米一样，他把腰弓得像虾发力一样。

周庄把田成立的那张"军令状"拿出来，拍在桌上，敲着桌子问田成："老田，你还认得这个不？"

田成笑着，笑得一脸褶子："认得认得，我立的我立的，不过……"

"你还认得这个哦？"周庄冷冷地说，"看来你还不是很老，眼睛还没花，还有点记性！当初你咋给我说的？你说这个娃儿你是看着长大的，品性很好。好嘛，我相信你，还破格提拔了他。现在搞出这样的丑事，你告诉我，你当初给我拍的那些胸脯还作数不？"

"作数作数！周书记，廉背的品性没变，他是被冤枉的，被冤枉的呢……"

周庄道："你说他被冤枉的他就是被冤枉的啊？那么多人都证明

他干过，包括当事人，还有他兄弟都指证他。他呢，迷迷瞪瞪的，又拿不出证据。我们凭啥相信他？就凭你老田一句空口白话？"

田成急了，脸涨得通红，脑壳上的白头发直抖："周书记，我不是空口白话，不是！我田成一辈子没有说过瞎话，您应该相信我！"

"我相信你，你老田确实一辈子没有说过瞎话。但是我相信你有用吗？全市都在传这件事。你又没有充足的证据，如何化解这一场舆情危机？"

"解决舆情危机的办法，就是继续信任他，让他干成功一件事！"说这话的是志慧。没想到志慧也跑到周庄办公室，给廉背求情来了。

周庄来了兴趣："让他干成啥事？"

"从哪里跌倒就从哪里爬起来。"志慧道，"周书记，道泉村即将再次举办茶神节活动，这您是晓得的。活动中，道泉村要和一家全国性的大型茶叶公司签约，这您也是晓得的。这家茶叶公司之所以愿意和咱们签约，除了看得上咱们有道泉的茶叶基地外，更重要的，就是因为有廉乡长。如果这时候给廉乡长一个处分，固然可以很快平息舆情，但是也可能给这次签约带来巨大的影响。因此我觉得，不如选择相信廉乡长，让他把这件事办成。这样一来，大家对他的印象自然就转变了，舆情自然就平息了。"

周庄目光炯炯地盯着志慧："你这是也在给我立'军令状'？"

志慧朗声说道："周书记，我已经向组织递交了入党申请书。田书记对我进行了两次考验，一次成功一次失败，算是抹平。我把这当成是组织对我的第三次考验！周书记，这个'军令状'，我愿意立！"

周庄其实也不相信廉背会干出那样的事，他也很爱才，也想保廉背。只不过他想用这个方法激一下田成而已。没想到惊喜不止一个，不但把田成激起来了，还把志慧也激起来了，这使得他窃喜不已。最终，周庄给出一个折中方案，暂不处理廉背，给一个考察期，直到茶神节结束。如果在这期间没出啥麻烦，廉背可以继续当副乡长，甚至可以让他转正当乡长。但如果又出麻烦，对不起，廉背必须走人。

8

廉背被放了回来，还没到家，廉把就在半道上把他截住了。

廉把得意非凡，张牙舞爪："这一套组合拳，把你打痛了吧？我的大副乡长，哪里痛，我给你摸摸。"

廉背抖落廉把的手，冷冷说道："哥，你是不是想告诉我，如果我继续支持志慧姐搞茶神节，你就会来个鱼死网破，把我顶替志慧姐读大学的事说出来？"

"不愧是我廉把的弟娃儿，很聪明！"廉把嘻嘻笑，"你还懂得用鱼死网破这个词。不错，慧姑儿要是把茶场重新开起来，我就挖不了煤。挖不了煤，我就要饿死，我的那么多工人都会饿死。你说我不鱼死网破还能干啥？"

"说得那么冠冕堂皇，你管过你工人的死活吗？你打着整顿的旗号，拿所谓的道德吓唬人，一次性开除那么多人！你目的是啥，还不就是为了不给遣散费！那时候，你管过你工人的死活吗？"

"你要是把荒茶岭的煤炭洞子搅黄了，剩下一半工人的死活，我也管不了了。我都要饿死了，哪还能管他们！"

"哥，你这是借口！"廉背耐心劝廉把，"你真想管你工人们的死活，就得给他们找一条有前途的出路……"

"又来了！"廉把不耐烦了，"你要记住，你的一切，都攥在我手里。我系在你身上的，是一个死结。你没有资格教训我！如果你一意孤行，不怕鱼死网破，我一拉线头，你就死定了！"

廉把骄傲地走了。

有线头捏在手里，掌管着廉背的死活，廉把自然是骄傲的。

廉背放出来了，志慧才回过神来搭理他老汉儿。

那天早上，志干依然气定神闲坐在屋檐口下的藤椅上，慢条斯理抽烟。

志干一直在考虑，是不是把老屋那把逍遥椅抬到智慧茶生活来，这样的话，坐着会更气派一些。或者让志慧给他重新做一把。大荒茶树既然已经干枯了一半，不如砍倒，做个逍遥椅。这是志干当大队书记以来，一直都有的一个梦想，只是因为那时候需要摘上面的叶子泡茶，砍了就没茶喝了，所以他有些犹豫。现在遍地是茶，不怕没茶喝了。祭拜茶神的时候，一直对着大荒茶树拜。但大荒茶树已经干枯了一半。再对着它拜，就不合适了。志慧要举行茶神节，但不搞祭拜茶神仪式，就是因为大荒茶树已经干枯了一半，搞祭神仪式不好看。因此志干就有个念头，不如干脆把这棵大荒茶树砍了。趁着它还没有完全干透，砍了还可以给自己做一把逍遥椅。同时也不至于搞祭拜茶神仪式时显得尴尬。

志干觉得这是个一举两得的主意，为此，他兴奋了好几天，一直想给志慧讲。只是因为后来发生了廉背的事情，志慧气得不理他，他才没有说出口。

廉背放回来的第二天早上，志慧抬了把凳子坐在志干面前。志干心里一动，正准备给志慧讲，没想到志慧却低声问道："老汉儿，现在只有咱们爷儿俩，你说一句实话，廉背真的给你钱，让你在咱们这里选地方，让他们两个做那种事吗？"

"真的。"志干一口浓烟喷出来，遮住了他半张脸。

志慧想要发火，她看别处，努力控制住情绪，才又转脸说："老汉儿，就算是真的，你为啥让他俩到我们茶室里去？你不觉得这样会把茶室搞脏吗？搞脏了哪个还来喝茶？哪个还来买茶？你这是在毁咱们的茶室明白吗？如果你毁了咱们的茶室，那咱们就完了，你也不可能去圣人石祭拜了，明白吗，老汉儿！"

志干这才把长烟杆从嘴里取出来，他也不看志慧，看别处："慧姑儿，这一则我没有想到呢，确实是我错了。"

"你错在哪里了？"

"我不该收廉背的钱，让他们来咱们这里偷人，把茶室搞脏……"

"老汉儿！"慧姑儿猛地站起来，"你现在还在冤枉人家廉背。我最后问你一句，廉背找你帮忙偷人的事，是不是真的？"

"真的。"志干又把长烟杆塞进嘴里，喷了一口烟，遮住另外半张脸。

志慧闭上眼："好吧，老汉儿，就算你说的是真话吧。我想告诉你的是，廉背现在好不容易回来了，但是上面给他定了个期限，如果在茶神节前，再出现啥子状况，他这个副乡长就当不成了。他的副乡长要是当不成，我的茶场也彻底开不成了。明白吗，老汉儿！"

那一天，志干去圣人石的时间，比平时要早一些。

他照例爬到圣人石上，一丝不苟做那些动作。这一次，他显然比任何一天都做得卖力。他的声音尖利又沙哑，远远传来，像砂纸擦在耳鼓上一样。满坡的老头儿老娘儿们都难受得想吐，努力把脑壳藏进庄稼地里，想要躲那声音，又把土坷垃住耳朵里塞，塞了一颗，又塞一颗，还用草叶堵住缝隙。但就算这样，他们依然受不了。最后，老头儿老娘儿们都从田地里爬起来，往荒茶岭山顶爬，准备把志干从圣人石上拉下来，堵住他的嘴巴。

不过，也就在这时，突然听到一声尖叫，同时一阵轰隆隆的声音响过，天边滚过一个响雷，拖着长长的尾巴，直到消失在远方。紧接着，一切都归于平静了。一阵紧似一阵的蝉鸣，像潮水一样，一波一波涨起来，一直涨到脖子，涨到鼻唇，把人完全淹没……

9

圣人石崩缺了一块，这一块碾过志干后，顺着后山一直滚到谷底。

志干没有随着石块滚下去，他的身体被石块砸进泥土里，随着地面泥土的形状起伏着，对泥土表现出极大的顺从。志干一生都高高在上，有型有派，和泥土隔得很远。没想到他留在世上最后的形象，竟然和泥土如此地水乳交融。

当志荣看到他老汉儿那一瞬间，他呆住了，站在那里，很长一段时间一直一动不动。圣人石崩缺的那个地方，刚好是志荣挖岩沙的上面不远处。也就是说，正是志荣把圣人石下面掏空，圣人石才会崩缺这一块。

是的，是志荣亲手把他父亲送上死路的！

所有人都在痛哭，唯有志荣呆呆地一动不动。

在所有这些痛哭的人中，哭得最厉害的，其实是志富。他一边哭，一边上气不接下气控诉志荣。他说，正是志荣挖岩沙修房子，把圣人石挖缺了，才害死了他们的老汉儿！

志富不但控诉志荣，还报了警。

公安局很快就派人来调查。志荣没有任何辩解，直接承认了自己挖岩沙挖空了圣人石，才造成了圣人石崩缺，压死了他的父亲。并且他还跪在圣人石前，请求公安干警抓他去判刑。

"我死有余辜，你们杀了我吧！"他反反复复就是这句话。

公安要带走志荣，一帮老头儿老娘儿不干了。他们围住公安，七嘴八舌为志荣求情。这是他们第二次为志荣求情了。但哪怕第十次，他们依然会这样干。

他们有道理，他们说，要抓就抓志富。因为志荣是为志富修的房子。如果志富不强迫志荣修房子，志荣也不会挖岩沙。不挖岩沙，圣人石也不会崩缺。圣人石不崩缺，志干也不会被砸死。

但是公安不认老头儿老娘儿们讲的这个理，他们坚持把志荣带走调查。

　　副乡长廉背站出来，讲了另一件事。廉背说，那天晚上，他曾经感受到地震，非常强烈的地震。会不会是地震改变了圣人石的地质结构，圣人石松动了，因此才出现垮塌。

　　志富却立刻反驳："根本就没有啥子地震，哪个感觉到地震了？哪个感觉到了？"志富神气活现，冲每个人问。

　　志富的话是有道理的，确实没人感觉到地震。那天晚上，廉背被地震震醒冲出来时，大家都笑他，觉得他是因为工作压力太大，把自己搞得精神紧张。

　　廉背始终认为他的感觉是没错的，确实发生了地震。公安也有点犹豫，想找地质专家来考证后再说。但志荣不让大家为他辩护，他直接就往警车上走去。公安不走，他还拉着他们往里走。公安上车后，他赶紧就关上门，就像怕公安反悔、让他下车一样。

　　公安和志荣走了，老头儿老娘儿们饶不过志富，他们捡起地上的棍子，追着志富，骂志富忘恩负义。志富强迫志荣修房子，出了事情后，却把所有责任推到志荣身上。这样的人，留在世上，才是真正的祸害！

　　好在老头儿老娘儿们手脚慢，根本追不上志富。志富一溜烟跑回家，坐在他老汉儿曾经坐过的那把逍遥椅上。坐着坐着，他就笑了起来。现在，所有的人都离开家，只剩下他一个人了。这也就意味着，一座老房子，一座新房子，全是他一个人的了。而且志荣还留下了那么多岩沙。那么多岩沙意味着，今后他还可以继续修房子。一个人拥有三套房子，从道泉村上阙山数到下阙山，能有这么多财富的，也就是他志富了！

　　志荣随公安走了，志干的葬礼，就只能由志慧来负责。

　　志慧处在神思恍惚之中。她一直在反思，那天早上，她究竟对她老汉儿说了啥?老汉儿会不会因为心里承受不住,寻了短见?如果那天早上,她不对她老汉儿说那样的话,她老汉儿会不会还活得好好的?

志慧全身软得一点力气都没有,廉把便利用这个时机,强势介入进来。

廉把把志干的葬礼全包了过去,操办得又风光又气派。他不但把煤炭厂放了几天假,让工人们都在为志干送葬,他还利用村支书的号召力,动员了全村人都来为志干送葬。还不仅仅是全村人,市里省里乃至全国各地,他都请了人。这些请来的人,官职还不小。村民们纷纷议论,志干葬礼的热闹与风光,丝毫不亚于茶神节。村民们感叹,志干一生有四儿一女,"荣华富贵"占全了,但能为他带来荣光的,却是女婿。

是的,大家已经把廉把当成志干的女婿了。

经过了这一场风波后,志慧之前对廉把的不满,也就烟消云散了。没有力气的志慧,觉得这时靠在廉把的肩膀上,心里踏实又安稳。

10

志荣被带到公安局,经过一番调查后,公安局下了结论,志荣害死他老汉儿的证据不足,不予立案,因而把志荣放了。

公安局放了志荣,志荣却不放过自己。

他跪在公安局大门口,请求公安局重新把他抓进去,判他的死刑。

公安局好说歹说,终于把志荣轰走。

志荣回家,志富大吃一惊。原本他以为三座房子都是他的,现在志荣回来了,志富的期望自然就泡汤了。志富心中不满,志荣就算回来,逍遥椅也得他志富坐。而且志富认为,既然坐逍遥椅,就得有坐逍遥椅的威风。所以志荣一回去,他就开始辱骂志荣,辱骂志荣把老汉儿害死了!辱骂志荣把志华撵走了!辱骂志荣把志慧的茶园搞垮了！不管与志荣有关系的，还是与志荣没关系的，志富都骂。

公安局不给志荣判刑，但志富给志荣判了刑。

志富给志荣判了毫无道理的刑，但志荣却觉得志富给他判的刑很有道理。所以志富骂他，他就安静地听志富骂，带着微笑听志富骂。同时，他还极力巴结志富。志富想躺在逍遥椅上，志荣就让他躺着，绝不催促志富干活。每天出去干活，哪怕干得再起劲，时间到了，他都会心急火燎赶回来给志富做饭。吃完饭，他又赶紧去洗碗。志富要是对他做的饭不满意，对他非打即骂，他就立即整改，直到让志富满意为止。

只要志富骂了他，那天晚上，他准能睡得很舒坦。要是志富哪天不骂他不理他，他可能反而辗转反侧，难以入眠。

这一天，志荣做完家务，伺候好志富后，便准时到田里薅秧。

在这一片山坡上，原本有一帮老头儿老娘儿跟着志荣种田。不过后来，志慧开始做茶后，老头儿老娘儿便爬上田埂，去茶园摘茶了。志慧的茶园垮了，虽然老头儿老娘儿又回到田里，但已经比以前少了很多。同时，经过这一番折腾，不但志荣没能砌石田坎，他的互助组也早已自动解散了。

整个田野，空旷又寂寞。

空旷寂寞也罢了，人不在田里，不在茶园里，好歹在家里。

可一年一年，即便留在家里的，也越来越少，一个个都走了。有些甚至还没从田里起来，就仿佛听到什么召唤一样，丢下田里的农活，丢下世间的一切，匆匆忙忙就走了，再也没有回头。

每每想到这一切，志荣心里就倍觉凄凉。不过，这种凄凉只有当他站在田埂上的时候才会出现，而当他把脑壳埋进田里时，他的整个胸腔都被农事装满了。那些农事就像一群娃儿，围着他嚷嚷，缠着他的小腿肚钻来磨去。志荣心里着急而饱满，心疼而充实。他把农事们抱搂进怀，用嘴亲，用下巴蹭。

养大一季水稻不容易。

光是薅秧，志荣就得搞两遍。

第一遍在秧苗定根后。得把它们扶正，拔除瘦弱的、拥挤的，补充稀疏的、缺损的，让秧苗们站好队，保持挺立向上的姿势，保持青葱尖锐的面貌。

第二遍在秧苗碰口后。许多秧苗与杂草勾肩搭背，张扬放肆。这时候需要把杂草这些损友从秧苗身边拔除，让"青春期"的秧苗们重新回到正道。"青春期"的秧苗满身是刺，在手臂上割出横一道竖一道的伤口。但志荣不怕这些，志荣觉得，伤口是秧苗们莹碧的小指甲在他手臂上的挠痕，是生命对他古铜色皮肤和鼓胀肌肉的奖赏。

志荣心中一阵阵鼓荡，他的双手有力而灵巧，他的双目专注又迷离，他在绿波荡漾的秧田里游过来，又游过去，他觉得自己天生就是一尾鱼，他很享受这种纯粹饱满的游泳时光。

　　　　　大田薅秧行对行

　　　　　薅个鲤鱼两尺长

　　　　　跳进龙门登了科

　　　　　主家金屋闪金光

　　　　　大田薅秧方对方

　　　　　一对秧鸡在乘凉

　　　　　交颈鸳鸯在一起

　　　　　有情人儿配成双

　　　　　大田薅秧排对排

　　　　　小屋炊烟冒出来

　　　　　幺妹倚门盼哥哥

　　　　　洞房花烛等你来

　　　　　……

这支《薅秧歌》，在志荣心里响了起来。

小时候，每到薅秧时节，这支歌儿就会响起来，像四月的薄雾轻烟，满田翻卷弥漫。志荣对《薅秧歌》的内容似懂非懂，他甚至不觉得那是一支歌，而是一串鼓点，咚咚咚咚，一声一声敲击他的心扉。

此刻，当这支歌儿响起时，志荣心里忽然涌起一阵翻江倒海的柔软，涌起一阵热辣辣的心酸。热泪很快就迷糊了志荣双眼，让他看不清秧脚，看不清秧叶，看不清笔直的或者曲里拐弯的秧行，看不清前行的道路。

志荣不得不站起来，抬起衣袖擦眼睛。

这时候，志荣看清了，并没有什么人在唱《薅秧歌》。田埂上只是站着一个春官，但他并没有唱。

这个春官，志荣再熟悉不过了。那些年，每到春天，这个春官就会来道泉村送春。不过，这个春官已经多年没来过了。志荣一直在期盼，盼望这个春官到来，从他手里接过那本雕版印刷的红封面黄纸张的黄历。每当看到黄历封面上那一副墨色鲜明的耕图时，志荣就会激情澎湃。

志荣还记得那本黄历封面的那行文字——

二龙治水。十一牛耕田。五日得辛。十人分丙。

志荣一直搞不明白这些字是啥意思。尽管那时春官会给他解释，但是往往不解释还好，越解释他越不明白。不明白，并不表明他不喜欢黄历。抚摸黄历封面上的字和画，像抚摸洁白的大米与金黄的豆粒一样，滑腻、圆润而又饱满。

春官为什么不来道泉村了？

志荣问过不少人，没人告诉他原因。只要有人从村头走过，志荣都会跑过去打听。但依然没人告诉他，为什么春官不来了。甚至很多人连春官都不认识。他们一脸迷茫："春官是啥官？既然是官，都在办公室里，咋会跑到田间地头来！"

所以，当春官再次出现在志荣面前时，他才会大吃一惊。

更让志荣吃惊的是，这个春官，已经不是记忆中那个声音洪亮、步履矫健的中年汉子，而是一个形容枯槁、白发苍然的小老头儿！

没有变的，是春官的那身行头：肩上斜挂着一匹黄绸，黄绸上绣着"春官"两个字；胸前挂着一个红布包，包里装满黄历；头上戴一顶状元帽，两根带子软软地垂在肩膀上。

当年志荣看见春官穿这身行头时，感觉如同神仙下凡，心里莫名地兴奋。可是现在，志荣却感觉春官穿得像戏服。不是完全相同的行头吗，为啥是这种完全不同的感觉？

春官远远地把一本黄历递过来。

春官手里的黄历，还是志荣小时候看到的样子，还是一个耕田的老农，披蓑衣，戴斗笠。最下面，还是那行字，连数字也没有变化：二龙治水，十一牛耕田，五日得辛，十人分丙。

年头发生了多大变化啊，为啥黄历上竟然一字不变？

志荣抬起疑惑的双眼，正要询问。但春官却用一副低三下四的讨好面容，对着志荣说起了绵绵不绝的恭维话。

主家好，主家帅
主家薅秧如切菜
横行直来纵行平
秋收以后粮食堆满屋顶盖

春官的舌头已经不灵活了。但是很明显，因为说了很多遍，说起来很顺溜。志荣爬上田埂，洗手和腿上的泥巴。

主家好，主家牛

主家洗脚满田油

金子堆满田边边

银子哗啦哗啦堆到屋后头

志荣从荷包里摸出一片叶子烟，递给春官裹烟。春官左手接过叶子烟，右手又向志荣伸了过来。显然，春官并不满足于志荣给他的叶子烟。

主家好，主家棒

主家荷包比鼓胀

金银财宝装不完

流出来的就用来把春官赏

志荣递叶子烟给春官的目的，原本是想坐下来，抽一支烟，和春官聊几句。

志荣心中疑问太多，比如黄历上的字为啥没变化？比如这些年春官为啥一直没来？比如春官为啥忽然间变了个样……

春官显然对聊天一点儿兴趣都没有。春官不断奉承志荣，其实也就是在不断提醒志荣。志荣既然接了黄历，按规矩，他就必须马上赏钱。春官的手伸得很长，一直伸到了志荣的胸前，差不多就要伸进志荣口袋里了。同时，他的嘴里还不忘继续说那些似乎永远也说不完的无穷无尽的奉承话。

主家好，主家富

主家左手掏出金叶子

主家右手又掏出银条子

主家财富多得堆成山尖尖

主家百年千年万年钱都用不完……

春官的奉承话，甚至不讲押韵，只讲奉承了。

这些奉承话如同一根不断伸长的卷须，攀到志荣身上，像撬杆儿的油手一样，直往志荣的口袋里滑。尽管志荣里三层外三层防护着，但是志荣也感到钱包正在不停滑动，似乎要滑出来。

志荣不得不自己把手伸进上衣口袋，从里面掏出那个包裹严实的钱包。他小心打开一层油纸袋，小心打开一层红帕子，小心打开一层报纸，从报纸里掏出一些钱。手不稳，掏多了，想要放一些回去。

但春官却已全抓了过来。春官已经年迈，但是抓钱的动作异常敏捷。他抓过去后，直接塞进胸前的红布包，转身就走了。

"坐一会儿再走呀，抽支烟，歇一会儿呢。"志荣在后面喊。

"不坐了，还得赶路呢……赶了那么多路，走了那么多田坎，都没遇到几个人，没送出几本黄历，没遇到一个爽快的主……"

春官的声音越来越远，他琐碎的唠叨，像身后的灰尘，四处飘飞。

志荣再也没了薅秧的心思。他坐到田埂边一棵老桤木树下，靠着树，默默抽烟。这一抽，他就抽了整整一下午。

傍晚时分，志荣懒懒地往家里走。

没走多远，就听见田野深处传来一阵阵娃儿的怪叫吵闹。娃儿在田野怪叫吵闹并不稀奇，他们的娘老汉儿大都去外地打工了，没人管教，他们就整天钻到田野，干些偷鸡摸狗的事。玉麦刚扬花，就折玉麦秆嚼糖水；红苕刚牵藤，就掘开泥土掏苕颗。

志荣小时候，家里没吃的，生产队里偷盗的事情不少。尽管防范森严，一旦抓到偷盗的撬杆儿，必定会绑起来批斗。但大家都明白，偷一点东西填肚子，可能就会救一条命。所以哪怕满脸伤痕冒着血珠，转过头，又溜进田里偷去了。

现在不一样，那些娃儿们，都有吃有穿。娘老汉儿寄回来的钱，足够他们想买啥吃买啥吃。但他们却对商店里卖的东西不感兴趣，还是要跑到庄稼地里偷。

其实也不是真偷，偷的那些玉麦秆，没咬两口，就扔在一边，偷的那些苕颗，掰成两截，踩得稀烂，但他们就是要这样干。

往常，志荣要是见着了，一定会收拾这帮娃儿。好歹他是组长。不是组长他也是一个庄稼汉，看到娃儿们糟蹋粮食，他心痛。

但这一天，他不想多说，只想赶紧回去。

却在此时，他在娃儿们的怪叫嬉笑中，听见一个男人低沉的声音。那声音就像软泥，似乎正被踩得不断变形，漫溢一地。志荣放不下了，只得过去看，发现那群娃儿正踢打着一个衣衫褴褛的人，踢皮球一样。

奇怪的是，那群娃儿看到志荣并没像往常一样四散飞逃，反而兴奋地围上来，冲志荣得意地说，他们抓到一个撬杆儿。娃儿们说，撬杆儿正在折玉麦秆嚼糖水，他们义不容辞伸张正义，教训这个道德品质败坏的撬杆儿。他们还说，作为组长的志荣，应该给他们发一张奖状。如果有奖金的话，就更好了。

那个衣衫褴褛的人身边，果然有一根咬了一半的玉麦秆。

"你是哪个村的，为啥跑到这里来偷东西？"

那人抬起涂满脏血的脸，冲志荣怪异一笑。志荣一下就呆了，这个所谓的"撬杆儿"，竟然是廉诸！

廉诸牙齿一龇："志荣，老子被一帮小混混当撬杆儿，你心里特别舒坦吧？"

志荣明白廉诸是在掩饰，他也赶紧帮廉诸掩饰："廉书记，这群娃儿，就是少娘失老子教育的，连你老人家都敢打，简直无法无天！等着，看我咋收拾他们！"

志荣把锄头在地上一顿，怒眼朝娃儿们走去。那群娃儿见志荣瞬间变了脸，不敢多说，吓得像一群小麻雀，忽啦飞逃了。

廉诸爬起来，一瘸一拐："哎呀，这群混球，打到老子的腰了……哎呀，这群混球，打到老子的腿了……哎呀，这群混球，打到老子的手了……"

"廉书记，我扶你回家。"

廉诸也不客气，倚靠在志荣身上，摇摇摆摆回到那个破破烂烂的家。

刚一进门，杨柳的叫骂声就从房里传出。杨柳骂得很乱，很散，棉絮一样散落一地。不过志荣听出来了，杨柳骂的话中，有一个中心词："饿"。

桌上堆着食品，有米有面，还有饼干罐头。志荣赶紧拿起一袋饼干，往房间走去。但廉诸忽然就不瘸了，冲上前，夺过饼干，连同桌上的米面，全搂进怀里，一股脑儿丢进茅厕。还拿了粪瓢，胡乱搅动，把粪水和食物搅成一团。

志荣目瞪口呆。

杨柳在屋里哭嚎："你这个偷野婆娘的撬杆儿，你就是想饿死我，好把野婆娘偷回来！可惜你野婆娘死了，她在她男人死的地方死了。人家就算死，也不跟你死在一起！"

廉诸坐在屋檐口下，一口一口抽烟，不开腔。

"哪个送来的米面？"志荣隔窗问杨柳。

"廉把呀。廉把每个月都派人送米面。这个遭天杀的，只要看见，就都丢进茅坑里。他就是成心想饿死我，继续偷野婆娘！"

廉诸坐在屋檐口下，一口一口抽烟，不开腔。

那天志荣不晓得自己是咋回家的。这只是很普通的一天，但志荣却仿佛经历了一生。甚至他老汉儿志干遇难，都没给他这么大的触动。虽然他老汉儿遇难，志荣情绪很激动，但当他说出希望公安局枪毙他那个话时，其实是轻松又解脱的。这一天的经历，却如同一块大石头压在心底。

一块大石头掉下来，砸死了他的老汉儿，但那块石头并没有压在他心底。今天的遇到的一些琐碎事，却凝结成一块顽石，压在心底，丢不掉，化不开。

回到家，志富对志荣的辱骂升级。不仅辱骂，还把志荣的被褥从房间扔出来，扔在檐坎石上，说害死自己老汉儿的人，不配留在老汉儿修的房子里。他让志荣快点滚，滚得远远的！

志荣也不和志富计较，在厢房找了个角落，收拾出一个地方，摊开被褥，好歹挤了一夜。

这一夜又是他人生中最漫长的一夜。他一直没睡着，白天的事，过往的事，电影一样，一幕幕从他脑海里走过。鸡叫一遍遍地催，似乎在催他尽快拿出一个决定，但这个决定像夜气一样，又凉又薄，四处飘散，无法定型。

最终，当早晨的阳光从破漏的竹篱笆墙里透进来，照在志荣脑门上时，志荣的脑海里才灵光一闪。渐渐地，就像夜气已经聚集成晨雾一样，一个形象，越来越清晰地挺立在志荣面前。志荣激动得大叫一声，从厢房里冲了出来。

11

尽管经历了多场风波，姜小北还是如约前来，茶神节隆重开幕。

姜小北一来，就一拳打在廉背胸口，大声嚷嚷："你的女神呢，在哪里？快，带我去看看！"

廉背脸一红："志慧姐也在等着你呢。"

姜小北又给了廉背一拳："都啥时候了，还喊'姐'，难怪这么多年了，你还没追到手，还要我来帮你追！"

廉背笑着，不置可否。

路上，姜小北一直叽叽喳喳和廉背说话，但廉背低着头，只是笑着。他的脸有点发红，一副不敢看姜小北的样子。

在智慧茶生活，姜小北一见到志慧，就拉着志慧上上下下左左右右看。志慧也同样挽着姜小北的手臂，上上下下左左右右看。

"漂亮，知性，青春。别说廉背这傻小子追你多年，就是我看到你，我也追你多年！"姜小北啧啧称赞。

"廉背真是个傻小子！"

由于志慧和廉背有过合计，要给姜小北一个惊喜，需先瞒着，因此姜小北那样说志慧，志慧也只能听着。就算回嘴，也是极含蓄。

志慧向来豪爽，这可就有点委屈她了。

廉背赶紧打圆场，把两人引进智慧茶生活的栖梧轩。

三人坐定，面面相觑。

廉背怕他们聊到感情问题上，忙笑着说："小北，你晓得咱们现在喝茶的茶室，叫啥名字吗？"

"咳，没注意呢，光注意眼前的美人了！"

"怪我，怪我，"志慧赶紧道歉，"我也是被咱们漂亮的小北倾倒，傻得都忘了介绍。"

本来要支开话题，两人却像刺蔷薇，抓缠着，扯不开。

廉背害怕扎着了，又往其他道上引："还是我来介绍吧。小北啊，智慧茶生活，可是咱们乡里的一张名片。志慧姐在修造的时候，包括取的这些茶室的名字，都是很考究的。你看，大木斋、鲲鹏台、栖梧轩、知北堂、得鱼居、梦蝶室、合水亭，这都是志慧姐从庄子那里得来的呢，代表着志慧姐在茶文化上的一种思考。比如今天，志慧姐把咱们邀请到栖梧轩来喝茶，我想志慧姐的意思……"

"怎么还是一口一个志慧姐？"姜小北打断廉背。

"是我的错，我的错。"廉背赶紧道歉，"志慧女士……"

"真是榆木疙瘩！"

"确实是榆木疙瘩！"志慧不帮廉背，帮姜小北，"这个时候，你就不该说这些！就算要看梧桐树，也得去茶园看。现在是喝茶，你就一心喝茶。咱们小北答不答应，就看你是否一心。"

"对嘛。你要一心，我这一行就能成功。这只金凤凰，就能栖在你的梧桐树上。你若二意，就是把庄子本尊请来，他老人家也帮不了你的忙。"

"他不是梧桐树，他没钱。我有钱，我才是梧桐树。"

廉把忽然不请自到，闯了进来，在另一方坐定，自己倒茶，呷了起来。

四个人，四个位置。

"我哥。"廉背尴尬地向姜小北解释。

"哇，就是当年向你寄了无数张汇款单，你都不去取的那个大财阀！"姜小北哈哈大笑。

"你晓得他为啥不去取吗？"廉把冷笑，"他不好意思去取呢！"

廉背明白，廉把这是来者不善。他的目的，就是要搅黄这个茶神节。此刻进场，就是来踩场子的。他说这个话，就是拿当年顶替志慧去读大学的那件事，来警告廉背。

志慧不知就里，接了一句："咱们弟娃儿不是不好意思，他向来就有志气，自己挣钱自己花。"

"这点我同意，"姜小北附和，"在学校的时候，有些势利眼见廉背穷，就说廉背偷别人的东西。最后，还是我把那几张过期大额汇款单拿出来，那些势利眼才闭了嘴。"

姜小北没有提廉背撕碎汇款单的事。

"廉背不会偷东西。要说偷东西，廉背这一生嘛，只偷过一样东西。"

廉把的话说得意味深长。两个女孩子不懂，以为廉把又在开玩笑，都乐呵呵地问："他偷过啥东西？"

廉把哈哈大笑，指指志慧的胸口，又指指姜小北的胸口，神秘地说："放心，这件事，我会在茶神节仪式上，当着所有人的面讲出来的。"

所谓茶神节仪式，就是廉背的爱情表白仪式，志慧和姜小北都明白。

只不过，她俩各自认为的表白对象不一样。志慧认为廉背要向姜小北表白，姜小北却认为廉背要向志慧表白。但是这不妨碍志慧和姜小北对廉把手势的理解。她们认为，廉把的意思是说，廉背一生唯一偷过的东西，就是女人的心。

只有廉背真正明白廉把想说什么。廉把显然在对廉背进行终极警告，如果廉背一意孤行，一定要把茶神节办下去，廉把就会来个鱼死网破，在那天，把那件事当众抖出来。

是的，决战的时刻到来了！

廉背也不生气，他语气平静，面带微笑："哥，不用你讲，那一刻，我自己就会讲出来的。"

志慧和姜小北都听明白了，在那一刻，廉背会把他的爱表白出来。

她们给廉背大声鼓掌，由衷地为廉背感到高兴。廉把不明白，但廉把很确定，廉背一定很担心。那件事对于廉背来说，是致命的，是万劫不复的。

12

"茶神节"开始了。

按照志慧、廉背及姜小北事前的设计，在茶神节仪式上，姜小北将穿着仙姑的服装，从用干冰制造出来的云雾中翩然而降。这时候，廉背将发表一段演说。这段演说的主旨是：茶仙姑来了，道泉村的茶产业有救了！

这个桥段有点像演戏，但在廉背认为，这不是戏，这是仪式。

廉背就是要通过这种仪式，增强道泉村茶农们的信心。毕竟之前道泉村杂症频出，太闹心。一会儿道泉水泡的茶喝了拉肚子，一会儿大荒茶树干枯了一半，一会儿圣人石崩裂砸死志干……一桩桩，一件件，使道泉村茶农人心惶惶，心灰意懒。

现在不一样了，道泉村的茶园有全国知名大型茶叶公司支持，乱了的心思，可以顺了，铺天的尘埃，可以定了。

廉背用这个仪式，替代之前志慧做的祭神仪式。用一个形而下的仪式替代一个形而上的仪式，廉背觉得，他的脚踩在地上了。

当然了，志慧和姜小北还有不同的理解，但不影响她们同意搞这个仪式。

乃至于廉把也同意搞这个仪式。而且廉把还表示，他要积极参与。他说，廉背演讲结束后，他也将有一段精彩的演讲。作为道泉村的村支书，他义不容辞应该有这一段演讲。

志慧和姜小北也给廉把鼓掌，她们认为，廉把的这段演讲，是锦上添花，是画龙点睛，是一个时代的结束与另一个时代的开始。

"一个时代的结束，另一个时代的开始。"田成也很欣赏这句话。在他看来，这次"茶神节"，不仅仅是道泉村的时代转折，也是蜀山乡的时代转折。"茶神节"之后，他就将完美卸任，放手让廉背挑起蜀山乡大梁，这不就是时代转折吗？

廉把看着廉背，笑得黑光飞闪："廉大副乡长，就等你表态啰。"

廉背依然平和地笑着："我没意见，就怕我演讲后，你不会再讲了。"

"为啥不会再讲？没有我的演讲，如何给你锦上添花？"

"因为我讲完后，就尘埃落定，你的演讲，是画蛇添足。"

志慧和姜小北几乎同时叫起来："廉背，你能不能谦虚点！"

田成笑："哈哈，这两兄弟，就是有意思。两兄弟都是咱们乡数一数二的人物，又都有志气，有脾气，谁也不服谁。"

"谁是数一，谁是数二？"

志慧拍一下姜小北："你这不是添乱吗？明明两兄弟就为争武林盟主，闹得不可开交了，你还添一把火！"

几个人说说笑笑，打打闹闹，就把茶神节的议程全部定下来了。

轻松无比，欢快无比。

13

时节渐渐进入盛夏，这是山村最好看的一个季节。

田里的秧苗、地头的玉麦、坡上的粮豆、架上的瓜藤，都热腾腾地往外喷绿吐青。白花花的阳光，像一盆水从树梢泼下来，小白鱼一样，在叶面上跳，在脚背上跳，在地面上跳。碧油油的风，伸出肥嘟嘟湿淋淋的舌头，在脸颊上舔一下，在臂膀上舔一下，在胸膛上舔一下，舔得人黏糊又燥热。

穿过秧田，穿过玉麦地，虫声往四处飞溅，暖风在身后追逐。

虽然已经是盛夏，但迫不及待的志荣，却在盛夏的一天，出发当一个春官。

春官应该是在春天出发的。但志荣觉得，如果到了盛夏时节，还不赶着去做这件事，意味着又迟了一年。

庄稼迟疑误一季，人迟疑误一生。一年太久，只争朝夕。

志富对志荣的决定，举双手双脚赞成。

志富躺在逍遥椅上，可以只让屁股着地，双腿双脚举起来，很方便。

志富已经把志荣的被褥扔到檐坎石上，就等着志荣离开。既然志荣要去当春官，那也就意味着，可以把志荣的被褥完全扔出屋外了。好在志富讲良心，在志荣出去之前，他不会做这件事。

穿过秧田，穿过玉麦地，虫声往四处飞溅，暖风在身后追逐。

志荣离开秧田和玉麦地，到大路上时，又听到秧田里传来一阵娃儿的喧闹。显然，娃儿们又逃课，到庄稼地偷鸡摸狗了。志荣虽然心里难受，但他还是没有再去撵那些混孩。他晓得，他要是进了庄稼地，也许就走不了了。

庄稼地里毛茸茸的卷须，伸出千万只小手，拉着他，呼喊他，不让他走。

但是志荣必须走，志荣要去当一个春官。

那些混娃儿，就像疯长的青锋豆，叶子长得太茂盛，注定了今后不可能结豆。

但是志荣必须走，志荣要去当一个春官。

志荣不晓得，多年后，有个人来到庄稼地里，像拾稻穗一样，终于把那些散落在野地里的娃儿们捡回去，放进学堂。

这个人是廉背。

廉背把他们捡回学堂，亲自教他们。

廉背上第一堂课时，把跟随他多年的那本《庄子》放在讲桌上，然后在黑板上写了一段话——

　　夫妄意室中之藏，圣也；入先，勇也；出后，义也；知可否，知也；分均，仁也。五者不备而能成大盗者，天下未之有也。

14

多年以后，人们聊起茶神节那天发生的事，依然眉飞色舞，同时又迷惑不解、惊讶叹息。总之，就算搜尽了能够说出来的所有词汇，似乎都不能准确表达他们当时心中的感觉。

由于大荒茶树已经干枯了一半，因此廉背建议，茶神节仪式放在原先公房所在地举行。土地下户后，公房就没用了，房子也被大家拆分了。不过那块地基留在了那里，做会节活动，确实是个不错的地方。

茶神节那天，当姜小北作为茶仙姑，在锣鼓喧天中，从云雾缭绕的桤木树后面走出来，走到道泉村茶农身边，告诉他们，她家的公司，将承揽道泉村茶园一切的时候，当场顿时爆发出了雷鸣般的掌声。

这一切都很正常，是既定程序。

事实上，姜小北一到道泉村，道泉村的茶农就已经明白，有一家在全国实力雄厚的茶叶公司，会来拯救他们，帮助他们渡过难关。现在姜小北的宣布，就是一锤定音。

接下来，志慧把花拿给廉背，推廉背赶紧向姜小北献花求爱。

这件事，大家也是预先知晓的。而且为了配合廉背把这个仪式做好，大家都保证，绝不预先向姜小北透露，目的就是要给姜小北一个惊喜。如果出生在道泉村的廉背，能够把姜小北娶回家，姜小北就成了道泉村的人。那样的话，姜小北有没有承诺，道泉村的茶园肯定都会活的。

不过，接下来发生的事，大家就有点看不懂了。

廉背献花后，按照预先的设计，他应该跪地求爱。但他没有。他献花也就献花，献花完后，就把姜小北引到嘉宾席上坐下。众人都已经把手抬到胸口，举过头顶，准备猛烈鼓掌。但廉背并没有把那句话说出来，大家只得心有不甘地把手放了下来。

廉把在一边叫起来，催促廉背赶紧上台演讲，把该说的话说出来。

廉背上台，前面的演讲还算正常。他表达了对姜小北出手相救的感激之情，表示道泉村绝不辜负这种信任，一定会把茶叶做到最好，让这种合作变成双赢，而不是拖姜小北公司的后腿。作为分管副乡长，这样讲，当然是合情合理的。不过，大家总觉得不过瘾，希望廉背能够鼓一把劲，把那句没有出口的话，勇敢地说出来。廉背工作是出色的，当一个副乡长是优秀的，可在感情问题上，却太过于羞涩。大家都把脸憋得通红，都在暗暗地为他鼓劲。

接下来，廉背开始讲一个故事。

廉背讲的是一个山村娃儿，考上重点大学，在学校里遇到一个女孩的故事。

廉背讲故事，大家本来有点迷惑不解，不过现在却一下恍然大悟。都说廉背在感情上腼腆，没想到这个家伙这么狡猾，竟然把他和姜小北的事情，用一个故事的方式，在这样的场合演绎出来，多么浪漫！

廉背讲到，这个山村娃儿，在整整四年的大学生涯中，一直都在默默地爱着一个女孩，但一直没有向这个女孩表白。不仅没有向这个女孩表白，而且还把给另一个女孩的求爱信，一封一封给这个女孩看。他每个星期都会向另一个女孩写一封求爱信，一直写了四年时间。这些求爱信，每一封，山村娃儿都是先给这个女孩看，看完后再寄出去。

廉背讲到，山村娃儿为啥要把给另一个女孩的求爱信，给这个女孩看呢？因为他心里一直爱着的，就是这个女孩。但是因为在上大学之前，他对另一个女孩有过承诺，他必须兑现这份承诺，所以他才这样做。

"用不着兑现啥子承诺呢，因为另一个女孩，早就对这个山村娃儿讲过了，他的承诺，本身就是很荒唐的。再说了，另一个女孩也只是把这个山村娃儿当弟娃儿，并不爱他呢。"志慧对着台上的廉背，大喊起来。

"对不爱的女人说爱，对爱的女人说不爱。给不爱的女人写求爱信，给爱的女人看写给不爱的女人的求爱信。这个山村娃儿，是在玩绕口令吗？"姜小北也在下面大喊起来。

"他不是在玩绕口令，但他之所以这样做，是因为他明白，他没有资格说爱。"

"他没有资格说爱，为啥又对另一个不爱的女人说爱？为啥又要对另一个不爱的女人做承诺？不爱人家却对人家做承诺，这就是欺骗！这就是侮辱！"姜小北激动得从嘉宾席上站起来，挥着手冲廉背喊。

廉背声音低缓地说："因为他欠这个女人一样东西，他觉得只有娶这个女人，把自己送给这个女人，才能把欠这个女人的东西，还给这个女人。"

"不欠，傻娃儿，他根本不欠这个女人东西。"志慧笑着喊。

"确实是傻娃儿，傻到家了。"姜小北也笑着喊，"他说欠，人家说不欠，究竟欠还是不欠？还有，这究竟是个啥东西？"

尽管下面的人不太明白志慧、姜小北和廉背在说啥，但大家都觉得很热闹，简直就像看一本书，一本两个女人与一个男人的书。书中的三个角色，与书外的三个真实的人对应起来，众人空前兴奋，场上仿佛一锅即将煮沸的水，蒸汽四起，气泡乱窜。

然而，廉背接下来的演讲，却让全场一瞬间鸦雀无声。

不但没人说话，甚至大家连呼吸都使劲压着。怕一丝轻微的气息，就把绷紧的空气刺破了。

廉背讲完，满脸阳光灿烂，脚步轻盈洒脱。

廉背走到志慧面前，对志慧说："志慧姐，对不起。虽然这个大学生的身份不能还给你了，但你今天做的这件事，你取得的成就，不是一个普通的大学生能办得到的。我偷去的，只是你大学生的身份。偷不去的，是你的智慧。你名叫志慧，你就是智慧的化身。只要你的智慧在，你就永远是你自己的神，你就永远是道泉村的'茶神'。只要有你这个'茶神'在，道泉村的茶园，就永远是一片生机勃勃。"

廉背把话说得深情而迷人，轻松又自如，在场的人，心中无不骇然。

志慧哭起来，满脸是泪："廉背弟娃儿，你其实根本就不该把这个话说出来。大学不大学又咋样？现在你当副乡长，当得很好。我回道泉村做茶，也找到了自己的人生方向。咱们相得益彰，各得其所，你为啥一定要讲这个话，一定要改变这一切？"

廉背道："志慧姐，咱们都喜欢看《庄子》，《庄子》里有句话非常重要：'圣人不死，大盗不止。'我对这句话一直参悟不透。现在，当我讲出内心的那个'大盗'的时候，志慧姐，你知道吗？我终于明白了，我终于明白了！"

廉背又走到姜小北面前，在姜小北肩上拍了一掌："好哥们儿，当年你帮我证明我不是撬杆儿，帮我写求爱信追女娃儿，现在你又救活了咱们道泉村的茶园，还帮我把身上的枷锁解下来了。你就是活雷锋，大恩大德，不轻言谢，山高水长，人生漫漫，以后我会报答你的！"

姜小北在廉背胸口上来了一拳："你的意思，刚才你在台上说的那些爱我的话，又是假的？"

"不是假的，是真的。"廉背垂头说，"但是我没有资格对你说那个话。"

"你不是说，枷锁已解除了吗？为啥还没有资格？"

"我还得做一件事，当我做完这件事后，或许我就有资格了。"

廉背又走到廉把面前，笑着说："哥，你还上去演讲吗？"

"不去了。"廉把眼神躲闪。

"哥，对不起了，我给咱家丢脸了。你现在晓得当年你寄钱给我，我为啥不要了吧？因为这个大学生，是我从志慧姐那里偷来的，根本不是我的。你出钱，是用来养大学生的。我这个大学生是冒牌货，自然没资格收你的钱。"

廉把手上的香烟都烧到他的指头了，他竟然没有察觉。旁边的人吓得赶紧给他拍掉，他才感觉到了痛。廉把破天荒称呼廉背"弟娃儿"："弟娃儿，你做了傻事，现在晓得错了，这就是'浪子回头金不换'，我不会责怪你的。你辞了工作，要是没地方去了，就到我煤炭厂来吧。咱们煤炭厂虽说不太景气了，但是让你吃饱饭，还是没问题的。"

志慧一把拉过廉背，冲廉把吼："我弟娃儿就算要重新择业，他也应该到我这里来。不可能去你那里！"

　　廉背笑了笑，推开志慧，又走到田成面前，低头道歉道："田书记，我辜负了你的期望。蜀山乡这副担子，我没办法接了。"

　　田成捏紧廉背的手，盯着廉背，半天才说："廉背，就没有其他选择吗？"

　　廉背也捏紧田成的手，动情地说："田书记，你一辈子都不会弯腰。如果给您一次重新选择的机会，您会不会弯腰？"

　　"不会。但是……"

　　"田书记，您能一辈子不弯腰，因而你一直很挺拔。而我就是那棵已经变弯的树，如果我不抓紧时间矫正自己，而是慢慢地适应了这种弯曲，以后还有机会再长直吗？"

　　"但是……"

　　"田书记，你放心，我会很快回来的。当我再次回来的时候，我肯定就会和你一样，始终挺立腰身。我不但会自己始终挺立腰身，我还要争取让更多的人挺立腰身，争取让咱们道泉村所有的人都挺直腰身。"

　　接着，廉背神情严肃，走到一块高一点的地方，对全场的人大声喊："叔爷老辈们，今天我向你们忏悔，向你们赎罪。但其实，这不仅仅是我个人需要赎的罪，同时也是咱们整个道泉村都需要赎的罪。咱们被娘老汉儿生下来的时候，本来是洁白无瑕的。道泉水有金莲花保着，也是清洁甘甜的。可是后来，我们却变脏了，以至于把'道泉'变成了'盗泉'。作为道泉村的人，虽然我已经把副乡长辞了，但我依然有责任带这个头。只有咱们道泉村的人，都努力赎清自己身上的罪过，咱们的道泉茶，才会百毒不侵，才会像道泉水中洁净无瑕的金莲花一样，永远馨香，永远光亮！"

　　说完，廉背从一个角落拿出一把斧头，走到那棵桤木树旁边，挥斧砍树。大家大眼瞪小眼，目光随着廉把手中的斧头起起落落。哐哐的斧凿声，腾空而起，响彻云霄。众人只感觉地面一阵阵震动，震得全身都发麻。

"地震了吗？"

"地震了吗？"

地震了，但似乎又没有。虽然感觉地面震动，身体一阵阵发麻，但是地面却看不到抖动。除了那棵桤木树以外，其他地方的树木花草，都低垂着，也没有一丝抖动。众人都觉得有点莫名其妙，不晓得究竟发生了啥。

"廉背为什么要砍树？"

不知过了多久，终于有人小声问了一句。

"因为他娘老汉儿都吊死在这棵桤木树上了。"

孔老九回答。而且同样让大家惊异的是，孔老九不再讲文言，而是讲白话了。

"砍了树后拿什么来绑撬杆儿？"

"砍了树后就不会有撬杆儿了。"孔老九再答。

"以前砍过，不是从旁边又长出一株新苗吗？"

"看着吧，廉背会把根蔸一起掏起来的……"

孔老九又一次说对了，廉背砍倒树后，果然就拿起锄头和铁锹，开始挖树根。

大家先是看着他挖，后来便纷纷回家里，拿出锄头和铁锹，和他一起挖。村里人齐心合力，挖了七天七夜，挖出一个巨大的深坑，终于把那棵在地上盘根错节的桤木根蔸全部清理干净了。

奇怪的是，当廉背带着大家把老桤木树砍倒，把树根刨光以后，那棵本来已经干枯了一半的大荒茶树，突然又转青了。鹅黄翠绿的嫩芽从那些老皮里蹦出来，摇摇晃晃，吐着带露的芽口，仿佛一群被长久关在屋里的孩子，脆生生地喊着，整个村子都闻到了他们青葱的气息。

补记 ───────

　　田成通知廉把，让他赶紧召开支部会，讨论志慧入党的问题。

　　田成说，这个会，他要亲自参加。

　　在志慧的入党问题上，廉把其实不愿意组织讨论。再加上志慧追求精益求精，也不想仓促被讨论，因此这件事就一直拖着。

　　不过，这一次茶神节出奇的成功，这件事又被提上了日程。

　　廉背在茶神节上不讲招商引资，却向众人忏悔他曾经的"偷盗"历史，而且还当众宣布辞职，又和村里人一起砍倒桤木树，接着又去公安局自首。廉背这种"杀偏锋"的做法，让人意想不到的是，竟然让茶神节活动取得巨大成功。不仅姜小北代表她的茶叶公司和志慧签订了合作协议，原先那些因为道泉水"腹泻事件"暂停签约的茶叶商，也都纷纷拿着合同找上门来，要求和志慧签约。

　　他们的理由很简单，道泉村能够出廉背这样一个人，足见道泉村人是很诚实的！足见道泉村人生产的茶叶是值得信赖的！

　　最高兴的还是田成。看见志慧满血复活，忙得不亦乐乎，于是他提醒廉把，让他赶紧开会讨论志慧的入党问题。

　　这一段时间，廉把其实一直忐忑不安。尽管廉背在演讲的时候，并没有把他供出来。但是他担心廉背去了公安局后，又把他供出来。好在廉背去了公安局很多天后，依然没有关于他的任何风吹草动，因此他才放下心来。当田成说让他讨论志慧入党问题的时候，他尽管依然很不情愿，还是积极配合，表示第二天就开支部会。

这次特别的支部会就在现场开，也就是在智慧茶生活的合水亭举行。

第二天，廉把在走向合水亭的路上，任家兄弟忽然出现了。任家兄弟再一次双双跪倒在廉把面前，连连磕头，希望廉把能让他们重回煤炭厂。任家兄弟说，哪怕不当保镖，让他们挖煤都行，只要能给一口饭吃。他们实在饿得受不住了。

廉把的快乐本来无处安放，看到任家兄弟，一下来了兴致。这对活宝作用还真不小，不高兴时，可以打两耳光踢几脚；高兴时，也可以拿他们逗乐。

廉把弯腰扳起任家兄弟脑壳，发现两人脸上都戳出了深深的伤痕。廉把大笑："你们两条烂滚龙，脸上是啥子？"

两人扭捏了半天，才告诉廉把，是被篾幺姑儿的高跟鞋根戳的。

廉把更兴奋了："你们两条烂滚龙，是不是给她舔脚，被她戳伤的？"

没想到廉把竟然猜中了，任虎狗儿埋怨任龙狗儿："都怪你，我说不舔，你偏不信！篾幺姑儿黑心烂肠，你以为你舔了，她真的就收留你了么？"

廉把笑骂："你们他妈的两条烂滚龙，你们帮篾幺姑儿整老子，篾幺姑儿不要你们了，你们就来求老子。你们当老子是瓜娃子？老子收留了你们，你们又伙起篾幺姑儿来整老子！"

任家兄弟跪地磕头，打自己耳光，骂自己祖宗十八代。末了，两人抱住廉把两只脚，请求廉把像篾幺姑儿一样，拿脚踩在他们脸上。

廉把笑得喘不过气来，还又继续逗他们："你们他妈又当老子是瓜娃子？老子的鞋上就没有根，就是踩，也踩不出那么大一个深坑，白费了老子力气！"

"可以踩出鞋印呢！老大，可以踩出鞋印呢！只要在我们的脸上踩出你的鞋印，我们就打上了你的印记，以后我们就是你的人了！"

廉把冲任家兄弟一人吐了一口唾沫，不理他们，吹着口哨，往合水亭而来。到合水亭时，田成、志慧以及道泉村的几个支部委员，都已经等在那里了。

合水亭是智慧茶生活最高处的一个露天亭子，正好修在道泉旁边。外地客商来智慧茶生活，往往会先到合水亭小坐一会儿。志慧在合水亭旁边栽了一排茶树，新发的茶叶，吐着雀舌，在茶枝上叽叽喳喳叫着，又脆又亮。还未喝茶，光是逼眼的茶风，已是让人沉醉。

廉把看到众人显露出一副沉醉的样子，嬉皮笑脸说："慧姑儿，你这亭子的名字不对呢。"

"咋不对？"

"道泉从这里流出来后，花开两朵，各表一枝，一支流到了桤木坡，一支流到木槿坡，这不是合水，这明明是分水嘛。"

志慧笑道："把哥，不是这样解释的。庄子说，丘山积卑而为高，江河合水而为大。道泉虽然滋养了道泉村，确实清冽甘甜，但这股水太小了。咱们得汇聚天下之水，通达四方，才能把咱们的茶叶做强做大呢。"

田成高兴地鼓掌道："志慧，你有这样的认识，算得上是真正通过了组织对你的考验了！"

又招呼廉把："廉把，你还等啥，组织讨论吧！"

不过这时，廉把煤炭厂的一个工人急匆匆跑来，把嘴巴凑近廉把耳边，悄悄给他说了一句啥。廉把的脸色忽然就黄了，不自觉地就站了起来，也不给众人打招呼，歪歪扭扭就往远处走去。

众人都感到莫名其妙，正在开支部会呢，支部书记却走了。田成也很不高兴，高声喊道："廉把，你要去哪儿？你忘了你是支部书记么？"

廉把不理，自顾自摇晃着身子往前走。

"这个廉把，简直得意忘形！"

志慧也很担心廉把，不晓得发生了啥，但是见田成生气了，赶紧笑着圆场："田书记啊，您这是有点高看把哥了。庄子说，得鱼忘筌，得兔忘蹄，得意忘言。我看把哥在这一层上，还没有完全悟透呢。"

田成的情绪要好点了，朗声说道："好，他不参加，咱们这个会依然要开，我这个乡党委书记亲自主持！"

其实廉把当时脑壳里嗡嗡一片，根本没有听到田成说啥。

那个工人告诉廉把，公安局来人把廉口给带走了。公安局带走廉口的理由，是说廉口与之前在茶神节上发生的中毒案有关。

廉把对廉口再熟悉不过，只要廉口到了公安局，可能公安还没有开口问呢，他就把所有的事情全盘托出了。

廉把木呆呆往前走着。迎面又撞上了任家兄弟。

任家兄弟显然还没有死心，两人互相递了个眼色，把廉把抬起来，让他坐在一块石头上，然后把脸放在地上，抬起廉把的脚，使劲往自己脸上踩。

任家兄弟不明就里，眼看只要廉把的鞋底踩在他们脸上，他们就可以继续到煤炭厂上班。没料到廉把却又站起，呆呆地往前走。

任家兄弟慌了，要是廉把走了，以后恐怕再也找不到饭吃了。两人来不及站起来，跪着爬过去，抱住廉把的腿，求廉把别走。

廉把心里正毛焦火辣，两个活宝却还来给他添乱。他转身就朝他们一人一脚。这一脚踢得结实，正好踢在任家兄弟脸上，鞋底瞬间在他们脸上留下一道深深的血印子。

这道血印子结痂后，自此他们的脸上就有了廉把鞋底的印记。只不过他们却永远失去了去无底洞煤炭厂上班的机会。

究竟是谁告发了廉口？廉把相信，肯定不是廉背。调包读大学这么大的事情，廉背都没提到他，投毒的事，廉背咋可能说。再说了，要说，廉背早就说了。

廉把正想追查，志贵却主动告诉廉把，告发廉口的事是他干的。因为廉口拿药粉出去以及回来的整个过程，他都看得清清楚楚。

廉把又惊又怒，满脸发青："你为啥要告廉口？是不是替你们志家报仇？"

"为志家报啥仇？"志贵一脸懵。他解释说，他是因为看见廉背在演讲时，承认了自己干过的坏事。他觉得廉背是好样的，应该向廉背学习，干了坏事就应该承认。他给廉口说过，让廉口也像廉背一样承认错误。但廉口不听，还骂他是"瓜娃子"。他为了帮助廉口承认错误，才向公安局告发了他的。

"你他妈为啥不先告诉我？"

"公安局不就是主持公道的地方吗？廉背认错了，不是也去公安局吗？我这样做有啥不对吗？"志贵非常认真地问廉把。

廉把一巴掌甩在志贵脸上，志贵顿时被打倒在地，满嘴是血。

志贵是个瓜娃子，就是把他打死了，又有啥用！

廉把从来没有像现在这样心慌着急。他一生经历了无数次大风大浪，最终都被他轻松摆平。不知为啥，这一次他心里如此发慌？他打电话找了好几个平常和他关系密切的官员，希望他们能出面帮他。这些官员有市里的，甚至还有省里的。廉把与他们的关系都很好，平常有啥事情，给他们打个电话，就轻松摆平了。但这次，那些官员却都摇头说，迟了，来不及了，天王老子都救不了你了！廉把急了，志贵不是刚告发廉口吗？咋就来不及了？那些官员说，志贵告发只是一根导火线，你的事情，公安局早就注意到了。

廉把大怒："你他妈既然晓得公安局早就注意到老子了，为啥不提前说！"

廉把摔了电话。这是他平生第一次冲这些官员们大骂，也是平生最后一次冲这些官员们大骂。

那天晚上，廉把提着一瓶金灿灿的酒，摇摇晃晃来到篾幺姑儿的娱乐城。他平常走路一直就是摇摇晃晃的，但这一次因为喝醉了，是真的摇摇晃晃。

廉把站在娱乐城前。娱乐城里一片乌黑，死一般的寂静。那四个能把人的眼睛点起一团五颜六色火焰的大字"来把来耍"，此刻已经熄成了一堆灰烬。夜风一吹，字上的灰尘就扑扑往下掉。

廉把敞开怀，甩一把头发，一手插在裤袋里，一手举起酒瓶，冲篾幺姑儿嘶声大喊："幺姑儿，来把来耍呀！你不是一直在喊我来耍吗？今天晚上，我来了！"

其实那时候，篾幺姑儿也正一个人坐在娱乐城漆黑的大厅里，一口一口喝闷酒。

由于"来把来耍"娱乐城涉黄，公安局已经把娱乐城查封。篾幺姑儿不得不遣散所有的"幺姑儿"，以及她那八个彪悍的保镖。一时之间，人去楼空，愤怒愁闷伤心的篾幺姑儿，想不到更好的办法，只能一个人待在大厅，天天把自己灌醉。

廉把的喊声惊动了篾幺姑儿，她摇摇晃晃走出来，一手提酒瓶，一手搭上廉把肩膀，双眼迷离，金色的嘴唇贴在廉把的耳朵上，吹着酒气，喃喃而语："把哥，'把的故事'为你建成很久了，你一直没来。上一次，是任家烂滚龙把你抬进来的，不算。这一次，你终于来了。'把的故事'，是一个完整的故事。这个故事是有前戏的，我们在二楼共进晚餐，在三楼共舞一曲，在四楼共度良宵。但是这些，其实都只是前戏，高潮在五楼的共生同死。把哥，你来了，咱们今天把这个故事讲完，从二楼讲到五楼，讲到高潮好不好？把哥，你想不想要高潮？"

"想啊，我他妈想死了！"

"把哥，你只要想，咱们就一起来，把这个故事讲到高潮。把哥，我簏幺姑儿一生，几乎没有达到过高潮。也许人的一生，只有一次高潮。今天，你就陪我达到这次高潮，好不好？"

　　"好，我他妈去死了！"

后记：关于“偷盗”的困惑

《道泉记》我构思了整整一年。

下班的路上有一截幽静的步道，修得还算齐整。但因为是一截断头路，少有人走，也少有人打理，那里就成了我构思的好去处。

青苔从路两边缓慢地往路中间爬，咋咋呼呼，一朵叠一朵的青碧。干爽的黄叶飘落下来，凹凹凸凸，保持着最后的倔强和尊严。枯树上有只蝉蜕，留下一次痛苦蜕变与新生的遗迹。土里有条僵虫，一群蚂蚁拉着它，热热闹闹给它举办盛大的葬礼。

这一截步道是安静的，但它无处不充满呐喊和喧嚣。生离死别、爱恨情仇，正一幕幕上演。侧一侧耳朵，就能听到光阴从燃烧到熄灭的脆响。这样的场景，正与我脑海中新小说的构思，有一种天然的契合。

但是，由于它是一截断头路，实际上也让我构思的过程充满隐喻。我的脑海中花枝满天，但它需要一个突破口，我始终没有找到这样的突破口。

其实，寻找突破口，不是从这截小小的步道开始的，也不只在这一年的时间里，它几乎贯穿了我的生命历程，跟着我翻越千山万水，一直走到今天。

小时候，故乡的一条路边，有一眼冬暖夏凉甘冽清澈的泉水，来往的人都会俯身喝一口，或者撩水洗洗手，擦擦脸。有一天，我在那眼清泉旁边，看到一只手表。在一阵狂喜之中，我把那只手表揣回家，交给父亲。当时父亲也显露出狂喜的样子，甚至还说了几句表扬我的话。

　　这只手表，从此就归我们所有了。

　　只不过，谁也不敢把它戴出去，因此它就一直挂在墙上。早上，父亲一起床，就会取下来给它上发条；晚上，我们就在它"嗒嗒"的声音中进入梦乡。我家每个人的岁月，就被它用"嗒嗒"的声音，精细地计算着，丈量着。

　　但是渐渐地，我就睡不着了。在空旷的夜晚，那"嗒嗒"的声音，就像惊雷一样在我头顶炸响。我用被子蒙住头，用棉花塞住耳朵，但都没用。我一夜一夜睁着眼睛到天明。很快我就生病了，白天昏昏沉沉，蔫不拉叽，晚上却高度紧张，亢奋不已。父亲给我吃了很多药，却都不起作用。他们焦虑不已。

　　其实我自己清楚，我睡不着觉的原因，就是手表发出的"嗒嗒"声。

　　终于有一天，我趁家里人不注意，从墙上摘下那只手表，拿到清泉边，扔在那里，转身就跑。我不知道那只手表最终到哪里去了，但自从没了那只手表，我的睡眠忽然就好了，很快就欢蹦乱跳了。

　　那只手表不见了以后，家里人寻了很久，甚至拿着手电筒往那些隐蔽的地缝里照，最终自然是什么也没有找到。最后，他们得出的结论是，可能"撬杆儿"钻进屋，把手表偷走了。

　　一只偷来的手表被偷走，这种"庄子式的"话术，让我快乐了好一阵子。

　　长大后去读师范校，接着回到我们那个偏远的乡镇教书。

　　教书的过程中，经常遇到孩子"拿"别人东西的事情。当我批评他们，为什么要把别人的东西占为己有的时候，他们常常理直气壮地回答："捡到等于买到！"

这话一下就击中了我，因为当年我在清泉边拿那只手表的时候，也是那么认为的。不只我那么认为，村里所有人都那么认为。比如当一颗玉米在玉米秆上的时候，那是不能去掰的，掰了就是"偷"。但当这颗玉米到了地边田角，就不一样了，完全可以带回去，那是"捡"。最初我"捡到"手表的时候，为什么内心狂喜不已，就是这句话支撑着我。我不知道这句话的逻辑链条在哪里？为什么乡人们对这句话深信不疑？我想，这大约是饥饿年代，乡人对道德底线的虚弱维护，以及对偷盗行为的苍白辩解罢了。

我曾就村人尤其是孩子的"偷盗"问题，写过一篇比较长的散文《第三只手》，还获得了一个小奖。但是，这个奖却并不让我快乐，因为我感觉像是我"偷"了这个奖一样。

饥饿年代，"偷盗"如影随形。当人人都吃不饱肚子的时候，"偷盗"似乎成了填饱肚子的一种手段。所以那个年代，尽管大家都痛恨"偷盗"，一旦抓住"撬杆儿"，往往会把他打得半死不活，也没人认为这是犯法。但同时人人都会偷，如果偷的时候被抓住，挨了打，被打残，被打死，只怪他运气不好。

"偷盗"是一种填饱肚子的手段，它是人们最先选择的手段，也是人们最后选择的手段，最先和最后没有绝对的界限，却同时又有巨大的鸿沟。

"仓廪实而知礼节，衣食足而知荣辱。"乡村渐渐富裕起来，填饱肚子已经不再是问题，撬门入室偷东西的"撬杆儿"越来越少。在法律逐渐健全的情况下，把"撬杆儿"随意绑在树上凌辱摔打的现象也很少了。

然而，我的困惑并没有结束。因为"偷盗"正以另外一种形式，甚至以升级版的形式存在于我们身边。更为可怕的是，对于这种升级版，因为它与权力、金钱等强力意志结合起来，我们竟然给予它奖励和礼赞。

"偷盗"是饥饿年代的产物，为什么从饥饿年代走出来，当我们变得"富裕"起来的时候，"偷盗"依然阴魂不散？

我被我的发现惊讶不已。这也是我在那截步道上，一直走不出圈的重要原因。

有一段时间，我去那截步道时，带了一本《庄子》。《庄子》里有一篇名叫《胠箧》的文章，对"偷盗"问题有深透的阐释。其中一句"彼窃钩者诛，窃国者为诸侯"，让我瞬间发现，我所面对的个人困惑及时代困惑，其实庄子早就面对过。当然了，庄子尽管面对困惑，但他似乎并没有找到解决办法。他目光锐利，能够穿透每个人内心的阴暗，他语言绮丽，让昏聩的我们因他语言风暴的浇灌而大呼过瘾。但是，他给我们的只是遍体鳞伤，而不是疗救的策略。

历时一年，我都没能走出那截断头路。后来，这截断头路忽然重新开工，路上凹凸的黄叶被踩碎，翠碧的青苔也被踢得四脚朝天，挖掘机推土机轰鸣起来，幽静再也没了，我也不能再去那里构思了。

再后来，那条路被打通，洁净又宽阔，熙熙攘攘的人群从那里走过。但我再也没有去过那里，因为我知道，那一条步道，并不是我要寻找的路。

然后我坐下来，开始写《道泉记》。